Catalin Dorian Florescu

Der Feuerturm

Catalin Dorian Florescu

Der Feuerturm

Roman

C.H.Beck

www.chbeck.de
Umschlaggestaltung: geviert.com, Nastassia Abel unter Verwendung von Motiven von Getty Images und Shutterstock
Satz: Janß GmbH, Pfungstadt
Druck und Bindung: CPI – Ebner & Spiegel, Ulm
Gedruckt auf säurefreiem, alterungsbeständigem Papier (hergestellt aus chlorfrei gebleichtem Zellstoff)
Printed in Germany
ISBN 978 3 406 78148 3

myclimate

klimaneutral produziert
www.chbeck.de/nachhaltig

Kapitel 1

Die Legende vom Mann, der warnen wollte

Der Wald umschloss die kleine Stadt wie eine Faust. Ob es die Hand Gottes war oder die des Teufels, wusste niemand so genau. Wenn die Bewohner wieder einmal unsicher waren, bauten sie eine weitere Kirche aus dem Holz des Waldes, der großzügig ihren Glauben stützte. Sie schmückten sie mit Ikonen, weihten sie und fühlten sich beschützt, für eine Weile.

Es war Eichenholz, hart und belastbar, aus dem hier fast alles bestand: die Palisaden der Festung, die auf einem Plateau über dem Fluss Dâmboviţa thronte, der Belag der Uliţa Mare, der einzigen Gasse, die diesen Namen überhaupt verdiente; die Dachschindeln der schäbigen Häuser, wenn man sich so etwas leisten konnte – ansonsten reichte auch Schilf –, die Wiegen der Neugeborenen und die Särge der Toten.

Stein war rar, nur eine Handvoll Kirchen und Klöster, das Gefängnis und der Voievoden-Palast bestanden daraus. Der Schlamm auf Straßen und Wegen war zäh und tief, man erzählte sich, ganze Kutschen könnten darin versinken, und hoffte, dass mit diesen auch ihre Besitzer, die Bojaren, verschlungen würden, die vom Volk lebten. Oder die Armee der Osmanen, wenn sie wieder wie vor wenigen Jahrzehnten hier auftauchen sollte. Damals hatte sie die Stadt, die diese Bezeichnung noch kaum verdiente, belagert und in Brand gesetzt. Es war die erste in einer langen Reihe von Katastrophen gewesen, die jahrhundertelang wiederkehren sollten und bei denen der Teufel stets die Oberhand behielt.

Man konnte nie sicher sein, was aus dem Wald kam. Deshalb

schielten die Händler und Handwerker im Basar, die Bauern und Priester, die Wachen auf den Festungsmauern, die Bojaren, die Kinder, die lärmend im Fluss badeten, und die Frauen, die dort ihre Wäsche wuschen, immer ein wenig besorgt zu ihm hinüber. Er ernährte sie, wärmte sie und lieferte Material für Wiege, Bett und Bahre; für Werkzeug, Fuhrwerke und Kreuze, mit denen man die Grenzen des Lebens markierte. An den Stadtgrenzen hingegen standen Kreuze aus Stein.

Mal schmiegte sich der Wald an die Gemüsegärten und Weinreben der Außenbezirke an, spendete Schatten und Kühle; dann wieder wich er zurück und ließ Platz für Kornfelder und Weideplätze. So dicht beieinander wuchsen die Eichen, so unvorstellbar weit erstreckte sich der Wald – bis fast nach Moldawien, bis an den Karpatenrand und zum Ufer der Donau –, so wenige Wege führten in ihn hinein und wieder aus ihm heraus, dass man sich in ihm gut verstecken und beinahe sicher fühlen konnte.

Gewiss verengte er den Horizont auf einige Hundert Fuß. Wer aber wollte schon wissen, was hinter dem Horizont war? Hin und wieder erfuhr man es aus den Mitteilungen des Fürstenhofes oder schnappte in der Kneipe ein paar Sätze eines Händlers auf, der sich noch schnell betrinken wollte, bevor er zu bedeutenderen Orten weiterzog, nach Konstantinopel oder, jenseits der Karpaten, nach Transsilvanien.

Das genügte aber auch. Die Welt war eine Lichtung in einem unermesslich großen Wald, das Leben ein Grashalm auf dieser Lichtung, der jederzeit niedergetrampelt werden konnte. Mehr brauchte man nicht zu wissen. Die Osmanen waren schon einmal gekommen, auch die Tataren und immer wieder plündernde Söldnertrupps, bestimmt hatten sie den Weg hierher nicht vergessen.

Nicht die Bäume konnten sie davon abhalten zurückzukehren und auch nicht der Fluss, der im Frühjahr das tiefer liegende Land überflutete. Neben schwarzer, fruchtbarer Erde hinterließ er auch viele Sümpfe und Teiche. Auch sie waren kein Bollwerk gegen die Janitscharen, die Kapikulu und die Spahi des Sultans.

Der Teufel wusste immer einen Weg. So viele Kirchen man auch baute, so viele Ikonen man auch küsste, er war sehr schlau. Er stand daneben und wartete.

1592 dauerten die guten Zeiten schon zu lange, als dass man nicht misstrauisch geworden wäre. Nur die wirklich Alten, die vom Tod Vergessenen, konnten sich an den letzten, großen Hunger erinnern; die anderen höchstens noch an die Pest, die vor fast zwanzig Jahren in dieser Gegend gewütet hatte. Und zwanzig Jahre waren schon ein halbes Leben.

Der Marktflecken war gewachsen, um die Festung herum und entlang der Großen Gasse, die sich vom Osttor bis zur nordöstlichen Grenze der Siedlung erstreckte, wo eine kleine Holzkirche stand. Um sie herum lebten Töpfer, Kalklöscher, Schmiede, und etwas südlicher lagen die Gassen der Sattelmacher, der Kürschner, der Kessel- und Lampenmacher und der Barbiere.

Diese aber waren, in einer Stadt ohne Ärzte, für viel mehr zuständig als nur für die Bärte der Bewohner. Sie zogen eiternde Zähne, amputierten durch Wundbrand infizierte Glieder oder ließen zur Ader. Brauchte der Vel Vornic, der Richter, einen Gâde, dann wurde der Barbier auch zum Henker. Er schnitt Nasen, Köpfe, Hände ab, schließlich wusste er, wie man ein scharfes Instrument durch den Körper führt.

Es war keine schöne Stadt: zwei Klöster in den Hügeln am anderen Flussufer, die etwas fürs Auge boten, und im Westen des Fürstenhofes einige Häuser der Bojaren. Ansonsten ordentliche, aber ärmliche Behausungen der Händler und Handwerker und, je weiter man sich vom Fürstenhof und von der Festung entfernte, krumme, geduckte Bordeie aus Lehm und Stroh, die manchmal tief in die Erde eingegraben waren, wie wenn sie sich vor Scham verstecken wollten. Keine schöne, aber eine rege Stadt. Viel Volk trieb sich zwischen den Verkaufsbuden des Bazars herum, wo Russen Felle und Pelze verkauften, Serben Flechtwaren, Äxte und

Messer, Griechen Heilkräuter und Oliven, Armenier Stoffe und Teppiche und rumänische Bauern Wein, Honig und Schafe.

Das Jahr hatte gut angefangen, der Winter war nicht allzu hart gewesen, die Tiere hatten, stark abgemagert, überlebt, und bisher war auch der Fluss nicht allzu sehr über die Ufer getreten. Man musste nur noch einige Male beten, dass im Sommer keine lange Dürre käme, im Herbst kein sintflutartiger Regen und im Winter kein monatelanger Frost. Dass die Geschäfte gut liefen, vielleicht sogar besser als letztes Jahr und besser als die des Nachbarn.

Man würde womöglich noch einen Sohn taufen und eine Tochter verheiraten und hoffen, dass die Mitgift reichte; man würde noch am Haus herumwerkeln, wieder in die Kirche eilen für einen Heiligen, wegen einer Krankheit, eines Todes. Wenn die Stürme doch kamen und die Gassen sich zu schlammigen Rutschbahnen verwandelten, wenn die eisigen Ostwinde durch die Gärten pfiffen, würde man in der Stube oder der Kneipe sitzen und warten. Ende des Jahres würde man wieder in die Kirche müssen, diesmal für eine heilige Geburt. Dann war das Jahr überstanden, man hatte wieder überlebt und alles begann von vorn.

Es war um die Zeit des Frühlingsmarkts, des Târgul Cucului, als man der Toten gedachte. Auf dem Markt kaufte man Kerzen und Schalen aus Lehm oder Holz, füllte sie mit Wein und Milch, mit gekochtem Essen und ging damit auf den Friedhof. Es gab Tote, die reich an Verwandten und Freunden waren; vor ihren Kreuzen türmten sich Geschirr und Kerzen, vor anderen Gräbern hingegen, jenen der armen Toten, brannte kein einziges Licht. Aber es war zu hoffen, dass die Toten mehr als die Lebenden miteinander teilten.

Für die Töpfer, die in ihren Öfen Tag und Nacht Krüge, Teller und Schalen brannten, war es die beste Zeit. Einige von ihnen waren so in ihre Arbeit vertieft, in einem Hof hinter der Holzkirche, dass sie die Schreie, die aus dem Wald kamen, zunächst nicht hörten. Als sie dann doch hinüberschauten, erblickten sie einen Mann, dessen Alter sie nicht einschätzen konnten.

Er war am Waldsaum aufgetaucht und schien sich vor etwas zu fürchten, was sich hinter ihm im Dickicht befand, denn er zeigte immer wieder in jene Richtung. Er lief auf sie zu, durch Gestrüpp, Bohnen- und Kartoffelfelder, fuchtelte mit den Händen und rief immer wieder etwas, das sie nicht verstanden.

«Kennt ihr ihn?», fragte einer.

«Na», antwortete ein anderer, der sich nicht festlegen wollte.

«Ne», war sich ein Dritter sicher.

«Und was ruft er da?»

Diesmal erntete seine Frage nur Schulterzucken.

Aber als der Mann fast auf ihrer Höhe war, kurz stehen blieb, hinter sich blickte und «Vin!» rief, glaubten sie zu begreifen. Eine Gefahr war im Anzug, galoppierte auf sie zu, vielleicht sogar Türken, Tataren oder der Teufel persönlich. Sie wollten ihn ausfragen, wer oder was da käme, aber der Rufer war schon weitergelaufen; also folgten sie ihm aufgeregt und schrien ihrerseits: «Vin!»

Alle vier tauchten sie bald in der Großen Gasse auf. Der Mann war zerlumpt, barfuß, seine Haut verkratzt, wie wenn er lange im Wald gelebt hätte. Vom Lärm angezogen, kamen die kleinen Leute, die jene Gegend bewohnten, aus ihren Höfen und Schuppen, Stuben und Läden. Außerdem fremde Händler, die sich in dem Marktort niedergelassen hatten und kaum verstanden, was da in großer Aufregung gerufen wurde.

Aber als sie die Blicke und die Gesten des Mannes sahen und man ihnen erklärte, dass auf Rumänisch ‹Vin›, was für sie vor allem ‹Wein› bedeutete, auch «Sie kommen!» heißen konnte, meinten sie zu begreifen. Es dauerte nicht lange und auch sie hoben die Hände gen Himmel und klagten: «Oje, oje, was soll nur aus uns werden?»

Alle erkannten die Gefahr, die in diesem Wort anklang, was fast immer bedeutete, dass man sich entweder zum Kampf oder zur Flucht rüsten musste, um sich im Bauch des Waldes zu verstecken. Das Wort war tausendmal durch Täler und Berge, durch die Gassen der Dörfer und Städte gewandert. Es war von Mund zu Mund geeilt, über Flüsse gehüpft und von den Häusern der Armen auf die der Reichen übergesprungen. Eine solche Gefahr machte keine Unterschiede. Es war, neben ‹Gott›, das einzige Wort, das alle in ihrer Angst einte.

«Wer kommt? Türken? Tataren? Kosaken? Ungarische Söldner? So sprich doch!» Aber der Mann blieb bloß bei seinem kurzen, trockenen ‹Vin›. Einige jammerten weiter, andere fluchten und wiederum andere begannen im Stillen, Säcke mit dem Nötigsten vollzustopfen und auf Karren zu laden. Der Rufer ließ sich nur kurz aufhalten und setzte dann seinen Weg durch die Gasse fort, vorbei an Wohnhäusern und Verkaufsbuden, an Käufern und Herumlungernden, die ihn erstaunt und besorgt musterten, während das eine Wort sich wie ein Lauffeuer auf dem Markt verbreitete. Es setzte die Gemüter aller in Brand und stürzte das Städtchen ins Elend.

Wer auch immer aus dem Wald käme, würde sicher plündern, schänden, niedermachen. Also beschlossen die einen, zum Fürstenhof zu gehen, um in der Festung Schutz zu finden, die anderen, das Weite zu suchen. Während die Kirchenglocken Gefahr läuteten, leerte sich die Stadt, die Festung nahm einen Teil der Bewohner auf, dann schlossen sich wieder ihre Tore. Der Wald war großzügiger.

Bald legte sich eine trügerische Stille über die Gassen. Wer noch in den Häusern ausharrte, spitzte die Ohren, um rechtzeitig den Lärm einer herannahenden Armee oder einer wilden Reitertruppe zu erkennen. Auf den Laufgängen der Palisaden standen der Fürst, der Vel Vornic, die Offiziere und Soldaten und spähten nach verdächtigen Bewegungen am Waldrand. Aber es kamen bloß einige Händler mit ihren Karren und Eseln aus dem Forst, und als sie im Städtchen niemanden antrafen, kehrten sie aus Angst wieder um. Nur die angeketteten Hunde bellten, die anderen Tiere waren mitgenommen worden.

Es dauerte Stunden, bis die Späher, die man losgeschickt hatte, um sich Klarheit zu verschaffen, wieder zurückkehrten. Sie hatten nichts Außergewöhnliches entdeckt. Sie waren meilenweit durch den Wald geritten, ohne eine Menschenseele zu erblicken. Höchstens Bauern aus den Dörfern, die Holz holten oder auf den Waldlichtungen ihre Schafe weideten, aber niemand hatte etwas von einer Gefahr gehört.

Da Frieden mit den Osmanen herrschte, da man keine Berichte erhalten hatte, dass Tatarenhorden unterwegs seien, entschied man, die Kirchenglocken zur Entwarnung läuten zu lassen und alle Bewohner nach Hause zu schicken. Es dauerte eine Weile, bis die Menschen den Wald verließen, der Marktort sich wieder bevölkerte und das Leben seinen gewohnten Gang nahm. Wann immer allerdings jemand in einer Kneipe «Vin!» rief, der sich eigentlich nur betrinken wollte, zuckten alle anderen zusammen und dachten an einen Überfall.

In den nächsten Monaten tauchte der Unbekannte mehrmals wieder auf. Einmal im Norden der Siedlung, bei der Kirche Sărindar, und die Ersten, die ihn rufen hörten, waren die Popen. Sie waren es auch, die ihn davor bewahrten, von den Gerbern, die dort ihre Werkstätten und Geschäfte hatten, geschlagen und ertränkt zu werden, nachdem sie den ersten Schreck überwunden hatten.

Die Popen behaupteten, es sei Sünde, einen verwirrten Geist zu töten, und rückten nicht davon ab, auch als die Menschenmenge anwuchs und jemand rief: «Verwirrt mag der Bursche sein, aber nur, weil er besessen ist!» Die Popen bereiteten die Kirche für die Liturgie vor, die für Sünder und Verrückte aller Art vorgesehen war, aber als sie ihn holen wollten, war er verschwunden.

Ein anderes Mal wurde er im Süden der Stadt gesehen und gehört, auf dem holprigen, schlammigen Weg, der zur Donau und damit an die Grenze des Osmanischen Reichs führte. Auf dieser Straße zogen die Gesandten und Karawanen aus Konstantinopel in die Stadt ein, die Emire, Paschas und Capigi.

Nachdem man sich auch hier zunächst geängstigt hatte, wollte man ihn anschließend erhängen. Man hatte den Strick bereits geknotet, als sich ihm plötzlich eine alte Frau näherte, ihn prüfend ansah und glaubte, in ihm ihren eigenen Sohn zu erkennen, der vor vielen Jahren im Wald Holzhacken gegangen und seitdem nie wieder gesehen worden war.

Sie nahm ihn bei der Hand, die wütende Menge teilte sich und ließ die beiden durch. Zu Hause wusch sie sein Gesicht und seinen Oberkörper, gab ihm frische, fetthaltige Milch und altes Brot zu essen, dann ließ er sich von ihr zum Bett führen, zudecken und schlief gleich ein. Sein Schlaf war tief und ruhig, wie der von Menschen mit gutem Gewissen. Am nächsten Morgen war er wieder weg.

Wenn er später in den engen, gewundenen Gassen des Marktfleckens gesehen wurde, rief er immer noch «Vin!», aber weniger inbrünstig. Manchmal murmelte er das Wort nur noch, dann wieder spie er es plötzlich einem Vorübergehenden ins Gesicht, den er zuvor am Kragen gepackt hatte. Die Leute lachten ihn inzwischen nur noch aus oder waren nachsichtig mit ihm wie mit einem Kind. Weil man seinen Namen nicht kannte, rief man sich entlang der Gasse zu: «Passt auf, da kommt ‹Sie kommen›!»

Die Wirte legten ihm die Arme um die Schultern und führten ihn in ihre Kneipe, damit die Gäste etwas zu lachen hatten. «Ein Hoch auf ‹Sie kommen›!», wurde geschrien. Man schenkte ihm großzügig Wein ein, denn man war inzwischen ohnehin der Meinung, dass er gar nicht warnen wollte, sondern bloß durstig war. In einer Kneipe fanden ihn auch die Stadtwächter und brachten ihn in die Festung, damit er sich vor dem Vel Vornic verantwortete.

Dieser saß auf Kissen gebettet im Diwan, dem Raum des Fürstenhofes, in dem Gericht gehalten wurde und der von oben bis unten mit orientalischen Teppichen bedeckt war. Gehüllt in einen Pelz, obwohl es schon Sommer war, und mit einer Bojaren-Fellmütze auf dem kahlen Kopf, beobachtete der Richter den Mann mit kleinen, bösen Augen. Neben ihm saß der Vătaf, ein junger

Kapitän, der für die Unruhestifter, die Streitsucher, die Diebe und Raufbolde, für jene, die Gewichte und Waagen fälschten oder das Brot zu teuer verkauften, zuständig war.

«Wie heißt du?», fragte der Richter, der wegen seines gichtigen Beins kaum sitzen konnte und schnell zu einem Ende kommen wollte.

«Iane, Bojare.»

«Wessen Sohn bist du?» Der Mann schüttelte den Kopf, wie um zu verneinen, dass er irgendjemandes Sohn war. «Jeder ist der Sohn von jemandem.» Der Vel Vornic verzog gequält das Gesicht. «Kennst du ihn? War er schon mal im Gefängnis?», fragte er den Kapitän.

«Man müsste ihn zuerst gründlich waschen, dann könnte man vielleicht sein Gesicht erkennen.»

«Bist du überhaupt aus der Gegend?»

Auch diesmal folgte nur ein Kopfschütteln.

«Wer schickt dich, um hier Unruhe zu stiften?», fragte jetzt der Kapitän. «Fremde? Feinde? Sprich endlich!»

«Niemand schickt mich, Bojare.»

«Wieso rufst du dann ständig ‹Sie kommen›? Du hast die Leute in der Stadt in Angst und Schrecken versetzt.»

«Aber sie kommen doch.»

«Wer?»

Der Mann blieb stumm.

«Ich glaube», flüsterte der Vătaf dem Vel Vornic ins Ohr, «der ist nur ein Dummkopf. Wir sollten ihn aber für eine Weile einsperren, als Mahnung für die anderen.»

«Vielleicht ist er ein Dummkopf, vielleicht aber auch ein Aufrührer.»

«Dann bleibt er drinnen, bis wir entschieden haben, was genau er ist.»

Mit einem fast unmerklichen Kopfnicken beendete der Richter das Verhör, und während der Kapitän versuchte, ihm auf die Beine zu helfen, wurde Iane abgeführt.

Das Gefängnis war im Gegensatz zu den meisten Gebäuden des Fürstenhofes aus Stein, befand sich an der südöstlichen Ecke der Festung, unweit des Osttores, aber abgeschieden von allen anderen Gebäuden, die den Fürstenhof wie ein kleines Dorf erscheinen ließen. Rund um den kleinen Palast aus behauenen Steinblöcken und Ziegelsteinen und die fürstliche Kirche gleich daneben drängten sich die Küchenräume, die Stallungen mit den vierzig, fünfzig Pferden des Fürsten, die Ställe voller Kühe und Schweine, die Schlafräume der Mägde, Knechte, Diener und Wächter.

Als man ihn hineingestoßen hatte, waren Iane im dämmrigen Licht nicht sofort die anderen zusammengekauerten Körper aufgefallen. Erst als er über einen Menschen stolperte, über einen anderen stürzte und laut geflucht wurde, wusste er, dass er nicht allein war. Er erkannte drei Gestalten, die mit ihm den Gestank aus Urin, Dreck und Schweiß teilen mussten.

Er suchte sich einen Platz aus, wo er sitzen konnte. Niemand rührte sich oder wollte etwas von ihm wissen, bis das Essen von einem alten Knecht, der sich ihm als Petriman vorstellte, in einem Holzeimer gebracht wurde. Dann kam in ihrem Verlies etwas Leben auf, und jeder schmatzte zufrieden in seiner Ecke.

Um etwas von der Welt zu sehen, stiegen die Gefangenen nacheinander auf einen Hocker, stellten sich auf die Zehen und reckten sich. Dann konnten sie durch das winzige Fenster blicken, das sich in einiger Höhe befand. Iane verfolgte alles ohne besonderes Interesse. Draußen, erfuhr er, waren nur einige Mägde, die Gänse rupften, und ein Wächter zu sehen, der sich den Frauen mit einem süßlichen Lied empfahl.

Die Abenddämmerung setzte ein.

«Was hast du verbrochen?», fragte ihn einer, der näher gerückt war.

«Ich habe Angst und Schrecken verbreitet.»

«Du? Bist du denn eine Horde wilder Tataren? Oder ein fliegendes Licht am Himmel, das Tod und Elend ankündigt? Oder gar der Teufel selbst?» Der Mann fasste ihn am Arm: «Oh ja, ich kann den Schwefel riechen. Umso besser, so kann ich mich daran gewöhnen. Am Sonntag lande ich direkt vor seinen Pferdefüßen, nachdem sie mich geköpft haben.»

«Immerhin ist es bei dir schnell vorüber. Mir gießen sie Blei in den Mund», wandte ein anderer ein.

«Und ich? Mich peitschen sie aus, dann brechen sie mir die Füße. Ich werde nie wieder gehen können.»

«Aber immerhin wirst du leben.»

«Am Boden kriechen werde ich. Betteln werde ich. Das ist kein Leben.»

«Und wie wirst du bestraft werden?» Iane zuckte stumm mit den Schultern.

Tatsächlich wurden die drei am Sonntag abgeführt. Unter Tränen flehten sie abwechselnd Herrgott oder den Vel Vornic an, der draußen auf sie wartete. Ihre Schreie und das Jubeln der Menge konnte Iane gut hören, der Hinrichtungsplatz war in jenen Tagen nicht allzu weit von der Festung entfernt. Es wurden neue Verurteilte hineingebracht, manchmal auch Frauen, selten blieb die Zelle nur Iane vorbehalten. Manche redeten gar nicht, andere hingegen den ganzen Tag und haderten mit ihrem Schicksal. Dass Iane schweigsam war, kam ihnen gelegen.

Unter ihnen gab es Mörder, Huren, Diebe, Raufbolde, Gotteslästerer. Den Glücklicheren standen nur zehn Schläge auf das Schienbein oder auf die Füße bevor, weil sie im Basar gestohlen hatten. Für die Streitsüchtigen und für jene, die sich geprügelt hatten, waren fünfzig Schläge vorgesehen. Wieso das so war, konnte niemand sagen. Das entschied allein die Laune des Richters.

Iane wurde vergessen. Wochen und Monate vergingen, und niemand holte ihn ab, um ihm die Nase abzuschneiden, die Füße zu zertrümmern oder die Zunge auszureißen, die passende Strafe für sein Vergehen. Jedes Mal, wenn die Tür aufging, stand er auf, bereit, den Wächtern zu folgen. Aber man war nicht für ihn gekommen.

Iane gewöhnte sich an den Schwebezustand, er fragte und protestierte nicht, aß das karge Mahl, das ihnen Knecht Petriman hin und wieder brachte, und hörte unbeteiligt die Neuigkeiten, die er ihnen erzählte. So erfuhr er Ende Juli 1593 – ein Jahr war er schon im Verlies –, dass sich am Himmel ein fliegendes Licht gezeigt hatte, ein Stern mit Schweif, und dass alle im Städtchen verängstigt waren. Durch das kleine Fenster ihrer Zelle konnten die Gefangenen erkennen, dass im Hof im Licht der Fackeln der Fürst, der Vel Vornic, die Mägde, Köche und Wächter standen, zum Himmel zeigten und sich aufgeregt unterhielten. Das aber war noch nicht alles.

In jenem Sommer verdunkelte sich sogar die Sonne für anderthalb Stunden. Die Tiere wurden unruhig, die Hunde bellten anders, die Hühner legten sich schlafen, die Vögel flogen nicht mehr und es wurde kühl und dunkel. Die Menschen eilten in die Kirchen, aber die Popen wollten sie nicht trösten: «Seht ihr, was passiert, wenn ihr dauernd sündigt? Vielleicht bleibt die Sonne jetzt für immer dunkel.» Trotzdem wurde es wieder hell, der Himmel hatte Gnade mit den Menschen, noch herrschte kein Weltuntergang, man konnte aufatmen. Aber nicht für lange.

Kaum hatte man das überstanden und hatte sich wieder ein Herz gefasst, war auch auf den Mond kein Verlass mehr. Eines Abends wurde er kurz nach Aufgang dunkel. Wieder wurden die Kirchen gestürmt, die Ikonen geküsst, Messen gehalten, es wurde innig gebetet, es wurden die Heiligen angerufen, Herr Jesus und die heilige Mutter Maria angefleht. Das alles hatte Wirkung, der Mond zeigte sich wieder, die Erde war vorerst gerettet, die Menschen konnten aufatmen, mussten aber auf der Hut bleiben. Solch eine geballte Ladung an Warnzeichen konnte nur eines heißen: Es kamen bestimmt schlechte, sehr schlechte Zeiten auf die Stadt zu.

Zuerst aber kam ein neuer Fürst. Petriman erzählte den Gefangenen, dass Mihai Vodă mit viel Gefolge in die Stadt eingeritten war. Die Fanfaren, die Kirchenglocken und den Jubel des Volkes hatten sie sogar im Gefängnis gehört. Mihai Vodă ritt in die Festung, später gab es ein Festessen für die Bojaren und es wurden Almosen an Kirchen und Arme verteilt. Das Volk durfte auf Kosten des neuen Herrn essen und trinken und drei Tage lang feiern.

Iane blieb vergessen und auch die Warnzeichen verblassten im Gedächtnis der Menschen, da das Schlechte auf sich warten ließ. Allmählich, unsichtbar, aber unaufhaltsam neigte sich die Waage auf die Seite der Bedrohung. Alles ging noch seinen gewohnten Gang: Kinder und Kälber wurden geboren, manche starben gleich wieder, als ob ihnen nur ein kurzer Blick auf diese Welt gestattet worden wäre. Oder als ob sie sich ernüchtert wieder von ihr abwandten.

Hochzeiten wurden gehalten, Besäufnisse auch, getauft wurde fleißig, gehurt, manchmal auch geliebt, blasphemisch geflucht und gelogen, sodass man sich wieder beeilen musste, in die Kirche zu gehen. Aber das Leben wurde härter, der Druck der Abgaben größer, so wie der Hass auf die Osmanen, denen man immer höheren Tribut schuldete.

Mehrmals hatten die Vertreter der Stadt Mihai Vodă erklärt, dass die Seele des Volkes brodelte. Mehrmals hatten Stadtwächter Türken davor retten müssen, gelyncht zu werden. Jedermann wusste, dass sie nur da waren, um die Interessen der Hohen Pforte durchzusetzen. Man sah nun regelmäßig den Fürsten besorgt auf dem Palisadenwall umhergehen. Von dort oben starrte auch er in den Wald, als ob er sich von ihm Antworten verspräche. Oder er blickte über den Wald hinweg, über die grünen Wogen, deren Ende nicht zu sehen war. Am Horizont schien etwas zu sein, was seine Stimmung nicht gerade förderte.

Dann kam der Tag, an dem die Gefängnistür aufging und Ianes Name gerufen wurde. Ungläubig und unsicher auf den Beinen trat er zum ersten Mal seit zwei Jahren wieder ins Freie. So sehr hatten sich seine Augen des Tageslichts entwöhnt, dass er lange brauchte, bis er etwas erkennen konnte. Vor ihm standen ein reich gedeckter Tisch und ein Stuhl. Er musste sich sehr beherrschen, so ausgehungert war er, um nicht gleich über das Lammfleisch, den Käse oder den Wein herzufallen.

In einem langen, mit Goldfaden verzierten Mantel stand der Fürst da und musterte ihn. Mihai Vodă war eine prächtige Erscheinung: groß, mit einer spitzen Nase, kräftigen Augenbrauen und einem dichten, schwarzen Bart. «Setz dich und iss!», sagte der Herrscher leise, aber bestimmt. Er musste seine Aufforderung wiederholen, da Iane sich nicht von der Stelle rührte.

Während Iane gierig aß und dabei genussvoll schmatzte, schaute ihm der Fürst eine Weile aufmerksam zu.

«Du bist also ‹Sie kommen›», sagte er dann. «Einer meiner Männer hat sich an dich erinnert. Er sagt, dass du entweder ein Narr oder ein Seher bist. Was bist du denn?»

«Ein Narr, Măria ta. Bestimmt nur ein Narr.»

«Kannst du nicht doch Dinge sehen, Warnzeichen, die Zukunft? Kannst du vielleicht erkennen, welche Entscheidung ich treffen soll?»

«Ich ziehe vor, nichts zu sehen. Außerdem, wenn ich die Zukunft voraussagen könnte, wäre ich überhaupt in dieser Lage?»

«Du bist doch nur ein ausgebuffter Lügner. Ich lasse dich frei, wenn …»

Aber Iane schüttelte kräftig den Kopf und verweigerte jede weitere Antwort. Der Fürst, mehr amüsiert als verärgert, streichelte seinen Bart und schien zu überlegen, was er mit ihm tun solle. Für einen Augenblick stand es auf der Kippe, ob er ihn hinrichten oder doch freilassen sollte. Aber auch er traf keine Entscheidung und Ianes Haft ging weiter.

Einige Tage später hörten die Gefangenen Kanonenschüsse, und sie eilten zum Fenster, aber es war nichts zu sehen außer einigen Hofbediensteten und Wächtern, die auf den Palisaden standen und sich über das freuten, was in der Stadt geschah. Das Osttor wurde geöffnet und ein Reitertrupp, der sich in der Festung bereitgehalten hatte, galoppierte hinaus.

Von draußen drang ein furchtbarer Lärm bis zu ihnen, der sich vom Basar aus auf die ganze Stadt verbreitete, zuerst klang er undefinierbar, aber bald erkannten sie Schreie und Rufe auf Türkisch, manchmal dicht am Palisadenwall. Einer, der die Sprache verstand, erklärte ihnen, dass es Hilferufe seien, dass da Leute um das eigene Leben flehten. Dass Gebete und Verwünschungen gegen die Angreifer ausgestoßen würden.

Allah war groß, aber nicht groß genug, um die Türken der Stadt zu warnen und zu beschützen. Er hatte sie vergessen, sie dem walachischen Schwert überlassen und den Messern der christlichen Söldner. Und als es dunkel wurde, leuchtete ein schwerer Brand, dessen Ursachen sie noch nicht kannten, den Himmel aus. Der alte Knecht, ihre einzige Verbindung zur Außenwelt, besuchte sie und erklärte ihnen mit kaum unterdrückter Freude die Ereignisse in der Stadt.

«Unser Fürst hat all seinen türkischen Gläubigern versprochen, sie auszuzahlen, und sie in ein Haus nicht weit von hier eingeladen. Die waren so gierig, dass sie bis zum Schluss nicht gemerkt haben, dass es eine Falle war. Ich habe es von einem, der dabei gewesen ist, gehört. Als sie alle im Hof versammelt waren, wurden die Tore geschlossen. Erst dann sind sie unruhig geworden und haben versucht, sich zu befreien, aber es hat ihnen nichts genützt.»

Jetzt schwieg er, weil er gern gebeten wurde weiterzuerzählen.

«Und was ist dann geschehen?»

«Na, was wohl? Zuerst haben unsere Leute alles angezündet und dann, um sicherzugehen, mit Kanonen auf sie geschossen. An die Hundert waren es, keiner hat's überlebt. Alles bis auf den Grund verbrannt und brennt weiter. Hab's mit eigenen Augen gesehen, bin natürlich sofort hingegangen. Wie sie gerufen und gefleht haben!»

«Und was geschieht jetzt in der Stadt?»

«Na, was wohl? Sie bringen die restlichen Türken um. Jetzt sind sie an der Reihe. Kann persönlich bezeugen, hab es von den

Palisaden aus gesehen. Was für ein schönes Gemetzel!» Und weg war er.

Die ganze Nacht waren noch Schreie und Weinen zu hören, es verstummte nur nach und nach und es dauerte lange, bis die Stadt wieder zur Ruhe kam und das Blut von den Gassen gewaschen war. Da waren sie plötzlich, die schlechten Zeiten, wenn sie auch zunächst als flüchtiger Sieg und gestillter Rachedurst daherkamen. Aber sie hatten auch mit einem Brand begonnen, der alle anderen Brände vorwegnahm, die diese Lichtung im Wald, diese Stadt aus Holz und Lehm noch heimsuchen sollten.

Auf den nächsten Brand musste man gar nicht lange warten. Einige Monate später, im August 1595, kündigte er sich an, als eine Osmanen-Armee von hunderttausend und mehr Soldaten, mit Sinan Pascha an der Spitze, über die Donau setzte und sich auf den Weg nach Norden machte. Der alte Knecht erzählte Iane, der nun allein im Verlies saß, dass der Fürst vor der Stadt nur zehntausend Kämpfer mit zwölf Kanonen zusammengezogen hatte, Walachen und Ungarn, die am nächsten Tag gegen die Ungläubigen losziehen sollten. Er war sich nicht sicher, ob das wirklich ein großartiges Gemetzel werden würde.

Der Fürst verließ die Festung am nächsten Morgen, nachdem er vorher die Kirche gleich neben dem Fürstenhof besucht hatte. Iane stieg auf den Hocker und konnte durch das kleine Fenster sehen, wie sich der Fürst entschlossen auf sein Pferd setzte, wie seine Offiziere sich um ihn versammelten, wie das Tor geöffnet wurde und sie hinausritten.

Die nächsten Stunden und Tage wartete die ganze Stadt auf Nachrichten. Alle blickten sorgenvoll zum Waldrand hinüber und meinten dann und wann Sinan Pascha persönlich zu erblicken. Jeder wurde mit Bangen empfangen und ausgefragt, der aus dem Dickicht trat. Doch Nachrichten kamen, überbracht von zwei abgekämpften Reitern, die in die Festung hineingelassen wurden.

Sie wurden im Hof vom humpelnden Richter empfangen, der bei jedem ihrer Worte jauchzte. Dann schleppte er sich bis zur schmalen Holztreppe, die auf den Wall führte, und geriet dort aus Ianes Blickfeld. Wenig später aber konnte Iane hören, wie der Mann mit der ganzen Kraft seines kranken Leibes rief: «Sieg!» Das Wort wurde wie ein Echo von Hunderten von Kehlen aufgenommen und weitergetragen.

Knecht Petriman tauchte mit einer doppelten Ration Lammfleisch auf und konnte es kaum erwarten, die Neuigkeiten zu erzählen.

«Frag doch!», forderte er Iane auf, aber als dieser nichts desgleichen tat, sagte er: «Ich erzähl es dir trotzdem. Ich habe es von einem erfahren, der die beiden Reiter am Tisch bedient hat. Den ersten Angriff hat unsere Kavallerie geführt und ihre Kavallerie zurückgedrängt. Dann hat Sinan an die zwölftausend Männer losgeschickt und auch die haben wir geschlagen. Am zweiten Tag aber hat er mit all seinen Leuten von drei Seiten angegriffen und wir konnten nicht mehr standhalten, also haben wir uns zurückgezogen und alle Kanonen verloren. Aber am dritten Tag haben wir einen mächtigen Gegenangriff gestartet und Mihai Vodă an der Spitze war der reinste Teufelskerl. Wenn die Türken ihn gesehen haben, sind sie entsetzt geflohen. Sogar Sinan ist in einen Fluss gefallen und hat seine letzten Zähne verloren, einer der beiden Reiter hat ihn mit blutigem Mund gesehen. Was für ein schönes Gemetzel war das! Schade, dass ich zu alt zum Kämpfen bin.»

Aber schon zwei Tage später merkte Iane, dass es im Hof ein hektisches Treiben gab. Panisch schienen sich die Leute auf die Flucht vorzubereiten. Der Knecht öffnete hastig die Tür, aber das, was Iane am meisten interessierte, der Holzeimer mit dem Essen, den hatte er nicht dabei.

«Man kann sie nicht aufhalten, es sind zu viele. Die Unsrigen sind in die Karpaten geflohen und hoffen auf Unterstützung aus Transsilvanien. Bald sind die Türken hier. Die Stadt ist schutzlos, alle machen sich bereit, um in den Wald zu flüchten, oder sind schon dort. Ich habe auch gepackt und mache mich gleich davon.

Du solltest ebenfalls abhauen, es gibt keine Wächter mehr. Wenn dich der Türke findet, macht er dich kalt. Hörst du, was ich sage? Sie kommen! Nichts wie weg hier.»

Die Tür stand offen, aber Iane zog das Fenster vor und schaute zu, wie sich die Festung leerte. Er brauchte lange, bis er sich entschließen konnte, ins Freie zu gehen. Seine ersten Schritte waren unsicher, er war jederzeit bereit, sich rasch wieder in das vertraute Gefängnis zurückzuziehen. Obwohl sich niemand zeigte, kehrte er nach wenigen Metern um, und es brauchte einige Stunden und vor allem mächtigen Hunger, damit er wieder seinen Platz verließ. Er schaute sich in Schuppen und Ställen um, aber sie waren leer. In der Küche fand er Essensreste, packte sie in ein Tuch und trug sie quer über den Hof zu sich ins Gefängnis.

Später stieg er auf die Mauer hinauf, duckte sich und blickte zuerst zur Stadtseite hinüber. Die Stadt war nicht vollständig aufgegeben worden. Im Basar sah er Händler, die sich entweder verspätet hatten oder ihr Geschäft und ihre Ware nicht aufgeben wollten. Und in den Höfen, vor den Kirchen, auf den Gassen waren hin und wieder Menschen zu sehen, alte und kranke, verängstigt und still.

Der Wald lag ruhig und friedlich, der Wind bewegte sanft die Baumwipfel. Man konnte beinahe glauben, dass die Aufregung umsonst gewesen war und sich dort nichts befand, was einen ängstigen müsste. Der Wald atmete selbstvergessen, wie ein schlafendes Wesen, das durch nichts geweckt werden konnte. Aber plötzlich erwachte es.

Iane erkannte hundertfaches Flackern, nur eine Meile weit vom Fluss entfernt, und wusste, dass es von den Waffen der Janitscharen und von den Geschützen stammte. Es folgte ein tiefes und dumpfes Stampfen und Donnern von Abertausenden Pferden, den Kanonen und den schwer beladenen Karren. Iane geriet in Erregung wie in früheren Tagen, stützte sich auf die Brüstung und rief mit ganzer Kraft: «Vin!», dann beeilte er sich, sich im Gefängnis einzuschließen.

Sinan Pascha zog an der Spitze seiner Armee in die Stadt ein. Er befahl, in einem der Klöster eine Garnison einzurichten, einen Verteidigungsgraben um die Festung auszuheben, und gab Soldaten und Pferden, mit denen er Mihai Vodă verfolgen wollte, etwas Zeit, um sich auszuruhen. Während die Soldaten die Stadt plünderten, besichtigte er die Festung und den Fürstenhof.

Iane sah den Greis, der, begleitet von seinen Offizieren, den Hof abschritt und dabei seinem Versteck immer näher kam. Als sie davorstanden, drückten die Türken die Tür ein, traten ein, und da sie nichts von Wert sahen, wollten sie enttäuscht wieder abziehen, als sie schließlich Iane entdeckten und ihn herauszerrten.

«Wer bist du?», fragte Sinan, dem tatsächlich fast alle Zähne fehlten, und einer der Offiziere übersetzte.

«Ich bin gar niemand, großer Pascha.»

«Weshalb sitzt du im Gefängnis?»

«Ich soll Angst und Schrecken verbreitet haben.»

«So, wie du aussiehst, hättest du auch meinen Männern beinahe einen Schrecken eingejagt.» Die Türken lachten. «Aber mir soll es recht sein, wenn du die walachischen Hunde geängstigt hast. Lasst ihn frei!»

Iane blieb wieder allein. Am Tag saß er in der Sonne vor dem Gefängnis oder suchte im Basar nach etwas Essbarem, immer darauf bedacht, keinem Türken über den Weg zu laufen. Wenn es Nacht wurde, zog er sich wieder in sein Verlies zurück. Sinan hingegen ließ zehntausend seiner Soldaten in der Stadt zurück und zog mit dem Hauptteil seines Heeres hinter Mihai Vodă her.

Aber der Pascha und Großwesir, der Jemen und Tunis erobert hatte, der die Safawiden geschlagen hatte, der Statthalter von Ägypten und Damaskus gewesen war, war vom Glück verlassen worden. Er war, als er Mihai Vodă eingeholt hatte, so entsetzt vom Anblick der unzähligen neuen Soldaten des Voievoden, dass er, anstatt zu kämpfen, den Rückzug befahl.

Der hektische, überstürzte Marsch zur Donau zurück führte die Osmanen zunächst wieder in die Stadt, die sie noch gründlicher ausraubten und in Brand setzten. Die Flammen verschlangen alles, was sie auf ihrem Weg vorfanden: den Basar, die Kirchen, die Palisaden, den Fürstenhof; bis auf rauchende Ruinen blieb kaum etwas übrig. Tausende Augenpaare schauten aus dem Wald der Agonie der Stadt zu.

Das ist die Legende von Iane, der warnen wollte und verbrannte oder auch nicht. Während die Stadt in den folgenden Jahrhunderten viele andere Katastrophen ereilten, die Pest, der große Hunger, Erdbeben, Überfälle und Besatzungen, reiste diese Legende durch die Zeit und jeder dichtete ein bisschen mehr hinzu oder ließ etwas weg.

So meinten die Optimisten, Iane habe sich retten können. Er habe endlich die Flucht ergriffen, als die Flammen sich genähert haben. Oder dass das Feuer dem Gefängnis aus Stein sowieso nichts habe anhaben können und er drinnen sicher gewesen wäre. Anderen, pessimistischeren, war hingegen klar, dass Iane verbrannt war.

Diese Legende erzählte man sich in Bukarest noch 1892, als mein Großvater, damals ein Junge von zehn Jahren, sich eines Morgens das Gesicht wusch, seine Sachen zusammenpackte, seine Schuhe band und sich für die erste große Reise seines Lebens bereitmachte.

Kapitel 2

Großvater Daries erste Kindheit war getaucht in Gerüche. Bis April oder Mai herrschte der malzige, süßliche Geruch aus der Brauerei Oppler. Dann fluteten die Obstbäume, die Vişini, Meri, Cireşi, Gutui, die Gärten und Wiesen auf dem Dealul Spirii, dem Spirii-Hügel, fast schon am Rande der Stadt, mit ihrem Duft.

Wenn die Linden im Hof der Kirche Izvorul Tămăduirii blühten, war es schon Sommer. Es war heiß wie in einem Glutofen, und Daries Vater stank dann noch stärker nach Bier, denn, wie er sagte, wo sonst als im Oppler-Biergarten konnte man bei einer solchen Hitze kühl sitzen und seinen Durst löschen. Im Löschen kannte er sich aus.

Seine Mutter roch nach Weihrauch, wenn sie nach ihren langen Wanderungen durch die Kirchen der Stadt leise nach Hause gekommen war, und über allem schwebte der Geruch von Tierdung. Man hielt Tiere hier – Ziegen, Pferde, Kühe, Gänse, Hühner –, wo Bucuresci oder Bucureştii, wie man die Stadt damals bezeichnete, ausfranste und dörflich wurde.

Das jährliche Spektrum der Gerüche wurde im Herbst und Winter um das brennenden, wärmenden Holzes erweitert und im Dezember ging das Jahr mit dem Geruch der Mutter zu Ende, dem Weihrauch, wenn Cristos' Geburt gefeiert wurde, sogar mein Urgroßvater Grigorie in die Mitternachtsmesse eilte und die Ikone des Herrn küsste.

Die tägliche Geruchspalette hingegen wurde von dem Duft der Zigarette Grigories vollendet, die er unter der alten, mächtigen Eiche rauchte, deren Krone fast den ganzen Hof überdeckte. Nach dem Abendessen trug ihn sein Sohn Vasile dorthin und setzte ihn auf einem Stuhl ab, bevor er sich zum Dienst oder ins Oppler aufmachte. Grigorie qualmte friedlich vor sich hin, entfachte immer wieder die Glut an der Zigarette, schmatzte, qualmte weiter und dachte wohl an seine glorreiche Vergangenheit als Feuerwehrmann.

Wir sind eine Familie von Feuerwehrleuten, eine Dynastie, wenn man es so will. Wir gehören seit Generationen zum Feuer. Wir haben mehrmals die Stadt gerettet, mein Ururgroßvater sogar zweimal die Nation – beim zweiten Mal wurde sein Rücken zerschmettert –, und wenn nicht gerade die Stadt oder die Nation, dann zumindest die Universität, das Grandhotel Boulevard, eines der besten am Ort, Kneipen mit schlechtem Ruf und solche, wo man für sieben, acht Lei speiste und Französisch können musste, um überhaupt das Menü zu verstehen; feine Geschäfte mit Pariser Ware, Cafés mit deutschen Besitzern, Bordelle in den Randvierteln und Kirchen, die von ihren Heiligen nicht vor dem Feuer hatten geschützt werden können.

Zwischen Kirche und Bordell machte die Feuerwehr keinen Unterschied. Man blinzelte vielleicht einen Hauch mehr zum Bordell hinüber, wo Frauen zu retten waren, die auf keiner Ikone Platz gefunden hätten. Außer Cristos rettete sie.

Grigorie begab sich jeden Abend auf eine lange Reise durch seine Erinnerungen, die Eiche und die Rauchglocke umhüllten ihn zärtlich und Darie guckte ihm vom Fenstersims aus beim Träumen zu. Manchmal ging er zu ihm hinaus, legte den Arm um ihn und sagte: «Großvater, wenn du nicht aufpasst, setzt du unser Haus und das ganze Viertel in Brand.»

«Mach du dir mal keine Sorgen», sagte Grigorie. «Du hast zwei Feuerwehrmänner im Haus. Das ist, wie wenn du gleichzeitig mit dem heiligen Ilie und dem Erzengel Gabriel zusammenwohnen würdest. Glaubst du, da kommt der Teufel noch auf die Idee, an deine Tür zu klopfen?» Er legte seinem Enkel die Hand auf den Kopf und streichelte ihn. «Was rede ich von zwei, drei sind wir. Noch ein paar Jahre, dann musst auch du dich mit dem Feuer messen.»

Dabei blieb es. Es gab keine Möglichkeit, dem Feuer als Schicksal zu entkommen, und eine solche skandalöse Wahl wäre auch niemals von der männlichen Seite der Familie in Betracht gezogen worden. Nur die Frauen, Daries Mutter im Besonderen, dachten und wünschten es sich manchmal anders.

Wenn sich die Luft abgekühlt hatte, Ururgroßvaters Zigarette längst geraucht und sein Sohn vom hingebungsvollen Durstlöschen noch nicht zurück war, ging Daries Mutter manchmal hinaus, schob den Arm unter Grigories Schenkel und hob ihn mühelos hoch, während er sich an ihr festhielt. So geschrumpft und leichtgewichtig war er geworden, dass Darie sich nicht vorstellen konnte, wie dieser Mann praktisch im Alleingang zweimal die Osmanen in die Flucht geschlagen hatte.

Wenn aber Daries Mutter nicht verfügbar war, genügte es, «Pflaumenschnaps!» über den Zaun zu rufen, und schon erschienen der Nachbar Dragomir oder der Nachbar Toader, je nachdem, auf welcher Seite des Gartens man es gerufen hatte. Dann saßen die Männer in der Küche, prosteten sich häufig zu und kamen mit dem Erzählen nicht ans Ende. Aus dem Nebenzimmer, wo er in seinem Bettchen lag und seine Mutter fest schlief, konnte Darie nebenan das Kerzenlicht flackern sehen – die Gaslampe wurde aus Spargründen nur beim Abendessen benutzt –, «als ob die Kerze besoffener wäre als ich», pflegte sein Vater zu sagen. Grigorie und der Nachbar konversierten immer heiterer:

«Habe ich dir schon erzählt, wie ich 1848 hier auf dem Hügel … da war ich kaum achtzehn Jahre alt, unterster Dienstgrad … hier auf dem Hügel, sage ich, dem Kerim Pascha persönlich einen Tritt in den Hintern gegeben habe? Wir waren eine Handvoll Feuerwehrleute und sie eine ganze Armee …»

«Hast du, Nea Grigorie, und nicht nur einmal.»

«Und habe ich erzählt, wie ich 1847 beim großen Brand, als beinahe die ganze Stadt draufgegangen ist …»

«Auch das hast du schon oft erzählt. Es gibt kaum jemand im Viertel, der es nicht weiß.»

«Sie haben behauptet, dass es am heiligen Dimitrie gelegen hat, den man aus der Kirche geholt und in einer Prozession durch die Stadt getragen hat. Aber es hat nicht an ihm gelegen, sondern an uns. Dutzende sind gestorben, zwölf Kirchen, siebenhundert Geschäfte, zweitausend Häuser sind abgebrannt, es hat furchtbar gestunken und der Himmel hat sich verdunkelt. Hundertmal hat es so ausgesehen, als ob wir alles den Flammen überlassen müssten, und hundertmal haben wir nicht nachgegeben.»

«Aber so ein Heiliger ist doch auch nicht zu unterschätzen, Nea Grigorie. Der kann Dinge, die die Feuerwehr nicht kann.»

«Welche denn, wenn ich fragen darf?», sagte Ururgroßvater.

«Zum Beispiel, es regnen lassen. Es heißt doch, dass es gleich angefangen hat zu regnen, als seine Reliquien durch die Gassen getragen wurden.»

«Na ja, wenn man an solche Dinge glaubt … Aber auch, wenn er sich bemüht hat, ohne uns hätte er es nicht geschafft. Da ist so ein Heiliger auch nur ein Mensch. Da bin ich mir sicher. So war das.»

Das war das Signal, dass Grigorie keine weiteren unsinnigen Kommentare mehr tolerieren würde und dass nun alles geklärt war. Weil an dieser Stelle in der Küche immer Stille einkehrte, glaubte mein Großvater, dass der Nachbar gegangen sei und dass man bald Grigories zufriedenes Schnarchen hören würde. Aber es fehlte noch eine letzte Frage, das wusste der Kleine.

«Und habe ich dir erzählt, wie ich 1877 …»

«Auch das hast du bereits. Jetzt schlaf, Nea Grigorie. Morgen ist ein neuer Tag.»

«Ein neuer Tag, aber die alten Erinnerungen. Zum Teufel, es geschieht nichts mehr in diesem Leben.»

Natürlich kannte auch Darie die Geschichte vom Stadtbrand, der von einem Kind beim Spielen entfacht worden war. Eine gewaltige Feuerwalze hatte sich von nichts aufhalten lassen und niemanden verschont. Vielleicht war es am Schluss die Müdigkeit des Feuers gewesen, vielleicht aber auch die Unnachgiebigkeit des Menschen, die die Stadt gerettet hatte. Man sollte den Menschen nie zu viel zutrauen, aber sie auch nie abschreiben.

In Erinnerung blieb dieser Brand als das Große Feuer. In dieser Weltengegend, wo es an großen Katastrophen nie gemangelt hat, scheint eine Steigerung keinen Sinn zu haben. Denn groß waren auch die Feuersbrünste von 1739 und 1804 gewesen, andere nur unwesentlich kleiner; groß auch das Erdbeben von 1738, bei dem sich in der Erde Spalten gebildet hatten und es aus ihrer Untiefe nach Schwefel gerochen hatte – was als Beweis für die Existenz des Teufels gesehen worden war –; groß waren auch die unzähligen Hungersnöte gewesen, wobei man manche von ihnen auch «die bösen» nannte: der böse Hunger, als ob es auch einen guten gäbe. Einer, der dich nicht gleich tötet, sondern sich nur in deinem Magen einnistet, um dich zu ärgern; groß auch manche Pestepidemie.

So gewöhnlich war hier ‹groß› geworden, so klein das Leben des Einzelnen im Vergleich dazu, dass man nach einer Katastrophe vor dem Kirchenaltar auf die Knie fiel und danach furchtsam auf die nächste große oder böse Geschichte wartete. Was sollte man auch sonst tun? Man lebte von Vernichtung zu Vernichtung. Bei der großen Geschichte von 1847 war nicht einmal auf die Kirchen Verlass gewesen, die lichterloh brannten und die Menschen verzweifelt und verwaist zurückließen.

1848 war es anders gewesen. Keine dreihundert Meter vom Ort entfernt, wo unsere Familie einige Jahrzehnte später ihr Haus bauen, wo Daries Großvater in Erinnerungen schwelgen sollte, sein Vater im Bierdunst und seine Mutter in Weihrauch, hatte Kerim Pascha beschlossen, die Kaserne einzunehmen, in der sich rumänische Truppen verschanzt hatten. Zweihundert Feuerwehrmänner wollten den Eingeschlossenen zu Hilfe eilen und hätten es fast geschafft, sich an den Türken vorbeizuschleichen, als ein osmanischer Major einen der Männer mit der stumpfen Seite seines Säbels niederstreckte. Der Mann ließ sich das nicht bieten und erschoss zuerst den Major und dann das Pferd von Kerim Pascha.

Es wurde ein großes Gemetzel, das den Rumänen keinen Sieg brachte. Die Türken besetzten wieder, nach altem Brauch, Bukarest. Aber ihr Mut machte die Feuerwehrleute unsterblich und den Ururgroßvater noch unsterblicher, denn es ist fast unnötig zu erwähnen, dass allen Erzählungen zufolge natürlich er das Pferd von Kerim Pascha erschossen hatte, was nahezu dasselbe war, wie den Pascha selbst zu Fall zu bringen.

Der Hügel war damals kaum bewohnt. Der Eichenwald, der jahrhundertelang hier gestanden hatte, war längst abgeholzt worden. Man hatte daraus Häuser, Zäune und Scheunen, Kirchen, Altäre und Ikonen gebaut. Mit dem Holz der kräftigen Eichenstämme hatte man geheizt, die schlammigen Straßen gedeckt und noch mehr Häuser und Kirchen und Altäre gebaut, als die Stadt sich entlang der Hauptachsen auszudehnen begann.

Vielleicht rächte sich der Eichenwald an den achtlosen Stadtbewohnern, denn was aus seinem Holz bestand, brannte regelmäßig und großflächig ab. Auf dem Spirii-Hügel standen damals nur die weiß gekachelten, einfachen Behausungen der Calici, der Armen, aber Freien, die im Laufe der Zeit aus der Stadt gedrängt worden waren.

Verbürgt ist, dass Kerim Pascha die Schlacht ohne Pferd gewinnen musste, aber nicht, dass es Ururgroßvater war, der für diesen Umstand gesorgt hatte. Trotzdem glaubte es fast jeder, denn Grigories Mundpropaganda hatte Jahrzehnte Zeit, um zur Wahrheit zu werden. Weil er daran glaubte, glaubten es auch die anderen, bis zu meinen Eltern und mir. Außerdem brauchten uns solche Einzelheiten nicht zu kümmern, die nur kleine Störungen im ewigen Fluss der Zeit waren. Sie änderten nichts an der schicksalhaften Fügung, dass unsere Familie an allen drei großen – ohne Steigerungsmöglichkeit – Ereignissen teilgenommen hatte, die das letzte Jahrhundert für die Feuerwehr der Stadt bereitgehalten hatte.

Das dritte Ereignis fand, wenige Jahre bevor Großvater Darie geboren wurde, statt. Die Hoffnung, dass man die Türken doch noch schlagen könnte, kam in der Gestalt des Zaren, der dem rumänischen König 1876 mitteilte, er wolle im nächsten Frühjahr seine Armee durch Rumänien marschieren und im Süden die Donau überqueren lassen, um das osmanische Heer aus Bulgarien zu vertreiben.

Was hätten der König und seine Regierung schon tun sollen? Es gab zu wenig Feuerwehrleute und Soldaten im Lande für einen so breiten, sibirischen Hintern, wie Grigorie gesagt hätte. Man ließ den Zaren gewähren und betete, dass der russische Hintern sich nicht allzu fest zum Ruhen auf dem Land niederlassen würde. Der König und seine Regierung beschlossen, sich den Russen anzuschließen, also rüstete man die Armee auf.

Auch Ururgroßvaters Feuerwehr, die als Artilleriedivision Teil der Armee war, wurde mobilisiert. Im Mai 1877 bezog Grigorie mit seiner Kompanie Stellung am nördlichen rumänischen Donauufer, direkt gegenüber der osmanischen Festung Vidin. Sechs große Artilleriestellungen wurden ausgehoben und in einiger Entfernung das Munitionslager. Die neuen, schweren russischen Lavrov-Belagerungskanonen aus Bronze, Kaliber 152.4 mm, und die Mörser trafen ein.

Man stellte alles fertig, wartete und langweilte sich. Die Soldaten schrieben nach Hause, dass der Krieg bedauerlicherweise sehr langweilig sei, bis dann eine gottlose osmanische Kanonenkugel über ihre Köpfe hinwegzischte und dumpf irgendwo im Feld einschlug.

«Ist das jetzt der Krieg?», fragte einer von ihnen.

«Nein, das ist nicht der Krieg. Sie prüfen nur ihre Schussgenauigkeit. Du wirst bald sehen, was der Krieg ist. So, Männer, ich würde sagen, wir dürfen das nicht unbeantwortet lassen», befand ihr Kommandant.

Keiner hatte bemerkt, dass einige Hundert Meter entfernt auf dem staubigen Weg zum Munitionsdepot ein Pferdekarren in Stücke gerissen worden war. Unter den beiden toten Gäulen lag Grigorie mit zertrümmertem Rücken. Eine einzelne Kanonenkugel, die ihn als bewegliches Ziel ins Visier genommen hatte, machte seinen Traum zunichte, einen großen Vaterländischen Krieg zu erleben.

Aber auch er erhielt seinen Anteil an Heldenhaftigkeit: eine Beförderung zum Leutnant a. D., eine Pension auf Lebenszeit und einige Medaillen, die er seinen Gästen immer als Erstes präsentierte.

In jener fernen Zeit, als Großvater Darie noch ein Kind war, kam sein Vater nachts entweder vom Dienst in der Feuerwehrkaserne unten in der Stadt oder aus dem Oppler-Colosseum zurück. War es letzteres, erwachte der Junge von den schweren, tänzelnden Schritten Vasiles. «Schlaf jetzt ruhig und verrate mich nicht», murmelte er, und Darie schlief mit dem allerletzten Geruch des Tages in der Nase ein, der Bierfahne seines Vaters.

Das Colosseum war ein magischer Ort, der noch mehr durstige Menschen anzog, seitdem die Pferdestraßenbahn sich den Hügel hochquälte und direkt davor hielt. Die Stadt hatte drei große Brauereien, Luther, Bragadiru und unsere ‹hauseigene›, Oppler, und alle drei hatten Sommergärten und Bierhallen, in denen der Durst König war. Eins über den Durst zu trinken, war gar nicht möglich, so groß war er.

Unsere Herzen schlugen fürs Colosseum, wohin sich sonntags sogar Grigorie begab, die Medaillen an die Brust geheftet und von seinem Sohn auf den Armen getragen. Hinter ihnen kamen Darie in kurzen Hosen und seine Mutter in einem schwarzen, hochgeschlossenen Kleid und einem breitkrempigen Hut, auf den falsche Blumen und echte Federn genäht waren, wie Frauen um 1890 ihre Hüte trugen.

Das Colosseum war nicht nur ein Biergarten, sondern ein Garten Şantant, so wie es unten in der Stadt Cafés Şantant gab. Unter ausladenden Kastanienbäumen traten auf einer Bühne unterschiedlich talentierte Sängerinnen auf, Deutsch und Französisch, und alles war voller Şarm, wie es auf einer der Oppler-Brauereimauern gestanden hatte:

Bei uns alles mit Şarm
Das Bier, die Kellner, die Sängerinnen, das Vergnügen
Deutsch und Französisch

Als der Deutsch-Französische Krieg ausbrach, den Bismarck gewann, hatte man allerdings ‹Deutsch› von der Mauer entfernt. Im Colosseum sang man jetzt die Marseillaise und in der Stadt attackierte man den preußischen Gesandten mit einem Steineregen. Man ersetzte ‹Deutsch› durch ‹Ungarisch›. Als dann gegen Ende des Jahrhunderts die Ungarn, mehr als die Türken, die Russen und die Deutschen zusammen, gehasst wurden, wurde auch das Wort entfernt und durch ‹Italienisch› ersetzt.

Als uns Mussolini und gelegentlich auch Frankreich im Stich ließen – was sich für mächtige Staaten geradezu gehört –, verschwand auch das. Niemand vermisste es, denn man hatte sowieso nie verstanden, was eigentlich Deutsch, Französisch, Ungarisch oder Italienisch sein sollte: das Bier, die Kellner, die Sängerinnen, der Şarm oder das Vergnügen.

Ich habe die alte Werbung auf der Mauer des Colosseums viele Jahrzehnte später gesehen. In den Dreißigerjahren endete sie bei ‹das Vergnügen›. Das war gerade noch hinnehmbar, etwas Vergnügen gab es in der Zwischenkriegszeit noch, aber umso häufiger unlöschbare Brände. Nach dem Zweiten Weltkrieg bin ich einmal den Spirii-Hügel hochgelaufen, um nach den Großeltern und dem Haus zu schauen, da sah ich die Werbung zum letzten Mal. Diesmal war auch das Vergnügen erodiert, geblieben war: ‹Bei uns alles mit Şarm›. Als die Kommunisten die Macht übernahmen, verschwand auch der Charme.

Wir sind eine Familie von Feuerwehrleuten. Wir löschen Brände, oder ich sollte lieber sagen: Wir löschten sie. Denn bei mir machte diese Berufung halt. Nicht, dass ich mich dagegen gesträubt hätte, aber ich war ein ängstliches Kind. Doch vor dem Feuer darfst du, wie mein Vater sagte, keine Angst zeigen, sonst weiß es, dass es gewinnen wird.

Die Zeiten nach dem Zweiten Weltkrieg brachten Brände mit

sich, die nicht zu löschen waren. Nicht von einem einfachen Feuerwehrmann und nicht von den Heiligen, die die Frauen in unserer Familie verehrten, oder den Geboten und Regeln, denen sie folgten: der Beichte, der Mildtätigkeit, der Sündenlosigkeit, dem großen Fasten. Denn auch das Fasten wurde ‹groß› genannt, mindestens so groß, wie die Katastrophen es waren.

Anfang April 1892 wachte Darie in aller Frühe und voller Erwartung auf. Sein kleiner Koffer war schon am Vorabend gepackt worden, und er stellte ihn zu den anderen Sachen, die seine Eltern und er in ihr neues Zuhause mitnehmen würden. Der Pferdekarren für den Umzug war längst bestellt worden. Sein Großvater saß bereits auf der Bettkante und wartete, dass man ihn hinaustrug, um die erste Zigarette des Tages zu rauchen. Darie hatte Grigorie noch nie so aufgelöst gesehen wie jetzt.

«Was ist, Großvater?»

«Jetzt, da ihr wegzieht, kommt bestimmt bald der Teufel, um mich zu holen.»

«Vielleicht kommt der Erzengel. Du hast in deinem Leben so viele Menschen vor dem Feuer gerettet und zweimal sogar das ganze Land.»

«Meinst du wirklich, die oben haben das gemerkt?»

«Bestimmt.»

«Na ja, wir werden sehen. Vergiss deinen Großvater nicht, obwohl so ein neuer Feuerturm bestimmt interessanter ist als ein alter Mann … Und fang bald mit der Ausbildung an. In deinem Alter konnte ich schon kleinere Feuer löschen, eine Wasserpumpe bedienen, auf die große Leiter klettern, Zäune einreißen und noch vieles mehr.» Aber Darie hörte ihm nicht mehr zu.

«Großvater, wenn du willst, dass dich jemand in den Hof trägt, brauchst du nur hier dran zu ziehen.» Der Junge griff nach dem Schnurende, das über Grigories Bett hing, und zog. Man hörte den klaren, fröhlichen Klang einer kleinen Glocke. «Zweimal für den Nachbarn links und dreimal für den Nachbarn rechts.»

«Wer hätte gedacht, dass ich einmal den Kirchenglocken Konkurrenz machen würde.» Grigorie lachte jetzt, und seine Goldzähne schimmerten im kargen Licht. «Nea Toader werde ich öfters holen, er trinkt mir wenigstens nicht den ganzen Schnaps weg, aber Nea Dragomir hat mehr Ausdauer beim Zuhören. So schade, dass ihr weggeht. Wem soll ich noch von meinem schönen Jahrhundert erzählen? Aber nichts bleibt, wie es ist. Jetzt soll es sogar elektrisches Licht geben, habe ich gehört. Wie soll man da noch gemütlich sitzen, in Ruhe seine Zigarette rauchen und vom Leben erzählen, wenn dauernd jemand etwas Neues erfindet?»

«Auf Wiedersehen, Großvater, bis bald.»

«Warte doch …, habe ich dir schon erzählt, wie …»

«Ja, hast du, und zwar hundertmal. Mutter sagt, du hast mir schon Geschichten erzählt, als ich noch in der Wiege gelegen bin und nichts verstanden habe.»

«Natürlich hast du es verstanden, du hast mich immer ganz erstaunt angeguckt. ‹Das Kind stirbt noch vor Schreck›, hat deine Mutter immer gesagt. ‹Er soll über das Leben Bescheid wissen. Man kann nie früh genug damit anfangen›, habe ich geantwortet. Und jetzt geh schon. Ich sage ihnen, dass du beim Glockenturm auf sie wartest.»

Es hatte viel in Ururgroßvaters Jahrhundert gegeben, was er für erzählenswert hielt. Ohne sich erwehren zu können, waren die vergangenen Ereignisse auf meinen kleinen Großvater niedergeprasselt, gefiltert durch das Gedächtnis eines alten Mannes, der ihm den kleinen Finger zum Saugen hinhielt. Die große Geschichte suchte Darie heim, als würde sie ihn früh daran gewöhnen wollen. Grigorie berichtete von Attentaten, Putschen, Regierungsstürzen, Straßenkämpfen und Morden. Er ersparte dem Kleinen nichts, das Jahrhundert war reich an Unrast gewesen, ihre Stadt ganz besonders.

Zuerst eine russische Besatzung, dann eine türkische Belagerung und als Zugabe die Pest, oder andersrum. Selbst seine Geburt hatte Ururgroßvater einem Erdbeben verdankt. Erschrocken eilten seine Eltern auf die Gasse und durch den Schock setzten bei Grigories Mutter die Wehen ein. Er kam unter einer der drei Straßenlaternen auf die Welt, die kurz zuvor auf der Uliţa Colţei, der früheren Großen Gasse, aufgestellt worden waren. Es war die erste Straßenbeleuchtung mit Öllampen in Bucureştii.

Die Lampe gab nicht genug Licht, um all die Schaulustigen zu befriedigen, aber dank Grigories Schreien verstand man, dass er am Leben war. Er jedoch schaute um sich, und die Welt war dunkel, doch hoch über ihm schwebte ein schwaches, flackerndes Licht, das von Fliegen umsurrt war, und er schlief beruhigt wieder ein, weil es Gott gab, und hat alle Nachbeben verschlafen.

Später hat das Land einen Herrscher bekommen, einen importierten deutschen König, dessen Namen die wenigsten aussprechen oder sich merken konnten. Man entschied, ihn einfach Carol zu nennen, und weil man auf eine ganze Reihe von Carols hoffte – auf eine Dynastie, wie in jedem zivilisierten Land –, fügte man ein ‹der Erste› hinzu. Er nahm sich eine Frau, deren Name wie gemacht schien für rumänische Zungen: Elisabeth Pauline Ottilie Luise zu Wied. Kurz: Elisabeta.

Als Großvater Darie anderthalb Jahre alt war und seine ersten Schritte übte, erinnerte sich Grigorie an die Schläger seiner Zeit, an die stadtbekannten ‹empörten Bürger›, die umso empörter waren, je besser sie bezahlt wurden. Während der Riese Popa Tache mit Vorliebe auf die Konservativen eindrosch, hatte es Ilie Geambaşu auf die Liberalen abgesehen. Er war ein sehniger Mann, der auf seinem Pferd in die Kneipen ritt und eine Peitsche schwang. Zehn, fünfzehn seiner Leute folgten ihm. «Gibt es hier liberale Hurensöhne?», rief er in die Runde. Ionel Izvoreanu hingegen war es gleich, wen er verprügelte, er wurde gleichzeitig erschossen und erdolcht, so verhasst war er.

Als Darie längst sprechen konnte und im Hof herumspielte, saß Grigorie unter der geduldigen Eiche, die ebenfalls schon alles gehört hatte, und beaufsichtigte ihn. Er war inzwischen von den großen Verbrechen zu den gewöhnlichen Tötungen aus Gier und

Eifersucht gewechselt, die regelmäßig die Menschen in einer solch provinziellen Stadt für Monate aufwühlten. Grigorie vergaß auch die kuriosen Geschichten nicht, wie jene vom ersten Amerikaner, den man in dieser Gegend gesehen hatte. ‹Mister James Swane, ein aquarisches Phänomen›, hatte man ihn genannt, weil er erst dann aus dem Wasser wieder auftauchte, als man ihn längst für tot gehalten hatte.

Darie war schon in der ersten Klasse, als Grigorie ihm von den Diven aus fremden Ländern erzählte, die er im Theater gesehen hatte. Er sprach ihre Namen feierlich aus, wobei er die Vokabeln genüsslich in die Länge zog: Albina de Rhona, Bellincioni und Brambilla, Glacinta Pazzana Guallieri. Sie alle übertraf die unvergleichliche Adelina Patti. Auch er hatte unter ihrem Balkon «Evviva Adelina!» gerufen.

Das alles und noch mehr hatte Grigorie erzählt, aber eine Geschichte ließ er immer aus. Es war, als ob sein Geschichtenkarussell dazu diente, diese eine zu vermeiden und sich dabei zu betäuben. Es war die größte Geschichte seines Lebens, die vom Leben und vom Tod seiner Frau, die ebenfalls aus einer honorablen Feuerwehr-Familie stammte. Sie hatte sich in ihn verliebt, als sie ihn beim Löschen eines Hausbrandes beobachtet hatte.

Er war auch dann ihr Held geblieben, als er praktisch ohne Zähne und gelähmt aus dem Krieg zurückgekehrt war. Sie trug ihn, solange sie noch konnte, in den Hof, gab ihm genau zwei Zigaretten pro Tag und umsorgte ihn, ohne zu klagen, bis sie eines Tages selbst nicht mehr aufstehen konnte. Eine große Müdigkeit hatte sie ergriffen.

Als die gewöhnlichen Ärzte nicht mehr helfen konnten, brachte man sie zum berühmtesten Mediziner der Stadt, Doktor Alois Drasch. Über ihn wusste man kaum etwas Gesichertes, nicht einmal, ob er überhaupt Arzt war. Er war einst in Bucureştii aufgetaucht und geblieben. Obwohl er selten jemanden heilte, schenkte er beinahe gratis Hoffnung. Er war der Lieblingsarzt der Armen.

Nea Toader hatte Grigorie und Nea Dragomir Grigories Frau getragen, sie waren vom Hügel in die Stadt heruntergestiegen und hatten erst vor dem Haus am Großen Markt haltgemacht, wo der Doktor wohnte und wo er auch empfing. Aber auch seine Salben und Pillen konnten nicht helfen, meine Ururgroßmutter starb langsam, leise und bemüht, niemanden zu stören, so wie sie auch gelebt hatte.

Großvater Darie ließ Grigorie auf der Bettkante sitzen und trat ins Freie. Er atmete den malzigen Geruch ein, als ob es das letzte Mal wäre, lief unbekümmert die Strada Izvorului hinunter, sprang über den Zaun in den Garten der Kirche Izvorul Tămăduirii und kam auf der Vorderseite wieder heraus, grüßte die beiden Heiligen, die den Kircheneingang flankierten, und verabschiedete sich gleichzeitig von ihnen: «Auf Wiedersehen, Petru! Auf Wiedersehen, Pavel!» Er zog weiter, aber weil er vergessen hatte, sich zu bekreuzigen, kehrte er noch einmal zurück: «În numele Tatălui, al Fiului şi al Sfântului Duh, Amin!», dann erschrak er, weil er Maria vergessen hatte: «Auf Wiedersehen, Maria!», und für einmal lächelte die wundertätige Mutter Gottes über dem Kirchenportal nur für ihn.

Als er in die Gasse Puţul cu Apă Rece einbog, spürte er Durst, obwohl die Gasse den Wasserbrunnen nur im Namen trug. Vor seinem inneren Auge tauchte ein stattlicher, tiefer Brunnen auf mit klarem Wasser. Die Gasse schlängelte sich den Hügel hinab, als wäre sie nicht sicher, wohin sie führen sollte. Sie täuschte gerne jene, die sich in der Gegend nicht auskannten.

Die Hunde kannten Darie gut, bellten ihn schon lange nicht mehr an, sondern schoben ihre feuchten Schnauzen zwischen den Gittern hindurch und ließen sich von ihm streicheln. In den Gärten waren nur die Wachskirschbäume und einige Apfel- und Aprikosenbäume aufgeblüht. Man konnte den Duft schon ahnen, der sich bald über die ganze Landschaft verströmen würde.

Darie nahm die Treppenstiege, die ihn zum Seiteneingang der

Militärkaserne führte. Noch ein Geruch bemächtigte sich seiner Nase, der nach frischem, warmem Brot aus der Brotfabrik Gagel gegenüber der Kaserne. Er grüßte die beiden Wachen und ebenso die Brotverkäuferin am Verkaufsstand vor der Fabrik. Weil er inzwischen nicht nur Durst, sondern auch Hunger hatte, legte er die Hände auf den Tresen und darauf sein Kinn. Vor ihm türmten sich frische, pralle Brotlaibe.

«Was schaust du mich an wie ein geschlagener Hund?», fragte die Verkäuferin.

«Ich habe Hunger.»

«Du hast immer Hunger.»

«Was kann ich dafür, wenn es so gut riecht …»

«Hast du auch Geld?»

«Tzz», schnalzte Darie mit der Zunge.

«Du hast immer Hunger, aber nie Geld. Dabei verdient dein Vater doch sicher nicht schlecht bei der Feuerwehr. Oder dein Großvater mit seiner Pension. Lebt er überhaupt noch?»

Daries resolutes Kopfnicken ließ keinen Zweifel an Grigories Lebendigkeit aufkommen.

«Es ist sowieso das letzte Mal, wir ziehen weg.»

«Wohin?»

«Zum Feuerturm.»

«Sieh mal einer an … zum Feuerturm. Ist kaum fertig gebaut und schon reden alle davon», sagte sie nachdenklich. «Dann ist das wohl ein Abschiedsbrot. Hier, nimm!»

Beim Weggehen winkte Darie ihr noch einmal zu, bevor er kräftig in den heißen Brotlaib biss. Für meinen kindlichen Großvater war die kurze Reise, die ihn quer durch die Stadt bringen sollte, wie Kolumbus' Aufbruch in die neue Welt. Es war das erste Mal, dass er sich verabschieden musste, und er wollte es gründlich tun.

Das Kloster Mihai Vodă befand sich auf einem Vorsprung des Spirii-Hügels direkt unter der Kaserne. Es war von Fürst Mihai Vodă erbaut worden, der die Türken der Stadt hatte umbringen lassen und sich der Osmanen-Armee in den Weg gestellt hatte.

Das Eichenholz der Tore und Balken war längst morsch und brüchig geworden, und dicke Risse durchzogen die Mauern.

Seit einigen Jahrzehnten war das Kloster zum Staatsarchiv geworden, obwohl es sich wegen seiner verschimmelten Wände kaum dazu eignete. Aber Großvater mochte es wegen des wuchtigen Glockenturms auf der Ostseite, von wo aus man weit über die Stadt schauen konnte, vielleicht an jenem Morgen sogar bis zum Feuerturm.

Er durchquerte den Hof, ohne beachtet zu werden, stieß die kleine Tür auf, die seit einem der vielen Erdbeben schief stand, und stieg die steile Treppe hinauf, an den Seilen der Glocken entlang. Die Glocken verrieten ihn nicht, sie blieben schon seit Jahrzehnten stumm. Zu seinen Füßen lag die Stadt, in der er geboren worden war und in deren Zentrum sich in den letzten Jahren das Treiben beschleunigt hatte; das sich gewandelt und in einem neuen Rhythmus zu leben begonnen hatte. In dem mittlerweile deutsche Bäcker, französische Hutmacher, italienische Barbiere oder österreichische Apotheker ihre Läden neben denen der Armenier, Juden, Griechen oder Rumänen eröffnet hatten.

Es gab fünfundzwanzig Telefonanschlüsse und eine elektrische Tramlinie. Der Palast und das Theater, auch zwei, drei Plätze waren elektrisch beleuchtet, und wenn Grigorie vom Wunder der Entzündung der ersten Gaslampen auf der Calea Victoriei erzählte, so hatten Darie und seine Eltern vor nur drei Jahren das Wunder der Elektrizität erlebt.

Der Zentralschlachthof wurde eines Abends von tausendzweihundert Glühbirnen beleuchtet. Seit Stunden hatten die Straßenbahn, die Pferde-Omnibusse und die Kutscher Hunderte von Neugierigen an den südlichen Stadtrand gebracht. Während von drinnen das letzte einsame Brüllen der Schlachttiere zu hören war, herrschte draußen eine Stimmung wie auf dem Rummelplatz.

Als es dunkel wurde, hatte der Stadtsergeant Mühe gehabt, die heitere Menge zum Schweigen zu bringen, aber nach einiger Zeit stellte sich gespannte Stille ein. Er schlug mit der Faust gegen das Tor, und ein paar Augenblicke später erstrahlte der Eingang des Schlachthofes im hellen Licht, das eine neue Zeit ankündigte. Das Tor ging auf, bedächtig wie in eine Kirche trat man in das den Hof flutende Licht ein und konnte nicht mehr aufhören zu staunen.

Was so ein elektrisches Licht bewirken konnte! Den Tieren hingegen hatte es nichts gebracht, für sie war es bei elektrischem Licht wie vorher bei Gaslicht. Der Tod, ob beleuchtet oder nicht, war immer derselbe. Jetzt sah es aus wie auf einem himmlischen Schlachthof, von wo aus sich die Seelen der Tiere, wenn sie welche hatten, gar nicht mehr erheben mussten, weil sie schon im Himmel waren. Die Schlachter hätten gar kein Licht gebraucht. Jeder Stoß, jeder Schlag, jeder Schnitt saß.

Vom Glockenturm aus blickte Darie zuerst Richtung Norden, wo, nur einen Katzensprung entfernt, die träge Dâmboviţa floss, die früher die ganze Gegend überschwemmt hatte und in launigen Mäandern die Stadt durchquerte. Schlammig, langsam und wenig tief war sie gewesen, nun lag sie tiefer in ihrem Bett, sodass die Wasserverkäufer ihre Esel kaum noch in den Fluss treiben konnten, um die Bottiche zu füllen. Zwei oder drei Männer waren an jenem Morgen damit beschäftigt, und die Tiere zogen mit aller Kraft die übervollen Gefäße die Uferböschung hoch. Die Wasserverkäufer würden gleich auf den Spirii-Hügel ausschwärmen, von ihren lang gezogenen «Apăăă!»-Rufen war Darie unzählige Male aufgewacht.

Jenseits des Flusses war die alte Feuerwehrwache zu sehen, wo sein Vater bis am Vortag gearbeitet hatte. Er hatte Darie hin und wieder hierhergebracht, um dann auf den baufälligen Beobachtungsturm im Hof der Feuerwache zu zeigen. «Du wartest hier, bis du mich drüben auf dem Turm siehst und ich dir zuwinke. Dann läufst du so schnell du kannst wieder nach Hause, sonst macht sich deine Mutter Sorgen.»

Es war ihr Ritual gewesen, aber seit einigen Monaten hatten sie den Turm kaum noch beachtet, sondern nach dem neuen im Osten der Stadt Ausschau gehalten, der gerade erbaut wurde. Er hatte sich erst allmählich zwischen den Häusern und den Baumwipfeln gezeigt, war dann aber von Woche zu Woche in die Höhe geschossen, bis er schon von Weitem zu einer imposanten Erscheinung geworden war.

Gleich neben der Feuerwehrwache stand auf einer kleinen Erhebung inmitten des Viertels die Kirche des heiligen Ilie. Dorthin hatte ihn Mutter manchmal mitgenommen; sie waren die enge Treppe hochgelaufen, und als sie auf der Plattform vor dem Kircheneingang standen, schien Mutter ihn vergessen zu haben, denn sie verschwand gleich in die Kirche, ohne sich noch einmal nach ihm umzusehen. Das machte ihm nichts aus, sie hatte ihn in den letzten Jahren so oft vor Kirchen stehen lassen, dass er sich daran gewöhnt hatte.

Er war vor den Heiligen Ilie, Spiridon, Ioan, Dimitrie, Antim oder vor den Aposteln Pavel und Petru vergessen worden, aber auch vor Kirchen, die nicht nach Heiligen benannt worden waren. Manchmal, wenn er zu lange gewartet hatte, kehrte er sogar allein nach Hause zurück.

Die Kirche des heiligen Ilie war nicht die schönste, nicht einmal die prächtigste in der Stadt, die an Kirchen und mächtigen Heiligen nicht arm war. Sie besaß keine wundertätige Ikone, sondern nur eine ziemlich hübsche, die zeigte, wie Ilie von Raben genährt worden war. Aber aus irgendeinem Grund hielt Urgroßmutter Ecaterina dieser Kirche die Treue.

Lange hatte Darie geglaubt, es liege daran, dass der heilige Ilie der Hüter des Feuers sei. Aus Feuer war die Peitsche, mit der er die Teufel plagte, aus Feuer waren seine Windeln gewesen und Feuer bekam er nach der Geburt zu essen. Ebenfalls aus Feuer war der Wagen, mit dem ihn Gott, noch bevor Ilie gestorben war, zu sich geholt hatte. Er war der einzige Heilige, der lebendig in den Himmel aufgefahren war, ein Wunder der besonderen Art, und deshalb leuchtete es dem kleinen Darie ein, dass ausgerechnet Ilie sich die Gebete der Frau eines Feuerwehrmannes anhören musste.

Aber das war gar nicht der Grund, die Kirche hatte einen anderen Vorzug, einen strategischen, wenn man so will. Von der kleinen Plattform vor ihrem Eingang konnte man das ganze Viertel überblicken und vor allem in den Hof der Feuerwehrkaserne sehen.

Jedesmal kam Ecaterina wieder heraus, stellte sich an den Rand der Plattform und suchte mit den Blicken nach Daries Vater. Sobald sie ihren Mann entdeckt hatte, ließ sie ihn nicht mehr aus den Augen. Auch er wusste um ihre Anwesenheit, spürte ihre Anwesenheit und schaute zur Kirche hoch. Manchmal stand er oben auf dem Beobachtungsturm, und sie sahen sich still an, ohne eine Geste, nickten sich höchstens fast unmerklich zu. Darie hatte nicht lange gebraucht, um zu verstehen, dass sich seine Eltern liebten, auch wenn sie nur noch selten miteinander sprachen.

Vom Glockenturm aus entdeckte Darie weitere Kirchtürme, die er nicht kannte, den Beginn der Calea Victoriei, der ersten Adresse in der Stadt, und weiter entfernt das Dach der Universität und das des Nationaltheaters. In der Stadt war noch nicht viel Großes erbaut worden. Die Häuser der Reichen standen versteckt in üppigen Gärten, die anderen begnügten sich mit einem Maulbeerbaum und mit schattenspendenden Weinreben neben ihren Behausungen.

Dann drehte sich Darie Richtung Südosten und erblickte den Hügel der Kirche des heiligen Dimitrie. Die Hügelflanken waren unbebaut, dort weideten Gänse und Ziegen. Oft zogen Schäfer mit ihren Herden durch die Stadt – ein lärmender Strom aus weißer Wolle –, die den Straßenverkehr zum Erliegen brachten, bevor sie sich auf dem Hügel niederließen. Von der Anhöhe aus schaute der heilige Dimitrie dem Treiben zu, aber das friedliche Bild war trügerisch.

Nichts war friedlich in Bucuresci, nichts war hier wie ein ruhiger Fluss, dem man sein Leben blind hätte anvertrauen können. Hätte Großvater Darie aufmerksam gelauscht, dann wäre ihm ein Grollen aufgefallen, von den Markthallen am Fuße des Hügels her, wie von einer Menschenmenge. Aber Darie achtete nicht darauf, er musste damit rechnen, dass die Eltern jederzeit mit dem mit Möbeln und Hausrat beladenen Fuhrwerk auftauchen konnten. Nun sah er nach dem anderen wichtigen Ort seines Lebens: dem Zirkus Sidoli.

Nur zwei Straßen weiter waren seine weiße Kuppel und eine Ecke der Menagerie zu sehen, wo die schöne Alma Sidoli gerade dabei war, ihre Pferde zu füttern. Der männliche Teil der Stadt nannte sie ‹die Sidoli› und ging nur deshalb in den Zirkus, um dort auf ihre vollkommenen Beine zu starren, wenn sie von ihrem Pferd aus durch einen Ring mit Seidenpapier sprang.

Der Zirkus war noch aus einem anderen Grund Daries Leidenschaft geworden. In seiner Empfindung gehörte er ihm ein Stückweit, denn sein Vater hatte zwar nicht die ganze Stadt oder die Nation gerettet, so wie Grigorie, den Zirkus aber schon. 1884 war während eines Sturms der Hauptpfeiler auf eine Dame aus der guten Gesellschaft gekippt und hatte sie erdrückt. Gleichzeitig senkte sich das Zelt über der Manege, sodass der Stoff sich an den Fackeln entzündete. Der Brand breitete sich rasch aus.

Dass die Requisiten, die Tiere und manch ein Besucher nicht verbrannten, war der Kaltblütigkeit von Unterleutnant Vasile Stoica zu verdanken, Daries Vater, Grigories Sohn und mein Urgroßvater. Seine Männer und er liefen todesmutig immer wieder in den Rauch. Am nächsten Tag schrieben die Zeitungen: ‹Der beste Akrobat des Abends war Unterleutnant Vasile Stoica. In seinen Händen ist unser Leben sicher.›

Urgroßvaters Aufstieg war phänomenal, noch einen Monat vor dem Zirkusbrand war er bloß ein einfacher Feuerwehrmann gewesen. Dann hatte Ende März die Universität gebrannt und Ende April der Zirkus. Während ein Zirkus nur ein Ort für Spektakel und schöne Beine war, so war die Universität der Hort des geistigen Lebens des Landes, und genau das sollte Vasile Stoica bis zu seinem Tod behaupten: «Ich habe das geistige Leben des Landes gerettet.»

Daries Vater avancierte zum Leutnant, und der König, der beim Brand der Universität Zeuge seines Mutes geworden war, gab ihm ein Versprechen. Sobald ein neuer Beobachtungsturm gebaut würde, würde man sich seiner erinnern.

Ein lautes Pfeifen holte Darie zurück in die Realität. Unter dem Turm, an der Straße erblickte er Vater und Mutter mit dem Fuhrwerk. Der Gaul schien kaum imstande, alles hinter sich herzuziehen. Die Mutter, deren Gesicht von ihrem breiten Hut verdeckt wurde, saß auf einem Stuhl auf der Ladefläche und hielt die Pendeluhr in den Armen. Der Vater hatte die neue Uniform eines Leutnants der königlichen Feuerwehr angelegt. An einem prächtigen Gürtel hing lässig das Schwert, und auf seinem Kopf glänzte der goldene Helm.

Von seinem Beobachtungsposten aus warf Darie einen Blick Richtung Osten und hoffte, im milchigen Morgenlicht den neuen Turm ausmachen zu können. Da erhob er sich tatsächlich, massiv und fest, wie wenn er schon immer dort gestanden hätte. Er überragte alles, was Darie bisher gesehen hatte. Für einen Jungen seiner Zeit schien der Turm nach dem Himmel greifen zu wollen, als wollte er Gott am Kinn kitzeln.

Als sein Vater ein zweites Mal nach ihm pfiff, diesmal ungeduldiger, verabschiedete Darie sich vom heiligen Ilie, von der alten Feuerwehrkaserne, vom Oppler-Colosseum, von Sidoli und dem ganzen Hügel, auf dem er seine Kindheit verbracht hatte. Er eilte hinunter, nahm zwei, drei Stufen auf einmal, und als er am Fuße der Treppe angelangt war, die kleine Tür schon geöffnet hatte, bekam er Lust auf eine ganz andere Art des Abschieds. Darie packte eins der Seile, wickelte ein Stück davon um den Arm, dann versuchte er das Seil in Schwung zu bringen.

Erst nach mehreren Versuchen gelang es ihm, die Glocke in Schwingung zu versetzen, wie wenn sie nach Jahren des Stummseins wieder lernen müsste zu sprechen, langsam und zögerlich. Die Offiziere und Soldaten, die Händler, die Hausierer, die Kutscher und Stadtsergeanten, die Frauen mit ihren Hausmädchen, unterwegs zum Markt, hoben überrascht die Köpfe. Sie hatten sich an eine stimmlose Kirche gewöhnt, die niemanden mehr zum Gebet rief. Währenddessen wurde Darie sanft vom Boden gehoben und wieder sanft abgesetzt, und er war vollkommen glücklich und ruhig. Er läutete gerade seine zweite Kindheit ein, eine, die viel versprach.

Kapitel 3

Wenn Darie eine gefühlte Ewigkeit und zwei Weltkriege später über jenen Tag erzählte, an dem er aus seiner ersten in seine zweite Kindheit gewechselt war, merkte man ihm die Aufregung immer noch an. Ich besuchte ihn auf dem Dealul Spirii, in dem Haus, das einst Grigorie gehört hatte und danach ihm. Schlohweiß geworden, saß er unter derselben Eiche, die schon Grigorie Schatten gespendet hatte, rauchte und genehmigte sich mehrere Gläser Schnaps.

Manchmal zog er an der Schnur der kleinen Glocke, die immer noch da war, und lauschte ihrem Klang nach, versank in Erinnerungen, und zum Schluss rief er ganz wie Grigorie: «Pflaumenschnaps!», aber es zeigte sich kein Nachbar mehr. Längst waren die Häuser von anderen Menschen bewohnt.

Der Zirkus war nach dem Unglück von 1884 neu aufgebaut worden. Er lag auf einem Grundstück, das von Straßen mit sonderbaren Namen gesäumt war: Straße der Apostel, des Wissens, der Polizei und Straße des Brutus. Wieso Brutus, der ja keine ruhmreiche Rolle in der Geschichte einnimmt, seinen Platz neben den Aposteln, dem Wissen und der Polizei gefunden hatte, blieb rätselhaft.

Über die Apostel war Darie damals dank seiner Mutter gut unterrichtet, es waren mächtige Wesen, mit denen man sich besser nicht anlegte. Die Polizei war ebenfalls mächtig, aber korrupt und knüppelte unterschiedslos die Gegner der Regierung nieder. Brutus hatte einst einen mächtigen Kaiser verraten, und Wissen bedeutete Macht, wie sein Vater sagte, aber Darie, mit seinen zehn Jahren, hatte das alles seinerzeit noch nicht begriffen.

Viel mehr interessierte ihn, wie Francesco Sidoli erst drei Pistolen reitend in die Luft werfen und dann alle drei gleichzeitig abfeuern konnte. Oder wie Cesare Sidoli aus der Manege auf ein galoppierendes Pferd springen konnte, um dort oben die gefährlichsten Figuren mit Leichtigkeit zu vollbringen.

Der alte Zirkusdirektor, Theodor Sidoli – der wie eine Drohung eine Peitsche mit sich führte, wenn er das Publikum empfing –, saß mit seinen Söhnen und der Tochter an einem Tisch vor dem Eingang und frühstückte, als meine Vorfahren mit dem Umzugskarren vorbeizogen. Daries Mutter Ecaterina saß steif auf ihrem Thron, Vasile Stoica, ebenso steif, lief nebenher und bemühte sich, in seiner neuen Uniform würdig zu wirken. Großvater, die Hände tief in den Taschen seiner kurzen Hosen und die Mütze schräg im Gesicht, sprang unbekümmert vor dem Pferd her und war überall und nirgends.

«Herr Hauptmann, ist der Feuerturm endlich fertig?», fragte der Zirkusdirektor.

«Leutnant, lieber Herr Sidoli.»

«Ach, für uns sind Sie jetzt schon Hauptmann, General sogar. Ist der Turm nun fertig?»

«Jawohl, und er sieht nicht nur aus der Entfernung prächtig aus. So etwas hat es hier noch nicht gegeben.»

«Und stimmt es, dass man von oben bis zur Donau und den Karpaten sehen kann?», mischte sich Alda Sidoli ein.

«Mit genügend Einbildungskraft ist auch das möglich, Fräulein», erwiderte Vasile Stoica und beäugte sie neugierig.

«Mit der Kraft der Einbildung, lieber Herr Stoica», erwiderte der alte Sidoli, «kann man von unserem Provinznest bestimmt bis nach Paris oder Berlin schauen.»

«Vielleicht auch das, lieber Herr Sidoli», antwortete Vasile. «Jetzt müssen Sie uns entschuldigen, wir haben noch einen weiten Weg vor uns.»

«Besuchen Sie uns wieder! Bei uns kommen Sie immer umsonst rein!», rief Alda ihnen hinterher.

Wenn mein Urgroßvater Vasile Stoica und Darie bisher angenommen hatten, dass das Fuhrwerk den direkten Weg zu ihrem Ziel nehmen würde, dann wurden sie schnell enttäuscht. Wobei ‹der direkte Weg› nur eine Redensart, ein Wunsch, eine vage Erwartung, eine Hoffnung war, in einer so labyrinthischen Stadt wie Bucuresci oder Bucureştii, wo man es offenbar nicht darauf anlegte, anzukommen, bevor man nicht vagabundiert, in die falsche Richtung gelaufen war, gezweifelt hatte, orientierungslos geworden sich im Kreis gedreht hatte und alles wieder von vorn hatte beginnen müssen.

Denn Bucureştii – vielleicht deshalb der Plural – war wie eine Stadt aus miteinander verschmolzenen Dörfern, in der keine Gasse gerade verlief und Gehsteige oder Pflastersteine geächtet waren. Die vielen Gärten dufteten in den Frühlingsmonaten betörend, Hunde kläfften vergebens hinter den Zäunen, blasierte Katzen nickten auf Fenstersimsen immer wieder ein. Sobald man die Stadtmitte verließ, hätte es ebenso gut gar keine umtriebige Stadt, sondern bloß einen Traum von ihr geben können.

Als ihr Mann seine Schritte beschleunigte, um mit dem Kutscher zu reden, drang Ecaterinas Stimme deutlich und bestimmt zu ihm: «Du brauchst dich nicht zu bemühen, der Kutscher weiß Bescheid, wir machen einen Halt beim heiligen Spiridon.»

Die turmlose, weiß verputzte Kirche hatte das Ufer gewechselt, seitdem der Lauf des Flusses begradigt worden war. Hatte sie früher am nördlichen Ufer direkt vor dem Eingang zur berühmten Calea Victoriei gestanden, so befand sie sich nun am südlichen. Als sie dort ankamen, stieg Ecaterina von ihrem Sitz herab, ließ die anderen unter einem mächtigen Kastanienbaum warten und holte den Küster, der für sie die Kirche aufschloss.

Diese an sich unscheinbare Kirche hatte zwei entscheidende Vorteile: Ihr Patron war ein starker Heiliger, der Krankheiten heilte und böse Geister vertrieb. Er konnte Flüsse anhalten, Dürre und Hunger vertreiben, und wenn er aus ganzem Herzen betete, füllte sich der Himmel mit Wolken, und es regnete tagelang. Was konnte passender sein, um die Sorgen einer Feuerwehrfrau zu lindern, als ein Heiliger, der wusste, wie man mit dem Wasser umgeht? Außerdem besaß die Kirche eine uralte vergoldete Ikone, die man ‹die Syrische› nannte und über die verbürgt war, dass auch sie Wunder bewirkte.

Es dauerte einige Zeit, bis Ecaterina wieder herauskam, ihrem Sohn zärtlich über den Kopf strich und ihren Mann milde anlächelte, ohne zu verraten, was sie mit dem Heiligen besprochen hatte. Jetzt dachten Vasile und Darie, dass sie endlich vorankämen. Sie brauchten nur die Holzbrücke zu überqueren, darauf zu achten, nicht in den Sog des Stadtzentrums zu geraten, sondern am Fluss entlangzuziehen, bis sie am nördlichen Rand des Großen Marktplatzes wären.

Dort würden sie zwar Mühe haben durchzukommen, denn die Gegend barst morgens vor Waren, Kunden und Händlern, aber sobald sie den Markt hinter sich gelassen hätten, müssten sie sich nur noch an die Calea Moşilor halten, die sie bis zum Feuerturm bringen würde. Aber sie hatten nicht mit Ecaterina gerechnet, die entschlossen war, den Weg zum neuen Arbeitsort ihres Mannes in einen persönlichen Kreuzweg zu verwandeln, eine Pilgerfahrt durch Bukarest. Sie richtete sich nicht nach dem Dienstplan der Feuerwehr, sondern nach ihrem fast zwei Jahre alten Schmerz.

Ecaterina war noch eine junge, zupackende Frau, aber sie schien gealtert, nachdem sie 1889 ihr zweites Kind, eine Tochter, hatte sterben sehen. Die Grippeepidemie hatte Kinder, Alte, Schwache und auch kräftige Menschen hinweggerafft. Reiche und Arme hatten sich auf den Friedhöfen wiedergefunden, wobei der reiche Tod eine prächtige Kapelle bekam, der arme hingegen nur ein schiefes Holzkreuz.

Leutnant Vasile Stoica und sein Sohn wappneten sich mit Geduld und beschlossen sich dem zu fügen, was unausweichlich war. Die kleine Familie, der magere Gaul, der phlegmatische Kutscher, der noch kein Wort gesagt hatte, entfernten sich wieder vom Ufer, drangen tiefer ins Viertel hinein und fuhren einem fernen

Lärm und Dröhnen entgegen, die sie bisher nicht beachtet hatten, die jetzt aber immer deutlicher wurden. Denn auf dem Großen Marktplatz wurde gekämpft.

Das Bukarest jener Zeit war ständig von Protesten, Demonstrationen und Straßenkämpfen erschüttert, Zeitungen riefen zum Aufstand, Pamphlete wetterten gegen den allzu deutschen König – Regele este o cătană nemţească! Ruşinea tronului României! Să te fereşti de străin! –, Gerüchte von Verschwörungen und wirkliche Verschwörungen machten die Runde. Es gab Aufrufe zur Absetzung der Regierung und zum Kampf gegen Ungarn – das die Rumänen jenseits der Karpaten knechtete –, Putsche und Verrat. Das Überkochen der Gefühle machten sich jene zunutze, die gerade an die Macht gekommen waren, wie auch jene, die sie verloren hatten.

Es war eine unübersichtliche Welt der Geheimabsprachen, des blinden Ehrgeizes, der Verachtung und Beleidigungen, der Duelle mit Pistole oder Degen am frühen Morgen auf der Pferderennbahn. Zeitungsredakteure erschossen andere Zeitungsredakteure, Politiker erstachen andere Politiker, Redaktionsräume wurden verwüstet, der Königspalast wurde gestürmt, Brandreden wurden vor der Statue von Mihai Vodă – der seit seinen Siegen über die Osmanen auch ‹Viteazul›, der Tapfere, genannt wurde –, gegenüber der Universität gehalten oder in Versammlungssälen wie Dacia:

«Weg mit dem König! Zu deutsch, um rumänisch zu fühlen! Hoch lebe der König! Dank ihm beschützt uns der österreichische Kaiser! Weg mit dem Kaiser, weg mit Österreich-Ungarn und Deutschland, her mit Frankreich, her mit Russland! Für den Zaren sind wir ein Pickel mehr auf seinem Hintern. Fürchtet den Zaren! Die Ungarn sind gefährlicher als die Russen, keiner steht uns gegen die bei. Die Liberalen sind Verräter, weil sie nach Deutschland schielen, die Konservativen sind teuflisch, weil sie nach Russland schielen. Alles soll sich verändern, alles soll bleiben, wie es ist. Das universelle Wahlrecht, Pressefreiheit! Wahlfälschung! Nieder mit der Regierung! Die Regierung bezahlt Agenten, um uns einzuschüchtern! Keine Agenten sind sie, sondern empörte Bürger! Empörte Schläger eher! Morgen Protestveranstaltung bei der Statue von Mihai Vodă. Nehmt die Knüppel mit; wenn sie uns schlagen, schlagen wir zurück.»

So ging das jahrein, jahraus, es war wie ein Tanz von Betrunkenen und Berauschten, die wankten, stolperten, sich festhielten, nicht vom Fleck kamen, aber auch nicht hinfielen. Nur in einem Punkt waren sich die Gegner immer einig: Es gäbe zu viele Juden. Zu viele von ihnen kämen über die Ostgrenze ins Land auf der Flucht vor den russischen Pogromen, noch mehr würden kommen; wie eine Plage, dachte der Mob, würden sie sich ausbreiten, sie würden sich alles holen, wenn man ihnen nicht die Stirn biete, die Stirn und die Faust. Es gab in jener Zeit, als Großvater ein Kind war, leider kaum ein Thema, das sich besser eignete, ein zerrissenes, aufrührerisches Volk zu einen, als die Juden.

An jenem Tag aber, als die Familie Stoica auf dem Weg zum Feuerturm war, stand etwas anderes auf dem Programm, ein Straßenkrawall der besonderen Art. Nichtsahnend und neugierig ging Darie dieser trügerischen, aufgewühlten Welt entgegen.

Ihnen war aufgefallen, dass es in dem Viertel, das sie durchquerten, zu still war. Es war ein aufgeräumtes Viertel zwischen dem Spirii-Hügel und dem Marktplatz. Dort hatten wohlhabende Händler ihre Häuser, die gleich in der Nähe, an der alten Calea Rahovei, Geschäfte und Läden besaßen. Die Straße begann unterhalb des Fürstenhofes, direkt am Ufer der Dâmbovița, führte am Hügel der Kirche vorbei, wo der heilige Dimitrie über der Stadt wachte, erklomm den Spirii-Hügel und wurde immer ärmlicher und dörflicher, bis sie schließlich aus der Stadt, Richtung Südosten, herausführte.

Das Viertel war auch sonst nicht sehr belebt, aber trotzdem fehlte etwas, und der Erste, der darauf kam, war der Kutscher: «Ist doch seltsam, keiner will heute etwas verkaufen!», rief er vom

Bock hinunter. Es fehlten die Hausierer, die, beladen wie Lastentiere, jeden Morgen vom Markt ausschwärmten, um Straße für Straße, Haus für Haus ihre Ware anzubieten, und so ziemlich alles im Sortiment hatten, was sie mit sich tragen konnten. Einer bot Fenstergläser an, die er in Zeitungspapier verpackt auf dem Rücken trug, und wenn man ihm hinterherblickte, sah man nur die Hutspitze, die Socken und die Schuhe, wenn er überhaupt welche trug. Sein Ruf war unüberhörbar: «Geamuuu!», wobei er das ‹U› so in die Länge zog, dass es wie Wolfsgeheul klang.

Andere hatten sich auf Besen, Teppiche, Nähnadeln, Scheren, Eimer, Mausefallen, Streichhölzer, auf kühlen, dicken Jogurt oder cremige Braga spezialisiert, die vor allem Türken anboten, die einen Fes und breite Şalvari trugen. Geschickt gossen sie das frische Getränk aus der Gießkanne in Gläser, die sie ebenfalls mitführten. Sie warteten geduldig, bis man ausgetrunken hatte, dann wuschen sie das Glas am nächsten Brunnen aus oder säuberten es zur Not mit einem Tuch, das sie auf der Schulter trugen.

Albaner oder Bosnier trugen Tablare voller orientalischer Süßigkeiten, Halva, Salep, Rahat, durch die Stadt und wurden von Horden von Kindern belagert. Frische Butter, Buttermilch oder Käse waren das Geschäft der Bulgaren, die in benachbarten Dörfern lebten. Truthähne, Hühner und, vor Ostern, ganze Lämmer wurden durch die Straßen getragen, dann Flechtkränze aus Zwiebeln und Knoblauch, die den Händlern wie riesige Perlenketten um den Hals hingen.

Die Essigmacher wiederum gingen immer barfuß, in bäuerlichen Kleidern, mit breitem Ledergurt und einem tief ins Gesicht gezogenen Hut. Sie füllten Flaschen ab, die man vors Tor gestellt hatte, und ihr Ruf wetteiferte mit dem der Fenstermacher: «Oţetuuu!»

Seltsamerweise war der Kohlenhändler der Sauberste von allen, er legte Wert darauf; Weste, Krawatte und das weiße Hemd waren immer tadellos. Die Blumenverkäuferinnen balancierten Körbe auf den Köpfen, die wie Vogelnester aussahen und ständig von Bienen umschwirrt waren. Männer fuhren jeden Frühling durch die Gassen, und ihre Karren waren übervoll mit schwarzer, glänzender Erde für die Gärten.

Am unermüdlichsten aber waren die Bauern aus Oltenia. In ihren Flechtkörben trugen sie süße Kirschen, scharfe Radieschen, Kürbisse und Kartoffeln oder Ardei gras, dicke Peperoni, die tatsächlich wie ein menschlicher Torso aussahen, oben etwas schmaler und unten bauchig.

Das war der Orient, der Okzident hingegen breitete sich jenseits des Flusses aus, in der Nachbarschaft der Calea Victoriei, wo Suchard-Schokolade, Champagner von Mumm und Krawatten aus London verkauft wurden und wo man im Hugues Speisen nur auf Französisch bestellen konnte. Hier verband sich der Orient mit dem Okzident, aber gelegentlich, und nicht zu selten, verkeilten sie sich ineinander.

Die ambulanten Verkäufer fehlten an jenem Morgen, ihre Rufe und die Gespräche über den Zaun hinweg, alles lag still da, doch je mehr die Stoicas sich den Markthallen näherten, desto unmissverständlicher kündigten sich Unruhen an.

«Weiter kann ich Sie nicht fahren, Gnädigste, sonst geraten wir mitten in die Kämpfe hinein. Aber wenn Sie diesen schmalen Fußweg nehmen, führt er Sie hoch, zur Kirche des heiligen Dimitrie.»

Meine Urgroßmutter stand auf, legte die Pendeluhr ab und spähte in die Weite, über den Kopf des Kutschers hinweg, wie ein Admiral auf seinem Kriegsschiff.

«Na dann, wenn Sie der Mut verlassen hat …»

«Ihre Möbel sind für die da vorne die beste Munition.»

Das schien Ecaterina zu überzeugen, sie ließ sich von ihrem Mann beim Absteigen helfen und machte sich gleich auf den Weg.

«Zünden Sie auch für mein Pferd eine Kerze an. Letztes Jahr wäre es fast gestorben, ich habe zum heiligen Dimitrie Tag und Nacht gebetet, und er hat geholfen!», rief der Kutscher ihr hinterher.

Hinter ihnen war ein dumpfes Stampfen auf dem Straßenpflaster zu hören, berittene Gendarmen zogen im Galopp an ihnen vorbei, gefolgt von Fußgendarmen, Infanteriesoldaten und von mehreren Zügen Feuerwehrsoldaten am Schluss. Denn damals gehörte die Feuerwehr zur Armee. Sobald sie Leutnant Stoica sahen, blieben die Soldaten stehen und salutierten.

Daries Vater hielt den Kommandanten zurück:

«Was spielt sich dort vorne ab?»

«Keine Ahnung, bestimmt sind es liberale Agenten, die das Volk aufwiegeln. Unser Befehl lautet, dass wir sie nicht schonen sollen, wenn Sie verstehen … Wenn es nach mir ginge, würde ich sie sowieso alle erschießen.»

«Recht haben Sie. Dann will ich Sie nicht weiter aufhalten.» Vasile salutierte.

Einige Augenblicke später konnten sie sehen, wie die Gendarmerie auf den Marktplatz galoppierte und die Fußtruppen in Stellung gingen. Sie wurden von Pfiffen und Buhrufen empfangen und mussten gleich in Deckung gehen, um den auf sie niederprasselnden Steinen auszuweichen.

Daries Vater wurde unruhig, seine Hand umklammerte den Griff des Säbels fester. Er machte ein paar Schritte auf den Platz zu, dann sah er verstohlen den Weg hinauf, den seine Frau genommen hatte. Aber auch die Autorität Ecaterinas konnte seine Neugierde nicht zügeln und, vielleicht noch mehr als Neugierde, sein Pflichtgefühl und, noch mehr als Neugierde und Pflichtgefühl, seine Lust, sich zu prügeln, die in ihm seit Kindheitstagen ungebrochen schlummerte. Er befahl Darie, sich nicht von der Stelle zu rühren, dem Kutscher, auf die Sachen aufzupassen, und eilte nach vorn. Er wurde immer kleiner, bis er bei der Einmündung zum Markt aus dem Blickfeld verschwand.

Darie dachte gar nicht daran, auf seinen Vater zu hören. Als auch er auf dem Markt eintraf, sah er den Vater zusammen mit einigen anderen Feuerwehrleuten gegen einige Marktleute vorgehen, die sie mit Pflastersteinen, Gemüse und Kartoffeln bewarfen.

Es wurde an vielen Orten des Marktes gekämpft, zwischen den Gemüseständen und den Depots der Großverteiler verfolgte das Volk die Soldaten, kurz danach konnte es aber umgekehrt sein.

Darie beobachtete fasziniert diesen Kampfplatz im Kleinen, auf dem empörte Bürger in ihren typischen gestreiften Hosen neben Bauern, Metzgern, Zeitungsjungen und Marktjungen, Kutschern und allerlei Marktleuten, unter ihnen auch Frauen, auf Uniformierte einprügelten. Als er sich wieder nach seinem Vater umsah, war dieser von einem wütenden Mob umzingelt und wäre böse vermöbelt worden, wenn der Trupp der Feuerwehrleute sich nicht bis zu ihm durchgeschlagen und ihn in seine Mitte genommen hätte. Mit ihren Gewehrkolben schlugen sie um sich und mehrere Leute blieben liegen. Mein Urgroßvater drosch gerade auf einen von ihnen ein, als die berittene Gendarmerie auftauchte, die Menge auseinandertrieb und sie bis über den Fluss hinweg verfolgte.

Daries Vater blieb allein zurück, schwer atmend, blickte sich nach neuen Opfern um, und erst als er niemanden mehr entdeckte, wich die Anspannung von ihm. Er steckte sich das Hemd in die Hose, knöpfte seine Uniformjacke zu, klopfte sie ab, hob seinen Helm auf, polierte ihn mit dem Ärmel und setzte ihn wieder auf.

Er blickte den Feuerwehrleuten nach, die versuchten, im Schutz der Gendarmeriepferde die Brücke zu überqueren, als Steinwürfe sie zum Rückzug zwangen. Vasile sah seinen Sohn hinter einem Zeitungsstand und rief ihn zu sich. Darie fürchtete, bestraft zu werden, aber stattdessen legte ihm sein Vater beinahe kumpelhaft die Hand auf die Schulter:

«Manchmal tut eine Rauferei einfach gut», sagte er. «Du spürst, dass du am Leben bist. Dann wollen wir mal schauen, ob deine Mutter und ihr Heiliger fertig sind.»

Sie spazierten im Gleichtakt zum Fuhrwerk, man hätte meinen können, sie kämen von einem kleinen Ausflug zurück.

«Was wollten die Leute überhaupt?», fragte Darie.

«Muss man das wirklich so genau wissen?»

«Großvater sagt, man darf sich prügeln, man muss nur wissen, weshalb.»

«Junge, wir sind Soldaten. Wenn man uns befiehlt, drauflosrzudreschen, dann dreschen wir drauflos, bis wir unsere Arme nicht mehr spüren.»

«Und Brände löschen?»

«Was ist mit denen? Wir löschen auch Brände, dafür sind wir ja da. Aber es gibt Feuerbrände, und es gibt die anderen ... Jetzt kein Wort mehr darüber, da kommt deine Mutter.»

Ecaterina schritt vorsichtig den Hang hinunter, vorbei an ein paar Ziegen und Schafen, und als sie wieder auf der Straße stand, wischte sie sich eine letzte Träne weg. Sie trat an ihren Mann heran und knöpfte ihm den Uniformkragen zu.

«Du brauchst nichts zu sagen, ich habe alles von oben gesehen. Sie haben dir keine andere Wahl gelassen. Aber muss das sein, auch wenn du nicht im Dienst bist?» Sie musterte zwei Blutflecken auf seiner Uniform: «Vielleicht kriege ich die bei der nächsten Wäsche raus.»

Mit Vasiles Hilfe stieg sie wieder auf den Karren, setzte sich auf ihren Stuhl, nahm die Pendeluhr zwischen die Beine und gab wie ein Admiral den Befehl, den Anker zu lichten. Auf einen Zischlaut seines Herrn hin spannte der Gaul seine Muskeln an, schaffte es aber erst nach mehreren Versuchen, das Fuhrwerk in Bewegung zu setzen. Ergeben und still hatte er seit vielen Jahren gezogen, was der Mensch ihm aufgebürdet hatte. Sich zu widersetzen, gar eine Revolution zu machen, war nicht sein Stil. Er würde bis zum Schluss dankbar das Heu fressen, das man ihm vorsetzte.

Der Kutscher wendete den Karren, denn bei den Markthallen gab es kein Durchkommen, und bevor sie wieder ins Viertel eintauchten, war Urgroßmutter Ecaterinas Stimme zu hören:

«Der Heilige ist zufrieden, dass es Ihrem Pferd besser geht. Aber weil das Pferd nicht in die Kirche kann, wäre er noch zufriedener, wenn zumindest Sie sich öfter zeigen würden.»

«Woher wissen Sie, dass ich das vernachlässigt habe?», fragte verdutzt der Kutscher.

«Ich weiß es einfach. Jedem würde es guttun, öfter hinzugehen. Wir haben zu viele Sünden und zu wenig Kirchen dafür.»

Sie kehrten zur Kirche des heiligen Spiridon zurück und setzten dort über den Fluss. Um den Marktplatz zu meiden, mussten sie den Weg direkt durch die Stadtmitte nehmen. Sie fuhren die Calea Victoriei hoch, vorbei an der berühmten Kneipe Hristidor, am Pelzgeschäft von Sigmund Prager und am heruntergekommenen Hotel de France. Nach der Baustelle, wo in ein paar Jahren der Postpalast stehen würde, bogen sie rechts in das Gewirr der Gassen ein, ohne bei der Kirche Zlătari Halt zu machen.

Die Kirche war einem ehemaligen Zauberer geweiht, Ciprian, von dem Darie wusste, dass er dem Teufel gedient hatte, bevor er spät zum wahren Glauben gefunden hatte. Er hatte fliegen können, hatte Menschen in Versuchung geführt, sie gepeinigt und getäuscht. Wegen seiner obskuren Vergangenheit und weil er nicht dafür bekannt war, Wunder zu vollbringen, gehörte er nicht zu Ecaterinas Lieblingen.

Die Kirche besaß als Reliquie zwar einen winzigen Handknochen Ciprians, aber das war für meine Urgroßmutter nicht überzeugend genug. Fast jede Kirche der Stadt besaß irgendetwas, und es gab viele Kirchen, auch wenn Ecaterina meinte, es seien immer noch zu wenige. Wenn die Stadt an etwas reich war, dann an Kirchen.

Nachdem die Menschen sich aus der Umklammerung des Eichenwaldes befreit hatten – sich an ihm gerächt hatten, weil er sie so lange geängstigt hatte –, indem sie ihn rodeten, war die Stadt in alle Richtungen gewachsen. Aber kaum standen einige Häuser da und führte ein schlammiger Weg zu ihnen, wurde eine neue Kirche gebaut. Danach ruhten die Menschen eine Weile und warteten ab, ob ihr Werk Gott gefiel.

Bucuresci hatte sich mit so vielen Heiligen eingelassen, dass die Stadt heiliger als Rom selbst hätte sein müssen. Jedem ihrer Feinde hätte das Angst einflößen, jeder Schaden hätte mit Leichtigkeit von ihr abgewendet werden müssen. Über das kurze, harte, sündige Leben ihrer Bewohner wachte ein ganzes Heiligenheer. Die meisten Kirchen boten opportunistisch nicht nur einem, sondern mehreren Asyl. Ihre kussbereiten Ikonen und Reliquien bedrängten sich gegenseitig in den dunklen, nach Weihrauch und abgestandener Zeit riechenden Räumen. Nach dem Eichenwald war der Heiligenwald gekommen, geholfen hatte es nicht, aber solche Lästereien hätten Ecaterina nicht gefallen.

Unterwegs zu ihrer künftigen Wirkungsstätte versammelte sie die Heiligen um sich. Von einer Kirche zur nächsten, von einer Station zur anderen, wuchs ihre Schar, die hinter dem Umzugskarren herzog. Aus jeder Kirche, die Ecaterina besuchte oder vor der sie sich bekreuzigte, traten sie ins Freie. Sie streckten sich, schüttelten ihre müden Glieder, und ihre Augen mussten sich noch an das Licht gewöhnen. Erst dann gesellten sie sich zu Vasile und Darie hinzu. Während diese Schar, die dem Karren folgte, immer mehr anschwoll, saß Ecaterina nur auf ihrem Thron und lächelte.

Unter ihnen war Ioan, der seinen Kopf unterm Arm trug; Onufrie, eingewickelt in seinen eigenen Bart und ausgemergelt von den sechzig Jahren, die er in der Wüste verbracht hatte. Da war auch Gheorghe, in der einen Hand eine Lanze und in der anderen ein Schwert, und Efraim der Syrer, die Augen voller Tränen, denn er musste so viel weinen. Es war eine seltsame und erhabene Prozession, wenn man sie nur hätte sehen können, die da von meiner Urgroßmutter Ecaterina, der Heiligsten von allen, orchestriert wurde. Sie blickte wiederholt nach hinten, wo ihr Mann und Darie gingen, und nickte den Unsichtbaren leise zu, wie wenn sie alte Freunde begrüßte.

Weil eine solche Pilgerreise zum Feuerturm ohne den heiligen Stelian gar nicht vollständig wäre, darf ich meine Vorfahren dort nicht ankommen lassen, ohne ihn zu erwähnen. Die Kirche Lucaci besaß einige Reliquien Stelians, sie lag in einem verwinkelten Viertel, dessen Straßen unter ausladenden Kastanien- und Lindenbäumen sich nur dann belebten, wenn die Schüler des nahen Gymnasiums unterwegs waren.

Um die Kirche kümmerten sich die Kaffeehausbesitzer, die Konditoren und Tabakhändler. Man konnte sich eine glücklichere Kirche kaum vorstellen. Wenn ihre Beschützer sich zum Gebet versammelten, verströmten sie den Duft von Kaffee und Kakao, von Torten und Gebäck, von Schokolade und mildem Tabak. Und diese Gerüche vermischten sich mit jenen der Parfüms der Frauen, der feuchten Wände und des Weihrauchs.

Diesmal folgte Darie seiner Mutter ins Kircheninnere. Er brauchte einige Sekunden, um seine kniende Mutter in einer dunklen Ecke zu erkennen. Die auf dem Steinboden ausgebreiteten Teppiche dämpften seine Schritte, sodass er sich ihr fast unbemerkt nähern konnte. Sie aber hatte ihn wahrgenommen, griff hinter sich, packte seinen Arm und zwang ihn, ebenfalls niederzuknien.

«Bete doch auch vor der Ikone des heiligen Stelian. Aber bete von ganzem Herzen, nur dann hat es eine Wirkung.»

Während Darie sich bemühte, von ganzem Herzen zu beten, schweiften seine Blicke umher, zu den Aposteln, den Engeln an den Wänden und zu Unserem Herrn in der Kuppel des Kirchturms, auf dessen Gesicht ein gelbliches Licht fiel. Zum heiligen Stelian, der wie immer ein Neugeborenes in den Armen hielt, das von Kopf bis Fuß fest eingewickelt war wie ein Kokon.

Viel aufregendere Eindrücke gab die Kirche für einen Jungen wie ihn nicht her. Er begann sich schon zu langweilen, als er leise die Stimme seiner Mutter hörte: «Heiliger Stelian, Beschützer von Kindern und Müttern, pass auf meinen Sohn auf. Er soll mir nicht zu früh genommen werden wie das andere Kind. Mach, dass er nicht zur Feuerwehr geht wie sein Vater. Und wenn doch, dass er nicht durch das Feuer stirbt. Und wenn ich schon dabei bin, mach bitte, dass auch mein Mann vom Feuer verschont bleibt. Amen!»

Sie bekreuzigte sich, nahm Darie wieder bei der Hand, sie standen auf, und nach weiteren Verbeugungen und Bekreuzigungen, verließen sie die Kirche. Als sie im Kirchhof waren, hielt sie ihren Sohn zurück:

«Er ist ein mächtiger Heiliger. Er wurde schon im Bauch seiner Mutter geheiligt. Kein anderer hat es geschafft, so früh so nah bei Gott zu sein.»

«Aber wenn er so mächtig ist, wieso hat er Violeta nicht gerettet?»

«Du darfst nie an ihnen zweifeln, sie tun viel für uns. Es war nicht Stelians Schuld, sondern meine. Es war ein schrecklicher Winter, du kannst dich bestimmt nicht mehr daran erinnern, du warst noch sehr klein. Wir haben es mit deiner Schwester nicht mehr rechtzeitig hierhergeschafft. Ich habe zu lange gewartet, meterhoher Schnee, deine Schwester glühte vor Fieber, es hat eine Ewigkeit gedauert, bis wir einen Kutscher fanden, der uns fahren wollte. Wir haben zu lange gebraucht, bis wir hier waren, so durch den Schnee … Als wir dann endlich angekommen sind, war sie fast schon bei Unserem Herrn.»

Und jetzt der Feuerturm.

Beinahe fünfzig Meter erhob er sich und überragte nicht nur die Nachbarschaft, Häuser mit einem, zwei Stockwerken, sondern die ganze Stadt. Vasile und Darie hatten oft den Glockenturm des Klosters Mihai Vodă aufgesucht, um dem neuen Turm beim Wachsen zuzusehen. Viele Einwohner der Stadt waren in den Monaten seines Baus auf die Kirchentürme oder auf die Dachböden der Häuser gestiegen, um in der Ferne seine Silhouette zu suchen. Anfänglich enttäuschte er sie, denn es dauerte seine Zeit, bis er sich dort abzuzeichnen begann.

«Bist du auch sicher, dass die einen solch hohen Turm bauen können?», hatte Darie gefragt.

«Es gibt einen in Paris, einen in Pisa, also wieso nicht auch einen bei uns?»

«Aber der in Pisa ist doch schief, hast du gesagt.»

«Na also, die bauen noch schlechter als wir.»

Täglich hatten Hunderte die Kutsche oder die Pferdebahn genommen, oder sie waren die kurze Strecke vom Zentrum bis zur Baustelle spaziert, ein vergnügter, geschwätziger Pilgerstrom, nur um die Arbeiten aus der Nähe zu beobachten. Gut situierte Männer mit Monokel und Spazierstöcken, Frauen mit Sonnenschirmen, Bauern und Bäuerinnen, die vom Markt in ihre Dörfer zurückkehrten, ambulante Verkäufer, Ladenjungen, Soldaten, Volk ohne Ende. Sie verstopften den gerade erst fertiggestellten Boulevard, der unweit der Baustelle vorbeiführte, und die vielen ungepflasterten Gassen der Umgebung.

Es wurden Wetten abgeschlossen, auf welcher Höhe der Turm in sich zusammenfallen und ob er das von allein tun würde oder das nächste Erdbeben abzuwarten sei. Dass dieses kommen würde, war so sicher wie das Amen in der Kirche, wenn man sich die lange Liste der Naturkatastrophen vor Augen hielt, die Bucuresci heimgesucht hatten.

Gewettet wurde auch, ob man von oben wirklich die Grenzen der Stadt würde sehen können, vielleicht sogar bei klarem Wetter die Karpaten, die Donau, das Meer. Die fliegenden Händler rechneten sich aus, dass sie ein gutes Geschäft machen würden. Sie verkauften alles Mögliche: gegrillte Maiskolben und Mititei, süßen, leichten Wein und Bier, Limonade und Kaffee, kühlen Jogurt, Süßigkeiten.

Leichte Mädchen boten ihre Dienste an, die Kutscher verdoppelten den Fahrpreis für die Strecke, und Taschendiebe erlebten Sternstunden ihrer Kunst. In einer Ecke protestierten Popen, dass nichts höher sein dürfte als Gottes Häuser, und mögliche Selbstmörder rechneten sich bessere Chancen auf Erfolg aus. Angesichts der Berühmtheit des Turms würde der Tod nicht nur sicher, sondern auch heroisch sein. Einer eröffnete ein Café mit dem Namen ‹Zum schiefen Turm von Bucuresci› und bot Plätze mit guter Aussicht für den Fall an, dass der Turm einstürzte. Sogar der König, hieß es, habe ihn aus sicherer Entfernung begutachtet.

Der Turm wuchs allmählich über die Baumkronen hinaus, ein

mächtiges Gebäude mit drei Meter dicken Mauern, die nach oben immer dünner wurden, bis sie nur noch einen Ziegelstein breit waren. Da er nicht nur als Beobachtungsturm gegen Brände benutzt werden, sondern das Viertel auch mit Wasser versorgen sollte, war in Liége ein Wasserreservoir in Auftrag gegeben, mit viel Mühe nach Bukarest transportiert und dreißig Meter über dem Boden installiert worden. Benutzt werden sollte es allerdings nie, die Pumpen waren zu schwach dafür, doch erst die Kommunisten entfernten es wieder.

Da nichts Spektakuläres geschah, nicht einmal Unfälle, und ein Erdbeben auf sich warten ließ, lichteten sich nach und nach die Reihen, man traf sich wieder beim Großen Fritz, bei den Drei Bettlern und der Weißen Katze und nicht mehr am Turm. Nur einige Neugierige und die Nachbarn waren da, als der Bauleiter auf die Aussichtsplattform trat und vor lauter Staunen vergaß, was er sagen wollte, während unten alle die Ohren spitzten.

«Und? Was siehst du?», rief ihm jemand zu.

Er erwachte wie aus einem Traum und legte die Hände an den Mund:

«Ich sehe …», er überlegte kurz, was er sagen sollte, «alles!», rief er aus Leibeskräften.

Als die kleine Familie mit den vielen Unsichtbaren im Gefolge nur noch ein paar hundert Meter vom Turm entfernt war, war der weitläufige Platz davor fast menschenleer. Man konnte die Rufe des Scherenschleifers hören, das Klappern der Pferdehufe, das sorglose Pfeifen eines Herumtreibers, das Geigenspiel eines Unbegabten, Stimmen aus dem Tuberkulose-Krankenhaus, das direkt am Platz lag, und die Befehle des Kapitäns der neuen Feuerwehrbrigade ‹Beim Feuerturm›. Vor dem Eingang waren seine Männer damit beschäftigt, ihr Material zu prüfen, Schläuche, manuelle Wasserpumpen, die Kutsche mit eingebautem Wasserreservoir, die Seile und Äxte, die Leiter, und sie versorgten die sechs Pferde.

Man fühlte sich wie in einem Dorf, in dem alles gemächlicher und etwas abseits der Zeit geschah, wenn nicht jene Konstruktion gewesen wäre, die einem Menschen von damals, der in seinem Leben höchstens drei, vier Stockwerke hochgestiegen war, irreal, ja anmaßend vorkommen musste. Es war ein Zeichen des Fortschritts, der übergroßen Räder der neuen Zeit, die auch in Bucureştii zu rollen begonnen hatten.

An vielen Orten der Stadt wurden Gebäude hochgezogen, wie sie noch keiner in dieser Gegend gesehen hatte, monumental und solide, die einen Hauch Paris oder Wien verströmten. Davor hatten dort Klöster und Kirchen, Karawansereien, Bojarenpaläste, schäbige Buden oder Zirkusse gestanden und waren abgerissen oder vom Feuer oder von Erdbeben verwüstet worden. Davor waren an der gleichen Stelle Weideland, Reben, Obstbäume und Gemüsegärten gewesen und noch früher der Eichenwald und vor dem Eichenwald das Meer und vor dem Meer die tiefe Stille des Nichts.

Lange hatte die Stadt geschlummert, hatte sich wie eine schläfrige Katze gestreckt, eingebettet in die osmanische Welt oder in deren Ausläufer. Mit einer Pfote hatte sie an den Toren Konstantinopels gekratzt, aber die andere bis nach Wien und Paris ausgestreckt. Jetzt war Schluss damit, doch die Veränderungen zeigten sich vor allem in den westlichen Vierteln, während der Osten davon unberührt blieb, bis der Turm gebaut wurde, für Jahrzehnte das höchste Gebäude der Stadt.

Es hatte schon früher Türme zur Brandvorbeugung gegeben, aber sie waren nie echte Zeichen der Veränderung gewesen, sondern nur das, was man gerade zur Verfügung hatte, um den Schrecken im Zaum zu halten. Der Mensch stand hier ohnehin unter vielfacher Belagerung: Erdbeben, Überschwemmungen, Hungersnöte, Feuersbrünste. Da Großvater Darie seit Jahrzehnten tot ist und es nicht mehr hören kann, darf ich es aussprechen: Der Feuerturm war keine Ausnahme, er war schon beim Einzug von Leutnant Stoica und seiner Familie nichts als ein Blendwerk gewesen.

Er gab vor, mächtiger zu sein als das Feuer und es jederzeit besiegen zu können, es allein schon durch seine Größe zu beeindrucken und im Keim ersticken zu können. Wie zu allen Zeiten hielt sich ein Feuerwehrsoldat Tag und Nacht auf der Plattform auf, und wenn er etwas Verdächtiges sah, schrie er, so laut er konnte, damit man ihn unten hörte. Eilig wurden die Pferde vor die Kutschen gespannt, einer schwang sich auf das schnellste Tier, das Feuerpferd, und galoppierte davon, um sich einen Überblick zu verschaffen. Aber das war auch nichts, wovon sich ein Feuer beeindrucken ließ.

Doch ich sage das leise, ich bewege kaum die Lippen, nicht weil Darie mich hören könnte, Urgroßvater Vasile oder mein Vater, die allesamt beim Turm, auf dem Turm, im Turm, unterm Turm, jedenfalls in seinem Schatten gearbeitet und gelebt haben. Leise, damit ich es selbst nicht höre, denn auch ich kann mir nicht vorstellen, ohne ihn aufgewachsen zu sein, ohne ihn im kommunistischen Gefängnis gewesen zu sein, ohne ihn zu sein.

Sogar noch heute, in dieser grauen Zeit der Achtzigerjahre, ist er da, von den meisten unbeachtet, ein Ärgernis für den Autoverkehr, seinem ursprünglichen Zweck längst entfremdet. Wenn ich manchmal mit einem der klapprigen, rostigen Bukarester Busse an ihm vorbeifahre, grüße ich ihn wie einen alten Freund, einen Vater oder Bruder, durch das verschmutzte Fenster. Und ich bilde mir ein, dass er zurückgrüßt.

Wenn er mir in meiner Jugend von seinem Einzug in die Welt des Feuerturms erzählte, leuchteten Daries Augen, wie sie auch damals geleuchtet haben mussten. Er fragte, wie einst Grigorie zu fragen pflegte: «Habe ich dir schon erzählt?»

«Habe ich dir schon erzählt, wie wir, übermüdet von Mutters Zwischenstopps bei ihren Kirchen, endlich beim Turm angekommen sind?» «Habe ich dir schon erzählt, wie er plötzlich vor uns gestanden ist, wie wenn er auf uns gewartet hätte? Wie deine Urgroßmutter auf dem Fuhrwerk aufgestanden war und den Kopf immer weiter gehoben hatte? Als sie mit dem Blick an der Spitze angekommen war, hatte sie sich wieder auf den Stuhl fallen lassen und geseufzt: ‹Herr Gott, das ist kein Feuerturm, das ist der Turm zu Babel.›»

Der Turm zu Babel war sozusagen ihr biblischer Maßstab für alles Große und Übermächtige, denn von anderen berühmten Türmen, dem schiefen Turm von Pisa oder dem Eiffelturm, hatte sie nie etwas gehalten. Auch auf meinen kleinen Großvater machte diese erste Begegnung Eindruck. Das Gebäude schien für die Ewigkeit gebaut. Mit ihm hatte man zu rechnen.

«Da wären wir dann», sagte Vasile und gab dem Kutscher Anweisungen, welches Haus er ansteuern sollte. Während das Pferd sich ein letztes Mal anzustrengen hatte, legte Vasile die Hand auf Daries Arm. «Na, was sagst du? Habe ich zu viel versprochen?»

«Er ist riesig!»

«Hier werde ich dienen, und in ein paar Jahren wirst auch du das tun.»

«Glaubst du, wir können heute noch hochsteigen?»

«Heute nicht, aber bald. Heute laden wir alles aus und richten uns ein, dann essen wir die Ciorba deiner Mutter.»

Sie zogen langsam über den Platz, als sie plötzlich halten mussten, weil ein noch kleinerer Umzug aus der entgegengesetzten Richtung aufgetaucht war und ihren Weg kreuzte. Auf einer Bahre wurde ein dünner, wimmernder Mann getragen, notdürftig zugedeckt mit einem Kartoffelsack. Die beiden Träger schienen sich in der Gegend nicht auszukennen. Sie trippelten einmal in die eine, dann wieder in die andere Richtung, aber der Kutscher hatte verstanden, wohin sie den Kranken bringen wollten, und zischte ihnen zu, sodass sie zu ihm aufschauten. Dann wies er ihnen den Weg zum Tor des Tuberkulose-Hospitals.

Erst jetzt fiel Darie ein Junge auf, der der Bahre in einigem Abstand gefolgt war. Als er barfuß und schmutzig an der Familie Stoica vorbeiging, blickte er auf und sah sie unerbittlich an, mit zusammengekniffenem Mund. Er strahlte keine Trauer aus, sondern eine wilde Entschlossenheit, wie sie mein Großvater so bisher noch bei niemandem gesehen hatte.

Der vordere Träger klopfte an das Tor, worauf man sie einließ. Der Junge hingegen wurde abgewiesen. Dann schloss sich das Tor wieder, der Junge setzte sich in den Staub, und die Familie Stoica erreichte das Ziel ihrer Reise: das bescheidene längliche Haus, das in einem kleinen Garten lag und das sie von einer französischen Witwe gemietet hatten.

Das Haus besaß eine Küche und zwei schmucklose Räume und stand quer zur Straße. Man ging zunächst durch ein verrostetes, quietschendes Tor und befand sich dann in einem schmalen, verwilderten Garten, an dessen Ende, im Dickicht fast unsichtbar, ein Schuppen stand, der einst für Schweine oder als Lagerraum benutzt worden war. Das Haus hatte etwas Liebloses, war billig und schnell gebaut worden, um es zu vermieten und davon leben zu können.

Nebenan stand ein solideres, mit Blumenornamenten und Puttenköpfen versehenes Gebäude, das aber bessere Zeiten gesehen hatte. Die Regenrinnen waren lose und klapperten im Wind und die Wände waren vom Regenwasser verfärbt. In ihm lebte die Witwe eines Offiziers, der im Unabhängigkeitskrieg gefallen war, demselben Krieg, in dem auch der Rücken von Grigorie von einer osmanischen Kanonenkugel zerschmettert worden war.

Darie sollte sich an die Witwe nicht anders als an eine ständig lächelnde und doch in strenges Schwarz gekleidete Frau erinnern. Dieser Widerspruch zwischen ihrem heiteren Gesicht und der freudlosen Bekleidung hatte sich seinem Gedächtnis tief eingeprägt. Jahrzehnte später, als ich meine Kindheit in jenem Haus verbracht habe, das meine Familie nach dem Tod der Witwe erworben hatte, besuchten wir auch ihr Grab am Tag der Toten auf dem Friedhof.

Sie war Französin und hatte sich in einen rumänischen Offizier verliebt, hatte Mann und Kinder verlassen und war ihm in den Osten gefolgt, doch wenige Monate später hatte der Krieg sie schon zur Witwe gemacht. Das war ihre kurze Liebesgeschichte, und doch hatte sie genügt, um ihr ganzes weiteres Leben zu bestimmen. Manche im Viertel nahmen ihr übel, dass sie die Kinder verlassen hatte, andere, dass sie als Witwe nicht bitterer war.

Darie und seine Eltern traten in den Garten und schauten sich ein wenig ratlos um. Ecaterina ging die drei Stufen hoch, stieß die Tür auf und trat ins Haus. Sie stemmte die Arme in die Hüften und seufzte: «Immerhin haben wir jetzt etwas ganz für uns allein.» Dann ging sie an den zwei schwer beladenen Männern vorbei, nahm einen kaum sichtbaren Pfad durchs Gestrüpp, der zum Haus der Witwe führte, und klopfte ans Fenster. Darie war ihr gefolgt, und so konnte er die Witwe das erste Mal sehen: Obwohl sie kaum fünfzig Jahre alt war, wirkte sie uralt.

Ecaterina ging ins Haus und kam erst wieder heraus, als die Möbel und Koffer, die Pendeluhr und das Geschirr bereits in ihr neues Heim getragen worden waren und Vasile und der Kutscher auf ihr Urteil warteten. Denn sie hatte immer das letzte Wort. In einem Korb trug sie etwas Gemüse, das ihr die Witwe für die Einweihungssuppe überlassen hatte. Diesmal trat Ecaterina auf die Straße und blieb stehen, die Augen auf den Eingang des Krankenhauses gerichtet.

Darie ging zu ihr, folgte ihren Blicken und sah dort den Jungen sitzen, der aber nicht länger allein war. Sie trug alles ins Haus, sagte zu ihrem Mann: «Die Witwe ist in Ordnung, wir werden uns gut mit ihr verstehen», dann kehrte sie zur Straße zurück. Sie rief den anderen zu: «Kommt mal mit!», und ohne auf sie zu warten, setzte sie sich in Bewegung.

Der Kranke, der schwer atmete und hin und wieder wimmerte, lag dicht neben dem Jungen, der die Hand auf dessen Brustkorb gelegt hatte, wie um ihn davon abzuhalten, sich aufzubäumen. Er musterte unbeteiligt die kleine Gruppe, die sich ihm näherte, als sich der Mann plötzlich mit letzter Kraft aufrichtete und eine Art Geheul von sich gab.

«Dein Vater?», fragte Ecaterina, und der Junge nickte.

«Tuberkulose?»

Erneut ein Nicken.

«Wieso haben sie ihn wieder herausgetragen?»

«Wir können nicht zahlen, und man gibt ihm höchstens noch eine Nacht.»

Sie drehte sich zum Kutscher und zu ihrem Mann um:

«Packt doch die Bahre an. Wir bringen ihn in unseren Schuppen. Er soll sterben wie ein Mensch und nicht wie ein Hund.»

«Er hat Tuberkulose, wir riskieren, uns zu infizieren», protestierte Vasile, aber sie ließ das nicht gelten.

«Gott wird es nicht zulassen, dafür verbringe ich zu viel Zeit in seinen Häusern. Ich suche einen Popen, ich koche eine deftige Ciorba und gebe ihm einige Löffel. Sie macht ihn nicht wieder lebendig, aber er soll lieber mit ihrem Geschmack im Mund sterben als mit dem der Bitterkeit. Kommst du mit?», fragte sie den Jungen. «Du siehst aus, als ob auch du eine Stärkung gebrauchen könntest. Wenn ich nur etwas Fleisch hätte …»

Sie wartete nicht auf seine Antwort, sondern folgte den Männern, die schon mit der Bahre unterwegs waren. Aber Gott muss sie gehört haben, denn kaum hatten sie den Kranken im Schuppen abgestellt, kaum hatte Ecaterina alles für eine leider zu vegetarische Suppe vorbereitet, tauchte ein Nachbar am Tor auf, der sich als Ion Inimă vorstellte, ‹Herz› mit Nachnamen und Metzger erster Klasse. Er arbeitete im neuen, elektrifizierten Schlachthof der Stadt und war stolz auf seine Stellung, er wiederholte und betonte langsam «erste Klasse», damit es seine ganze Wirkung entfaltete.

Jedenfalls hieß er nicht nur Herz, sondern er hatte auch ein gutes Herz. So wie die Witwe bis zum Tod ‹die Witwe› heißen sollte, wurde Herz immer nur ‹Inimă› gerufen: «Herz, was hast du heute mitgebracht? Nieren, Lenden, Nacken … Herz?» So zeigte er immer seine Zuneigung, er schenkte Fleisch.

Er hatte ein Filetstück vom Rind in Papier verpackt und war gekommen, um sich vorzustellen. Nun hatte Ecaterina das Fleisch, das sie brauchte. Gott hatte ein Einsehen mit ihr gehabt und verstanden, dass man keine anständige Ciorba ohne ein paar Stücke

Fleisch machen konnte. Während die Suppe köchelte, hielt Herz einen Vortrag über die Vorzüge verschiedener Messer beim Tranchieren und beim Ablösen vom Knochen. Jedes Mal, wenn der Kranke schrie, schaute man nach ihm.

Inzwischen hatte auch der Junge seinen Posten aufgegeben und stand unschlüssig vor dem Tor, bis man ihn reinließ und zu seinem Vater führte. Jeder bekam einen vollen Suppenteller, Vasile und der Kutscher, Metzger Herz, die Witwe, Darie und der Junge und auch der Sterbende, den Ecaterina Löffel für Löffel fütterte.

«Eigentlich sollten mit solch einer Suppe die Lebensgeister zurückkehren, aber der Arme ist nur noch ein Hauch von Leben. Wunder kann meine Suppe nicht vollbringen, das können nur die Heiligen», sagte Ecaterina. Nach ihrem letzten Besuch im Schuppen kam sie nachdenklich heraus, brachte die anderen zum Schweigen und flüsterte: «Es dauert nicht mehr lange. Ich gehe einen Priester suchen. Wie heißt denn dein Vater?»

«Ghimpe», antwortete der Junge.

«Er kann wohl kaum Dorn heißen. Ist das wirklich euer Familienname oder bloß ein Spitzname?»

«Weiß nicht, man hat ihn immer so genannt, Mutter auch.»

«Wo ist sie jetzt?»

Der Junge zuckte die Achseln.

«Dann gehe ich mal los und suche einen Beichtvater für Ghimpe.»

Es blieb dabei. Wann immer man sich an den sterbenden Mann erinnern sollte, nannte man ihn Dorn. Auch sein Sohn würde für immer so heißen, Ghimpe, mal zärtlich ausgesprochen, mal streng, und auch dessen eigener Sohn und der Enkelsohn, der eines Tages mein bester Freund werden sollte, sie alle tragen diesen zusätzlichen Namen.

Ecaterina steckte den Hut mit einer langen Haarnadel über dem Dutt fest und bat die Witwe, sie zur nächsten Kirche zu begleiten.

«Es gibt in der Nähe zwei, der heilige Pantelimon und Oborul

Vechi, die den Eltern der Heiligen Jungfrau geweiht ist», antwortete diese.

Ecaterina zögerte, denn einerseits war der junge Pantelimon berühmt für seine Heilerfolge – sogar als er geköpft worden war, hatte sein Kopf noch Wunder bewirkt –, anderseits wäre die Jungfrau eine mächtige Fürsprecherin für eine in den Himmel aufsteigende Seele. Sie konnte sich nicht entscheiden, also ging sie in den Schuppen zurück und schaute den Sterbenden prüfend an. «Ihm ist nicht mehr zu helfen, wir gehen ins Oborul Vechi», flüsterte sie sich zu.

Es dauerte eine Weile, bis sie zurückkehrten, gefolgt von einem dünnen Mädchen und einem Popen, die versuchten, mit Ecaterina Schritt zu halten. Als Erstes bekamen auch sie eine Suppe und Popa Andronie, so stellte er sich vor, aß mit Appetit, er stärkte sich für den nächsten Akt, häufte zwischen sich und dem Tod, dem er täglich begegnete, mit jedem Löffel einen Schutzwall aus Fett an. Er wischte sich den Schweiß von der Stirn und verlangte den bedauernswerten Mann zu sehen.

Das Mädchen war die ganze Zeit still, hielt sich im Hintergrund und blickte kaum auf. Das sackartige Kleid fiel gerade über ihren schmalen Körper bis zu den Knien, während sie verlegen von einem schmutzigen Fuß auf den anderen trat.

«Das ist Rosi, und sie wohnt in einer Kammer neben der Kirche. Sie spricht nicht viel, aber Hochwürden sagt, dass sie glaubensstark ist. Sie fehlt bei keiner Messe. Madame hat genug Platz nebenan, sie kann das Mädchen bei sich aufnehmen. Was sagen Sie, Madame Witwe?»

«Wenn sie aber etwas stiehlt, ist sie im Nu wieder weg», erwiderte die Witwe.

«Sie wird nicht stehlen, nicht wahr, Rosi? Und dafür, dass sie weiterhin in die Kirche geht, werde ich sorgen.»

Ecaterina nahm das Kinn des Mädchens zwischen zwei Finger, spuckte auf die Fingerkuppen der anderen Hand und wischte ihm damit über die Wangen, die Augenbrauen und die Haare. Sie drehte ihren Kopf zur Seite und betrachtete es zärtlich.

«Eine Schönheit bist du nicht, aber so kannst du dich wenigstens sehen lassen. Wie alt bist du? Zwölf?»

«Fünfzehn.»

«Ach, schon so alt? Noch keine Brüste, kein Hintern? Aber vielleicht ist es besser so. So hast du mehr Zeit, bevor dir die Männer nachlaufen.»

So war sie wohl, Ecaterina, die ich so gut aus Großvaters Erzählungen kenne. Wo sie war, herrschten ihre Regeln, man musste die Waffen strecken und sich ihr ergeben.

Die Stoicas waren am Morgen zu dritt am anderen Ende der Stadt aufgebrochen, hatten auf ihrem Weg viele Heilige eingesammelt, am Marktplatz eine ordentliche Keilerei erlebt und standen nun im Garten ihres neuen Hauses und prosteten sich mit Pflaumenschnaps zu, den Metzger Herz herübergebracht hatte:

«Auf euer Leben im neuen Haus!», «Auf Ihr Fleisch, lieber Herz!», «Auf die arme Seele meines Mannes, Major der Kavallerie, der am letzten Tag des Krieges gestorben ist, wenn man so was für möglich hält!», «Auf mein Pferd, damit es gesund bleibt und mich noch lange ernährt!», «Auf den armen Schlucker dort drinnen, damit ihm der Teufel nicht zu viele Sünden nachweisen kann!», «Auf Sie, Herr Stoica, damit Sie eine ehrenwerte Karriere machen und uns vor allen Bränden schützen, die uns heimsuchen werden!»

«Auf den Feuerturm!»

«Ja, auf unseren Feuerturm!»

So ging der Tag allmählich zu Ende, der Kutscher und der Pfarrer verabschiedeten sich, Herz kehrte in sein Haus zurück, und die Witwe nahm Rosi bei der Hand und führte sie durchs Dickicht nach nebenan. In der Nacht starb der Tuberkulosekranke, und Ecaterina weckte in aller Frühe ihren Mann: «Es ist endlich geschehen. Ich kümmere mich um alles, du aber pass auf, dass du an deinem ersten Arbeitstag einen guten Eindruck machst.»

In der Küche erwartete Ecaterina eine Überraschung, denn unter dem Tisch schlief Rosi, zusammengerollt wie ein Welpe. Sie hatte sich in der Nacht unbemerkt ins Haus geschlichen, sie hatte sich Ecaterina ausgesucht und sollte sie nie mehr verlassen, auch als sie endlich zur Frau wurde und später zur Mutter. Ecaterina hatte eine zweite Tochter gefunden.

Der Junge hingegen war verschwunden, und niemand rechnete damit, ihn je wiederzusehen.

«Wo wollen wir den Mann begraben?», fragte Popa Andronie, nachdem Rosi ihn hergeholt hatte.

«Wir haben eine Landparzelle auf dem Friedhof von Crângaşi, dem Dorf, aus dem ich stamme. Vater, Mutter, meine Tochter sind dort begraben. Sie werden näher zusammenrücken müssen und Ghimpe Platz machen. Meine Toten brauchen nicht viel.»

Während Vasile Stoica, frisch rasiert und die Haare voller Pomade, seine Uniform anzog, suchte Ecaterina den Kutscher auf und der Pope den Schreiner des Viertels. Etwas später legten der Schreiner und der Kutscher den federleichten Körper des Toten in einen billigen Sarg und stellten diesen auf den Karren. Am Schluss hievte man den Popen mit einiger Mühe auf die Ladefläche, Darie hingegen schwang sich mit einem Sprung hoch, und Ecaterina und Rosi nahmen neben dem Kutscher Platz.

Der Weg nach Crângaşi dauerte lange, man musste erneut die Stadt durchqueren, diesmal aber konnten sie über den Marktplatz fahren, alles wirkte aufgeräumt, die Marktleute standen hinter ihren Theken und priesen die Waren an, die Tagelöhner warteten auf Aufträge, und die fahrenden Händler kamen zurück von einem mehr oder weniger erfolgreichen Tag, verschwitzt und ermüdet vom Gewicht der Dinge, die sie am Leben hielten.

Bemerkten die Leute, dass ein Sarg an ihnen vorbeirumpelte, blieben sie stehen und nahmen die Mützen und die Hüte ab. Sie nickten Ecaterina zu, die Schwarz trug. Für einige Augenblicke verstummten die Geräusche und schwollen hinter dem Karren mit der gleichen Geschwindigkeit wieder an, mit der die Menschen vergaßen, was sich ihnen gerade gezeigt hatte.

Crângaşi war ein Dorf, wie es viele rund um Bucuresci gab: kleine, reizvolle Höfe auf einer struppigen Ebene, die vom Fluss durchströmt war, bevor er durch die Stadt floss. Regelmäßig überflutete der Fluss mit seinem trüben Wasser den Friedhof und brachte die Toten in Verlegenheit. Dort begrub Ecaterina den Fremden neben den ihr vertrauten Toten. Nicht einmal sie wagten es, sich ihr zu widersetzen. Als am Schluss der Dorfpope, der wie der Totengräber herbeigeeilt war, fragte, welchen Namen er ins Kirchenbuch eintragen sollte, musste Ecaterina nicht lange überlegen:

«Ghimpe natürlich.»

«Ghimpe und wie noch?»

«Ghimpe Lamm Gottes Stoica.»

So geschah es auch. Noch viele Jahrzehnte später, wenn ich den Friedhof und unsere Toten besuchte, zuerst als Kind mit Mutter, später allein und noch viel später mit Magda, meiner Frau, stand in einer Ecke unserer Parzelle Ghimpes morsches Kreuz, auf dem noch zu lesen war: Aprilie 1892.

So war sie, Ecaterina. Sie hatte in zwei Tagen alle um sich geschart, zuerst die Heiligen, dann die Lebenden und am Schluss die Toten.

Kapitel 4

Leutnant Stoica verbrachte die nächste Zeit damit, sich mit der Mannschaft, dem Turm und dem Löschmaterial vertraut zu machen, mit dem man sie ausgestattet hatte. Hauptmann Negoiu, ein rundlicher und gemütlicher Mann mit stets rötlichen Wangen, pflegte zu sagen: «Man muss Feuer und Flamme für diesen Beruf sein, sonst hat man hier nichts zu suchen.» Jeden Morgen und Abend stand die Wachmannschaft, die den Dienst übernahm, stramm vor dem Turmeingang, der Reiter hielt das Feuerpferd fest, ein nervöses Tier, und nachdem der Hauptmann sie inspiziert hatte, trat er einige Schritte zurück und fragte feierlich: «Seid ihr Feuer und Flamme für eure Aufgabe?» Natürlich waren sie es.

Im Erdgeschoss lagen die Stallungen der Pferde und die Räume für die Kutsche, die Wasserpumpen, die Leiter und die Schläuche, im ersten Stock die Wachstube, die Mannschaftsräume und das Büro des Kommandanten und im zweiten Stock Lagerräume. Es gab so viel zu tun, Pläne zu sichten, Gerätschaften in Empfang zu nehmen, Gespräche zu führen, dass Vasile erst nach Tagen Zeit fand, um die Spiraltreppe hochzusteigen, am leeren Wasserreservoir vorbei, und dann die kurze Metallleiter hochzuklettern, die ihn in das Glashäuschen des Beobachtungspostens brachte, von wo aus er auf die Plattform trat.

Er war noch nie in solcher Höhe gewesen, weder beim Zirkus- noch beim Universitätsbrand, also hielt er sich an der Brüstung fest, und alles, was seinen Lippen entfuhr, war ein gedämpftes «Ach». Man könnte das für wenig halten angesichts der Aussicht, aber mein Urgroßvater war im Grunde Soldat. Ein Feuersoldat, und es hatte noch nie angesichts einer Feuerwalze geholfen, sich auf seine Gefühle zu verlassen.

Am nächsten Morgen weckte er seinen Sohn sehr früh und nahm ihn mit zum Turm. Die Wache am Eingang salutierte, man roch das Heu und die Pferde in ihren Boxen, im ersten Stock hörte man das Schnarchen des Kommandanten aus seinem Büro, wo er manchmal übernachtete, das wohlgenährte Schnarchen eines Mannes, der sogar im Schlaf an seine Mission glaubte.

Je weiter sie nach oben gelangten, desto stiller wurde es, der Stein umhüllte sie. Vasile half Darie auf der Leiter, dann standen sie schon in der Kabine, wo der Späher eingenickt war. Vasile verzichtete darauf, den Mann zu rügen, und schob Darie sanft nach draußen. Auch er sagte oder seufzte nur: «Ach!», aber das hatte nichts mit der trockenen Art seines Vaters zu tun, denn Darie bebte vor Aufregung.

«Können wir von hier das Meer sehen?»

Vasile schmunzelte.

«Das können wir nicht.»

«Dann wenigstens die Karpaten?»

«Auch nicht.»

Darie zögerte.

«Und die Donau?»

«Leider nicht.»

«Dann wenigstens Großvaters Haus?», fragte er etwas enttäuscht.

«Leider nicht, es ist versteckt hinter der Kaserne. Aber einen Zipfel der Brauerei Oppler … Schau, dort sieht man den Schornstein.»

Brauereien interessierten Darie noch nicht. Er lehnte sich an das Hosenbein seines Vaters, der seine Wangen tätschelte, während die Sonne glimmend über der Stadt aufging. Er hatte den Eindruck, an einer Säule angelehnt zu stehen, die einzig für ihn da war und nie weichen würde.

Vasile zeigte Darie das Dach der Universität und jenes des königlichen Palastes, die Türme einiger Kirchen und die dünne Naht, die ganz in der Nähe den Verlauf einer der ältesten Straßen der Stadt markierte, der Calea Moşilor. Sie hatte einst den alten Fürstenhof mit dem Bauernmarkt und dem neuen Hinrichtungsplatz verbunden.

«Überall dort», sagte Vasile, zeigte mit der Hand zum Horizont und drehte sich einmal um die eigene Achse, «war früher ein fast undurchdringlicher Eichenwald.»

«Wie in der Legende von Iane?»

«Genauso.»

«Großvater behauptet, dass es ihn wirklich gegeben hat.»

«Vielleicht gab es ihn, vielleicht auch nicht. Niemand kann das wissen.»

«Und hat er den Brand, den die Türken gelegt haben, überlebt oder nicht?»

«Wozu wäre ich Feuerwehrmann, wenn ich nicht glauben würde, dass er überlebt hat?»

Leutnant Stoica würde später auch Ecaterina hinaufführen wollen, aber sie weigerte sich erfolgreich bis zu ihrem Tod. «Wenn Gott gewollt hätte, dass ich so weit über der Erde stehe, dann wäre ich heute ein Vogel», protestierte sie. Oder: «Wenn ich eines Tages ins Himmelreich fliegen werde, schaue ich mir von oben alles ganz genau an.» Davon rückte sie nie ab.

Mit dem jungen Dorn rechnete niemand mehr. Man hatte ihn seit dem Tod seines Vaters nicht mehr gesehen. Die Osterzeit war auch eine Zeit der Toten, und Ecaterina hielt sich strikt daran. Am Karfreitag kaufte sie Blumen und Kerzen, verteilte sie an Rosi, Darie und die Witwe, und sie zogen zum nächsten Friedhof, um verlassene, vergessene, verfallene Gräber zu pflegen.

Sie nahmen nur Schwarzbrot und etwas Wasser mit sich. Rosi tat sich am meisten hervor, ganz zur Freude von Ecaterina. Sie schrubbten die Kreuze, entfernten Gräser, besserten die eingravierten Buchstaben aus, legten Blumen nieder und zündeten für jeden der von ihnen verwöhnten Toten eine Kerze an.

Am zweiten Montag nach Ostern kamen hingegen die bekannten, verwandten, befreundeten Toten auf ihre Kosten. Die Witwe zog zu Fuß mit Besen und Schaufel, Blumen und Kerze zu ihrem geliebten Major, während der Kutscher Ecaterina, ihren Sohn und Rosi nach Crângaşi brachte. Diesmal sprach Ecaterina mit ihren Toten und weinte um sie.

«Ei, Vater, wenn du nicht so viel getrunken hättest.» «Ei, Mutter, wenn du länger gelebt hättest, dann hätte auch Vater nicht so viel getrunken.» «Ei, mein kleines Mädchen, wenn wir nur nicht zu spät beim heiligen Stelian angekommen wären.» Und zum fremden Toten sagte sie: «Dein Sohn ist verschwunden. Er scheint sich gar nicht zu kümmern, wie es dir geht oder wo du liegst. Aber mach dir keine Sorgen, bei uns bist du in Sicherheit.»

Rosi folgte ihr wie ein Schatten, und was Ecaterina tat, tat sie ein zweites Mal. Darie irrte zwischen den Gräbern umher und hörte den Priestern zu, die Andachtsmessen hielten. Um die Toten aufzumuntern, spielten Musikanten Akkordeon, Geige, Klarinette, während die Gäste der Toten im Gras saßen und Eier, Zwiebeln, Speck, Brot, Käse und Wein auspackten. Der Kutscher schlief neben seiner Kutsche, sein fleißiger Gaul wartete geduldig mit leicht angezogenem Bein.

In jenem Jahr geschahen zwei sonderbare Dinge. Im Sommer begannen Geschenke bei den Stoicas aufzutauchen, die eine unsichtbare Hand hinter das Tor, auf den Fenstersims oder direkt vor die Tür stellte. Zerschlissene Schuhe ohne Schnürsenkel, fleckige Anzüge, die zu groß oder zu klein waren, ausgeleierte Hüte oder Bücher mit fehlenden oder zerrissenen Seiten, alles war jedoch immer säuberlich verpackt, so armselig es auch war.

Manchmal standen da auch Tabletts mit Halva, Salep oder Rahat, Brote, Körbe mit Gemüse und Fleischstücken, sodass schnell Metzger Herz in Verdacht geriet. Dann fanden sich Säcke mit Kohle, Essigflaschen, Scheren, Besen, alles, was auf den Straßen von Bukarest verkauft wurde. Einmal fanden sie in aller Frühe eine fette Gans mit einem Strick um den Hals vor, die am Zaun angebunden war.

Manchmal vergingen Wochen, bis sich das Wunder wiederholte, manchmal geschah es Nacht für Nacht. Es war meist Rosi, die früh aufwachte, um Wasser zu holen, und über all diese Dinge stolperte. Sie sprach immer noch wenig, doch wenn sie sich allein glaubte oder wenn sie in ihre Arbeit vertieft war, führte sie einen seltsamen Monolog und sprach mit jemandem, der nur für sie sichtbar war. Ecaterina sah sie mit leuchtenden Augen an, sie hatte endlich eine Tochter, eine seltsame zwar, etwas verrückte, aber immerhin eine lebendige.

Die Geschenke stießen auf großes Interesse, und nachdem man sich vergewissert hatte, dass es nicht Metzger Herz war, der nur Fleisch schenkte, begann man zu spekulieren, um wen es sich handeln könnte. Am meisten gefiel Ecaterina die Deutung der Witwe, dass es ein Zeichen von oben sei. Aber dann verwarf sie diese Version: «Wieso sollte mir unser Herr zerrissene Bücher schenken, wenn ich bis auf die Bibel noch nie eins gelesen habe?» Es gab aber auch mahnende Stimmen, die vermuteten, dass es Diebesgut war. Schließlich sprach Ecaterina ein Machtwort: «Ich möchte nichts mehr darüber hören. Wir brauchen nicht zu wissen, wieso wir das alles kriegen, sonst hätte Gott dafür gesorgt, dass wir es erfahren.»

Obwohl sich ihr Viertel nur ein paar Hundert Meter von der Universität und damit vom Zentrum entfernt befand, verströmte es den Charme gemütlichen, zeitlosen Landlebens. Hier wohnten meist kleine Leute, die einen Marktstand hatten, einen Krämerladen, eine Kneipe, Handwerker, Verkäufer, aber auch einige wenige Bessergestellte, ein Lehrer, ein Apotheker, Staatsdiener, Besitzer von Kolonialwaren- und Lebensmittelläden um die Calea Victoriei herum.

Es war noch nicht lange her, dass die Gegend, wo sich nun der Turm befand, nichts als Grasland gewesen war, auf dem, von Weitem sichtbar, nur ein Kreuz stand, an dem sich die Kühe ihre Rücken rieben. Rund um das Kreuz wurde Viehmarkt gehalten, doch der Markt musste der Stadt weichen, ihre Grenzsteine und

Grenzschranken wurden immer weiter gegen Osten verschoben, die Calea Moşilor wurde bis zum neuen Bauernmarkt verlängert, der sich wieder außerhalb der gewachsenen Stadt befand.

Entlang der Calea Moşilor kamen die Krämer, Schreiner, Schuster, Wirte, später der eine oder andere Lehrer oder Beamte, die sich hier niederließen. Um das Steinkreuz, das zunächst der Witterung ausgesetzt war, wurde eine Kapelle gebaut, die mit der Zeit zu einer Kirche erweitert wurde. Es war dieselbe Kirche, in der Ecaterina Rosi gefunden hatte, nur wenige Meter vom Eingang des Turms entfernt: Oborul Vechi.

Das zweite Ereignis, das zunächst unbedeutend erschien, sollte ein Ritual begründen, das sogar mir, in den Dreißigerjahren, noch vertraut gewesen war.

Kaum war der Turm gebaut, wurde er schon als gigantische Litfaßsäule benutzt. Plakate wurden auf seine Wand geklebt, auf denen die Verlobung des Kronprinzen Ferdinand mit Maria Alexandra Victoria von Sachsen-Coburg und Gotha, Enkelin der Königin Viktoria, bekannt gegeben wurde, politische Versammlungen für oder gegen die Regierung, die Auftritte der Sarah Bernhardt, das neue Reglement für die Anstellung von Dienern oder die Zeiten, an denen die Militärkapelle im Cişmigiu-Park spielen würde.

Die Menschen versammelten sich davor, die Feuerwehrleute legten ihre Arbeit nieder, und alle kommentierten leidenschaftlich die neusten Nachrichten. Am interessantesten fanden sie den Namen der neuen Kronprinzessin, der endlich auch von rumänischen Zungen ausgesprochen werden konnte. Sorgen bereitete die Demonstration gegen die Ungarn am nächsten Tag, die an der Statue von Mihai Vodă, gegenüber der Universität, stattfinden sollte. Man war sicher, dass die Regierung empörte Bürger schicken und es eine Massenschlägerei geben würde.

Dann kam der Tag, an dem auf Plakaten zwei Trauerzüge angekündigt wurden. Die Zeitungen waren voller Nachrufe auf Dimitrie Brătianu, einen liberalen Politiker, und Ştefan Iulian, einen Schauspieler. Der Politiker wurde zwei Tage vor dem Schauspieler begraben. Die Liberalen strömten ins Zentrum, um am Trauerzug teilzunehmen, andere hingegen, die ihn gehasst hatten, wollten sicher sein, dass er wirklich tot war. Niemand rechnete damit, dass solch ein bedeutender Trauerzug plötzlich im Osten der Stadt auftauchen würde, und niemand konnte später sagen, wie es dazu gekommen war.

Die Feuerwehrleute hatten ihre eigene Version, um zu erklären, was ein Ritual begründete, das jahrzehntelang bestehen sollte und für das man bald eine passende Bezeichnung hatte: Den Toten um den Turm führen.

Die Feuerwehrmannschaft war auf dem Weg von einem Einsatz nach Hause, die Gesichter der Männer und ihre Uniformen voller Ruß. Der Löschzug fuhr langsam, an seiner Spitze ritt Leutnant Stoica auf dem Feuerpferd, das eine prächtige Stute war. Als sie an der großen Kreuzung bei der Universität ankamen und die schwarze Menschenmasse sahen, die sich langsam auf sie zubewegte, und da sie weder liberal noch konservativ, sondern nur müde waren, beeilten sie sich, ihr zuvorzukommen, und bogen nach Osten ab, auf den neuen Boulevard, der sie direkt zum Turm führen sollte.

An der Spitze des Trauerzugs fuhr eine mit Blumen geschmückte Kutsche, auf der der offene Sarg lag. Sie wurde von vier schwarzen Hengsten gezogen, die plötzlich die Befehle des Kutschers ignorierten und, statt Richtung Süden abzubiegen, zum Friedhof hin, der Stute folgten und damit dem Feuerlöschzug. Niemand wagte aus der Reihe zu tanzen, obwohl sich die Menschen verwundert ansahen, und so folgten die Musikkapelle, die Angehörigen und Tausende Trauergäste der Kutsche.

Als sie sich dem Turm näherten, wurde der Trauermarsch lauter, die Kinder des Viertels eilten dem Zug voraus und kündigten ihn an, und so versammelte sich auf den Straßen eine gewaltige neugierige Menge. Die Feuerwehrleute hatten bereits die Tiere versorgt, als Leutnant Stoica seinen Sohn und Rosi erblickte und sie mit auf den Turm nahm.

Sie kamen oben an, als gerade die vordere Kutsche auf den Platz gebogen war und die einzige Möglichkeit zu drehen darin bestand, einmal um den Turm zu fahren. Der Kutscher, gefolgt von allen anderen, steuerte direkt auf die rechte Seite des Turms zu. Ein dunkles Meer von Damenhüten und Zylindern, gesprenkelt von den Farben der Blumenkränze, überflutete den Platz.

Alle paar Meter blieb der Trauerzug stehen, die Musiker spielten herzzerreißend, dann setzte sich alles wieder in Bewegung. Einige Ehefrauen der Feuerwehrleute, die in der Nähe wohnten, eilten nach Hause und kehrten mit Eimern voller frischem Brunnenwasser zurück. Sie füllten Gläser auf und überreichten sie den Teilnehmern, ganz nach Feuerwehrbrauch. Denn wer durchs Feuer gestorben war, musste viel Durst gelitten haben.

So kam Brătianu auf seinem letzten Weg unverhofft in den Genuss des Mitgefühls der Feuerwehr. Er, der nicht wenige politische Brände bekämpft und vielleicht noch mehr selbst gelegt hatte.

«Das ist der erste Tote, den ich sehe», flüsterte Rosi, als sie über die Brüstung hinunterschaute.

«Als deine Eltern gestorben sind, hast du sie nicht gesehen?», fragte Vasile, doch das Mädchen sah ihn verwundert an.

«Wer sagt, dass sie gestorben sind?»

Als Leutnant Stoica am Abend seiner Frau davon erzählte, war sie nicht sonderlich überrascht: «So oder so, sie braucht sie jetzt nicht mehr, denn sie hat mich.» Dabei blieb es, nie wieder wurde Rosis Vergangenheit angesprochen.

Der Platz war überfüllt, immer mehr Menschen drängten nach, die hinteren Reihen drückten gegen die vorderen, bis kein Blatt Papier mehr zwischen die Leiber gepasst hätte. Als die Spitze des Trauerzugs einmal den Turm umrundet hatte, stieß sie auf die aufgestaute Menge, die nicht vorankam. Alles war zum Stillstand gekommen.

Der Turm war von allen Seiten von einem wogenden schwarzen Meer umschlossen, das an seine Mauer brandete. Er schien zu einem Leuchtturm geworden zu sein, der an irgendeiner zerklüfteten Küste stand und sein Warnlicht über das dunkle Wasser schickte.

Dieses Ereignis hätte einmalig bleiben und sich im Gedächtnis des Viertels für eine Weile einnisten können. Doch am Begräbnis hatten auch Journalisten teilgenommen, die ausführlich über den Umweg um den Turm berichteten. Und so machte sich zwei Tage später eine noch größere Menschenmenge auf den Weg zum Turm, weiße Pferde und Kutschen, unzählige Verehrerinnen des verstorbenen Schauspielers und Theaterleute.

Auch sie umrundeten den Turm, auch ihr Durst wurde gestillt, auch sie verkeilten sich ineinander, und es dauerte lange, bis sich die Kutsche einen Weg durch die Menschenmenge bahnen konnte. So wurde ein Brauch begründet, an den sich die Bukarester über die Jahre und Jahrzehnte halten würden. Bevor sie ihre Toten zum Friedhof führten, brachten sie sie zum Turm und zogen einmal, zweimal, dreimal um ihn herum.

Man gönnte den Toten so viele Umrundungen wie die Stärke der Liebe, die man für sie empfand, wie die Bedeutung, die man ihnen zuschrieb, oder wie viel die eigene Geldbörse hergab. Denn die Bestattungsunternehmen hatten verschiedene Tarife, je nach Anzahl der Umrundungen.

In den nächsten Jahrzehnten sahen Darie und die Seinen, später sein Sohn, der mein Vater werden sollte, und sogar noch ich, wie Industrielle, Bankdirektoren, Minister, Künstler, hochdekorierte Kriegsveteranen bis hin zu Generälen den Turm umrundeten. Auch gewöhnliche Leute übernahmen den Brauch, Ärzte, Anwälte, Beamte, Professoren oder die Bewohner des Viertels.

Es gab aufgequollene Tote, die kaum Platz im Sarg hatten, und solche, die verschrumpelt waren. Es gab schöne Leichen, Kinder, junge Frauen, aber auch Menschen, denen man ansah, dass sie hässlich gelebt hatten, verhärtet und giftig. Die einen schienen zu lächeln und leicht gestorben zu sein, andere wirkten verbittert, wie wenn sie sich nur mühevoll vom letzten Rest ihres sündigen Lebens getrennt hätten.

Der Turm wurde Zeuge von pompösen Trauerzügen, bei denen der Verkehr angehalten werden musste, und von solchen, die beinahe unbemerkt blieben, weil hinter dem einfachen Karren oder den Sargträgern nur ein Mensch ging, eine Mutter mit ihren Kindern, die Eltern gingen.

Eines Tages hatte auch die Mannschaft am Feuerturm den ersten Toten zu beklagen, seitdem und bis zur kommunistischen Machtübernahme brachte die Bukarester Feuerwehr ihre Toten immer zuerst zum Turm. Die Feuerwehrfrauen hingegen verteilten unterschiedslos das Wasser, und der Turm ließ alles über sich ergehen.

Die offizielle Einweihung des Turms fand erst im Herbst statt. Böse Zungen behaupteten, man habe sicher sein wollen, dass er nicht doch noch einstürzte. Der König und die Königin, Kronprinz Ferdinand und seine Frau, deren langer Name für rumänische Ohren die reinste Wonne war, der Architekt und Honoratioren der Stadt waren angekündigt; Leutnant Stoica und Hauptmann Negoiu zogen ihre Galauniformen an, ließen Stiefel und Verdienstorden polieren und ihre zwanzig Männer vor dem Eingang des Turms in Reih und Glied Aufstellung nehmen, während die Frauen und Kinder am Rande des Platzes ihre Posten bezogen.

Der König marschierte an der kleinen Truppe vorbei, inspizierte sie, dann stimmte der Trompeter der Staffel die Nationalhymne an. Nachdem der König seine Rede gehalten hatte, schritt Popa Andronie von Oborul Vechi zur Tat, ging langsam um das Gebäude, hielt alle paar Schritte an und schwenkte nach links und nach rechts das Weihrauchfass. Damit war der Turm gesegnet, vollständig geschützt und zum Gebrauch freigegeben.

Oben angekommen, soll der König, der ebenfalls eine Soldatenseele hatte, auch nur «Ach!» gesagt haben. Er verlangte ein Fernrohr und suchte damit das Dach seines Palastes, dann erst rief er den unten Wartenden zu: «Hoch lebe Rumänien! Hoch lebe der Feuerturm!» Sichtlich gerührt wiederholten alle diese Jubelrufe.

Nun sollte die Truppe einen Alarm simulieren, der Kommandant übernahm die Rolle des Spähers, bat den König um das Fernrohr, erkannte irgendwo in der Ferne Flammen und Rauch, hielt die Hände vor den Mund und rief aus voller Kehle: «Alarm! Alarm! Südwestliche Richtung, ungefähr vierhundert Meter entfernt, könnte auf weitere Gebäude übergreifen!» In weniger als zwei Minuten war der Löschzug fahrbereit. Begleitet von begeistertem Applaus, zog er los und blieb erst stehen, als er nicht mehr in Sichtweite des Publikums war. Es war ein famoser Tag für das Viertel, niemals davor oder danach würden sich so viele wichtige Leute dort zeigen, außer als Tote in einem Trauerzug.

Wann immer Urgroßvater frei hatte, nahm er seinen Sohn mit, und sie besuchten Grigorie, der seinen Enkel zu sich heranzog und ihn auszufragen begann:

«Wie macht sich so der Turm?»

«Gut, Großvater. Vater konnte schon einige Brände löschen.»

«So, so. Und sonst?»

«Der König hat uns besucht.»

«So, so. Und sonst?»

«Man hat eine gute Sicht von oben, aber man kann weder die Berge noch die Karpaten sehen, nicht einmal dein Haus.»

«Verstehe. Aber ist es wahr, dass viele ihre Toten dorthin bringen?»

«Ein paarmal die Woche. Manchmal muss die Brigade erst den Weg frei machen, bevor sie ausrücken kann.»

«Das ist ein schlechtes Zeichen. Der Turm ist nicht für die Toten, sondern für die Lebenden.»

«Großvater, möchtest du nicht auch mal die Stadt von oben sehen? Du kannst dich bestimmt hinauftragen lassen.»

«Ich? So weit oben? Ich bin schon froh, wenn ich noch ein paar Jahre hier unten bleiben darf.»

Manchmal besuchte Ecaterina ihren Schwiegervater, um ihm

etwas zu kochen, ihn zu waschen oder seine Wäsche zu machen. Sie holte Brunnenwasser, füllte damit eine kleine Kupferwanne auf, steckte Großvaters dreckige Wäsche rein, gab einige Seifenstücke dazu und ließ sie einweichen. Sie holte einen zweiten Eimer Wasser und befahl Grigorie, sich oben frei zu machen, aber er zierte sich.

«Du stinkst so, dass man nur seiner Nase folgen muss, um dich zu finden, du Hornochse.» Oder sie sagte: «Du machst ja dem Biergestank von nebenan Konkurrenz.»

Ecaterina schrubbte den mageren Körper von Grigorie und seine Wäsche mit der gleichen Hingabe, mit der sie betete. Der alte Mann folgte ihr wie ein Kind, streckte die Arme über den Kopf, beugte sich nach vorn, ließ alles über sich ergehen, bis seine Haut gerötet war. Vielleicht erwachte in ihm die ferne Erinnerung an jene Zeit, als ihn seine eigene Mutter so gewaschen hatte. Genüsslich schloss er die Augen.

Die Wäsche hängte Ecaterina auf ein Seil, das zwischen einem dicken Ast der Eiche und der Hauswand gespannt war. Grigorie, gewaschen und in Handtücher gewickelt, verfolgte aufmerksam ihr Tun.

«Du bist so tüchtig. Schade nur, dass du seit dem Tod eurer Tochter ...»

«Kein Wort mehr darüber, hörst du?»

Trotzdem bekam Grigorie zum Schluss immer eine Ciorba oder ein gutes Stück Fleisch, das Metzger Herz Ecaterina extra für ihn mitgegeben hatte.

Die mysteriösen Geschenke rissen auch nicht ab, als es Herbst wurde und der Regen tagelang Straßen, Plätze und auch den Turm peitschte, als ob er ihn aufweichen und zum Einstürzen bringen wollte. Die Sicht reichte kaum hundert Meter weit, die Brandgefahr war wegen der Nässe gering, offene Feuer waren kaum möglich, höchstens solche, die durch verstopfte Schornsteine verursacht wurden.

Nun wurden unter Daries Hausdach Mützen, Mäntel, Handschuhe oder Schals hinterlegt, einige piekfein und neu, andere gebraucht und ausgebessert. Man hatte längst aufgehört, sich zu fragen, wer der Urheber war. Ecaterina und Rosi sammelten alles ein, und was sie nicht brauchen konnten, verschenkten sie in der Nachbarschaft oder an andere Feuerwehrfamilien.

Als Ende November, am Tag des heiligen Stelian, des Beschützers von Kindern und Müttern, der schon im Bauch seiner Mutter geheiligt worden war, sein Reliquienschrein aus der Kirche Lucaci hervorgeholt und in einer Prozession durch das Viertel getragen wurde, schneite es ein erstes Mal in jenem Jahr, dicke Flocken, die einen langen Winter ankündigten.

Es wurde bitterkalt, sodass man kaum noch das Haus verlassen konnte. Oft versammelte man sich um den schönen, weißen Kachelofen der Witwe, deren Haus größer war als die Behausung der Stoicas: riesige, vier Meter hohe Räume, eine filigran bemalte Glaswand, das Herrenzimmer voller italienischer Möbel, noch im Originalzustand. In einer Ecke lag die Reliquie, die Uniform mit dem winzigen Einschussloch und zwei, drei Blutflecken.

Jeder neue Gast wurde zuerst zu den Orten der Verehrung geführt, und zu jedem Objekt wusste die Witwe passende Geschichten, wobei alle damit endeten, dass er mit ein bisschen Glück Minister oder General geworden wäre. Aber ebenso wie das Andenken ihres Mannes liebte sie die Lebensgeschichten der Heiligen der orthodoxen Kirche, was sie für Ecaterina umso sympathischer machte. Sie hegte für die Märtyrer und die Kirchenväter eine wahre Leidenschaft, doch als sie vom Katholizismus zur Orthodoxie hatte konvertieren wollen, hatte sie der strenge Pope der Kirche Oborul Vechi mehrmals durchfallen lassen, schließlich aber ein Einsehen gehabt.

«Sie erzählen von unseren Heiligen, als ob sie Romanhelden wären», warf er ihr vor.

«Aber Hochwürden, das sind sie für mich. Tragische Helden einer großartigen Geschichte über das Leben.»

«Sie haben da nichts verstanden, Gnädigste. Die Heilige Schrift ist kein französischer Roman. Sie ist bitterer Ernst.»

«Aber das ist ein französischer Roman auch.»

«Sie verwechseln da etwas, Gnädigste. Wir reden hier nicht von den papierenen Helden eines Schriftstellers, wir reden von wirklichen Helden, die durch den Glauben viel Leid auf sich genommen haben. Sie haben sich vom Herrn nicht einmal dann losgesagt, als ihr Leben auf dem Spiel stand, und wenn doch, so wie Petrus, haben sie wieder zu ihm zurückgefunden. So wie die Liebe in ihnen gebrannt hat, muss sie auch in uns brennen, wenn wir uns wirklich unter den Schirm des Glaubens begeben wollen.»

Die Witwe gab dieses Gespräch bei jedem Treffen wieder: «Dann habe ich ihn gefragt: ‹Hochwürden, was haben Sie gegen französische Romane?›» Zwei Wochen später hatte sie ihren Major geheiratet und wiederum zwei Wochen später war sie bereits Witwe.

Trotz der Missbilligung des Priesters war für sie der Glaube mehr Roman als asketischer Ernst geblieben; sie zeigte sich selten in der Kirche, hielt kaum das Gebot des Fastens ein, aber am Tag der Toten im November pflegte sie das Grab ihres Mannes, und nicht anders als Ecaterina holte sie Tagelöhner und Waisenkinder an ihren Tisch und verköstigte sie. Auf ihre Art war auch sie eine Heilige, die einsam in ihrer Wüste lebte.

Ihre Gäste waren nicht nur Ecaterina, Darie, Vasile, Rosi, der Feuerwehrkommandant, weitere Nachbarn, sondern auch Metzger Herz und Apotheker Gift – seine Arzneien standen im Ruf, eher zu töten als zu heilen. Der Apotheker hatte eine Schwäche für die Gastgeberin und schenkte ihr immer Flaschen mit selbstgemischten Getränken, sodass sie hinter seinem Rücken sagte: «Ich weiß nicht, ob er mich liebt oder umbringen will.» Auch Metzger Herz hatte seine Strategie, er legte ihr immer die besten, saftigsten Fleischstücke auf den Fenstersims, die sie Stunden später – es war Dezember – gefroren vorfand.

Gegen Mitte dieses Monats 1892 hatte es schon seit Tagen unaufhörlich geschneit, und die Feuerwehrmannschaft war damit beschäftigt, die Wege um den Turm freizuschaufeln. Die Temperatur war auf minus siebenundzwanzig Grad gefallen, die Öfen glühten, und in den dörflichen Vierteln der Stadt hatte man die Tiere ins Haus genommen.

Die Besucher scharten sich um den Kachelofen und hörten der Witwe zu, die mit dem Leben des Märtyrers Elefterie beschäftigt war. Ein überaus interessanter Mann Gottes, der schon mit zwanzig Jahren Bischof gewesen war, nachdem er die Qualen überlebt hatte, die sich Kaiser Hadrian für ihn ausgedacht hatte. Man hatte ihn auf glühende Kohle gelegt, und er war unversehrt wieder aufgestanden. «Ich preise dich, mein Gott!», hatte er gerufen. Man hatte heißes Öl über ihn gegossen, man hatte ihn in eine Pfanne voller erhitzten Teers gelegt und ihn in einen Ofen geworfen. «Ich preise dich, mein Gott!», rief er, als ihm nichts geschah. Man hatte ihn im Kerker hungern lassen, aber Engel hatten ihn ernährt. «Ich preise dich, mein Gott!» Erst als man ihn köpfte, starb Elefterie tatsächlich.

Die Gäste saßen da, benommen vom Gehörten, als plötzlich Rosi ins Haus kam und aufgeregt und unschlüssig vor der Glaswand stehen blieb. Sie klopfte an die Tür und rief leise: «Mutter!», aber Ecaterina rührte sich nicht. Sie zog die Schuhe aus, öffnete langsam die Tür und ging auf Zehenspitzen auf Ecaterina zu. Sie fasste sie an die Schulter, beugte sich vor und flüsterte:

«Du musst kommen!»

«Was ist passiert?», fragte Ecaterina. «Ist Vasile etwas zugestoßen? Ist er vom Turm gefallen?»

Der junge Dorn musste lange im Schuppen gelegen haben, er war kaum noch bei Bewusstsein. Um ein Haar wäre er an der gleichen Stelle gestorben wie sein Vater. Mein Urgroßvater hatte ihn entdeckt und ins Haus getragen.

In den nächsten Tagen lag Dorn unter dicken Decken, fiebrig und selten wach. Ecaterina hatte das Gebräu des Apothekers angenommen, aber gleich ausgeschüttet und Dorn stattdessen mit heißer Ciorba und Paprikaş, Essigwickeln und ein paar Schlucken

Pflaumenschnaps kuriert. Sie hatte auch den Popen geholt, der aber nur unnütz herumsaß, denn das Schicksal des Jungen war es, noch nicht sterben zu müssen. Was Dorn auf dem Teller übrig ließ, aß der Pope sogleich auf.

«Ecaterina, Sie sind solch eine gute Köchin, dass der Herr schon allein deshalb ihre Sünden tilgen müsste.»

«Und Sie, Hochwürden, sind solch ein guter Esser, aber ich weiß nicht, ob deshalb Ihre Sünden getilgt werden.» Sie schickte den Popen weg.

Dorn kam wieder zu Kräften. Rosi blieb meist nachts bei ihm und studierte im Licht der Petroleumlampe sein Gesicht. Manchmal führte sie auch Selbstgespräche.

An Weihnachten versammelten sich alle um sein Bett. Ecaterina hielt einen Nähkasten voller Scheren, Garne, Nadeln und bunten Stoffbändern in den Händen, und auf dem Kasten lag ein Paar Damenschuhe, die mit Schaffell gepolstert waren.

Dorn beobachtete sie aufmerksam, er biss die Zähne so fest aufeinander, dass man nicht wusste, ob er weinen oder zuschlagen wollte oder ob er gar angewidert war. Solange Dorn lebte, hatte er diesen einen Gesichtsausdruck, seine eigene heilige Dreifaltigkeit. Er blickte sich um, wie wenn er nach einer Fluchtmöglichkeit suchte.

«Wenn du wieder gesund bist, kannst du jederzeit wieder gehen. Aber ich rate dir, noch ein wenig zu warten, draußen überlebst du nicht lange», meinte Vasile.

«Wir haben in der Scheune diesen Nähkasten und diese Schuhe gefunden. Wolltest du sie uns schenken?», fragte Ecaterina.

Dorn schwieg.

«Nun gut, Lamm Gottes, ich hoffe, du hast nichts dagegen, wenn ich sie Rosi gebe. Sie braucht schon länger wärmere Schuhe, und die passen ihr. Außerdem ist heute Weihnachten; bevor wir in die Kirche gehen, essen wir etwas Gutes. Du darfst dich zu uns setzen. Du kannst auch im Bett bleiben, aber ich befürchte, dass niemand dem Duft meiner Gerichte widerstehen kann.»

Sie saßen schon eine Weile am mit Töpfen und Schüsseln bedeckten Tisch, die Witwe war bereits herübergegangen, um sich für die Kirche bereit zu machen, als sie nebenan Schritte hörten. Kurz danach erschien Dorn schwankend auf der Türschwelle. Er verschlang alles, was ihm Rosi vorsetzte, sein Hunger schien endlos zu sein. Sie beobachteten stumm, wie er seinen Teller ableckte, bis er wieder glänzte.

«Sind all diese Dinge, die du uns geschenkt hast, gestohlen?», fragte Ecaterina.

«Kein Nähkasten passt in eine Hosentasche, und ich bin Spezialist für Taschen.»

«Dieb ist Dieb.»

Dorn zuckte die Achseln.

«Wo warst du all diese Zeit, Ghimpe?», fragte Vasile.

«Mal hier, mal dort, meistens in der Gegend um den Marktplatz.»

«Es gibt viele Taschen dort.»

«So ist es. Aber Sie müssen nicht denken, dass ich nur gestohlen habe. Ich habe auch als Ladenjunge gearbeitet, als Hausierer, als Schlepper. Aber ich habe es nirgends lange ausgehalten, außerdem haben sie mich immer schlecht bezahlt.»

«Und wo hast du geschlafen?»

«Mal hier, mal dort, verlassene Häuser gibt es genug, zuletzt im Altarraum in der Kirche Sărindar, die baufällig ist und nicht mehr benutzt wird. Es hat ständig reingeregnet und in letzter Zeit geschneit, also habe ich mir was Neues suchen müssen.»

«Und dann hast du dich an uns erinnert?»

Dorn zuckte wieder die Achseln.

«Ich wollte die Geschenke vorbeibringen.»

«Was hast du jetzt vor?»

«Ich weiß nicht, aber mir fällt bestimmt was ein, wenn ich wieder auf der Straße bin.»

«Kommt nicht infrage. Der Winter ist hart. Es ist eng hier, aber wir schaffen das. Rosi schläft bei der Witwe und du hier in der

Küche. Dafür musst du früh am Morgen Wasser und Holzscheite holen, den Ofen anheizen, den Schnee vor der Tür wegschaufeln und alles erledigen, was ich dir auftrage. Nur stehlen darfst du nicht, sonst musst du weg von hier. Einverstanden?»

Dorn zog die Augenbrauen zusammen, dazwischen formten sich zwei Falten, ein Zeichen, dass er intensiv nachdachte. Dass er zwischen der Freiheit mit der Aussicht, zu verhungern und zu erfrieren, und einem vollen Bauch und einem warmen Schlafplatz, verbunden mit Pflichten, hin- und hergerissen war. Vor der Tür heulte wie zur Warnung der eisige Wind. Dorns Stirn entspannte sich, sein Gesicht leuchtete auf, und er sagte zu.

«Gut so», sagte Ecaterina. «Möchtest du nicht wissen, wo dein Vater begraben liegt?»

«War nicht mein Vater.»

«Nicht dein Vater?», fragte Vasile. «Dann hast du gelogen. Wieso bist du dann bei ihm gewesen, als er hierhergebracht wurde?»

«Er hat mich dafür bezahlt ... Ich habe immer neben seiner Bruchbude gefischt, und er hat mich gesehen und ist herausgekommen, damals konnte er noch gehen, und gesagt hat er, dass er niemanden hat, keine Freunde, keine Verwandten. Aber er hat gewollt, dass auch für ihn jemand betet und ihn zum Friedhof begleitet. Er hat mir dafür Geld versprochen. Dann hat er furchtbare Schmerzen gekriegt und geklagt und mir gezeigt, wo er sein Geld versteckt hat. ‹Ich will nicht allein sterben›, hat er dauernd gesagt. Ich habe zwei Herumtreiber bezahlt, aber sie haben gesagt, dass er noch gar nicht tot ist und wir ihn hierherbringen sollen. Das haben wir dann auch gemacht.»

«Wieso hast du nicht gewartet, um ihm seinen letzten Wunsch zu erfüllen und bei seinem Begräbnis dabei zu sein?»

«Er hat zu wenig bezahlt. Das, was er hatte, hat nur bis zur Klinik gereicht. Außerdem sind jede Menge Leute bei ihm gewesen, mich hat es nicht mehr gebraucht.»

«Hat er wirklich Dorn geheißen?»

«Ich habe keine Ahnung.»

«Und wie heißt du nun wirklich?»

Erneut zuckte er die Achseln.

«Ist mir egal, wie man mich nennt. Sagen Sie ruhig Dorn zu mir.»

«Wieso hast du uns denn Geschenke gemacht, wenn er nicht dein Vater war?»

«Weil … Sie mir zu essen gegeben haben.»

So kam Dorn in unsere Familie, und obwohl er nie länger als ein paar Monate, meistens kürzer, blieb, bevor er wieder verschwand, obwohl er weder den Wunsch meiner Urgroßmutter erfüllte, das Stehlen aufzugeben, noch den meines Urgroßvaters, Feuerwehrmann zu werden, wurde er jedes Mal wie ein verlorener und wiedergefundener Sohn aufgenommen.

Obwohl er nicht alt wurde, lebte er lange genug, um einige Kinder zu zeugen, darunter Stelian Dorn, der bestimmt ein hervorragender Feuerwehrmann geworden wäre, wenn er nicht den Sozialismus entdeckt hätte und lieber Arbeiter geworden wäre; Stelian, der seinerseits einen Sohn hatte, Tiberiu, mein bester Freund in meiner Kindheit. Der aber ein militanter Kommunist wurde.

Kapitel 5

*I*ch liebe meine Stadt nicht mehr. Ich fühle mich so unwohl in ihr wie in einem falschen Kleidungsstück oder mit einem Menschen, der nicht begreift, was man ihm über sich selbst zu erklären versucht. Doch man kommt von ihm nicht los, weil er vielleicht der eigene Vater, die eigene Mutter, Bruder oder Schwester, die eigene Frau ist. Man bleibt bei ihm, obwohl man ihn fliehen will. Ein einziges, unglückliches Missverständnis. Man gibt auch das Kleidungsstück nicht weg, weil es geerbt oder einem geschenkt worden ist, aber man trägt es nicht mehr, legt es in den Schrank, vergisst sogar, dass man es besitzt, doch es ist da, zuhinterst auf einem Regal.

Im Bukarest der Achtzigerjahre bin ich das nicht passende Kleidungsstück, aus der Mode gekommen, meine Zeit kleidet mich nicht gut. Ich passe nicht zum Einheitsmodell. Man hat mich in einer engen Schublade abgelegt, in einer zwergenhaften Wohnung von einigen Metern Länge und Breite, im fünften Stock eines neuen Plattenbaus an der Calea Moşilor, keine fünfhundert Meter vom Feuerturm entfernt.

Hier, entlang der alten Calea Moşilor, führte vor Jahrhunderten der letzte Weg der zum Tode Verurteilten zu ihrer Hinrichtung. Der Gâde, der Henker, wartete geduldig am Hinrichtungsort, der sich inzwischen außerhalb der Stadt inmitten des Bauernmarktes befand, ungefähr dort, wo heute der Oborul-Markt liegt. Um das kleine Podest herum, an improvisierten Ständen, türmten sich Unmengen von Bottichen, Körben, Karrenrädern, Töpferwaren, Spitzhacken, Spaten, Truhen für die Aussteuer.

Der Henker hatte Zeit, er wusste, dass ihm das Opfer nicht entkommen konnte. Aber beide waren sie verurteilt, der eine ganz offensichtlich, der andere, weil er durch seinen Beruf als unrein galt und gefürchtet war. Niemand wollte ihn zum Nachbarn haben, niemand ihn in seiner Nähe wissen. In Kneipen musste er allein trinken, wenn er überhaupt Zutritt hatte, und die Kirchen waren ihm verboten. Wenn er starb, gab es für ihn kein christliches Begräbnis.

Inmitten des fröhlichen, hektischen Lärms des Marktes, des Feilschens, des Fluchens, des Gelächters, wartete der Henker angelehnt an sein Beil. Er musste sich gedulden, denn die Calea Moşilor ist eine lange Straße, und der Karren oder der Esel, auf dem der Gefangene zu ihm gebracht wurde, kam nur langsam voran. Von allen Seiten strömten Leute herbei, um sich nach dessen Verbrechen zu erkundigen oder sich dieses von der Tafel vorlesen zu lassen, die am Hals des Unglücklichen hing. Um sich zu bekreuzigen, um ihm ein Glas Wein oder etwas Hochprozentigeres zu geben.

Wenn der Verurteilte auf der Höhe Magdas und meiner heutigen Wohnung war, war er schon sturzbetrunken. Wenn er einige Minuten später an seinem Bestimmungsort ankam, war er kaum noch bei Sinnen. Als man ihn auf das Podest führte oder eher trug, war er euphorisch; als man ihn hinlegte, den Kopf auf einem Baumstamm, lachte er Tränen. Als das Beil den Hals durchtrennte, fror das Gesicht des Geköpften zu einem breiten, ewigen Lachen.

Damals lag der Markt außerhalb der Stadtgrenzen, die Calea Moşilor war in ihrem letzten Abschnitt nur ein besserer Feldweg. Hatte sich Bucuresci wieder einmal bis zum Rande des Marktes aufgebläht, wanderte dieser ein gutes Stück weiter, bis er dort ankam, wo er auch noch in den Fünfzigerjahren lag, bei uns ums Eck sozusagen, und wo ich ihn als Kind mit Mutter und Rosi und später als junger Mann oft besucht habe, um mich zwischen all den Ständen und dem Volk zu verlieren.

Anstelle der Marktstände wurden Hallen und das Universalgeschäft Oborul gebaut, mit Einheitsware aus China, Einheitskleidung in zwei Farben, für Jungen und für Mädchen, Einheitsröcken und -anzügen, Einheitskonserven, begleitet von immer denselben Einheitsgedanken: Die Vorahnung, das Leben sei ein ewiger Kreislauf in einer einzigen Einheitsgröße.

Die Hinrichtungen im Freien, unter den Augen aller, waren in den Fünfzigerjahren aus der Mode gekommen. Damals, als ich verhaftet worden bin, fanden Hinrichtungen und Verhöre diskreter statt. Unterirdisch und unter dem kalten Licht einer von der Decke hängenden Glühbirne.

Mehrmals wurde die Calea Moşilor verlängert, und an ihr entlang entstanden anspruchslose, langgezogene, einstöckige Häuser mit Hinterhöfen, in denen sich allerlei Geschäfte und Werkstätten befanden, winzigen, dunklen Höhlen gleich. Nicht selten schliefen die Besitzer auf einer Matte hinter dem Verkaufsraum oder darüber, in einem winzigen Zimmer. Ich habe die Häuser, die hier gestanden hatten, gut gekannt, als Kind war dies Teil meines Reviers und nach meiner Entlassung aus dem Gefängnis, 1964, habe ich hier Arbeit gesucht. Doch auch wenn ich so ziemlich das Gegenteil eines Henkers bin, dauerte es dennoch lange, bis ich Simon Stern fand, der mich als Schneidergehilfe anstellte.

Seit damals, es ist immerhin fünfundzwanzig Jahre her, bin ich nicht sehr weit gekommen, denn der Einheitswohnblock, in dem wir alle unser Einheitsleben führen, wurde direkt auf dem Innenhof erbaut, wo sich Sterns Laden und ein halbes Dutzend anderer Geschäfte befunden hatten. Magda und ich leben fünf Stockwerke über jenem Raum, in dem der alte Schneider mir an seiner Singer-Nähmaschine, seinem ganzen Stolz, das Nähen beigebracht hat. Wir sind also in der Höhe ein bisschen weiter gekommen, doch ebenerdig haben wir uns kaum vom Fleck bewegt, vielleicht will auch das etwas heißen.

Unter allen Plattenbauten um uns herum, die erst seit ein paar Jahren hier stehen, sind die Lebenswelten von Hunderten von Uhr- und Schuhmachern, von Verkäufern, Friseuren, Schreinern begraben. Sie hätten sich gewiss an Urgroßmutter Ecaterina und

Großmutter Agape, an Mutter und Rosi erinnert, denn diese brauchten nur eine kurze Querstraße zu nehmen, um in die geschäftige Welt der Calea Moşilor einzutauchen. Nur an den langen, heißen Sommernachmittagen erstarrte das Leben auch hier wie in der ganzen Stadt. Ich erinnere mich gut daran, die schwülen Nachmittage sind geblieben, alles andere aber, was unsere Welt ausmachte, hat ein Ende gefunden.

Ich war den ganzen Morgen auf der Suche nach Fleisch in der Stadt herumvagabundiert, am Nachmittag war die Reihe an Magda. Manchmal stellen wir uns vor, wie schön es wäre, wenn auch wir einen Metzger Herz hätten, der uns ein saftiges Stück Rindsschulter für ein Gulaş vor die Tür stellen würde, statt der Innereien, Hühnerkrallen und Knochen, die wir wie Trophäen nach Hause bringen oder wie Zeugnisse unserer Niederlage.

Immerhin hatte ich ein wenig Salzkäse, zehn Oliven und vietnamesische Shrimps gefunden. Wenn Magda am Nachmittag etwas Reis auftreiben sollte, könnten wir am Abend wie im Schatten eines vietnamesischen Tempels dinieren, das Meer und ein offener Horizont vor uns. Aber meine Augen tränten vergeblich bei solchen Aussichten, und das Wasser lief mir sinnlos im Mund zusammen, denn der Gasdruck reichte nicht bis zu unserem Stockwerk.

Abend für Abend warten wir manchmal bis Mitternacht auf Gas oder Wasser, um kochen zu können. Alle warten darauf, erst gegen Mitternacht oder später beleben sich unsere Wohnungen wieder. Erst dann geht die Gasflamme an, und man wird hektisch und ängstlich, denn sie könnte wieder just ausgehen, wenn man die Töpfe draufsetzt.

Wir sehnen die Flamme herbei und fluchen dann über ihre Schwäche. Wir begehren, bestaunen, beschützen dieses Flämmchen. Die Flamme, die wie in einem Tempel brennt und unter keinen Umständen ausgehen darf. Wie wenn wir, eigentlich Opferlämmer, auch Priester eines Feuergottes wären. Wir leben ein verkehrtes Leben: Tagsüber schlafwandeln wir auf der Suche nach Essbarem, nachts kochen wir, und unsere Wohnungen verströmen den Geruch von gebratenen Zwiebeln, Bohnen und vietnamesischen Shrimps.

Ich habe meine Stadt nie verlassen, nicht aus freien Stücken, der Gang ins Gefängnis, einige Hundert Kilometer entfernt, zählt nicht. Zumindest nicht als touristischer Ausflug, als Erweiterung des Horizonts durch die Begegnung mit anderen Kulturen.

Als ich klein war, stiegen Vater und ich manchmal auf den Turm, ich zeigte auf den Horizont und fragte: «Was ist dort?» «Paris.» «Und was steht in Paris?» «Der Eiffelturm. Wenn ich mich auf die Zehenspitzen stelle, sehe ich gerade noch seine Spitze über dem Horizont.» «Und was ist dort?» «Dort ist Pisa.» «Und was steht in Pisa?» «Der schiefe Turm.» «Und was stimmt mit dem Turm nicht?» «Er hat Gicht oder Rückenschmerzen oder ein schiefes Becken. Deshalb muss man ihn Tag und Nacht stützen. Wenn ich mich ein wenig strecke, sehe ich die Leute von Pisa, die ihn stützen, die halbe Einwohnerschaft am Tag und die andere Hälfte in der Nacht.» «Und was siehst du noch?» «Ich sehe …», Vater hob dabei schirmend die Hand vor die Augen, «ich sehe den Turm zu Babel. Genau, dort steht er. Aber er ist unfertig.» «Wieso denn das?» «Nun, die Menschen wollten ihn bis zum Himmel bauen, aber Gott wollte das nicht.»

«Siehst du noch etwas weit, weit entfernt?» «Also gut … ich sehe … da ist viel Dunst über dem Ozean, ach, ja, jetzt klart die Sicht wieder auf … ich sehe gerade noch die obersten Stockwerke der Türme von New York, aus Glas und Stahl. Drinnen fahren pausenlos Fahrstühle rauf und runter, Tausende von Menschen wohnen und arbeiten drin.» «Aber wie löschen sie einen Brand dort oben?» «Das frage ich mich auch, mein Sohn. Wie löschen sie einen Brand auf halbem Weg zu Gott?»

So ging das lange hin und her, Vater schienen meine Fragen nie lästig zu werden oder zu ermüden, und es hätte noch länger gedauert, wenn er nicht in den Dienstraum gerufen oder Feueralarm gegeben worden wäre oder Mutter unter dem Turm erschienen wäre, um uns zum Essen zu rufen.

Da Magda vom Herumstreunen auf der Suche nach Lebensmitteln immer noch nicht zurück war und die untergehende Herbstsonne die Fenster an der Calea Moşilor bereits rot färbte, stieg ich drei Stockwerke hoch bis zur Wohnung von Nea Nelu. Auch er war der Sohn eines Feuerwehrmannes, der beim Turm gedient hatte, als ich noch klein war, und den ich später im Gefängnis wiedergetroffen habe.

Nea Nelu öffnete die Tür, sein großer, kahler Kopf erschien im Türspalt, seine Zigarette hatte er sich hinters Ohr gesteckt, und ich wusste, dass er meine auf den Küchentisch gelegt hatte. Er ließ mich herein. Neben dem Schachbrett standen zwei volle Schnapsgläser bereit. Wir spielen immer nur eine halbe Partie, dann verlieren wir meist das Interesse, oder wir verlieren uns in alten Geschichten, nicht selten über meine Haftzeit, denn er will ständig erfahren, wie es seinem Vater ergangen ist, mit dem ich die Zelle geteilt habe.

In der Haft hätten viele niemals eine Schachpartie abgebrochen, denn sie, die Besiegten, brauchten den Sieg, den Zellensieg, um sich zu beweisen, dass sie noch gewinnen konnten. Andere hingegen verzichteten aufs Gewinnen und brachen das Spiel mittendrin ab, weil sie ihren Kameraden nicht besiegen wollten. «Und mein Vater, was wollte er?», hatte Nea Nelu einst gefragt. Ich hatte das Flehen in seinen Augen gesehen und geantwortet: «Dein Vater ließ gerne andere gewinnen. Oder er brach ab, wenn er im Vorteil war.» Seitdem bestand Nea Nelu darauf, nur halbe Schachpartien zu spielen. «Halbschach, das passt doch wunderbar zu unserem Halbleben.»

Bevor wir spielten, gingen wir immer ans Küchenfenster, er öffnete es wortlos, reichte mir wortlos die Zigarette vom Tisch, und ich legte ebenso wortlos eine Streichholzschachtel auf den Fenstersims. Es sah wie eine Szene aus einem Agentenfilm aus. Überall, wo ich hinging, verschenkte ich Streichholzschachteln: beim Metzger, beim Bäcker, beim Arzt, bei der Verkäuferin, die für uns Hühnerkrallen und anämische Hühnerschenkel beiseitelegte.

Andere verschenkten, um sich Vorteile zu verschaffen, herausgeschmuggeltes Fleisch, wenn sie in der Fleischfabrik arbeiteten, herausgeschmuggelte Schuhe, Kleider, Autoersatzteile; alles, was ihr Arbeitsort hergab, um etwas zu ergattern, das ihnen ein anderer dank seines Arbeitsplatzes beschaffen konnte: Kino- und Zugkarten, Hotelzimmer am Meer, Medikamente, Seife, Brot. Ich hingegen arbeitete in der Streichholzfabrik, das Einzige, woran ich reich war, waren Zündhölzer. Ich hatte schon so viele entwendet, dass ich diese Stadt mehrmals in Brand hätte setzen können. Ein seltsamer Gedanke für den Sohn eines Feuerwehrmanns.

Für Nea Nelu und mich war das nur ein Ritual: Er sorgte für die amerikanischen Zigaretten und ich für die Streichhölzer. Beides war schwer zu finden. Aber ein wenig Klasse musste sein; wenn wir nicht einmal mehr an guten Tagen mit klarer Sicht die Türme von New York sehen konnten, dann sollten wir, die wir uns in unseren steinernen Aquarien tot stellten, zumindest ein wenig amerikanischen Rauch inhalieren können. Auch er verursachte Krebs, der weder kommunistisch noch kapitalistisch war, sondern einfach nur tödlich. Aber immerhin hatte man vorher ein wenig an der Freiheit geschnuppert.

Nea Nelu und ich redeten nie, bevor wir nicht ein erstes Mal einen Zug von unseren Zigaretten genommen hatten. Von seinem Küchenfenster aus sah man auf der einen Seite einen Teil der Oborul-Markthalle und auf der anderen den Feuerturm, ruhig wie ein meditierender Mönch inmitten des Getümmels der Zeit.

Ich zündete unsere Zigaretten an, sog genüsslich den Duft ein, und er tat das Gleiche. Stumm schob ich die Streichholzschachtel zu ihm hinüber, als wenn ich ihn bestechen wollte. In diesem Land verstehen wir uns gut aufs Bestechen, mit Streichholzschachteln, mit Umschlägen, die von einer Tasche in die andere wandern, mit allem, was uns in die Hände fällt.

«Was wärst du ohne meine Zigaretten», hörte ich ihn sagen.

«Und was wären deine amerikanischen Zigaretten ohne meine rumänischen Streichhölzer.» Wir lachten.

«Da steht er noch, als ob er auf etwas wartete», sagte er, und ich wusste sofort, dass er den Turm meinte. «Vielleicht wartet er darauf, dass er kollabiert …»

«Vielleicht auch nur, dass sich etwas ändert.»

«Wir werden es nie erfahren.»

«Er wirkt wie ein Schatten seiner selbst. Ich wette, nur wir beide nehmen ihn noch wahr. Für alle anderen ist er nur ein Verkehrshindernis.»

«Oder sie sehen durch ihn hindurch …»

«Oder an ihm vorbei … Lass uns nicht schon wieder melancholisch werden.»

«Sind wir das nicht längst?»

«Lass uns lieber Halbschach spielen.»

«Aber vorher rauchen wir noch eine halbe Amerikanerin. Bei dem, was sie kosten, müssen wir uns die zweite teilen.»

«Schade, dass ich dafür ein ganzes Streichholz benutzen muss.»

«Immerhin hat jeder ein ganzes Glas Schnaps für sich.»

«An Schnaps hat es uns nie gemangelt.»

«Guck mal, das ist doch Magda dort unten.»

Strahlend hob Magda, die zwischen den Häusern aufgetaucht war, die Einkaufstasche, die prall gefüllt zu sein schien, und rief uns etwas mit zittriger Stimme zu, als wäre sie eine Kriegerin, die von einem überreichen Beutezug zurückkehrte. Als trüge sie die Köpfe ihrer Feinde in der Tasche und ließe sie gleich auf den Bukarester Asphalt rollen.

«Reis und etwas Butter!»

«Na also, Nea Nelu, heute Abend essen wir alle drei fürstlich. Wir sitzen vor einer vietnamesischen Pagode und schauen dem Sonnenuntergang über dem Südchinesischen Meer zu. Bereit für eine Partie Halbschach?»

Wir leerten die Gläser in einem Zug und setzten uns hin. Mittendrin, als ich schon daran dachte, meinen Vorteil aufzugeben und das Ende der Partie vorzuschlagen, rief uns Magda an.

«Es ist angerichtet», sagte Nea Nelu und legte auf. «Aber wieso essen wir überhaupt in Vietnam? Die sind doch auch Kommunisten, bloß mit einer Pagode obendrauf.»

«Wo möchtest du stattdessen essen?»

«Italien vielleicht? Ich habe immer davon geträumt, einmal Italien zu sehen.»

«Shrimps in Italien? Dort sollten wir lieber essen, wenn wir einmal Nudeln haben … Aber gut, ich schlage einen Kompromiss vor: Wir essen heute Abend in einem vietnamesischen Restaurant beim schiefen Turm von Pisa. Seit Jahrhunderten harrt er in seiner Schräglage aus. Bemerkenswert.»

Kapitel 6

Dorn blieb den ganzen Winter über bei Darie und seinen Eltern. Er hielt sich vorerst an die Vereinbarungen mit Ecaterina, hackte Holz, schaufelte im Garten den Schnee weg, danach zog er sich in seine Ecke neben dem Ofen zurück. Mein Urgroßvater Vasile versuchte ihn für den Beruf des Feuerwehrmannes zu begeistern, nahm ihn mit zum Turm, gab ihn in die Obhut des Sergeanten, der ihm zeigte, wie man Schläuche und Pumpen reinigte und flickte, und ihm von der Kunst des Brandlöschens erzählte.

Es waren die üblichen Anekdoten über Männer, die ihr Leben gaben, um Leben zu retten, und Geschichten von vernichtenden Bränden, die wie vielköpfige Drachen mit Feuerzungen das Werk des Menschen einäschern wollten und denen sich eine Handvoll Feuerwehrleute, ausgerüstet mit einigen Wasserpumpen, Beilen und Leitern, in den Weg stellten. Darie, der sich oft dazugesellte, und Dorn folgten ihm währenddessen durch den Turm, ins Materialdepot, in den Stall, in die Mannschaftsräume, ins Büro, und sie konnten kaum Schritt mit ihm halten, so zügig marschierte der Sergeant.

Der Widerhall seiner Stimme kam aus allen Ecken und allen Höhen des Turms, man wusste immer, wo er sich befand. Er, der als Zivilist blass und unscheinbar war, gewann in der Uniform an Größe. Darie hörte ihm immer gebannt zu, Dorn hingegen langweilte sich. Manchmal hielt der Sergeant mitten im Erzählen inne, weil er etwas entdeckt hatte, das nicht ordentlich erledigt worden war. Dann bekam seine Stimme einen metallischen Klang, und dieses Metallische kratzte am Stein, drang durch jede Mauer, bis es den erreichte, der gemeint war.

Am meisten liebte der Sergeant die Pferde und unter ihnen vor allem das Feuerpferd, um das er sich persönlich kümmerte. War für die Pferde nicht genug gesorgt worden, lag nicht genug Heu auf, war der Stall nicht ausgemistet, waren die Tiere nach einem Einsatz nicht gewaschen, gebürstet und getrocknet worden, konnte er ungemütlich werden.

Niemand konnte dem Sergeanten widerstehen, nicht einmal Hauptmann Negoiu oder Leutnant Stoica, und man munkelte, dass er der wahre Kommandant sei. Aber auch er besaß kein Rezept gegen Dorns Desinteresse. Als er eines Tages sagte: «Der Feuerwehrmann ist ein Held!», erwiderte Dorn: «Mein Held ist Licinski.»

«Der Bandit?», fragte Darie.

«Genau der.»

«Aber der hat auf der zugefrorenen Donau Händler angegriffen, getötet und ihre Waren gestohlen», meinte der Sergeant.

«Genau der», wiederholte Dorn entschlossen.

«Aber der hat mit einer Pistole in jeder Hand rechtschaffene Menschen überfallen und Bauernhöfe geplündert.»

«Wie ich sehe, kennen Sie ihn.» Dorn grinste.

«Ein Bastard, ein Gesetzloser, hatte ein kurzes Leben, wurde von Kugeln durchsiebt.»

«Kein schlechter Tod.»

Seitdem weigerte sich der Sergeant, sich mit Dorn zu beschäftigen oder ihn auch nur zu beachten.

Im Januar 1893 heiratete Kronprinz Ferdinand seine Prinzessin mit den vielen Vornamen. In der Stadt, am Feuerturm, bei Darie zu Hause wurden die Berichte darüber fleißig gelesen: Die Hochzeit in Sigmaringen, im roten Salon, bei der der Deutsche Kaiser Trauzeuge war, der Aufenthalt im Schloss Krauchenwies, der Besuch bei Kaiser Franz Joseph in Wien, die nächtliche Zugfahrt durch Transsilvanien mit ausgeschalteten Lichtern, um die Ungarn nicht zu provozieren.

Ende Januar kamen die Eheleute in Bucuresci an und wurden am Bahnhof vom König, den Ministern, von Ecaterina, Darie, Rosi, der Witwe, Metzger Herz und Apotheker Gift erwartet, die nur mit viel Mühe zwei Kutschen ergattert hatten, und natürlich auch von Tausenden anderen Bukarestern. Auch Leutnant Stoica war mit seiner Brigade erschienen, weil sie einen Teil der Ehrengarde bildeten.

Die Stadt war festlich dekoriert; entlang der Strecke, die zum Palast führte, waren falsche Triumphbögen und Siegessäulen aus Pappmaché aufgestellt worden. Bucuresci wurde oft so möbliert, die Hauptstädter liebten solche Festlichkeiten und Dekorationen. Sie standen in ihrer besten Kleidung am Straßenrand, jubelten Königen, Ministern und Generälen zu, erhaschten einen Blick auf das große, bedeutende Leben, bevor sie in ihr eigenes zurückkehrten.

In den Biergärten schwärmten sie noch eine Weile davon, bis sich der nächste hohe Gast ankündigte, der nächste Feiertag, der nächste Sieg, das nächste Begräbnis. So wie Ebbe und Flut füllten sich die Straßen und leerten sich wieder. Es war der Rhythmus der Masse, der kleinen Leute, denen etwas zum Feiern gegeben wurde. Ereignisse aus einer ihnen nur aus den Illustrierten bekannten Welt.

Vasile Stoica sollte während der Jahre und Jahrzehnte an vielen Orten Spalier stehen, in der Ehrengarde, die eine Hand am Säbel, die andere am Helm, bei Kälte, bei Regen und bei unerbittlicher Hitze. Er war bei der Einweihung unzähliger palastähnlicher Gebäude dabei, die die damals orientalisch anmutende Stadt in eine europäische verwandeln oder sie zumindest vom Orient ein wenig wegrücken sollten. Bei Empfängen am königlichen Palast, bei der Parade vor der Universität am Nationalfeiertag, beim Besuch des österreichischen Kaisers und eines halben Dutzend Thronanwärtern aus ganz Europa.

Immer war er dabei, strahlend und ganz erfüllt von seiner Aufgabe, der gezwirbelte Schnurrbart in tadellosem Zustand. So war es auch an jenem 23. Januar 1893 gewesen, als Ferdinand und seine Frau aus dem noch dampfumhüllten Zug stiegen, vom Bürgermeister nach altem Brauch Brot und Salz erhielten, vom König unbeholfen gedrückt und von der Menge mit Ovationen bejubelt wurden.

Vasile Stoica musste in den nächsten Tagen noch etliche Male mit seinen Männern Spalier stehen: beim Hofball zu Ehren der Vermählten, beim Empfang im Nationaltheater, beim Konzert im Atheneum, bei der Messe in der Kirche des heiligen Dimitrie. Wenn er abends müde und kalt wie der Tod nach Hause kam, goss Ecaterina heißes Wasser in eine kleine Badewanne und schrubbte ihn so lange, bis er rot wie ein Hummer war. Danach bekam er, während er von den Ereignissen des Tages berichtete, die obligate Ciorba. Immerhin war er dem König und der Königin so nah wie kaum ein anderer gekommen.

Aber seine Geschichten wären kurz geraten – die Feuerwehrleute standen ja nur herum –, wenn Vasile sie nicht ausgeschmückt hätte, sodass jeder glauben musste, er sei mindestens neben dem König gesessen, habe mit der Prinzessin getanzt und mit Ferdinand auf baldige Nachkommen angestoßen.

«Spalier stehen wie du möchte ich auch können», sagte Darie.

«Und viele Brände löschen», ergänzte Rosi.

Vasile lachte geschmeichelt.

«Und prügeln», hörten sie Dorns Stimme.

«Wie meinst du das?», fragte Vasile.

«Die Feuerwehr prügelt sich auch mit den Feinden der Regierung. Habe ich mit eigenen Augen gesehen.»

«Was hast du gesehen?»

«Wie die Feuerwehr zusammen mit den Gendarmen auf Demonstranten eingedroschen hat. Links, rechts, zack, bum … Ich glaube, Sie sind auch dort gewesen. Sie können sich fein prügeln, Hut ab.» Dorn brach sich Brot ab und tunkte es in die Suppenreste. Er wischte sich den Mund mit dem Ärmel ab und lehnte sich zufrieden zurück.

«Wo hast du das gesehen?»

«Bei einer Demonstration der liberalen Studenten gegen die Regierung. Die haben, wie sagt man das …, patriotisch gesungen,

Lieder gegen Ungarn, und die Mächtigen verspottet, weil sie vor den Ungarn kuschen. Aber vielleicht täusche ich mich … vielleicht haben sie gegen neue Steuern protestiert oder … gegen … irgendwas mit Kor…»

«Korruption», ergänzte Rosi.

«Genau, das war es. In diesen Tagen gibt es Proteste gegen alles und jedes, kein Tag ohne Proteste. Manche meiner Kumpel sagen, das ist schlecht für uns, zu viel Unruhe. Du kannst nicht zu einem gehen, der gerade einem anderen die Fresse poliert, und ihm sagen, dass er stillhalten soll, damit man sich in seinen Taschen umsehen kann. Geht nicht, also ist es schlecht fürs Geschäft. Vater hat sich auch geprügelt und sich als empörter Bürger bezahlen lassen …» Er hielt inne und wechselte das Thema. «Jedenfalls habe ich Sie bei der Arbeit gesehen, zack, bum, links, rechts, Sie haben ein paar zu Brei gemacht. Ich habe in einem Hauseingang gestanden und gedacht: ‹Donnerwetter, schön muss es bei der Feuerwehr sein.›»

Einen Augenblick lang herrschte Stille, und sie war so tief, dass die Verlegenheit der Anwesenden mit Händen zu greifen war.

«Also, Junge, was erzählst du da?», fragte Ecaterina. «Über so was reden wir hier nicht, und wenn mein Mann so etwas tut, dann nur, weil er muss.»

«Ja, er ist dazu verpflichtet», ergänzte Darie.

«Seid still … lasst mich ihm etwas erklären … Hör zu, Ghimpe», sagte Vasile. «Feuerwehrmann zu sein, ist ein ehrenwerter Beruf. Du bekämpfst das Feuer, setzt dein Leben aufs Spiel. Das steht im Vordergrund. Aber wir sind auch Soldaten, und wenn man uns etwas befiehlt, gehorchen wir.»

«Aber vor einigen Jahren waren die Liberalen an der Macht und die Konservativen auf der Straße. Dann hat die Armee und die Feuerwehr die Konservativen verprügelt.»

«Richtig, weil wir Ruhe und Ordnung verteidigen. Ruhe und Ordnung sind weder links noch rechts. Die Regierungen kommen und gehen, Ruhe und Ordnung aber müssen immer sein.»

«Wenn es immer so spannend wäre, wäre ich gern bei der Feuerwehr. Ich meine zack, bum und so. Aber immer dieses Warten, dass etwas geschieht, dass es irgendwo brennt. Und dann ist es oft nur ein Großväterchen, das im Garten Müll verbrennt. Oder strammstehen für irgendeinen fetten Arsch mit Geklimper auf der Brust, bis einem die Beine abfrieren oder man einen Hitzeschlag kriegt. Das ist nichts für mich.»

«Ich sehe schon, du bist dir zu fein dafür. Lieber von der Geldbörse anderer leben, als dich bei der Feuerwehr zu langweilen. Aber es macht nichts, es gibt viele junge Männer, die sich wünschten, bei uns zu sein. Ich habe gedacht, ich helfe dir ein wenig, um ins Leben zu finden, aber meine Hilfe ist nicht erwünscht.»

Mit diesen Worten gab Vasile Stoica den Wunsch auf, aus Dorn einen anständigen Feuerwehrmann und Soldaten zu machen, in einem gewissen Sinn gab er ihn ganz auf, denn in den kommenden Jahren, in denen Dorn Ecaterina aufsuchte, um seinen Hunger zu stillen und einen Schlafplatz zu haben, sollte er nur noch das Nötigste mit ihm reden. Schlafen musste Dorn künftig im Schuppen, außer bei großer Kälte. In diesem Punkt setzte sich mein Urgroßvater durch.

Ecaterina hingegen gab Dorn nie auf, auch nachdem sie ihn mehrmals in die Kirche Oborul Vechi mitgenommen und herausgefunden hatte, dass ihm auch das Warten auf Gott nicht entsprach. Ihn langweilte die lange Litanei, der in der Stille festgefrorene Raum, die starren Blicke der Heiligen, ihre immer gleichen, gütigen Gesichter und das Gebet, das ihm als Zeitverschwendung erschien. Deshalb flüsterte er ihr immer zu: «Ich warte mal draußen an der frischen Luft.»

Doch er hätte sich nie über ihre Frömmigkeit lustig gemacht und wäre nie auf die Idee gekommen, den Gang in die Kirche zu verweigern. Er brauchte einfach mal frische Luft. Er ging den halben Weg mit, die zweite Hälfte führte ihn wieder hinaus. «Der Arme hat nicht aufgegeben, zu Gott zu finden», deutete Ecaterina auf ihre eigenwillige Art seine halbe Folgsamkeit. Den anderen Teil ignorierte sie.

In Wirklichkeit, erzählte mir Großvater Darie, fürchtete er nur sie und gestand ihr wie keinem anderen eine Autorität über sich zu. Sie hatte ihm ganz am Anfang einen Teller warmer Suppe gegeben und damit sein verwildertes Herz gewonnen. Aus Zuneigung zu Ecaterina wäre Dorn auch nie eingefallen, über Gott zu lästern.

Ein einziges Mal, als er und Darie sich auf dem Turm befanden, um den Brand eines Kaufhauses zu beobachten, soll er leise gesagt haben, dass Gott wie die Feuerwehr sei, mal lösche er Brände, mal prügele er. Dabei habe er erschrocken um sich geblickt, als fürchte er, dass Ecaterina ihn hören könnte. In seiner Vorstellung war sie womöglich mächtiger als Gott selbst.

Dorn verschwand, sobald der Frühling kam. Vorher aber begleitete er die Familie auf eine Reise, die ihnen als sehr abenteuerlich erschien. Die erste elektrische Straßenbahn fuhr jetzt auch im Osten der Stadt, sie bewegte sich wie von Geisterhand und rollte direkt am Turm vorbei, bis weit in die westlichen Viertel. Die Stoicas nahmen auch die Witwe und Metzger Herz mit, der sich gleich neben sie setzte, Rosi und den Popen, den Apotheker Gift und Hauptmann Negoiu. Sie waren so viele, dass sie den kleinen Wagen beinahe vollständig besetzten und an den Haltestellen niemand mehr zusteigen konnte.

Während der Apotheker, der Pope und der Kommandant sich über die Vorzüge und die Nachteile der Elektrizität unterhielten – wobei der Pope sie ablehnte, weil Gottes Werk keine ständige Ausbesserung durch den Menschen brauchte, der Hauptmann von einer elektrischen Lampe an der Spitze seines Turms träumte und der Apotheker seine Salben gegen die furchtbaren Verbrennungen pries, die durch Strom entstehen können –, knüpfte Metzger Herz erste zarte Bande mit der Witwe.

Ecaterina saß still neben ihrem Mann und beobachtete ihre Stadt, die voller Leben war, Vasile spielte mit dem Griff seines Säbels, er hatte die Paradeuniform angezogen, und Darie saß ganz hinten und hörte der Unterhaltung von Rosi und Dorn zu.

«War der Mann auf der Bahre wirklich nicht dein Vater?»

«Habe ich doch gesagt.»

«Kennst du deinen leiblichen Vater?»

«Dafür, dass du so wenig redest, bist du ziemlich neugierig.»

«Meinetwegen», sagte sie, zuckte die Achseln und drehte sich weg.

«Werd nicht gleich bockig. Ich mag keine Weibsbilder, die gleich bockig werden.»

Sie schwieg.

«Also gut, ich kenne ihn.»

«Weißt du, wo er ist?»

«Ich hoffe, tief unter der Erde. Als ich ihn das letzte Mal gesehen habe, hat er mich so verdroschen, dass ihm tagelang der Arm wehgetan hat.»

«Wieso hat er das getan?»

«Na ja, das hat Tradition in unserer Familie, würde ich sagen. Ohne Schläge ging es bei uns nicht.»

«Und deine Mutter?»

«Was ist mit ihr? Irgendwo wird sie schon leben … Und du?»

«Was?»

«Was redest du, wenn du mit dir selbst sprichst?»

«Tue ich das?»

«Sehr viel sogar. Am Anfang habe ich geglaubt, dass du …»

«Nicht alle Tassen im Schrank habe?»

«Du sagst es.»

«Und jetzt?»

«Tja, eine Leuchte bist du nicht gerade, aber auch nicht dumm. So in der Mitte.»

«Besser könnte ich dich auch nicht beschreiben.»

Sie lachten.

«Meine Mutter hat dauernd Selbstgespräche geführt, wenn sie gekocht hat, gestrickt hat, eigentlich immer, wenn sie irgendetwas getan hat. Ich kann mich gar nicht erinnern, dass sie je geschwiegen hätte. Von morgens bis abends hat sie geschwatzt …»

«Wo ist sie jetzt?»

«Keine Ahnung. Sie ist in meinem Alter nach Bukarest gekommen, um als Dienerin zu arbeiten, und wurde vom Hausherrn geschwängert. Das stand auf dem Zettel, den sie in meine Tasche gesteckt hat, als sie mich vor der Kirche Oborul Vechi abgestellt hat. Ich war vier oder fünf, ich kann von Glück sagen, dass ich nicht erfroren bin.»

«Was stand noch auf dem Zettel?»

Weiter konnte Darie dem Gespräch nicht folgen, denn sein Vater rief ihn zu sich. Er legte Darie seine große Hand auf den Hinterkopf und fragte:

«Gefällt dir die Elektrische?»

«Und wie!»

«Gewöhn dich aber nicht dran. Alles, was ohne Anstrengung geschieht, ist nichts wert. Wir Feuerwehrleute können nicht die Beine hochlegen und meinen, das Feuer gehe von allein aus. Wenn jemand Alarm schlägt, musst du aufspringen und schauen, dass du so schnell rennst, wie dich deine Beine tragen. Hör zu, was ich dir sage: Du brauchst einen kräftigen Rücken und kräftige Arme, um die Schläuche zu halten und um Türen einzureißen, aber die Beine müssen wie Baumwurzeln sein, sonst fällst du ins Feuer. Oder du kannst niemanden aus dem Feuer heraustragen. Also, mach Übungen und geh, so oft du kannst, zu Fuß. Vergiss die Straßenbahn, spür die Erde.»

Das war die Art meines Urgroßvaters Vasiles seinem Sohn seine Liebe zu zeigen. Er verpasste keine Gelegenheit, ihm Ratschläge zu geben, die Darie ein ganzes Leben lang befolgte. Als älterer Mann ging er vom Dealul Spirii, wo er längst in Grigories Haus lebte, zu Fuß bis zum Turm, um uns zu besuchen. Er schlenderte mit einem Spazierstock, den er gekonnt um sein Armgelenk wirbeln ließ oder im Rhythmus seiner Schritte schwenkte, durch die Stadt, Omnibussen, Kutschen und Straßenbahnen ausweichend.

Er kämpfte an gegen den dichten, rücksichtslosen Strom aus Boten, Flaneuren, schwerbeladenen Hausierern, Bauern, die unterwegs zum Markt waren, Herrschaften, die aus ihren Lincolns und Chryslers ausstiegen, Ministerialbeamten, die am Mittag einen Platz in den Cafés suchten, Mädchen aus gutem Haus am Arm ihrer Verlobten und weniger ehrbaren Frauen, die Arm in Arm spazierten, Antiquaren, die ihre Ware auf den Gehsteigen platzierten, blasierten Kellnern, Schuhputzern und Zeitungsverkäufern und den Tausenden anderen, die in Bukarest Ende der dreißiger Jahre lebten, liebten, hofften und kämpften.

Wenn er wie gewohnt verspätet bei uns ankam, entschuldigte er sich mit den immergleichen Worten: «Ich bin langsam gelaufen, denn ich wollte die Erde spüren.» Das wurde bei uns zu einem geflügelten Wort dafür, dass man es sich nicht zu leicht machen sollte. Dafür aber, dass andere es uns auch nicht leicht machen würden, hatten wir kein geflügeltes Wort. Doch wie sehr hätten wir es gebraucht.

Nachdem Dorn verschwunden war, suchte Ecaterina auf dem Marktplatz nach ihm. Sie setzte ihren Hut auf, sagte zu Darie: «Zieh saubere Kleider an, wir gehen in die Stadt», kämmte ihm seine Haare mit den Fingern, polierte seine Schuhe mit dem Mantelärmel, nahm ihn an der Hand und zerrte ihn, der sich gar nicht wehrte, zur Elektrischen.

Sie fuhren bis zur Universität, von dort gingen sie zu Fuß Richtung Süden. Die enge Gasse, die heute ein breiter, mehrspuriger Boulevard ist, war anfangs prunkvoll, geschmückt mit dem Suţu-Palast und dem Colţei-Krankenhaus, dann aber folgten schmucklose, heruntergekommene Häuser. Die Gegend belebte sich erst auf halbem Weg zu den Markthallen, bei der Kirche Sfântu Gheorghe, die einst eine Karawanserei beherbergt hatte, wo Händler aus allen Himmelsrichtungen ihre Waren – Gewürze, Stoffballen, russische Mützen und Felle, Pfeffer, Kaffee und Tee, deutsches Kristallglas und noch vieles mehr – in riesigen, gewölbten Kellern für drei Tage abstellen und dafür Gebühren zahlen mussten.

Aber eines Tages war die Kirche abgebrannt – so wie viele

Kirchen Bukarests irgendwann abgebrannt waren –, doch kaum hatte sich der Rauch verzogen und waren die Ruinen erkaltet, wurde sie – diesmal ohne Karawanserei – wieder aufgebaut. So baute der Mensch hier immer wieder auf, was das Feuer, die Erdbeben, die Feinde zerstörten, Jahre, manchmal Jahrzehnte später.

Der Eichenwald schien unerschöpflich zu sein, also hatte man ihn ausgedünnt, sein Holz in die Stadt gebracht, um Körper und Geist zu wärmen und für die vielen Dinge zu sorgen, die im Alltag gebraucht wurden. Nach jeder Plünderung, jeder Epidemie, jeder Zerstörung erwachte früher oder später Bukarest wieder und richtete sich auf, wie ein Mensch nach langer Krankheit. Die Stadt weigerte sich zugrunde zu gehen.

Als sie vor der Kirche des heiligen Gheorghe ankamen, den Ecaterina verehrte, gab sie Darie einige Münzen, damit er sich bei einem Türken ein Glas Braga kaufen konnte, tauschte ihren Hut gegen ein Kopftuch und trat ein, etwas eingeschüchtert vom prächtigen Innern der Kirche. Hier, wo neben Gheorghe auch der heilige Nicolae verehrt wurde und wo sich eine wundertätige Ikone Marias befand, versprach sie sich geballte Hilfe für ihre Anliegen:

«Heiliger Gheorghe, mach, dass mein Mann nicht durch das Feuer stirbt.»

«Heiliger Nicolae, Beschützer der Kinder, mach, dass mein Sohn kein Feuerwehrmann wird.»

«Heilige Mutter Gottes, sorge dafür, dass es meiner Kleinen im Himmel an nichts fehlt.»

Sie wollte schon aufstehen, als sie sich an einen weiteren Wunsch erinnerte.

«Und mach bitte, dass Dorn auf den richtigen Weg findet. Er ist nur ein verwirrter Junge.»

Durch die vielen Fenster in der Kuppel drang gedämpftes Licht und beleuchtete den Marmorboden, auf dem Ecaterina kniete, und das Gesicht des heiligen Gheorghe. Er, der auch dann nicht vom Glauben abgefallen war, als man ihn gefoltert hatte, schien sie anzulächeln. Das genügte Ecaterina, um sicher zu sein, dass man sie erhört hatte. Sie sollte sich täuschen.

Hinter der Kirche und bis zu den Markthallen reichend begann eine bunte, lärmende und zwielichtige Welt. Entlang der Bazaca-Straße, wo sich ein Eisenwarenladen an den anderen reihte, patrouillierten die Huren des Viertels und verschwanden mit ihren Freiern in den dunklen, übelriechenden Hauseingängen. Sie hatten ihre Zimmer über den Geschäften.

Gegenüber der Kirche begann die Lipşcani-Straße, die quer durch das Händler- und Handwerkerviertel führte, wo die Ladenbesitzer unter den Markisen ihre Waren anpriesen, Schuhputzer und Trickspieler sich nach Kundschaft umschauten, Taschendiebe nach Opfern suchten, wo Dienst- und Kindermädchen Jagd auf Schnäppchen machten, während die feinen Damen am anderen Ende der Straße, an der Calea Victoriei, unterwegs waren.

Nicht weit davon entfernt lag das Geschäft mit dem seltsamen Namen ‹Der Seeadler hält einen Fisch in den Krallen›, das noch in meiner Kindheit existierte und das trotz seines Namens nichts mit Fischen, Vögeln oder der See zu tun hatte, sondern mit Haushalts- und Kurzwaren, mit Stoffen und Tüchern. Da einige der Geschenke, die Ecaterina von Dorn erhalten hatte, noch in der Originalverpackung waren, auf der ein Seeadler mit einem Fisch im Schnabel aufgedruckt war, hatte sie angenommen, dass er dort sein Revier habe.

Erfolglos durchkämmten sie das Gassengewirr des Viertels, fragten in Geschäften nach und kamen dem Markt immer näher. Als sie den alten Fürstenhof, wo der Legende nach Iane festgehalten und verbrannt oder nicht verbrannt war, hinter sich gelassen hatten, weitete sich plötzlich die Gasse und mündete in den Ufersaum des Flusses. Von dort waren es nur wenige Meter bis zu den Markthallen.

Um die Hallen herum herrschte geschäftiges Treiben, viele boten ihre Waren gleich auf dem Gehsteig an. Wer nichts außer seiner Arbeitskraft anzubieten hatte, stand scheinbar teilnahmslos herum, war aber stets darauf bedacht, keine gute Gelegenheit zu verpassen. Maurer, Schneider, Zimmerleute, Diener standen neben Bauern, die auf ausgebreiteten Zeitungen Zwiebeln und Kartoffeln feilboten.

Frauen, die langstielige Besen hochhielten, hockten am Straßenrand, redselig und gut gelaunt, und warteten auf Aufträge. Die Hausierer kamen müde zurück, um ihre Körbe wieder zu füllen, dann zogen sie erneut davon. Metzger klatschten riesige Fleischstücke auf ihre Tische und filetierten sie den Wünschen ihrer Kundschaft entsprechend. In den Gängen zwischen den Ständen lagen Unrat und Fleischreste, die unwiderstehlich auf die Hunde des Viertels wirkten. Halbwüchsige rauchten an der Flussböschung und warteten auf weibliche Kundschaft, um deren Einkäufe nach Hause zu tragen. Schüchterne Mädchen liefen hinter ihren Müttern her, Matronen prüften die Waren und waren kaum je zufriedenzustellen.

Weil damals nicht einmal die Scharlatane ohne Hut aus dem Haus gingen, sah man ein Meer von Kopfbedeckungen, die seltsamen Hüte der Frauen jener Zeit, Bauernmützen, Kopftücher, die Mützen der Händler und die feinen Hüte der Herren, die ihre Frauen begleiteten. Verborgen unter diesem sich ständig regenden Strom der Kopfbedeckungen befand sich die Welt der Kinder, die von den Ständen klauten, der Bettler, Hunde und Katzen.

Neben dem Fleischmarkt lag der Gemüse- und Früchtemarkt, auf dem es ruhiger zuging, als ob das leuchtende Gemüse, die prallen Äpfel und Birnen die Menschen beruhigten, während Fleisch sie gierig und unruhig werden ließ. Gewiss waren die Metzger ein anderer Menschenschlag – zupackend und ungeschliffen – als die anderen Verkäufer, die lieber geduldig warteten, bis der Kunde sich entschieden hatte.

Die Fliegen ließen sich von niemandem einschüchtern, sie flogen ihre Runden über lebendiges und totes Fleisch, über elegante und vorgestrige Hüte, über modische Frisuren und Glatzen. Sie setzten sich auf die Gesichter der schlafenden Kutscher und ausgezehrten Karrenschieber ebenso wie auf die Nüstern der Pferde oder einen feinen Schinken. Auf die Wangen junger Frauen wie auf die Bärte der Patriarchen.

Der große Marktplatz war das Herz von Bucureştii, der Magen, die Eingeweide, der wichtigste Knotenpunkt, für manche aber nichts als ein Krebsgeschwür. Ein Ort, der die ewig hungrige Stadt ernährte, aber auch einer, der aufrührerisch und feindselig sein konnte. Wer den Markt kontrollierte, hatte das Volk auf seiner Seite. Die Aufwiegler der Liberalen, die bezahlten, empörten Bürger, stachelten hier die kleinen Leute gegen die konservative Regierung auf. Von hier flogen oft Steine gegen Politiker, wenn sie sich ins Parlament begaben, das sich auf dem benachbarten Hügel befand. Auf demselben Hügel wie die Kirche, von wo aus der heilige Dimitrie über die Stadt wachte.

Vom Markt aus wurde zur Erstürmung des Hügels aufgerufen, und es wurden Barrikaden errichtet, wenn die Soldaten und die Gendarmen zurückschlugen. Dort, zwischen verfaultem Obst und Kopfsalat, Schweineköpfen und Rindern am Haken, schlug der Puls von Bukarest und war seit Jahren und Jahrzehnten nicht zur Ruhe gekommen. Erst mit der Ankunft der Kommunisten sollte sich das ändern, diese brachten eine besondere Ruhe mit sich: die Friedhofsruhe.

Als Ecaterina ihre Suche schon aufgeben wollte, erinnerte sich Darie, dass Dorn eine dem Verfall preisgegebene Kirche erwähnt hatte, wo er manchmal zu schlafen pflegte.

«Die Sărindar», sagte Ecaterina. «Dann lass uns auch dort nachsehen.»

«Wieso suchen wir ihn überhaupt? Vielleicht will er gar nicht gefunden werden.»

«Doch, das will er, er weiß es nur nicht.»

«Aber er ist gar nicht dein Sohn.»

«Wer keine Eltern hat, ist das Kind aller. Jetzt komm schon, bald ist es dunkel.»

Die Kirche stand an einer der wichtigsten Kreuzungen der

Stadt; berühmte Hotels, Cafés und Geschäfte lagen in der Nähe und doch wirkte sie seltsam entrückt. Zu viele Erdbeben, zu viele Feuer hatten an ihr genagt, die Uhr über dem Portal stand seit Jahren still, einige der Ziffern waren heruntergefallen, aber nicht die Zeiger, die nun ins Leere wiesen. Dorthin, wo es sogar die Zeit nicht mehr gab.

Diejenigen, die über den Gang der Dinge in ihrer Stadt, über die Langsamkeit, den Provinzialismus des Lebens unzufrieden waren, sagten oft: «Bei uns ist es wie auf dem Zifferblatt der Sărindar.» Wenn man bloß über den Lauf des eigenen Lebens unzufrieden war, sagte man: «Mein Leben steht still wie die Zeit bei Sărindar.»

Die Kirchtürme standen schief und waren einsturzgefährdet, die Mauern waren zersprungen und das Dach löchrig. Ecaterina und Darie traten durch ein Loch in der Absperrung auf das Gelände. Ecaterina blieb stehen und sah sich um. «Die Kirchen verkommen heutzutage wie die Menschen», murmelte sie. Es regnete seit einer Weile, und das Wasser drang ungehindert durch das morsche Gebälk. Ecaterina rutschte beinahe auf dem feuchten Boden aus, und das plötzliche Geräusch erschreckte einen mageren Hund, der unentschlossen knurrte, bevor er davonlief. An einer trockenen Stelle im Altarraum fanden sie die Spuren eines Lagers und eine Feuerstelle.

«Meinst du, hier wohnt jemand?», fragte Darie.

«Es sind bestimmt nicht die Heiligen, die sich wärmen wollen.» Dann sah sie im Hintergrund einen Schatten, der vorbeihuschte. «Dorn?» Niemand antwortete. «Komm heraus, Junge, wir suchen dich schon den ganzen Tag.» Nichts geschah.

Die Dunkelheit verbarg allmählich die letzten sichtbaren Ecken des Raums. Eine Weile horchten sie, aber nichts regte sich, der Regen hatte aufgehört, es tropfte gemächlich. Nur an einer Stelle, wo das Tageslicht noch schwache Spuren hinterließ, konnte man das Gesicht eines Engels sehen. Dann verschwand auch das.

Die beiden schlüpften durch das eingerostete Kirchentor hinaus, durchquerten den Vorplatz, fanden wieder die Lücke im Zaun und waren mit wenigen Schritten zurück an der eleganten Calea Victoriei, die von Gaslampen beleuchtet war. In ihrem flimmernden Licht sah man die Kutschen vor dem Grandhotel Boulevard warten, die letzten Kunden verließen das teure Geschäft Luvru – ein Zylinder des Franzosen Joben für zwanzig Lei, Stoffe aus Seide, Taft, Atlas, Kleider voller Spitzen und Schleifen –, in den Cafés setzten die Kapellen zum ersten Lied des Abends an, und einige Paare spazierten Arm in Arm ins Theater.

Ein letztes Mal blickte sich Ecaterina um, dann tauchte sie mit ihrem Sohn in die Menge der müden Verkäufer, der verträumten Flaneure, der lachenden, sorglosen jungen Leute ein, der aus vollem Herzen Liebenden, aber auch der Hassenden, der Einsamen und Hungrigen, der Blasierten und der parfümierten Damen, die in der eigenen Kutsche die letzte Spazierfahrt des Tages machten.

Das war die andere Welt, die unruhige Stadt, die süchtig nach Veränderung, nach Ablenkung und Unterhaltung war, die zuversichtlich der Jahrhundertwende entgegenfieberte. Bald würden die ersten Automobile auftauchen, Pferde und Fußgänger erschrecken, die Straßen würden nach Benzin riechen und der Rausch der Geschwindigkeit würde sich durchsetzen. Das Gas würde durch die helle Auer-Glühbirne ersetzt werden, die Leuchtreklamen in die Nacht hinausstrahlen, und die Fahrstühle würden die Menschen bis in ein achtes oder neuntes Stockwerk befördern. Hundertzweiundzwanzig Telefonanschlüsse gab es schon.

Bald, aber noch nicht gleich. Noch waren die guten, alten Zeiten da, und man brauchte sie nicht herbeizusehnen.

Vasile hingegen sah Dorn gleich zweimal in jenem Jahr. Das erste Mal, als seinen Männern und ihm befohlen wurde, das Parlament vor den aufgebrachten Marktleuten zu beschützen. Die empörten Bürger, bezahlt von den Liberalen, hatten sie gegen die neuen Steuern der Regierung aufgewiegelt.

Es war ein Montagmorgen, als die Kutscher, Metzger, Verkäufer, Karrenschieber und Laufburschen in den Ausstand traten.

Ihnen folgten Hunderte andere, sodass die Gegend um die Markthallen bald bis zum Flussufer überfüllt war. Mittendrin stand ein kräftiger, drahtiger Junge, der auf einen Stand geklettert war, gekleidet in die üblichen Faltenhosen der Schläger, und zum Angriff rief. Um ihn herum standen seine Freunde, mit Schlagstöcken bewaffnet.

Dorn, er war es, verstand sich darauf, das Blut des Volkes zum Kochen zu bringen. Er wetterte gegen die auf dem Hügel, die nichts vom Leben unter dem Hügel wüssten, von den leeren Taschen der einfachen Leute. Gegen die hohen Herrschaften, die mit ihren manikürten Händen kein Schwein zerteilen, aber dem ehrlichen Mann die letzte Münze aus der Tasche ziehen könnten. Das Volk raunte. Ein Metzger wüsste am Ende des Tages, was er geleistet habe, seine müden Arme würden es ihm sagen, sogar ein Laufbursche wüsste es, seine müden Beine würden es ihm sagen, aber ein Politiker, zumal ein Konservativer, was habe der außer Betrug vorzuweisen!

«Nichts, sage ich euch», und seine Männer nickten und hämmerten mit ihren Stöcken auf alles, was Lärm machte. Weil es gerade Mode war, den König zu kritisieren, weil er zu wenig rumänisch und viel zu deutsch war, versuchte sich Dorn auch in dieser Disziplin. Die Masse begann zu johlen und zu pfeifen und geriet in Bewegung. Plötzlich setzte sie sich in Marsch, durchbrach die Soldatenreihen, die die Brücke sichern sollten, und ergoss sich ans andere Ufer.

Es dauerte nicht lange, und die Allee, die zur Hügelspitze und zum Eingang des Parlaments führte, war voller wütender Männer. Man hatte sich mit dem, was man gerade zur Hand gehabt hatte, bewaffnet: Ziegelsteinen, Eisenstangen, Fleischerhaken. Vor dem Tor erwarteten sie Soldaten, Gendarmen und Feuerwehrleute, auch die vom Feuerturm waren dabei, geführt von ihrem Kommandanten und von Leutnant Stoica. Der dickliche Negoiu konnte nicht lange standhalten, er verteilte einige Schläge, dann fiel er um und musste weggetragen werden.

Urgroßvater hingegen entdeckte wieder die Lust, sich zu prügeln, er knöpfte die obersten Uniformknöpfe auf und begann auszuteilen. Aber auch er musste sich dem Druck der Menge beugen, es gab schon Lücken, durch die immer mehr Aufständische in den Hof schlüpften, wo sie auf weitere Truppen stießen. Leutnant Stoica wurde von zwei riesigen Metzgerhänden gepackt und gegen eine Wand gestoßen. Er versuchte, sich zu wehren und sich loszureißen, aber die Arme, die ihn umklammerten, waren wie Zangen. Ein zweiter Geselle trat näher und wollte zustechen, als plötzlich Dorn erschien und ihn zurückhielt.

«Diesen hier nicht, ich kenne ihn. Ist ein guter Mann.»

«Ein guter Mann? Er beschützt doch die drinnen.»

Aber da war Dorn schon weitergehuscht, und Leutnant Stoica nutzte die Verunsicherung der beiden Männer, um sich in Sicherheit zu bringen.

Die Kämpfe dauerten den ganzen Tag an, bis es gelang, die Menge über den Fluss zurückzudrängen, die sich anschließend auf dem Marktplatz verbarrikadierte. Als Urgroßvater und seine Männer hinterhereilten, trafen sie am Fuße des Hügels auf einen Mann, der aufrecht in seiner Kutsche stand, den Hut in der Hand hielt und zu einer kleinen Menge sprach, die sich um ihn versammelt hatte. Bevor er die Versammlung auflöste, schnappte Urgroßvater zwei Worte auf: Marx und Proletarier. Er hatte bislang kaum etwas davon gehört. Ohne es zu wissen, war Leutnant Stoica dem ersten Sozialisten seines Lebens begegnet.

In Vasiles Zeit blieb der Sozialismus höchstens eine Randnotiz. Man las dann und wann, dass Sozialisten im Dacia-Saal Reden und Vorträge hielten. Wie hätte mein Urgroßvater, ein königlicher Offizier, wissen sollen, dass aus diesem Keim, dieser kleinen Gruppe glühender Anhänger, Jahrzehnte später etwas entstehen würde, was auch seine Familie und seinen Urenkel gefährdete. Mich.

Das zweite Mal, dass Vasile Dorn sah, hatte dieser die Seiten gewechselt und prügelte nun für die Konservativen. 1894 wurden Wahlen abgehalten, die Liberalen lagen vorn, und die empörten

Bürger der Konservativen schwärmten aus, um die Wähler einzuschüchtern. Manche gingen von Tür zu Tür und verteilten Geld und Drohungen. Andere sollten liberale Wähler ausfindig machen, umstimmen oder verprügeln. Wiederum andere tauchten bei den Veranstaltungen der Liberalen auf und störten sie. Dorn hingegen sollte am Wahltag wählen, und das, sooft er konnte.

Das Wahllokal befand sich in der Schule, wo Darie lernte, nur einige Hundert Meter vom Feuerturm entfernt. Vasile, der mit einigen seiner Männer für Ruhe sorgte, sah schon von Weitem die jungen Männer auf die Schule zulaufen.

«Es gibt Ärger», flüsterte Leutnant Stoica dem Sergeanten zu.

Dorn wies die anderen an, stehen zu bleiben, und steuerte auf Vasile zu.

«Wie geht es Mutter Ecaterina?»

«Sie ist nicht deine Mutter, nenn sie nicht so.»

«Sie ist die Mutter aller Verlorenen.»

«Was tust du hier?»

«Was jeder gute Bürger tun sollte. Wählen.»

«Willst du Ärger machen?»

«Nicht, wenn Sie sich nicht einmischen.»

«Das werden wir sehen.»

Dorn ging als Erster hinein, kam nach wenigen Minuten wieder heraus, einer seiner Männer folgte, dann der nächste und der übernächste, bis alle gewählt hatten. Was nun geschah, überraschte Vasile nicht, es war der Trick, der am häufigsten angewendet wurde. Die jungen Männer tauschten Mützen und Mäntel, und alles ging von Neuem los, bis jeder von ihnen mehrmals gewählt hatte.

«Sollten wir nicht eingreifen?», fragte der Sergeant.

«Lassen Sie nur.»

«Das ist doch Wahlfälschung.»

«Wir sind nicht hier, um Wahlfälschung zu verhindern, sondern um für Ruhe zu sorgen. Außerdem sind sie zu viele für uns vier.»

Dann versperrten Dorns Männer den Eingang zum Lokal und nahmen jeden beiseite, der herauskam und ein mit Kreide gezeichnetes X auf dem Rücken trug, weil er den Falschen gewählt hatte. Er wurde verprügelt, und seine Adresse wurde notiert. So war die Welt, in der Darie als Kind lebte. Sie unterschied sich nicht von der Welt meiner Jugend.

Die kommunistischen empörten Bürger der Fünfzigerjahre kamen mit dem Wolga zu einem nach Hause, in langen Mänteln, legten dir eine Blechbrille mit dunklen Augenklappen anstelle der Gläser an und führten dich ab. Auch heute wird es nicht anders sein, wenn man aus der Reihe tanzt. Wir sind in einer Zeitschleife gefangen, in der sich alles früher oder später wiederholt.

Im Winter tauchte Dorn wieder vor dem Zaun der Stoicas auf und blieb dort stehen, eine elende, frierende Gestalt, bis Ecaterina zu ihm ging. Was die beiden besprachen, erfuhr Darie nicht. Rosi und er sahen sich die Szene vom Fenster aus an. Nach einigen Momenten öffnete Ecaterina das Tor, und Dorn trat hindurch. Er hatte einen Sack bei sich, den er, nachdem er sich gewärmt und satt gegessen hatte, auf den Tisch leerte. Es waren einige Exemplare des ersten Bukarest-Führers, seitenweise Adressen und Werbung:

Nie wieder weiße Haare, nie wieder grauer Bart: Le Nil Noir. Eine Anwendung alle zwölf Tage genügt / Grand Hôtel de France, fließend Wasser. Reduzierte Preise für Künstler / A. Fialcovski, Café de l'Opéra, Confiserie, beliefert auch den Königshof, gegründet 1847 / Melodion, das beste Grammophon / Yost, die robusteste Schreibmaschine. Wird auch von der Königlichen Kanzlei benutzt.

Dorn nahm ein Exemplar feierlich in die Hand und bot es Ecaterina an, die ablehnte.

«Wozu soll das gut sein? Ein Stadtführer? Das, was ich brauche, weiß ich schon. Wenn ich Fleisch brauche, kriege ich es von Herz, und wenn ich Sodbrennen habe, gibt mir Gift etwas.»

«Aber es gibt jetzt mehr als nur einen Metzger und einen Apotheker.»

«Einer reicht, um dich umzubringen, wie die Witwe sagt.»

«Aber die Welt bleibt ja nicht stehen und Bukarest auch nicht. Schau doch, die erste Filiale für Singer-Nähmaschinen. Und hier …»

«Genug. Wenn ich einen Sarg brauche, werde ich ihn beim Schreiner gleich hinter der Kirche bestellen. Mehr brauche ich nicht zu wissen.»

Dorn wirkte verunsichert.

«Ihr kauft mir also keins ab?»

«So ein überflüssiges Buch? Damit könnte ich höchstens Feuer machen. Bist du deshalb gekommen?»

«Es ist sehr kalt draußen.»

«Bezahlen dich die Politiker nicht mehr?»

Dorn schwieg.

«Wo hast du bisher gewohnt und gegessen?»

«In schlechten Zeiten irgendwo in einer Ecke beim Großen Markt und geschlafen habe ich in der Kirche Sărindar.»

«Wir haben dich dort gesucht, aber du warst nicht da.»

«Das waren vielleicht die guten Zeiten. Da konnte ich im besten Restaurant der Stadt essen …»

«Im Hugues?», fragte Rosi.

«Jawohl. Und ein weiches Bett zum Schlafen hatte ich auch. Ich habe viel verdient, ich war gut.»

«Bei uns hast du kein Bett, aber einen alten Schuppen für dich ganz allein. Du darfst unter zwei Bedingungen bleiben.»

«Ich stehle nichts und komme mit in die Kirche?», fragte er.

In der Stille, die einsetzte, hörte man plötzlich Rosis flehende Stimme:

«Bleib doch.»

Dorn blieb. In jenem Winter hörte Rosi auf, Selbstgespräche zu führen. Stattdessen begann sie fröhlich, die Schlager der Saison zu summen.

In den nächsten Jahren tauchte Dorn auf und verschwand wieder, wie es ihm gefiel, ohne ein besonderes Muster oder einen besonderen Plan. Manchmal geschah das bei größter Hitze, dann wiederum erst, wenn die winterliche Kälte einsetzte. Manchmal prahlte er mit einem Bündel Geldscheine, das er aus seiner Tasche zog, und verteilte Geschenke in Originalverpackung, ein anderes Mal gab er an, bettelarm und unendlich hungrig zu sein.

Am Tisch, während er an Knochen nagte, erzählte er von seinen Unternehmungen. So erfuhren wir, dass er Alkohol in die Stadt geschmuggelt oder dass er im Parlament von der Tribüne aus die Regierung ausgepfiffen hatte. Dass er vor der Universität, bei der Statue des Mihai Vodă, Studenten verprügelt hatte, die für ein vereintes Rumänien und gegen Ungarn demonstrierten, aber ein paar Tage später, an derselben Stelle, Flugblätter verteilt hatte, auf denen die Rückgabe Transsilvaniens durch die Ungarn gefordert wurde. Er erledigte alles, was es für einen flexiblen Mann wie ihn zu erledigen gab und was Geld einbrachte.

Er aß und trank reichlich, hatte eine robuste Gesundheit, nahm sich, was das Leben ihm bot. In einem Punkt aber war er stur. Er hatte etwas gegen die Juden. Als in Paris Dreyfus der Prozess gemacht wurde, konnte Bucuresci nicht nachstehen, und der Antisemitismus schwappte von Frankreich nach Rumänien über. Es gab zu viele von ihnen, wurde behauptet, sie überfluteten, hieß es, vom Osten und vom Norden her das Land.

Dorn bekam den Auftrag, eine Protestversammlung der Juden gegen ihre Benachteiligung im Dacia-Saal aufzulösen, und als er sich bewährt hatte, sollte er mit seinen Leuten nach Dudeşti, ins jüdische Viertel, einmarschieren und ihnen eine Lektion erteilen. Bis die Gendarmerie eingriff, hatten sie ausreichend Zeit, um sich auszutoben. Es war das Letzte, was uns Dorn erzählen konnte, denn plötzlich sagte Urgroßvater Vasile:

«Ich weiß schon, die meisten Geldverleiher in der Stadt sind jüdisch, und es ist unangenehm, bei ihnen Schulden zu haben, aber deshalb darf man sie doch nicht schlagen.»

«Sie schlagen lieber Rumänen, nicht wahr?»

«Das ist etwas anderes. Wie ich dir schon gesagt habe, wir sorgen für Ruhe und Ordnung, wir säen nicht Gewalt.»

«Ich tue auch nur, was man mir sagt und wofür man mich bezahlt. Man muss schließlich leben, nicht wahr?» Er blinzelte Vasile Stoica an.

In dem Augenblick stand Ecaterina auf, ging stumm zur Tür, öffnete sie und sagte: «Komm nie wieder zurück.»

Ein einziges Mal, bei seinem Tod, sollte Dorn noch einen Auftritt haben. Aber er hinterließ der Familie etwas, was sogar auf mein Leben einen entscheidenden Einfluss haben würde.

Vasile tat, was man von einem Leutnant der Feuerwehr erwartete. Als Kaiser Franz Joseph 1896 Bukarest besuchte, stand er zusammen mit Hauptmann Negoiu stramm am Nordbahnhof und salutierte. Er war ebenfalls gefragt, als die Stadt sich rapide zu erneuern begann; man lichtete ihn ab vor der frisch eingeweihten Königlichen Stiftung, dem neuen Gericht oder dem Palast der Post. Überall, wo man ein paar Vertreter der stolzen, ruhmreichen, königlichen Feuerwehr brauchte, war er zur Stelle. Wenn neue Boulevards eröffnet oder Statuen enthüllt wurden, immer war mindestens ein Mitglied unserer Familie dabei, meistens alle.

Als Kaiser Franz Joseph das Bahnhofsgebäude verlassen und in der Kutsche neben König Carol Platz genommen hatte, hatten sich auch die Stoicas, die Witwe und Rosi in der jubelnden Menge befunden. Sie waren ebenfalls da, als der König das Band am Anfang des Boulevards Maria durchschnitt. Sie richteten ihr erstes Konto ein am Tag, als das neue Gebäude der CEC-Bank an der Calea Victoriei öffnete, und schickten einen Brief an ihre eigene Adresse aus der riesigen Schalterhalle der neuen Post. Sie legten am Ende der Rede des Königs bei der Statue des beliebten Bürgermeisters Protopopescu, als diese enthüllt wurde, Blumen nieder.

Man könnte sagen, dass meine Familie immer zur Stelle war, wenn es galt, jemanden aus Fleisch und Blut oder seine Statue zu beklatschen. Oder um strammzustehen und jemandem die Ehre zu erweisen. Dafür haben wir uns besonders gut geeignet. Mein Vater, Daries Sohn, pflegte zu sagen: «Ich war bei so vielen festlichen Akten dabei, ich bin vor so vielen Sockeln strammgestanden, dass ich fast vergessen habe, wie man einen Brand löscht.»

Darie lachte dann immer und erwiderte: «Feuerlöschen ist wie Fahrradfahren oder Schwimmen. Wenn man es einmal gelernt hat, vergisst man es nie mehr.»

Als Darie noch ein Junge von vierzehn, fünfzehn Jahren war, aber schon kräftig und groß, besuchte er regelmäßig Grigorie. Er brachte seinem Großvater Ecaterinas Gerichte, wusch ihn und hängte seine Kleider im Hof zum Trocknen auf. Manchmal setzte Darie seinen federleichten Großvater in den Rollstuhl und rumpelte mit ihm durch die ungepflasterten Gassen hügelabwärts bis zum Fluss. Zu Mittag kehrten sie bei Păun Popescu ein, wo Schnaps gratis ausgeschenkt wurde. Grigorie leerte sein Glas in einem Zug, schnalzte zufrieden mit der Zunge und bestellte auch für den Jungen eins. Dort soll Darie seine Trinkleidenschaft erworben haben, wurde später behauptet.

An den Wochenendnachmittagen bestand Grigorie darauf, in den Zirkus gebracht zu werden, aber nicht um die Tiernummern zu sehen, die Akrobaten und Clowns, sondern die Sidoli. Alda Sidoli hatte inzwischen etwas Speck angesetzt, aber hoch zu Pferd war sie trotzdem noch eine Augenweide.

Darie hatte den Verdacht, dass es noch einen anderen Grund gab, denn jedes Mal unterbrach die Sidoli ihre Nummer, zeigte auf Grigorie und sagte: «Heute haben wir unter uns einen tapferen Mann. Er hat auf unserem Hügel gegen die Türken gekämpft. Er hat am Unabhängigkeitskrieg teilgenommen, bis ihn eine osmanische Kugel außer Gefecht gesetzt hat. Er hat unzählige Brände in unserer Stadt gelöscht. Und als ob das nicht genug wäre, ist er der Vater eines anderen bekannten Feuerwehrmanns, des Leutnants Vasile Stoica, der die Universität gerettet hat und, für uns am wichtigsten, unseren Zirkus. Ein kräftiger Applaus, meine Damen und Herren, für unseren Helden!»

Der Applaus brandete in der Manege auf, das Publikum erhob sich, und Grigorie streckte sich in seinem Stuhl. Auf seiner Brust schwankten die Medaillen, auf die er um nichts in der Welt verzichtet hätte. Es war jedes Mal dasselbe Ritual, aber keiner wurde müde: nicht die Sidoli, nicht das Publikum und am allerwenigsten Grigorie.

Ein letztes Mal verließ Grigorie das Haus, als das Kino in die Stadt kam. Die Zeitungen hatten das Programm seit Wochen angekündigt: Ein Zug fährt im Bahnhof ein, die spanische Artillerie, ein Sturm auf dem See, das Frühstück der Katze, Wettrennen im Kartoffelsack, der Zar und die Zarin in Paris.

Man wurde gewarnt, dass das Kino nichts für Menschen mit einem schwachen Herzen oder mit einer allzu blühenden Fantasie sei. Darie schob seinen Großvater zum Fluss hinunter und dann ein gutes Stück die Calea Victoriei bis zum Theaterplatz hinauf, wo sich, im zweiten Stock eines Hauses, das Cinema Lumière eingerichtet hatte. Neben Ecaterina und Vasile warteten dort alle, die inzwischen zur Familie gezählt wurden: Rosi, Popa Andronie, die Witwe und Metzger Herz.

Vasile Stoica hob seinen Vater hoch und trug ihn in den Saal, in dem die Leute gespannt auf das neue Wunder warteten. Dicke Rauchschwaden hingen in der Luft. Auf einmal wurde das Licht gelöscht, einige kaum unterdrückte Schreie waren zu hören, und als die Leinwand sich aufhellte und man nach und nach den Umriss einer Lokomotive sah, die auf das Publikum zuraste, wichen die meisten zurück. Damit war das neue Zeitalter endgültig auch in Bucuresci angekommen. Nicht das erste Auto in der Stadt, nicht das erste Flugzeug am Himmel über der Stadt hatten eine ähnliche Wirkung wie die Bilder, die sich scheinbar von Geisterhand bewegten.

Grigorie weigerte sich in den letzten Lebensjahren, das Haus zu verlassen. Aber er entdeckte sein Interesse an der großen, weiten Welt. Er saß ruhig unter seiner Eiche, rauchte, und Darie las ihm die Zeitungsnachrichten vor. So erfuhren sie, dass ein Krieg zwischen Spanien und Amerika im Gange war, dass es Orte wie Manila oder Santiago de Cuba gab, die von den Amerikanern eingenommen worden waren.

Sie lasen über ein kleines Volk in Afrika, das sich gegen die Übermacht der Engländer behauptete, und ihre Sympathien, als sie verschwommene Fotos der burischen Soldaten mit ihren Schlapphüten und Patronengürteln um den Leib sahen, lagen eindeutig auf deren Seite. Dann wurde Transvaal zu Dealul Spirii, und der unglückselige englische General wurde zum unglückseligen Kerim Pascha.

Eines Tages verblüffte Darie den Sergeanten mit seinem neuen Wissen. Er stieg auf den Turm, um den feuerroten Sonnenuntergang zu sehen oder vielleicht um nach der Welt Ausschau zu halten, die in den Zeitungen vorkam. Der Sergeant rauchte gerade und erschrak, als er ihn entdeckte, denn keiner pochte auf das Einhalten der Regeln mehr als er selbst.

Nicht wenige Männer hatten die Treppen von ganz unten bis zur Aussichtsplattform schrubben müssen, weil er sie während der Wache beim Rauchen oder Schlafen erwischt hatte. Als er Darie erkannte, entspannte er sich und bot ihm eine Zigarette an. Darie zog mehrmals daran und fragte:

«Haben Sie schon mal etwas von Transvaal gehört, von Kuba oder Manila?»

«Wo soll das sein?»

«Weit, weit entfernt, ungefähr dort», sagte er und zeigte Richtung Westen und Süden. «Wo Manila genau liegt, weiß ich auch nicht.»

«Brennt es dort?»

«Und wie. Kriege, überall Kriege.»

«Ach, wenn es nur das ist. Solange die Kriege weit weg sind, interessieren sie mich nicht. Wir haben hier im letzten Monat sieben große Einsätze gehabt und zwei Männer verloren. Die Brände der Welt brauchen uns nicht zu kümmern, solange sie einen Bogen um uns machen. Jetzt geh nach Hause, deine Mutter hat dich gesucht. Aber erzähl ihr nicht, dass ich dir die Zigarette gegeben habe.»

Der Sergeant sollte recht behalten. Fast eine Generation lang, bis 1916, als Rumänien in den Krieg stolperte, sollte das große Gemetzel das Land verschonen. Es gab Krisen, Aufruhr, Chaos, wie in jedem anständigen Land, aber die große Geschichte, die mit übergroßem ‹G› ignorierte es, spielte sich anderswo ab.

Manchmal stiegen Rosi und er auf die Aussichtsplattform des Turms, und er, der acht Schulklassen abgeschlossen hatte, versuchte, ihr, die nur vier Klassen absolviert hatte, die Welt zu erklären. Seine vagen Kenntnisse reichten, um sie in Staunen zu versetzen. Sie war eine dankbare Zuhörerin, die die Augen aufriss, weil der Kaiser im fernen Wien, «… irgendwo dort hinten, hinter der Gewitterfront im Westen …», etwas entschieden hatte, was in Paris oder London, «… noch ferner, denk dir den Dealul Spirii weg und rechne nochmal tausend und mehr Kilometer dazu …», als Provokation angesehen wurde.

«Haben die in Paris und London auch Türme?»

«Klar doch, in London ist es ein Uhrturm, in Paris aber einer aus Metall. Ich habe Fotos gesehen. Sieht aus wie ein Gerippe, ganz hässlich. Wenn du dich ein wenig streckst, siehst du vielleicht seine Spitze.»

«Dass die Franzosen keine Ziegelsteine haben, um so etwas Schönes zu bauen wie wir …»

Darie vervollständigte seine Aufklärungstour, indem er Richtung Südosten zeigte und erklärte, dass dort unten Konstantinopel liege, eine Stadt, die auf zwei Kontinenten erbaut worden sei. Rosis angestrengtes Gesicht leuchtete plötzlich auf, als sie sich an Ianes Legende erinnerte.

«Von dort also sind die Türken gekommen, als sie unsere Stadt in Brand gesetzt haben …»

Darie nickte, dann zeigte er nach Nordosten.

«Und von dort sind die Russen gekommen, als sie die Stadt besetzt und geplündert haben. Ihre Hauptstadt ist Moskau.»

«Haben sie in Moskau auch einen Turm?»

«Gut möglich, dass sie einen haben, aber gehört habe ich noch nichts davon.»

«Können uns diese Leute auch sehen, wenn sie auf ihre Türme steigen?»

«Mein Vater sagt, wir sollten uns wünschen, dass sie uns nicht sehen, dann kommen sie auch nicht hierher.»

Rosi setzte sich in jener Zeit häufig von zu Hause ab und blieb immer länger weg, bis sie eines Tages schwanger wieder auftauchte. Lange ging sie vor dem Tor auf und ab und zögerte hineinzugehen, bis Ecaterina auf die Türschwelle trat, sich die Hände an der Schürze abwischte, Rosi lange musterte und ihr dann mit einem knappen «Hai!» erlaubte einzutreten.

«Von ihm?», fragte sie und zeigte auf Rosis kleinen Bauch.

Rosi nickte. Mehr war nicht nötig, allen war klar, wer der Vater war.

«Hast du einen Namen für ihn?», fragte Ecaterina.

«Vielleicht Grigorie?»

«Nicht nach dem Dickschädel, sonst muss ich ihn dauernd vor mir sehen.»

«Dann vielleicht Stelian, nach dem Heiligen, damit er ihn beschützt.»

«Und wenn es ein Mädchen wird?»

«Dann soll es Ecaterina heißen, wie du.»

Urgroßmutter strahlte.

Es wurde dann doch ein Junge.

Das große Sterben blieb noch eine ganze Weile aus, aber das kleine Sterben ging weiter. Es gab berühmte Tote, die in jener Zeit den Turm umrundeten, ein ehemaliger Ministerpräsident, ein berühmter General, der Komponist Flechtenmacher oder der Bariton Caireli. Alle Trauerzüge waren schön, wie Rosi immer sagte, aber der schönste soll der des Bürgermeisters Protopopescu gewesen sein. Er hatte seine Stadt geliebt, und die Stadt hatte seine Liebe erwidert.

Die großen Veränderungen, die aus Bucuresci eine westlich anmutende Metropole machen sollten, hatte er angestoßen. Schulter an Schulter mit den gut situierten Bürgern standen die Armen im Trauerzug, für die er Nachtasyle und Suppenküchen gebaut hatte. Die Armen vergaßen ihn nicht, sie waren die Ersten, die auf die Knie sanken, als die Kutsche mit dem Sarg vorbeifuhr. Am Straßenrand standen die Popen aus den vielen Kirchen der Stadt, die beteten und den Sarg segneten.

Es pilgerten zum Turm auch andere, die erst durch ihren Tod bekannt geworden waren. Wirtsleute, die von einem betrunkenen Gast erstochen, Gendarmen, die von Ganoven erschossen, Frauen, die von ihren Geliebten erwürgt, und Männer, die von ihren Frauen vergiftet worden waren. Es starben auch Feuerwehrsoldaten, vergiftet vom Rauch, begraben unter einem eingestürzten, lichterloh brennenden Haus. Sie wurden unzählige Male um den Turm getragen, während die Kameraden die Straße vor dem Trauerzug mit Wasser besprühten, auf dass der Tote es angenehm kühl habe.

Eines Tages wurde auch Grigorie auf einer Bahre zum Turm getragen. Darie hatte ihn starr in seinem Bett gefunden. Ecaterina hatte ihn rasiert, gewaschen, und Vasile hatte ihm die Uniform angezogen, die inzwischen mehrere Nummern zu groß war. Daran hatte er sorgfältig die Medaillen angeheftet. In seinem Trauerzug waren nicht nur einige alte Männer, die ebenfalls auf dem Dealul Spirii gekämpft hatten, sondern auch der Zirkus Sidoli, in corpore, Alda Sidoli zuvorderst. Zum ersten Mal lief Darie mittendrin mit, anstatt den Tod nur aus sicherer Entfernung zu beobachten.

Am Schluss wurde Grigorie aus der Stadt herausgebracht, zum Dorffriedhof von Crângaşi, auf Ecaterinas Familienparzelle. Dort wurde er der Erde übergeben, und Popa Andronie sprach so schön, dass alle weinten. Er fand Platz neben Ecaterinas Eltern und Tochter und neben dem Mann, der an Tuberkulose gestorben war. Niemand ahnte, dass sie bald viel mehr Platz brauchen würden.

Jeden September wurde beim Schlachthof ein großes Volksfest gegeben. Zu Tausenden fuhr man an den Stadtrand, mit Droschke, Omnibus oder Fahrrädern. Der Vorplatz und die Innenhöfe des Schlachthofes waren mit langen Holztischen und Bänken gesäumt, und es herrschte großer Andrang. Es gab zwei begehrte Menus: Büffelnieren und Büffelleber. Der schwere Geruch frischen Blutes und von gebratenem Fleisch schwebte über den Kutschern, Dienstmädchen und Arbeitern ebenso wie über den Beamten, den Ladenbesitzern oder Offizieren.

Alle wurden von großem, unstillbarem Appetit überwältigt, man bediente sich mit bloßen Fingern, schmatzte und stimmte in den Gesang der anderen ein, die Schlager der Saison schmetterten. Angeheitert vom Pflaumenschnaps, entdeckte der Ministerialbeamte sein Verständnis für die Notlage des Lumpenvolkes, und das Lumpenvolk bedankte sich, indem es das magere Gehalt des Ministerialbeamten bedauerte.

Es waren Krisenzeiten, sogar Leutnant Stoica und der Kommandant Negoiu wurden nur dann und wann bezahlt, der Staat schrammte regelmäßig haarscharf an der Zahlungsunfähigkeit vorbei. Zwischendurch wurde zur Revolution aufgerufen, manche Dame bewundert, mancher junge Mann angeschmachtet, es wurde weiter getrunken, der Ministerialbeamte umarmte den Fabrikarbeiter, man tunkte Brot in die Knoblauchsoße, Bier wurde herbeigeschafft, der Pope – es gab immer einen, der für Nieren oder Leber schwärmte – ermahnte zur Mäßigung.

Bettler, arme Frauen und Kinder liefen durch die Tischreihen und sammelten die Reste ein, die Musikkapelle spielte lauter und schriller, einstweilen satt spazierten die Menschen zwischen den Hallen umher, um Platz zu schaffen für noch mehr Fleisch. Zum Lärm der angeheiterten Menge gesellte sich manchmal ein einsames Muhen und Blöken aus den Stallungen.

Am Abend schaltete der Direktor unter allgemeinem Jubel die Beleuchtung ein. «Es sind Auer-Glühbirnen, meine Damen und Herren, das Beste, was man auf dem Markt finden kann. Bei solchem Licht arbeiten meine Männer noch effizienter, damit Sie genug Fleisch zu essen haben.»

Es wurde immer sehr spät, bis sich auch die Letzten wankend auf den Rückweg machten, mit einem guten Stück Fleisch in der Tasche, eingepackt in Zeitungspapier. In den Hallen herrschte Stille, es war die Galgenfrist für die Tiere, die am nächsten Morgen auf dem Altar des unersättlichen menschlichen Hungers geopfert würden.

An solch einem Abend, unter einer der neuen Glühbirnen, zerstochen von Myriaden von Mücken, willigte die Witwe ein, Metzger Herz zu heiraten. Überglücklich legte er seine Weste ab, streifte sich eine Metzgerschürze über, krempelte die Ärmel hoch und verschwand für einige Zeit in einer der Hallen. Als er herauskam, folgten ihm zwei Gesellen, von denen jeder auf seinem Rücken die Hälfte eines Kalbs trug.

Vor den Augen der Anwesenden tranchierte er das Fleisch, wickelte es in Papier ein und schenkte jedem ein solches Paket. «Nehmt, Leute, ich heirate schließlich nur einmal.» Und dann sagte er zur Witwe: «Meine kleine Französin, bisher haben Sie alle nur ‹Witwe› genannt, aber bald sind Sie wieder eine verheiratete Frau. Es ist Zeit, Sie beim Namen zu nennen: Claire.» Claire nickte verschämt.

Das Glück von Metzger Herz dauerte nicht lange. Bereits einige Wochen nach der Hochzeit huschte Claire Herz an der eingenickten Wache vorbei, stieg bis oben in den Turm, schaffte trotz ihrer vielen Unterröcke auch den letzten Teil und fand sich bald auf der Plattform wieder. Gemäß dem Späher soll sie kurz um sich geblickt, «Ach, wie schön!» gerufen haben, und dann ist sie in die Tiefe gesprungen.

Auch Kommandant Negoiu hatte kein langes Leben. Man fand ihn in den ersten Tagen des Jahres 1900 in seiner Dienstwohnung eingesunken in seinem Sessel. Vor sich, auf dem Tisch, lag ein Brief aus seiner Jugend, in dem er einer Frau seine Liebe eingestand. Ecaterina adoptierte auch diese beiden Toten und ließ sie in

Crângaşi begraben, neben all den anderen, denen sie dort ein Obdach gegeben hatte. Weil die Parzelle zu klein geworden war, kaufte sie auch das Nachbarstück dazu. Nun ruhten die bekannten und unbekannten Toten der Familie nur wenige Schritte vom Fluss entfernt, dessen Wasser ans Ufer schwappte, um die Verstorbenen zu beruhigen.

Das neue Jahrhundert begann mit einem verheerenden Brand, der die Feuerwehrleute am Turm tagelang beschäftigte. Die berühmte Comédie-Française in Paris war bis auf die Grundmauern abgebrannt.

Kapitel 7

Wir warten vor dem ersten Tor, drei Lebende und sechs Tote. Vom Wachturm aus beobachtet man uns; obwohl ich den Soldaten nicht sehe, weiß ich es ganz genau. Ich spüre seine Anwesenheit, so wie Ecaterina und Mutter gesagt hatten, dass sie die Anwesenheit Gottes oder des Teufels spürten.

Er steht gelangweilt dort, die Zigarette, die er sich anzünden möchte, will bei dem Regen bestimmt nicht brennen, und er blickt entspannt auf uns hinunter. Denn wir drohen gewiss nicht auszubrechen, da wären wir eine Lachnummer, so ausgemergelt und gebrechlich, wie wir sind. Wir wurden für etwas anderes mitten in der Nacht aus unserer Zelle geholt. Wir entsorgen die Toten des Tages.

Die zwei Carali – wie wir die grobschlächtigen Wächter nennen – sind unter das Dach des Büros des diensthabenden Offiziers geflüchtet und fluchen von dort aus über das Wetter. So wie wir treten auch sie vor Kälte von einem Bein aufs andere und versuchen, sich zu wärmen, aber anders als wir werden sie bei der Rückkehr eine warme Wachstube vorfinden und ein paar Gläser Schnaps kippen dürfen.

Ich erahne den Soldaten hinter dem Scheinwerfer, der uns in Licht taucht, weil wir dem Mann etwas voraushaben, einen sechsten Sinn, den wir regelrecht kultivieren. Wenn wir zusammengepfercht in unseren Zellen auf dem Bettrand sitzen – tagsüber ist höchstens das erlaubt – oder die drei, vier möglichen Schritte auf und ab gehen, lauschen wir.

Wir lauschen den ganzen Tag: Ob der Kessel mit dem Essen schon zu hören ist und sich die Zellentüren am Ende des Korridors öffnen. Ob hinter der Wand der Zellennachbar vorsichtig klopft, um uns etwas mitzuteilen. Ob sich ein Wächter leise der Zellentür nähert, um uns beim Reden oder Liegen zu erwischen, denn alle paar Minuten geht das Guckloch auf. Ob jemand, der schreit, gerade geschlagen oder verrückt geworden ist, ja, sogar das kann man mit ein wenig Übung unterscheiden. Wir sind Meister des Lauschens, es füllt die unendlich langen Tage.

Die beiden Wächter lachen über uns, «durchnässt wie Truthähne», höre ich einen sagen. Wieso gerade dieses Tier im Rumänischen für Häme herhalten muss, weiß ich nicht. «Nur Haut und Knochen, die sterben uns unterwegs», erwidert der andere, Obergefreiter Trandafir, Rose also, der gern und kräftig zuschlägt, bevor er klagt: «Wieso zwingt ihr mich, euch zu verprügeln, ihr Banditen? Wieso sterbt ihr nicht schneller, das wäre einfacher für euch und auch für mich.» Trandafir nennt ihn keiner, so viel Fantasie haben wir nicht, um ihn in Verbindung mit einer solch schönen Blume zu bringen. Für uns ist er einfach ‹Faust›.

Der andere ist Gefreiter Dragomir, so dünn wie die Wasserschläuche, die nach jedem Einsatz überprüft, gesäubert und geflickt werden, bevor man sie, zusammengerollt wie Schlangen, im Geräteraum des Turms verstaut. Wir nennen ihn ‹Schlauch› auch aus einem zweiten Grund. Wenn er zuschlägt, dann am liebsten mit einem speziellen Gummischlauch, der an einem Ende einen festen Griff hat. Aber er gebraucht ihn wenig, seine Spezialität sind Schläge aufs Ohr. Es fließt nur wenig Blut, aber das Trommelfell reißt. «Wie bei einer Entjungferung», kommentiert er. «Wenig Blut, aber anhaltende Konsequenzen.»

Wir haben die sechs Toten aus dem Leichenschauhaus des Gefängnisses herausgetragen und auf den wartenden Pferdekarren gelegt. Wir waren so schwach, dass wir mehrere Anläufe nehmen mussten, obwohl es uns die Toten bestimmt nicht schwer machen wollten. Nur Haut und Knochen auch sie. Wir haben geschoben und dem alten Gaul geholfen, den vollen Karren bis zum ersten Tor zu ziehen, wo wir jetzt warten. Der Gaul führt ein Doppelleben. Tagsüber bringt er die Schlachthofabfälle in die Gefängnisküche, nachts schleppt er die Toten an den Stadtrand. Es ist ein vielbeschäftigtes Tier, das wir am Tag lieben, aber in der Nacht hassen.

Mit mir wartet auch Lascăr, der Vater von Nea Nelu, unserem Nachbarn, mit dem ich heutzutage Halbschach spiele, während Magda in der Stadt Hühnerhälse und Hühnerkrallen einsammelt, für unser Abendessen. 1957 bin ich fünfundzwanzig Jahre alt, Lascăr etwa doppelt so alt und schon seit sechzehn Jahren im Gefängnis. Denn nicht die Kommunisten haben ihn eingesperrt, sie haben ihn nur übernommen. Verhaftet und gequält hatte ihn die Geheimpolizei 1941, da Lascăr ab Mitte der Dreißigerjahre ein Grünhemd war, ein Faschist, nun ja, die rumänische Ausgabe davon: ein Legionär.

Er glaubte an das, woran ein Legionär zu glauben hatte: Volk, Vaterland, Gott, den Erzengel Michael, Prozessionen und Märsche, und verachtete, was Legionäre so verachteten: Kommunisten, Kapitalisten, Amerikaner, Gottlose, Volksfremde und, natürlich, wie könnte es wohl anders sein, die Juden. Legionäre gab es in den Dreißigerjahren in Hülle und Fülle, und es sollten immer mehr werden – Junge, Alte, Studenten, Rentner, Priester, Reiche und Arme –, auch wenn ihre Zeit erst einige Jahre später kommen sollte.

Es war die goldene Zeit blinder, ekstatischer Selbstbeweihräucherung eines Volkes gewesen, das niemanden interessierte und sich doch selbst vergewissern wollte, dass es existierte. Ein Volk, das für so unwichtig und entbehrlich gehalten wurde, dass alle über es herfielen, Russen, Bulgaren, Türken, Ungarn, Deutsche, und sich Stücke aus seinem Land herausrissen. Ein Volk, das muss man zugeben, das sich für einmal im Schatten der anderen europäischen Faschisten für groß und mächtig halten durfte und ebenso grausam wurde.

Lascărs Traum als Junge, wie bei fast allen Jungen unseres Viertels, war gewesen, Feuerwehrmann zu werden und am Turm zu dienen. Er wurde aufgenommen und ausgebildet, aber er war ängstlich und nahm maßlos zu. Bald war nicht mehr daran zu denken, dass er Leitern hochsteigen, Türen aufbrechen und bewusstlose Menschen hinaustragen könnte. Er begann heimlich seine Kameraden aufzuwiegeln, sie für die heilige Sache der Legion gewinnen zu wollen, sodass Vater, der nicht tatenlos zusehen, sich aber auch nicht mit der Legion anlegen wollte, ihn in den Innendienst versetzte.

1936 räumte man eine Kammer im Turm für ihn aus, trug Stuhl, Tisch und Telefon, Schreibmaschine und stapelweise Papier, Rechnungen und Bestellungen herein. Künftig sollte er sich, fern von den anderen, ohne Schaden anzurichten, dort drin beschäftigen. Aber um ihn zu bestrafen oder vielleicht um ihn in Bewegung zu halten, hatte Vater sein Büro im dritten Stock installiert, direkt unter dem ungenutzten Wasserreservoir. Man erzählte mir, wie Lascăr jeden Morgen den Aufstieg in Angriff nahm, aus Protest laut ein Kampflied der Legionäre summte, bis er völlig verschwitzt in seinem Büro ankam.

Als im selben Jahr die Feuerwehreinheit in eine neue Kaserne zog, blieb Lascăr allein im Turm zurück, eingedeckt mit Büroarbeiten, denen er nicht gewachsen war und die ihn nicht interessierten. Ich habe einst Vater gefragt, wieso er ihn nicht versetzt oder entlassen hatte. «Wieso sollte ich das tun? Er ist trotzdem ein Kamerad gewesen.»

Er saß da wie Jonas im Wal, mit elektrischem Licht und Telefon. Dort erlebte er den allmählichen Aufstieg der Legion. Wenn ich damals wieder einmal in den Turm ging, hörte ich ihn am Telefon reden, Befehle erteilen, Aufmärsche planen, Überfälle koordinieren, Hausdurchsuchungen planen, Waffen organisieren. Wenn ich dann auf Zehenspitzen hochstieg und an seinem Büro vorbeihuschte, konnte ich durch einen Türspalt einen Blick auf seinen aufgedunsenen Körper erhaschen.

Das Licht in seiner Kammer brannte Tag und Nacht, er schien den Turm gar nicht mehr zu verlassen. In der Zeit vor seinem Verschwinden hatten ihn nicht einmal mehr seine Frau und sein kleiner Sohn Nelu zu Gesicht bekommen. Er lebte im Turm, der sich immer noch gastfreundlich zeigte, obwohl Lascăr seine Ruhe störte. Legionäre brachten ihm Proviant und stiegen zu ihm hinauf, um neue Befehle zu erhalten.

Manche behaupteten, dass sie ihn auf der Aussichtsplattform gesehen hätten, wo er sein ewiges Legionärslied gesungen hätte. Aber so wenig, wie ein Kamel durch ein Nadelöhr passt, so kann ich mir auch nicht vorstellen, wie er durch den Spalt zwischen der Mauer und dem Wasserreservoir gekommen sein sollte, ohne auf immer und ewig stecken zu bleiben und zu verdursten oder, bei seiner Leibesfülle, zu verhungern.

Anfang 1941 verschwand er spurlos, als der bewaffnete Aufstand der Legion gegen die Regierung von der Armee blutig niedergeschlagen wurde. Mitten in der Nacht hielten mehrere Autos vor dem Turmeingang, die Tür wurde eingedrückt, und einige Minuten später wurde Lascăr abgeführt. Im Turm kehrte wieder Stille ein.

Als Kind gefiel es mir zu glauben, dass nicht die Geheimpolizei Lascăr erledigt hatte, sondern der Feuerturm. Dass er ihn ausgespien hatte wie der Wal den Jonas, nachdem er ihn jahrelang geduldig ertragen hatte. Als ich im Frühjahr 1957, zu Beginn meiner Haftstrafe, in meine künftige Zelle gebracht wurde, habe ich ihn zuerst nicht wiedererkannt. Sein Körper war durch Krankheit und Hunger geschrumpft und faltig geworden.

Die größte Veränderung aber bestand darin, dass er lammfromm geworden war. Das war nicht neu für einen Legionär, Mord und Gott hatten wunderbar zusammengepasst, und wenn die Legionäre ihre Toten begraben hatten, hatten sie pompöse Trauermärsche mit Dutzenden von Popen inszeniert. In der Zelle aber war Lascăr auf Popa Nistor gestoßen, mit dem Mutter und Ecaterina überaus zufrieden gewesen wären, denn er lebte vor, was er predigte.

Es wurde viel gebetet in unserem Gefängnis, wo mehrere

Hundert Priester inhaftiert waren. Das Gefängnis summte wie ein Bienenhaus von den Klagen der Häftlinge, manchmal aber auch von ihren Gebeten. Es waren die wenigen Momente, in denen die Carali keine Macht über uns hatten. Jeden Tag wohnte ich diesem Ritual in unserer Zelle bei, dem sich oft auch Andrei anschloss.

Andrei war Bauer und hatte sich mit den Kommunisten angelegt, weil sie gottlos waren und er sein Land nicht für die Kollektivierung hergeben wollte. Er war zum kommunistischen Bürgermeister gegangen und hatte ihm gedroht, daraufhin hatten sie ihn zu fünft zusammengeschlagen. Es brauchte so viele, Andrei war stämmig wie ein Baum. Dann hatte er sich bewaffnet und war mit einigen anderen in die Karpaten geflohen, die er nur verließ, wenn er nagenden Hunger verspürte, wenn große Kälte herrschte oder wenn er wieder einmal Lust auf die Wärme seiner Frau hatte, wie er sagte.

Er schlief gerade ruhig neben ihr, als ihn eines Tages dicker, schwarzer Rauch weckte. Er sah durchs Fenster und erkannte, dass sein Haus umzingelt und angezündet worden war. Neben dem Geheimdienstoffizier, der die Aktion leitete, erblickte er denjenigen, der ihn verraten hatte. Andrei überlebte, seine Frau nicht.

Eine seiner ersten Fragen an mich war: «Weißt du, wer dich verraten hat?»

Ich nickte. «Gut, denn der Wunsch nach Rache wird dich am Leben halten. Ich weiß es auch. Wenn ich hier rauskomme, reiße ich ihm das Herz aus.»

Unsere Neugierde war groß, wir haben ihn oft danach gefragt, aber er hat den Namen bis zum Schluss nicht preisgegeben. Die Carali fürchteten sich vor ihm, denn obwohl er ausgehungert war, konnte er jeden Einzelnen von ihnen schlagen. Wenn sie ihn für irgendetwas bestrafen wollten, rissen sie plötzlich die Zellentür auf und drangen zu sechst oder siebt hinein. Ihn aber weckten sie nie, um den Pferdekarren mit den Toten zu begleiten, sie hatten Angst, dass er doch ausbrechen könnte.

Vor dem ersten Tor stehen Popa Nistor, Lascăr und ich und warten auf den diensthabenden Offizier. Ich spüre nicht nur den Soldaten im Wachturm, hinter dem Scheinwerfer, sondern auch das mehrstöckige Gefängnisgebäude im Rücken und etwas weiter entfernt die Zarca, den nur einstöckigen alten Gefängnisteil aus der k.-u.-k.-Zeit. Ich ahne die Blicke der Gefangenen, die, so wie wir in anderen Nächten, die Szene durch die Ritzen der Fensterläden stumm und entsetzt beobachten. Wir haben Glück, es sind keine Toten, die wir kennen. Wir müssen nichts empfinden, sondern nur so schnell wie möglich unsere Arbeit erledigen und dann in die trockene Zelle zurückkehren.

Der Offizier kommt heraus, zieht seinen Hosenschlitz zu, schimpft ebenfalls über den Regen und geht in sein Büro zurück, nur um einige Momente später in einem Regenmantel und mit einem Pfahl aus Metall und einem Hammer in den Händen zurückzukommen.

«Wie viele?», fragt er die beiden Carali.

«Sechs», antwortet Faust.

«Das gibt Arbeit», murmelt er unzufrieden und winkt mich und Popa Nistor zu sich, dann steigt er auf den Karren. Er befiehlt uns, das Gleiche zu tun und einen der Leichname auf den Rücken zu drehen. Ich sehe, wie der Pope das Kreuzzeichen über dem Körper schlägt.

«Wie ich das hasse», murmelt der Offizier erneut, setzt routiniert den Pfahl zwischen die Rippen des Toten, auf Herzhöhe, und bohrt ihn mit einem einzigen Schlag hinein. «Der Nächste.» Noch fünfmal wiederholt sich das, noch fünfmal hört man einen einzigen trockenen Schlag, fünfmal segnet Popa Nistor die Toten, und seine Lippen bewegen sich leicht dabei. Wir bemerken gar nicht, dass der Regen aufgehört hat.

Wir haben nie verstanden, wieso sich dieses Prozedere Nacht für Nacht wiederholte. Vielleicht war es eine Art Gnadenstoß für solche, die noch lebendig waren, vielleicht wollte man einen Ausbruch verhindern. Hier kamen nicht einmal die Toten heil davon.

Wir waren uns aber sicher, dass sich die Carali kaum vor Vampiren fürchteten. Wenn schon, dann war es umgekehrt.

Danach öffnet der Offizier das Tor, und wir drei und der Gaul ziehen und schieben den Karren hindurch, während die zwei Wächter uns folgen. Das Tor schließt sich mit einem lauten Geräusch, und wir warten zwischen dem ersten und dem zweiten Tor, bis man uns weitergehen lässt. Als wir auch das dritte Tor passieren und unsere Pilgerfahrt auf den Straßen der schlafenden Stadt beginnen, verfolgt uns das Scheinwerferlicht noch eine Weile, danach erlischt es.

Ob wirklich alle hinter ihren dunklen Fenstern schlafen, glauben wir nicht. Denn sie wissen bestimmt, was sich hier abspielt, aber sie stellen sich lieber tot. Vielleicht liegen sie wach und hören dem Rattern der Räder auf den Pflastersteinen zu, bis sie sich die Ohren zuhalten müssen. Sicher ahnen sie, dass der Unterschied zwischen ihnen und uns, zwischen einem warmen Bett und einer kalten, feuchten Zelle oder einem Platz auf dem Pferdekarren, ein einziges Wort sein kann, ein Verdacht, eine unüberlegte Aussage, eine trotzige Behauptung oder nicht einmal das. Einzig die Hunde halten uns für gewöhnliche Ruhestörer und bellen uns verbissen an.

Das Pferd ist schwach, lange wird es nicht mehr machen und im Schlachthof landen, den es so gut kennt. Wir müssen ihm helfen und schieben, aber Lascăr ist zu schwach, alle paar Meter fällt er auf die Knie und würde am liebsten so hocken bleiben, wenn Faust oder Schlauch ihn nicht beschimpfen und in den Hintern treten würden. Damit er aufsteht, müssen Popa Nistor und ich ihn hochziehen, wobei auch wir ins Wanken kommen. Währenddessen ist das Pferd weitergewandert, und wir müssen es unter dem Gespött und den Drohungen der Carali einholen.

Vor einer Kneipe brennt schwach eine Glühbirne, unter ihr trinken einige Männer das letzte oder vorletzte Bier des Tages. Sie brauchen uns gar nicht zu sehen, allein das Geräusch des Karrens bringt sie zum Verstummen, und sie drehen sich weg, mit dem Gesicht zur Wand, als wenn wir ihr Exekutionskommando wären.

Unser kurzer Karnevalsumzug passiert die Kneipe, biegt kurz danach in die Hauptstraße ein, wo einige verspätete Autofahrer sofort an den Straßenrand rollen und die Scheinwerfer ausschalten. Mehrere Frauen, die wohl von der Spätschicht nach Hause zurückkehren, senken die Blicke, zwei von ihnen bekreuzigen sich in Eile, die anderen vielleicht auch, aber nicht so offensichtlich. Mutter hat mir beigebracht, das Kreuz mit der Zunge im Mund zu machen, wenn wir an einer Kirche vorbeigingen. Das wissen diese Frauen bestimmt auch.

Dann biegen wir wieder in eine Gasse ein, wir sind am Ende mit unseren Kräften, Lascăr zittert, es scheint, als würde er jeden Augenblick zusammenbrechen. Aus einem Hof hören wir Musik, bestimmt eine Kapelle, die für eine Hochzeit, einen Geburtstag oder eine Taufe geholt worden ist. Die angeheiterten Gäste lärmen und lachen und haben keine Ahnung, wer auf der anderen Seite des Zauns unterwegs ist und ihr Leben unbemerkt streift.

Unwillkürlich halten wir inne, strecken unsere müden Rücken und lauschen. Wir stehen wie verzaubert da, wie wenn wir selbst eingeladen worden wären, bald in den Hof eintreten und mit Freudenrufen empfangen würden.

Die Musik und der heitere Lärm begleiten uns eine Weile und verklingen allmählich, als wir am Ende der Gasse aufs nackte Feld fahren, den tiefen Spuren folgend, die der Pferdekarren in den letzten Nächten hinterlassen hat.

Plötzlich verharrt das Pferd, ortskundig, wie es ist. Wir haben direkt am Rande eines Abhangs gehalten, ich kann jedoch nicht sehen, wie steil er ist. Schlauch scheint meine Gedanken lesen zu können, er kommt nach vorn, schaut in die Tiefe und sagt: «Ist nicht steil, im Winter kann man gut Schlitten fahren. Holt die Schaufeln und beginnt, eine Grube auszuheben, wo noch kein Grab ist.»

«Und wie erkennen wir das?», frage ich, während die beiden anderen, die schon mal hier waren, sich an die Arbeit machen.

«Nun ja, wenn ihr Leichen findet, ist schon ein Grab da.»

Wir schaufeln lange, es kommt mir wie eine halbe Ewigkeit vor, umso mehr, als der Pope und ich auch die Arbeit von Lascăr übernehmen müssen, der kaum noch stehen kann. Als ein erster Lichtstreifen am Horizont auftaucht und im Gebüsch die Vögel erwachen, ermahnt uns Faust, uns zu beeilen: «Es muss ja nicht gleich die ganze Stadt wissen, was wir hier tun.»

Ich unterlasse es, ihm zu erklären, dass die Stadt es bestimmt schon weiß, sich aber blind oder tot stellt. Es hätte mir zwei, drei Tage oder, je nach seiner Laune, sogar eine Woche Einzelhaft eingebracht, bei gesalzenem Wasser und etwas Brot jeden zweiten Tag.

Wir packen die leblosen Körper, tragen sie an den Rand des Grabes und werfen sie mit Schwung hinein. Beim dritten oder vierten Mal geschieht es: Entweder ist es der aufgeweichte Boden, der nachgibt, oder meine Beine sind zu schwach, jedenfalls rutsche ich hinunter, falle in das Loch und komme nicht mehr heraus. Bei jedem neuen Versuch gibt die Erde nach, und ich lande wieder auf den toten Körpern. Noch seltsamer ist, dass mich niemand hört, als ich um Hilfe rufe, ja, nicht einmal ich kann meine Stimme hören. Man beginnt schlammige Erde über mich zu werfen.

So oder ähnlich träume ich häufig seit meiner Entlassung von 1964. Das Warten vor dem ersten Tor, der Pfahl ins Herz, die Fahrt durch die scheintote Stadt, der Sturz ins Grab. Nicht immer erwache ich an jener Stelle im Traum, manchmal erwache ich früher, weil Magda mich wach rüttelt, die von meinem nervösen Schlaf beunruhigt ist.

Ich habe lange gezögert, bis ich ihr meine Träume erzählen konnte, sie musste sich auch so schon mit vielen meiner Eigenheiten anfreunden. Dass ich nicht nur zu Hause, sondern auch auf Besuch die Essensreste und die Brotkrümel einsammele, genauso wie in der Zelle. Dass mich das Geräusch eines Schlüsselbundes erschreckt und ich, wenn mir jemand zu nahe kommt, reflexartig den Arm hebe. Dass, wenn ich einen Streifenpolizisten sehe, zu zittern beginne und die Straßenseite wechseln muss.

Besonders in den ersten gemeinsamen Jahren war es mir unmöglich, lange still zu sitzen, und ich ging in unserer kleinen Wohnung pausenlos auf und ab. Magda hatte sich auch angewöhnen müssen, mit Licht zu schlafen, so wie ich es im Gefängnis gelernt hatte. «Wir sind das einzige Paar», hatte sie lachend gesagt, «das nur mit Licht schlafen kann, sich aber nur im Dunkeln liebt.» «Wenn du wüsstest», antwortete ich und dachte an die Tausenden von Kameraden, die wohl ebenfalls nur so schlafen konnten. Es gab so viele von uns, dass der Stromverbrauch im Land nach unserer Entlassung bestimmt stark gestiegen war.

Als Magda den Inhalt meiner Träume erfuhr, war sie zu meiner Überraschung nicht erschrocken, sondern streichelte meine Wange und sagte: «Ich werde dich immer hören und aus dem Grab holen.» Dieses Versprechen hat sie gehalten und ist dabei heiter geblieben.

So oder ähnlich muss ich auch geträumt haben, nachdem Nea Nelu, Magda und ich im Dunkeln vietnamesische Shrimps gegessen hatten, denn für einmal hatten wir genug Gas, um kochen zu können, doch der Strom war ausgefallen. Obwohl wir Berge von Streichhölzern hatten, fehlten uns ausgerechnet Kerzen.

Auf das Gas zu warten, war eine besondere Geduldsprobe; man wusste, dass es irgendwann mitten in der Nacht so weit sein würde und dass man dann gleich für die ganze Woche kochen musste. Man versuchte, wach zu bleiben, nickte ein, gab sich Ohrfeigen, las etwas, bis die Buchstaben verschwammen. Man war immer in Angst, dass unbemerkt Gas entweichen könnte. Wer aber ins Bett ging, musste starke Nerven haben und demjenigen, der das Gas überwachte, bedingungslos vertrauen.

Nachdem Nea Nelu, sich wie ein Blinder vorwärtstastend, nach oben gegangen war, hatte Magda die Tür geschlossen und gesagt:

«Du Armer, heute musst du im Dunkeln einschlafen.»

«Die sozialistische Mangelwirtschaft ist nichts für ehemalige Häftlinge.»

«Psst!» Sie sah mich erschrocken an. «Nicht so laut.»

Eine Angst teilte Magda mit mir und wohl mit jedem anderen Bewohner dieses Landes: die Angst, zu laut zu sein. In der Zelle durften wir nur im Flüsterton reden. Schlich sich ein Caraliu hinter die Zellentür und hörte, dass wir davon abwichen, gab es Isolationshaft: jeden zweiten Tag etwas Brot und gesalzenes Wasser, eine Matratze – als einzige Sitz- oder Liegemöglichkeit, die morgens eingezogen wurde – und eimerweise kaltes Wasser auf dem Zementboden, um sich den Tod zu holen.

Ich erwachte mitten in der Nacht und hörte ein Flüstern von nebenan. Ich blickte mich nach meinem Bettnachbarn um, stellte aber fest, dass ich zu Hause war. In der Küche brannte das Licht. Der Strom war wieder ‹gekommen›, so drücken wir uns hier aus: Der Strom kommt wie ein guter Freund, der vorbeischaut, ob man noch lebt. Und wenn der Strom ausfällt, sagt man, dass man ihn ‹genommen› hat, als ob ein böser Gott einen strafen oder einem zumindest das Leben schwer machen wollte. Im Prinzip leben wir zwischen dem ewigen Kommen und Gehen des Stroms, des Wassers, des Gases, der Heizung, der Lebensmittel, der Hoffnung. Zwischen diesen unkontrollierbaren Naturgewalten und den Wogen eines dunklen Schicksals.

Der Strom war also gekommen, ich erkannte die Stimmen von Magda, von Iana, unserer Tochter, und von Tanti Viorica, unserer Nachbarin aus dem ersten Stock. Ich öffnete die Tür einen Spaltweit und sah, wie Tanti Viorica ungläubig den Kopf schüttelte, und hörte sie sagen: «Und was passiert jetzt? Kommen wieder die Russen?» Iana bemerkte mich als Erste, zog mich in die Küche und gab mir eine Schmalzstulle. Dann füllte sie ein Glas mit Schnaps und überreichte es mir.

«Tata, wir müssen anstoßen.»

«Wieso das denn? Und wieso mitten in der Nacht?»

«Die Geschichte wartet nicht, bis wir ausgeschlafen haben.»

Ich sah Magda fragend an.

«Deine Tochter war bei Freunden zu Hause und hat im Radio

gehört, dass die Ungarn die Grenze geöffnet haben, für DDR-Flüchtlinge.»

«Wir sind keine DDR-Flüchtlinge, wir haben keine mächtigen Fürsprecher. Für uns interessiert sich niemand … Außerdem, was man öffnet, kann man auch wieder schließen.»

«Ja, aber das ist schon eine alte Nachricht», sagte Iana, meinen Einwand ignorierend. «Genscher hat gestern in der westdeutschen Botschaft in Prag den Ostdeutschen, die dort ausharren, freies Geleit in den Westen zugesichert.»

«Sagte ich doch: Wir sind keine Ostdeutschen, wir haben keinen Genscher.»

«So ein Spielverderber, du willst es einfach nicht wahrhaben, dass sich dort draußen etwas tut», protestierte Iana.

«Klar tut sich etwas, wir hören doch alle die Westsender, wie alle anständigen Menschen in diesem Land. Ja, wie die Unanständigen auch. Haben wir doch mitgekriegt, nicht wahr, Magda? Aber du bist noch jung, Iana, du kannst es nicht wissen oder nur vom Hörensagen. Erzählen Sie ihr, Tanti Viorica, wie wir in den Fünfzigerjahren auf die Amerikaner gewartet haben …»

«Nun, ich kann …», sagte Tanti Viorica zögerlich.

«Es hat keinen gegeben, der nicht gewartet hat, dass sie kommen und die Russen verjagen. Hier in Bukarest, in diesem großen Gefängnis, hat jeder gehofft, und im kleinen Gefängnis, wo Tanti Vioricas Vater und ich eingesperrt waren, hat man auch gehofft. Wir sind nächtelang auf unseren Pritschen gelegen, waren verlaust und haben uns blutig gekratzt und uns ausgemalt, was wir tun wollen, wenn die doch kommen. Aber niemand ist gekommen. Die Wahrheit ist, dass wir zu unwichtig sind. Das war damals so, und das ist heute noch so. Ein Volk am Rande der Welt mit einem Vampir als Berühmtheit.»

«Mit zwei», ergänzte Magda.

«Das hätte dir damals zehn Jahre eingebracht. Ich schlage vor, ihr trinkt schnell euren Schnaps aus, und wir gehen alle wieder schlafen. Morgen drehen wir uns wieder im Kreis und suchen

Fleisch. Eigentlich suchen wir immer etwas, wir stehen brav in jeder Schlange, die wir vorfinden, und wissen nicht einmal, was man dort vorne verkauft. Aber man kann ja nie wissen … Ich schlafwandle täglich durch diese verdammte Stadt und verfluche jeden, der anscheinend mehr Glück gehabt hat als ich. Ich fantasiere darüber, wie es wäre, ihn vor den Bus zu stoßen und seine Einkaufstasche an mich zu reißen. Ein Selbstmord in diesen Zeiten ist nichts als normal.»

«Ich frage mich, wie dich Mutter aushält.»

«Ich bin, so wie ich bin, weil ich erlebt habe, was ich erlebt habe. Wir sind hier unter uns, wir brauchen uns nicht zu genieren. Tanti Viorica, ich habe Ihren Vater im Gefängnis nicht persönlich gekannt, aber ich weiß, dass er in seiner Zelle Blut gespuckt hat …»

«Ich will es nicht wissen.» Tanti Viorica presste ihre Hände auf die Ohren.

«… bis er fast keines mehr gehabt hat. Er hat solche Schmerzen gehabt, aber man hat ihm keine Medikamente gegeben. Man hat ihn allein in einer Zelle sterben lassen. Er ist dort in seinem Blut gelegen und hat immer leiser gestöhnt …»

«Will ich nicht wissen …»

«Sei still, Vater!»

«Am Schluss hat ihm Popa Nistor die Beichte durch die abgeriegelte Zellentür abgenommen, in Eile, damit es die Carali nicht merken. Dann hat man ihn in der Nacht an den Stadtrand gebracht und in ein Massengrab geworfen. So geht das.»

In jenem Augenblick kam Nea Nelu, den Magda hereingelassen hatte, in die Küche.

«Ach, Sie sind auch da.»

«Ich habe ihn angerufen, damit wir gemeinsam feiern», sagte Magda.

«Es trifft sich gut … Wo war ich? Ach ja … Und Ihr Vater …»

«Lassen Sie meinen Vater aus dem Spiel», sagte Nea Nelu.

«Ihr Vater hat die Krautsuppe vom Boden aufgeleckt, und die Wächter haben ihn ausgelacht. Er hätte alles für einen Löffel Suppe getan. Sie haben in seine Suppe gespuckt, und er hat sie gegessen. Er zitterte erbärmlich vor ihnen, und trotzdem hat er leider Gottes die Juden immer noch mehr gehasst als die Carali. Ihr Vater wäre selbst ein hervorragender Caraliu geworden, wenn seine Legion nicht Pech gehabt hätte. So ist das. Es tut mir also leid, wenn ich euer kleines Fest störe, aber ich habe zu viel gesehen, um zu glauben, dass sich etwas ändern wird. Nein, alles bleibt, wie es ist.»

Ich benutzte die Stille, um den Rückzug anzutreten.

«Dann ... gute Nacht!»

«Was ist in ihn gefahren?», schluchzte Tanti Viorica in meinem Rücken.

«Weinen Sie nicht, Tanti Viorica, Sie wissen doch, wie er ist», versuchte Magda sie zu trösten. «Stur ist er, aber morgen wird er alles bereuen. Ihr Vater wurde von den Häftlingen gepflegt und getröstet, und sie haben ihm, als er krank wurde, die eigene Brotration und die eigene Suppe überlassen. Das hat Ihnen doch ein Häftling, der ihn gekannt hat, nach der Entlassung erzählt. Das müssen Sie glauben, daran müssen Sie sich halten.»

Tanti Viorica schnäuzte sich, dann fragte sie: «Und wie sieht es nun aus mit den Russen? Kommen sie oder kommen sie nicht?»

«Das kann gar nicht schlimmer sein als das, was wir hier dauernd erleben», sagte Iana.

Als Magda sich später neben mich legte, schob sie ihre kalten Hände unter die Decke, meine hingegen blieben draußen. Egal, was für rekordverdächtig tiefe Temperaturen in unserer Wohnung herrschten, meine Hände blieben immer auf der Decke, auch das ein Erbe der Haftzeit.

«Schläft Iana schon?»

«Sie telefoniert mit ihrem Freund. Sie sind wie elektrisiert.»

«Sie sind jung, sie wissen nichts.»

«Vielleicht wissen sie alles, was sie brauchen.»

«Offenbar nicht, denn das Telefon könnte überwacht sein. Das Telefon eines Ex-Häftlings erst recht. 1956 habe ich auch gedacht, dass ich alles weiß, was ich brauche. Und was hat es mir gebracht?»

«Fang nicht wieder damit an, es waren andere Zeiten.»

«Es sind immer dieselben Zeiten, einfach anders verpackt.»

«Man muss doch hoffen können.»

«Das habe ich mir abgewöhnt.»

«Du hattest unrecht, Tanti Viorica und Nea Nelu so anzufahren. Es sind nette Leute, auch sie mussten leiden, nachdem ihre Väter verhaftet wurden. Immerhin bringt er uns Deodorant, Seife und Nescafé, wenn er etwas hat. Woher er das alles wohl hat? Aber er schweigt sich über seine Beziehungen aus wie ein Grab …»

«Erzähl mir nichts von einem Grab. Ich habe wieder meinen alten Traum gehabt …»

«… und Tanti Viorica ist die bestinformierte Nachbarin, die wir haben. Ohne ihre Tipps hätte ich dir nicht den schönen Mantel und mir nicht die Handschuhe gekauft. Tanti Viorica kleidet uns ein, ohne sie würden wir nackt durch die Gegend laufen auf der Suche nach Fleisch … Und dann die Theaterkarten. Stell dir vor, nackt und ohne Kultur …»

Sie lachte.

«Und hungrig …»

«Und durchgefroren …»

«Und kein Amerikaner in Sicht, kein Genscher weit und breit.»

«Aber Gorbatschow.»

«Ach, der ist doch auch nur ein Russe. Was hat Russland die letzten hundert Jahre hervorgebracht? Lenin, Stalin, die Kalaschnikow, ein bisschen Rachmaninow und viel Gulag.»

«Du bist ungerecht.»

«Ich habe alles Recht dazu.»

Stille, doch etwas beschäftigte sie, sie nahm mehrmals Anlauf, um zu sprechen.

«Und wenn wir uns diesmal trotzdem befreien?»

«Was dann?»

«Wirst du dich rächen?»

«Ich muss wohl, ich habe es zu oft verkündet.»

«Musst du nicht. Die Freiheit muss nicht mit Rache beginnen.»

«Es wird aber keine Freiheit geben. Die werden Mittel und Wege finden, damit es keine gibt.»

Nun zog sie ihre warme Hand unter der Decke hervor und legte sie auf die meine.

«Ist er dir noch einmal begegnet?»

«Seitdem ich ihn zufällig im Biergarten gesehen habe, nicht mehr, und das ist schon lange her. Vielleicht ist er sogar schon tot. Aber er hat so gesund und selbstzufrieden gewirkt, und die Geheimdienstuniform hat ihn gut gekleidet.»

«Und die beiden anderen?»

Stille.

«Du musst dich bei Tanti Viorica und Nea Nicu entschuldigen.»

«Aber es ist doch die Wahrheit.»

«Die Wahrheit muss nicht immer ausgesprochen werden. Man muss sie auch ertragen können.»

«Also gut, meine Kluge. Wenn ich morgen aus der Streichholzfabrik zurückkomme, gehe ich bei ihnen vorbei.»

«Und bevor du in die Fabrik fährst, schau in Piaţa Amzei vorbei, Tanti Viorica hat mir gesagt, dass sie morgen Rindfleisch kriegen. Stell dir den Wecker, denn auch andere haben ihre Tanti Vioricas.»

Magda sagte eigentlich nicht, dass Fleisch erhältlich wäre; wir pflegen zu sagen, dass Fleisch ‹gebracht› worden ist, oder Eier oder Unterwäsche, wie wenn eine mächtige, unsichtbare Hand uns ernährte und für uns sorgen würde, wie es ihr beliebt. Wenn wir sie aber erzürnen und ihr zu wenig huldigen, wenn wir vergessen, wo unser Platz ist, oder auch nur um uns daran zu erinnern, kann sie uns das, was sie bringt, wieder entziehen. Dann löst sich die ergebene Warteschlange auf, nur um sich einige Hundert Meter weiter für eine neue Gelegenheit wieder zu formieren; um etwas zu ergattern, was die göttliche Hand hat fallen lassen.

Der triumphale Ruf «Au adus!» brandet durch die Hausaufgänge und die Höfe der Plattenbauten und ist der einzige übrig gebliebene Schlachtruf meines Volkes. Er setzt ganze Massenwanderungen in Bewegung: Rentner, Kinder, Schwangere, Dickleibige und Dünne, Hinkende und Blinde, Liebespaare, Marxisten-Leninisten, linientreue Genossen und Genossen pro forma.

Sie alle geraten in Wallung und packen die Einkaufstasche, die den Menschen hier treu begleitet, wie es der treuste Hund nicht besser könnte. Nur bellen tut sie nicht. Sie machen sich dorthin auf, wo die allmächtige Hand sie haben will. Wie Billardkugeln rollen wir hierhin und dorthin, wenn man uns anstößt. Mit solchen Schlachtrufen werden keine Revolutionen gemacht, das sollte auch Iana wissen.

Natürlich kannte ich den Metzger von der Piaţa Amzei, wer kannte ihn nicht. Er war der wahre Herrscher des Marktplatzes, niemand wagte ihm zu widersprechen. Dieser Metzger hatte seine Methode: Winters wie sommers mit einem Leibchen und einer riesigen befleckten Schürze bekleidet, das Fleischermesser in der Hand, trat er vor seine Bude und musterte streng die eingeschüchterten Anwesenden. Viele von ihnen waren Rentner, krumm und ledrig, die, weil sie genug Zeit hatten, die wichtigste Aufgabe in der Familie übernahmen: die Ernährung.

Auch viele Kinder waren da. Wenn man keins hatte, nahm man das des Nachbarn mit oder mietete eines vor Ort, um eine Extraportion zu bekommen. Der Metzger, der König der Piaţa Amzei, war nicht an ihnen interessiert. Rentner, Kinder und ältere Frauen ignorierte er und erwies ihnen nie eine Gefälligkeit. Wenn er aber junge Frauen nach seinem Geschmack erblickte, zwinkerte er ihnen zu. Es war das Zeichen, dass später ein Paket mit Fleisch für sie bereitliegen würde. Wollte man protestieren, drehte er sich um, das Messer gut sichtbar in der Hand: «Dich merke ich mir. Bei mir kriegst du höchstens noch Hühnerfüße.»

Die Sonne war gerade aufgegangen, als ich mich in die schweigsame Schlange einreihte. Ein magerer Knirps zupfte an meinem Ärmel.

«Möchtest du mich mieten? Mit mir kriegst du Extrafleisch.»

«Ich bin keine junge Frau.»

«Ich schwöre, du kriegst mehr.»

«Was willst du haben?»

«Fünfundzwanzig Lei.»

«Du bist mir zu teuer.»

«Zwanzig.»

«Zehn.»

Er wich einen Schritt zurück und musterte mich von oben bis unten.

«Du siehst nicht so arm aus.»

«Arm nicht, aber geizig. Ich mache den ganzen Tag Streichhölzer. Das ist wichtiger für die Menschheit als der Mondflug, trotzdem verdient man nicht viel damit.»

«Hast du schon viele Streichhölzer gemacht?»

«Genug, um die Stadt mehrmals abzufackeln.»

«Also gut, mit Streichhölzern kommt man wirklich nicht weit. Fünfzehn.»

«Zehn und auch nur, falls wir Erfolg haben.»

«Alle, die mich gemietet haben, haben Erfolg gehabt. Keiner ist nur mit halb voller Tüte weggegangen.»

Er nahm meine Hand, wie wenn er mein eigenes Kind wäre. Wie Iana, die sich, als sie klein war, an mich drückte, weil sie sich vor einem Hund fürchtete oder wenn sie selbstvergessen die Auslagen eines Spielzeugladens begutachtete.

Wir hatten kein Glück, der Knirps und ich. Nachdem wir eine Stunde angestanden hatten und nur einige Meter vorwärtsgekommen waren, kam der Metzger heraus, zwinkerte einer Schönheit zu, uns aber knurrte er an: «Fleisch erster Klasse ist alle, jetzt haben wir nur noch zweiter Klasse.» Kurze Zeit später war auch das ausgegangen, und wir stiegen noch tiefer auf der Fleischskala herab, als er ankündigte: «Tut mir leid, Leute, nur noch ein paar Schweinefüße und Hühnerhälse.»

«Kriege ich trotzdem mein Geld?», fragte mich der Junge.

«Nur bei Erfolg, haben wir vereinbart.»

«Du bist wirklich geizig.»

«Habe ich dir nicht verheimlicht.»

Er steckte die Hände in seine Hosentasche und zog die Augenbrauen zusammen.

«Mit dir habe ich nur meine Zeit vergeudet.»

«Sei nicht so streng, du hast ein wenig mehr als eine Stunde verloren, ich schon mal acht Jahre.»

«Warum?»

«Musst du nicht wissen. Hier hast du zwei Streichholzschachteln, ich habe immer welche bei mir.»

«Was soll ich damit?»

«Die Stadt anzünden, was sonst … Wie heißt du eigentlich?» Der Junge blickte mich kurz an, dann zuckte er mit den Schultern.

In den nächsten Wochen, in denen sich, wie Iana sagte, ‹dort draußen› Großes, ja, Geschichtsträchtiges ereignete und die wir mehr oder weniger in der Küche, am wärmsten Ort der Wohnung, beim Radiohören verbrachten, wartete der Junge wie selbstverständlich auf mich, wenn ich wieder mal Runden durch unsere abgehalfterte Stadt drehte.

Da ich in der Fabrik der zweiten Schicht zugeteilt war, hatte ich vormittags Zeit dazu. Der Junge stellte sich neben mich, als ob wir verabredet wären, und schob seine Hand in die meine. Doch wir hatten oft nicht viel mehr Erfolg als beim ersten Mal. Manchmal aber fand ich ihn schon in der Schlange eingereiht vor, und er rief mir von Weitem «Tata!» zu, sodass alle annehmen mussten, dass ich sein Vater sei. Ich drängelte mich zu ihm vor und bestätigte, dass ich sein Vater war, falls jemand protestierte. Er empfing mich mit den neuesten Nachrichten darüber, ob und was für Fleisch die unsichtbare Hand an jenem Tag für uns vorgesehen hatte: «Au adus burtă. Au adus picioare de porc. Au adus aripi de pui.»

An solchen Tagen hatten wir mehr Glück, und wir schafften es rechtzeitig bis zur Theke des Metzgers. Inzwischen nahm ich immer mehrere Streichholzschachteln mit oder sogar eine halbe Tüte voll, die ich dem Jungen feierlich überreichte.

«Sag mal», fragte ich ihn an einem milden, feuchten Novembertag, «wieso wartest du immer auf mich? Ich gebe dir kaum Geld, nur Streichholzschachteln. Du bist doch ein schlechter Geschäftsmann.»

«Überhaupt nicht, mein Vater ist Kettenraucher. Zigaretten beschafft er sich irgendwie, aber Streichhölzer sind knapp. Was er selbst nicht braucht, verkauft er an andere Kettenraucher oder an Hausfrauen weiter. Was nützt es dir, wenn du plötzlich Gas hast, aber nichts, um es anzuzünden?»

«Und deine Mutter?»

«Die ist schon im Himmel.» Er deutete mit dem Kopf nach oben. «Auch sie hat dauernd geraucht.»

Eines Tages hatte ich gute Laune, weil ich Fleisch ergattert hatte und Magda mich bestimmt loben würde, also fragte ich den Jungen:

«Hast du noch Zeit? Musst du nicht in die Schule?»

«In die Schule gehe ich nachmittags.»

«Kennst du den Feuerturm?»

«Diesen hässlichen Klotz? Natürlich, den kennt doch jeder. Steht nur im Weg. Mein Vater sagt, dass man ihn sprengen müsste.»

«Sag deinem Vater, dass er ein Dummkopf ist. Ich will dir mal was zeigen, komm mit.»

Wir überquerten den Bulevardul Magheru, es fuhren nur wenige Autos, weil kaum jemand Benzin bekommen konnte. In den verdreckten Bussen saßen apathische Leute, die Freude schien aus diesem Land vertrieben worden zu sein oder sie war freiwillig republikflüchtig geworden und ins Exil gegangen. Es war nicht besonders kalt, und doch waren die Fahrgäste dick eingemummt, wie um die Restwärme des Lebens festzuhalten. Hinter den speckigen, verschmierten Scheiben blickten sie in die Fahrtrichtung und wirkten wie eines jener Reliefs auf Siegesmonumenten, die im ganzen Land aufgestellt worden waren: Bauern, Soldaten, Arbeiter, gesund, vor Kraft strotzend, sehen einer rosigen Zukunft entgegen und feiern den Sieg des Sozialismus.

Nun aber war jeder Bus ein rollendes Monument des Scheiterns. Das Relief eines monumentalen Stillstands. Manche Busse fuhren mit offenen Türen, Trauben von Menschen standen auf den Trittbrettern und hielten sich an wackligen Stangen fest, nicht anders als Magda, Iana und ich, als Nea Nelu und Tanti Viorica, die wir uns an einem Knochen festhielten, den uns ein launischer Metzger zuwarf.

Der Junge und ich verschwanden bald im Labyrinth der großbürgerlichen Häuser, die sich zwischen Bulevardul Magheru und Calea Moşilor erhalten hatten. Ich genoss es, manchmal dort mit Magda spazieren zu gehen – früher hatte ich Ianas Kinderwagen durch die Gegend geschoben –, weil man tiefer im Gewirr der Gärten und wehrhaften Fassaden, der kunstvoll mit Muscheln aus Glas und Schmiedeeisen überdachten Eingänge eintauchen und den Sozialismus abschütteln konnte.

So hatte die Welt von Großvater Darie, von Urgroßmutter Ecaterina, von Vasile und Rosi und all den anderen ausgesehen, die Stadt, die Bucureştii, im Plural, geheißen hatte. Sie war nie eine einzige Stadt gewesen, sondern mehrere, unüberschaubar viele.

An der Peripherie war sie eine hungrige Frau in Lumpen gewesen, die an Tuberkulose starb. An der Calea Victoriei eine Kokotte, nach neuster Pariser Mode angezogen, die mit einem Auge zu den eleganten Herren hinüberschielte und mit dem anderen die Auslagen der teuren Läden prüfte. Hinter den gusseisernen Zäunen, in den bürgerlichen Häusern, die mit Möbeln, Teppichen und Bildern überladen waren, war sie eine Matrone, die den Haushalt wie ein Regiment führte und sich nachmittags im Hof, unter ausladenden Bäumen, mit anderen Matronen zum türkischen Kaffee traf. Oder sie war ein Mädchen aus gutem Haus, das Gedichte las und von einer guten Partie träumte. Heute aber war sie eine Arbeiterin, die in einem der trostlosen Busse nach Hause fuhr, die Einkaufstasche immer griffbereit.

Die Häuser, die von einem Lebensstil zeugten, den die Kommunisten nicht mochten, bröckelten in Zeitlupe dahin, ihre Bewohner unterhielten sie, so gut es ging, doch der Lack war ab. Alternde Gebäude wie alternde Menschen, bemüht um einen Rest von Würde. Das letzte Aufgebot vor dem letzten Akt.

Wir überquerten die Calea Moşilor und nahmen eine Abkürzung zwischen den Plattenbauten, die erst vor wenigen Jahren dort hingebaut worden waren. In einem der schmucklosen Häuser, das noch existierte, befand sich das Kino, in das ich Magda bei unserem ersten Treffen geführt hatte. Ein benachbartes Gebäude hatte ein Radiogeschäft beherbergt, das vor allem russische Marken führte. Dort hatte die kleine Iana eines Tages laut gefragt, ob man in den russischen Radios nur russische oder auch westliche Sender hören konnte. Alle Kunden hatten die Köpfe eingezogen, und der Verkäufer hatte zögerlich geantwortet: «Russische … und andere.»

Kaum hatten wir die Calea Moşilor hinter uns, tauchte der Feuerturm vor uns auf. Ich musste mir eingestehen, dass er nicht mehr so vorzeigbar war wie einst, aber noch immer mächtig wirkte, unbeugsam. Ob er aber von all dem erschüttert war, was er in seinem Jahrhundert gesehen hatte, behielt er für sich. Mochten Armeen gekommen sein und die Stadt zermalmt haben, mochten Flugzeuge am Himmel aufgetaucht sein und sie in eine Kraterlandschaft verwandelt haben, mochten Rotarmisten oder Grünhemden sie terrorisiert haben, mögen die Kommunisten Bukarest verunstaltet haben, möge der Mensch vor Hunger und Unglück kriechen, der Turm würde alles stumm und gelassen erdulden. Denn alles schien ein Verfallsdatum zu haben, nur er nicht.

«Na, was siehst du?», fragte ich den Jungen.

«Was soll ich schon sehen? Nichts Besonderes, den Turm sehe ich. Mit Ihnen verschwende ich wirklich meine Zeit. Inzwischen hätte ich schon zwei, drei Rentner zum Fleischer begleiten können und hätte was dazuverdient.»

«Rentnerfleisch schmeckt zäh.»

«Was?»

«Vergiss es. Ja, ich wollte, dass du dir was ansiehst, aber von oben.»

Wir betraten den Turm durch einen neuen Eingang. Jeder neue Kommandant, auch Vater mit seinen Männern, hatte sich vor dem alten Eingang fotografieren lassen. Manchmal hielt einer von ihnen ein Kleinkind auf dem Schoß oder hatte den Arm um seine Braut gelegt. Auf einem Bild ist auch Vater zu sehen, steif, in Paradeuniform, und Mutter im Brautkleid.

Oft fotografierten sich die Feuerwehrmänner, keiner weiß warum, bei der Wartung ihrer Werkzeuge, bei der Reinigung und dem Flicken der Pumpen und Schläuche, beim Versorgen der Pferde, dem Ausmisten des Stalls, beim Abwaschen vom Ruß nach einem Einsatz. Man sieht sie manchmal müde zum Turm zurückkehren oder in Eile zum nächsten Brand eilen. Sie posieren stramm und stolz vor dem Magirus-Löschzug, dem ersten, der nach Bukarest gebracht worden war, einer Zisterne mit einer sechsundzwanzig Meter langen Leiter und einem Omnibus für Werkzeug und Mannschaft.

Großvater Darie war dafür 1923 extra nach Deutschland gereist, auf dem Rückweg hatte er keine einzige Minute geschlafen aus Angst, man würde ihm den schönen Löschzug stehlen. Als sie damit in die Stadt hineinfuhren, fühlte er sich wie Mihai Vodă, sein Pferd war nun ein solides und effizientes deutsches Löschfahrzeug, das seinesgleichen suchte und die launischen rumänischen Feuer in Schach zu halten versprach. Auf der ganzen Fahrt durch die Stadt stand Darie auf dem Trittbrett des Omnibusses, grüßte links und rechts, wie Kaiser Franz Joseph es getan hatte. Als sie beim Turm angekommen waren, umrundeten sie ihn, bis ihnen das Benzin ausging.

Nea Gheorghe, der jetzt am Pförtnertisch saß und rauchte, sprang auf und kam nach vorn. Er hatte bei Vater gelernt, aber kurz nach der Eröffnung des Feuerwehrmuseums war er Eintrittskartenverkäufer und Museumswächter geworden.

«Ach, du bist das, Nea Victor. Ich hatte dich gar nicht erkannt. Wie geht es der Gattin? Ist Iana immer noch unverheiratet? Ich wusste gar nicht, dass du einen Enkel hast.»

Das alles hatte er in einem Atemzug gesagt und erwartete auch gar keine Antwort.

«Hab ich auch nicht. Der hier ist mir einfach zugelaufen. Können wir mal auf den Turm hoch? Ich möchte ihm das Panorama zeigen.»

«Fahrstuhl oder Treppen?»

«Treppen. Da hat man genug Zeit, um sich zu überlegen, ob man springen möchte oder nicht.»

«Wie bitte?»

«Nichts, Nea Gheorghe. Hier ist das Eintrittsgeld.»

«Aber ich bitte dich, ich kann doch von dir kein Geld annehmen.»

«Gut, aber hier sind zwei Streichholzschachteln, nimm sie. Die kann man immer gebrauchen, in diesen Zeiten erst recht.»

Der Stall, die Räume für Material und Mannschaft waren längst verschwunden. Als 1936 die Feuerbrigade den Turm verlassen musste, hatte man die beiden alten Pferde, die sich ihr Futter damit verdienten, dass sie täglich den Essenstrog für die Mannschaft aus der Kantine herschleppten, in den Schlachthof gebracht und alles leer geräumt. Im dritten Stock war nur der Raum erhalten geblieben, in dem für einige Jahre Lascăr bis zu seiner Verhaftung gewirkt hatte.

Anstelle der Pferde und Pumpen, der Schläuche und Spezialanzüge, der Behälter mit den speziellen Löschsubstanzen lagerten die Nachbarn hier in der Zwischenkriegszeit überflüssige, kaputte Möbel, Kartoffel- und Kohlesäcke, Koffer voller alter Kleider, ausgeleierte Bettmatratzen, die vielen Sachen, die sich in einem Menschenleben ansammeln. Einer hatte in einer Ecke sogar einen Hühnerstall gebaut und ließ jeden Morgen die Tiere heraus, die auf der kleinen Grünfläche vor dem Turm herumpickten.

Der Erste aber, der kurz vor Sonnenaufgang die Turmtür aufsperrte, war der Scherenschleifer. Er zog seine Schleifmaschine auf Rädern heraus, hielt kurz inne, räusperte sich, dann setzten sein Gefährt und er sich in Bewegung und schienen eins zu sein, so gut eingespielt war alles. Bevor er ums nächste Eck bog und bis zum Abend nicht mehr auftauchte, hörte man seine baritonale Stimme: «Wer heute plant, jemanden zu erstechen, sollte vorher lieber sein Messer bei Janoş schärfen! Todsichere Garantie! Für Mörder und Hausfrauen!»

Mit seiner Stimme und dem Rattern von Moş Neagus Milchkarren im Ohr wachte ich auf. Mit der Stimme des Mannes, der als verrückt galt, weil er Abend für Abend auf die Plattform hochstieg und von dort in die Nacht schrie: «Wo bist du? Wieso versteckst du dich? Wieso hast du Angst?», schlief ich ein. Man mutmaßte, dass er eine bestimmte Frau meinte, einen Feind, vielleicht sogar Gott. Ich lag im Bett und wartete darauf, einschlafen zu können. Bei Regen, bei Schneefall und Kälte, in lauwarmen Nächten, seine Rufe durften nicht fehlen. Später, in Haft, als ich immer wieder an den Turm denken musste, war mir, als ob er nicht für sich selbst, sondern für mich, für uns alle gerufen hätte.

Als der Junge und ich im dritten Stock ankamen, dort, wo früher der Boden des nie benutzten Wasserreservoirs gewesen war, sah ich, dass nun eine Tür auf eine Aussichtsterrasse führte, die etwas unterhalb der alten Plattform gebaut worden war und einmal um den Turm ging. Anstatt aber ein leises oder lautes «Ach!» von sich zu geben, sah sich der Junge eher gelangweilt um. Ich ließ ihm etwas Zeit, aber seine Stimmung besserte sich auch dann nicht, als er einmal um den Turm herumgelaufen war. Er beugte sich leicht über die Brüstung und spuckte hinunter.

«Ist das nicht großartig? Was für eine Aussicht!»

«Weiß nicht.»

Er zuckte die Achseln.

«Wie, du weißt es nicht? Als ich so alt war wie du, hat mich mein Vater oft hierhergebracht, dann hat er auf den Horizont gezeigt und mir die Welt erklärt: Dort ist Russland, dort Frankreich und dort die Türkei, so wie sein eigener Vater es getan hat. So habe ich es auch mit Iana gehalten, meiner Tochter, und ich hoffe, dass sie es so auch mit ihren Kindern tun wird. Und jetzt kommst du und sagst, dass es nichts Besonderes ist.»

«Nenea, das sehe ich doch jeden Tag.»

«So?»

«Schau doch, dort drüben, die Reihe der Wohnblöcke, das ist Pantelimon. Etwas in der Mitte, fast zuoberst, wohnen wir. Wenn wir so richtig gute Augen hätten, würden wir jetzt meinen Vater am Fenster stehen und rauchen sehen. Vielleicht fragt er sich, wieso ich noch nicht zu Hause bin, um mich für die Schule bereitzumachen. Wenn ich also keine Tracht Prügel kriegen möchte, muss ich jetzt los.»

«Warte doch mal. Ich gebe dir recht. Die Aussicht ist heute nicht besonders, außerdem ist es etwas dunstig …»

«Plattenbauten ohne Ende, dafür muss ich nicht hierherkommen, das habe ich schon zu Hause.»

«Ja, gut, aber die waren alle nicht da, als ich klein gewesen bin. Man hat geglaubt, dass man bis zum Ende der Welt schauen könnte. Ich konnte noch die Militärkaserne auf dem Dealul Spirii sehen und wusste, dass dahinter Großvater Daries Haus stand. Ich wusste, dass er in seinem Garten unter einer Eiche saß und je nach Tageszeit sein zweites oder fünftes Bier trank. Und ich habe vage den Schornstein der Brauerei gesehen, oder es kam mir so vor. Jetzt steht dort der Palast von Ceaușescu. Und man hat die Türme von einem Dutzend Kirchen gesehen und die Kuppel der Universität und die ersten Hochhäuser nach amerikanischem Vorbild wurden hochgezogen, strahlend weiß und elegant, mit fließendem Wasser, Zentralheizung und Kühlschrank.»

«Nenea, ich muss los.»

«Du bist hart, Junge. Gut, aber bevor wir runtersteigen, nur noch eins … Manchmal sind hier verliebte junge Männer hochgekommen und haben von hier aus ihre Liebeserklärung über das ganze Viertel posaunt: ‹Te iubesc, Camelia!›, ‹Te iubesc, Diana!› Sie haben natürlich gehofft, dass das Mädchen sie hören könnte. Dann gab es sogar einen Verzweifelten, der Gott zur Verantwortung ziehen wollte. Und was würdest du rufen?»

«Wieso soll ich was rufen?»

«Einfach so, aus Spaß.»

Er legte seine Stirn in Falten, dann hellte sich sein Gesicht auf.

«Ich weiß, was ich rufen würde.»

Er atmete tief ein, packte die Brüstung, hob sich auf die Zehen und schleuderte mit seiner klaren, noch kindlichen Stimme – wie ein Engel, der den göttlichen Willen verkündet – der grauen Stadt ein «Mehr Fleisch!» entgegen. Weil ich wie erstarrt dastand, fügte er hinzu: «Mehr Fleisch für alle!» «Und mehr Streichhölzer!», rief ich aus Leibeskräften hinterher. «Und jetzt lass uns abhauen, man weiß nie, wer so zuhört.»

Wir liefen, so schnell wir konnten, hinunter, nahmen zwei Stufen auf einmal, er enteilte mir natürlich; die Schaukästen mit Fotos, Dokumenten und Uniformen, die historischen Pumpen und Nea Gheorghe waren die einzigen Zeugen unseres hasenfüßigen Rückzuges. Wir liefen, als ob tausend Teufel hinter uns her wären, vorbei am erstaunten Wächter, durch die Tür hinaus, über die Straße, zurück zur Calea Moşilor und blieben erst stehen, als ich nach Luft schnappen musste. Wir duckten uns schuldbewusst hinter die geparkten Autos.

«Nenea, du zahlst nicht gut und bringst mich in Schwierigkeiten.»

«Ich dich? Woher soll ich wissen, was dir durch den Kopf geht?»

«Aber es hat Spaß gemacht. Kannst du morgen mehr Streichholzschachteln mitbringen? Sie sind meinem Vater ausgegangen, und er hat ein paar Schulden zu begleichen.»

«Sag mal, hast du Hunger?»

«Ich habe immer Hunger, aber jetzt muss ich wirklich los.»

«Hör zu, Junge, merk dir unsere Adresse, und wenn du wieder einmal Hunger hast, kommst du vorbei. Meine Frau ist eine wunderbare Köchin. Vorausgesetzt, sie hat überhaupt etwas zu kochen.»

Kapitel 8

*D*as neue Jahrhundert ließ sich nicht gut an. Die Dauerkrise machte allen zu schaffen, man schlug sich durch und schnallte den Gürtel enger. Man war ständig unterwegs und suchte nach billigen Waren, kaufte welkes Gemüse und Kleider aus zweiter und dritter Hand. Sogar der Champagner im Magasin Général de Paris und die feinen Stoffe beim König Carol am Piaţa Sfântul Anton waren billig zu haben wie die Anzüge im Wilhelm Tell am Piaţa Roma. Doch man starrte in die Schaufenster, befühlte die Münzen in den Hosentaschen wie rohe Eier und zog weiter.

Im Café Riegler oder im Fialkovski, wo viele politische Intrigen geschmiedet worden waren, war der Kaffee billig und der Spritz noch billiger, aber die Plätze blieben leer. Die Cafés Şantant konnte man sich gerade noch leisten, weil aber die deutschen, ungarischen und französischen Sängerinnen nicht mehr an den Tisch kommen durften, um das Geld zu kassieren und ein Rendezvous zu planen, blieben viele Männer weg. Die Kutscher, die nutzlos herumstanden, weil niemand mehr Geld für sie hatte, fluchten und ließen ihren Ärger an den Pferden oder den raren Kunden aus.

Eine neue Sorte fliegender Händler tauchte auf, die nicht laut auf sich aufmerksam machte, sondern scheu und verschämt. Noch vor Kurzem waren sie respektable Beamte, Händler und Handwerker gewesen, jetzt aber zogen sie von Tür zu Tür oder sprachen einen leise auf der Straße an. Sie verkauften alles, womit sich Geld machen ließ: ausgebeulte Anzüge, abgetragene Schuhe, Taschenuhren mit zersprungenem Glas, geflickte Bettwäsche, gestopfte Strümpfe.

Es gab aber auch welche, die sich von ihrem Silberbesteck und Festtagsgeschirr trennen mussten, vom Brautkleid, Schmuck und Ehering, vom Pelzmantel oder von einem ererbten Gemälde. Alles, was unter einem Mantel oder in einem Koffer Platz hatte, wurde angeboten, nicht selten der Mantel und der Koffer selbst. Und ehemalige Hausmädchen, Kindermädchen, Köchinnen, Verkäuferinnen und Sekretärinnen hatten nichts anzubieten als sich selbst. Wenn das Geld trotzdem nicht reichte, um die Miete zu bezahlen, packte man seine Habseligkeiten und zog in der Nacht aus, verschwand im Dickicht der Stadt, versuchte seine Spur zu verwischen und landete nicht selten in einem Keller.

Die Liberalen schoben die Krise den Konservativen in die Schuhe, doch wenn sie an die Macht kamen, waren ihre eigenen Schuhe dran. Wenn die Juden vielen suspekt waren, waren es die Sozialisten erst recht, denn sie schlugen allmählich Wurzeln, veranstalteten Märsche und Versammlungen, klebten ihre Propaganda sogar an den Feuerturm, sosehr sich Vasile auch bemühte, diesen politisch jungfräulich zu halten. Ließ er den «Schund», wie er die sozialistischen Ideen nannte, entfernen, tauchten die Plakate nachts gleich wieder auf.

Die sozialistischen Agitatoren schwärmten in die Mahalas aus, die Viertel an der Peripherie, wo Kutscher, Hausangestellte und Arbeiter wohnten, oder sie standen an den Straßenecke, mit ein paar Flugblättern in der Hand. Sie sprachen von Dingen, von denen noch niemand etwas gehört hatte, von kürzerer Arbeitszeit, von der proletarischen Klasse, von Ketten, die gesprengt werden sollten. Erschienen die Gendarmen, suchten sie das Weite.

Als ein gewisser Bernard Lazar – Jude, Sozialist und Agitator – in Bucuresci haltmachte und die Massen erfolgreich aufwiegelte, klebte am Feuerturm ein antisemitisches Manifest. Vasile Stoica begutachtete es lange, dann befahl er dem Sergeanten, den Schund beseitigen zu lassen.

In dieses aufgeladene Klima platzte auch ein Fingerzeig Gottes. So sahen es zumindest Ecaterina, Rosi und Popa Andronie. An einem kalten Märztag des Jahres 1901 bebte die Erde schüchtern wie Schüttelfrost. Bucuresci war da schon anderes gewohnt. Das Erdbeben wäre bald vergessen gewesen, wenn nicht die Statue der Justitia auf dem neuen Justizpalast ins Wanken geraten und hinabgestürzt wäre. Darin konnte jeder, der wollte, ein schlechtes Omen erkennen. Die Justitia zu verlieren, versprach nichts Gutes für das neue Jahrhundert.

Die Optimisten sagten: «Es geht uns schon so schlecht, was kann uns noch Schlimmeres passieren?»; die Pessimisten hingegen: «Warten wir mal ab.» Sie hatten recht, denn es kam noch schlechter. Das Schlechte war nicht aufzuhalten. Das ausgequetschte, zerlumpte Land, meine niedergetrampelte Stadt kamen neunzig lange Jahre nicht mehr aus der Krise heraus.

Es gab in jenen Anfangsjahren auch so etwas wie Normalität. Es wurde ordentlich gestorben, und die Toten zogen wie eh und je um den Turm, der einen Anker für Lebende wie Tote geworden war. Es starben kleine Leute, die niemand kannte, und Opfer von Verbrechen, die erdolcht, erschossen, vergiftet worden waren und gerade dadurch berühmt wurden. Es starben Millionäre, Prinzen, der königliche Hofmarschall, Diplomaten, ehemalige Minister und ein General des Unabhängigkeitskrieges.

Es gab überlange Trauerzüge, wie jenen von Frosa Sarandi, die nicht lesen konnte und doch eine berühmte Schauspielerin wurde. Ihre Sätze musste man ihr vorlesen, damit sie sie auswendig lernen konnte. Und es gab winzige Züge, wie den des Meistergeigers Ciolac, hinter dessen Sarg nur drei Menschen hergingen, seine drei Frauen. Er habe zwar keine Noten, aber dafür die Frauen lesen können, hatte er behauptet. Sein Umzug auf dem Turmplatz war nur deshalb so armselig, weil er nachts stattfand, denn Ciolac vermischte Glaube und Aberglaube, und so entschied er sich für die Dunkelheit, damit ihn der Teufel nicht sähe. «Ich habe zu viel gesündigt. Meine einzige Möglichkeit, in den Himmel zu kommen, ist, unentdeckt zu bleiben.»

Es wurden in jenen Jahren auch Statuen aufgestellt, wie es sich für einen jungen Staat gehörte, der Helden brauchte. Jedes Mal war Kommandant Stoica mit seiner Truppe dabei, zu der inzwischen auch sein Sohn Darie gehörte. Manchmal musste Urgroßvater auch einige Worte sagen, etwa, dass die Feuerwehrbrigade vom Feuerturm in corpore anwesend sei, um das Andenken und die Taten dieses oder jenes berühmten Sohnes der Stadt zu ehren. Er hatte einen Text, der zu allen Statuen passte, und brauchte nur jeweils den Namen zu ändern. Am Ende seiner kurzen Rede drehten seine Leute die Wasserpumpen auf, die Schläuche schwollen an und die Statue wurde mit drei perfekten Wasserbögen bespritzt.

Ein einziges Mal hat sich Vasile Stoica selbst übertroffen: Als er auf dem Dealul Spirii das Monument zu Ehren der Feuerwehr, die gegen Kerim Pascha gekämpft hatte, einweihen musste. Da ihn die Zeremonie an seinen Vater, Grigorie, erinnerte, blieb er nach der Rede noch lange stehen, legte den Arm um Darie, und sie stiegen gemeinsam den Hügel hoch zu dem Haus, das nun meist zugesperrt war. Sie öffneten es wieder, lüfteten, entfernten die Spinnweben, vertrieben die Mäuse und saßen lange unter der Eiche und erzählten sich Grigories Geschichten. Es hätte viel zu lachen gegeben, aber Vasile Stoica weinte dort das erste und letzte Mal in seinem Leben. Dass Darie nicht so fühlte wie sein Vater, hatte einen guten Grund: Er war verliebt.

Er hatte meine künftige Großmutter auf einem der vielen Bälle in der Stadt kennengelernt. Es gab die pompösen Bälle der Reichen, aber auch die der Kutscher, Marktleute und Beamten und eben auch der Feuerwehr. Als der Sergeant ihn aber zum Hârdau-Ball mitnahm, wo sich allerlei einfaches und zwielichtiges Volk traf, wo viele Dienerinnen und Kindermädchen eine gute Partie suchten, wo Ganoven den nächsten Coup und die griechischen, serbischen und bulgarischen Nationalisten die nächste Revolution planten, verguckte sich Darie in ein drahtiges, dunkles Mädchen mit einem Damenbärtchen über der Oberlippe. Manche behaupteten, dass sie ihn bestehlen wollte, andere, dass er sich geprügelt hatte, um sie zu beschützen. Darie selbst blieb ein Leben lang unentschieden.

Großmutter Agape hatte Temperament und war tatkräftig, das entging auch Ecaterina nicht. Als Darie ihr das Haus zeigen wollte, sah es so aus, als ob sie ihn führte und nicht umgekehrt.

«Habt ihr Feuerwehrmänner in der Familie?», fragte Ecaterina.

«Nicht, dass ich wüsste», antwortete Agape, ohne den Blick zu senken.

«Verstehe, aber wir sind eine Feuerwehrfamilie. Bei uns haben die Männer immer Brände gelöscht. Sie können sonst fast nichts, machen den Mund kaum auf, es sei denn, sie erzählen Geschichten, aber mit dem Feuer kennen sie sich aus.»

«Das hat mir Darie erzählt. Hab nichts dagegen.»

«So, nichts dagegen … Hast du es dir aber auch gut überlegt? Es wird keinen Tag geben, an dem du nicht Angst um ihn haben musst. Bei jedem Einsatz wirst du fürchten, dass er nicht mehr lebend nach Hause kommt. Und wenn sich dann im Viertel das Gerücht verbreitet, dass die Brigade einen Mann verloren hat, wirst du wie von Sinnen zum Feuerturm laufen, wie alle anderen Frauen der Feuerwehrleute auch, und hoffen, dass es der Mann einer anderen ist. Früher habe ich zum heiligen Stelian gebetet, dass mein Sohn nicht zur Feuerwehr geht und mein Mann nicht durch das Feuer stirbt. Beim ersten Wunsch hat er mich nicht erhört, beim zweiten kann man es noch nicht sagen.»

«Wir haben darüber geredet, es ist alles gut», sagte Agape mit Nachdruck.

«Du machst Agape Angst, wenn du so redest, Mutter.»

«Lass deine Mutter nur reden, ich habe sowieso meinen eigenen Kopf.»

Ecaterina schmunzelte, denn die junge Frau begann ihr zu gefallen.

«Bist du gläubig?»

Agape wusste Bescheid, denn Darie hatte sie gewarnt.

«Und ob!»

«Das ist gut … Agape heißen doch viele Dienerinnen und Hausangestellte. Bist du das?»

Agape zuckte die Schultern, aber ihr Blick wurde streng.

«Und wenn ich es wäre?»

«Ich habe nichts gegen Dienerinnen. Wieso denn auch? Im Grunde genommen sind wir alle Diener, wir dienen dem Herrn … Wann soll die Hochzeit stattfinden?»

Ecaterina blickte ihren Sohn an, der aber schwieg.

«Genau darüber wollten wir mit dir reden, dein Rat ist uns wichtig», sagte Agape. Jetzt hatte sie das Herz meiner Urgroßmutter endgültig erobert.

«Werden deine Eltern dabei sein?»

Agape schüttelte den Kopf.

«Sie sind Bauern und wohnen weit entfernt. Sie verlassen ungern ihr Dorf, aber sie werden bestimmt ein, zwei Lämmer als Hochzeitsgeschenk schicken.»

«Ich kann gar nicht aufhören, mich zu wundern. Dauernd laufen mir Leute ohne Eltern zu.» Ecaterina atmete tief ein, hielt kurz die Luft an und entschied sich. «Nun gut, wenn mein Sohn dich liebt, werde ich dich auch lieben. Aber vergiss eins nicht: Hier befehle ich, nicht du.» Und so blieb es bis zu ihrem Tod.

Die Trauung fand bei Popa Andronie statt, im Oborul Vechi. Die kleine, unscheinbare Kirche konnte gar nicht alle aufnehmen, Nachbarn und Feuerwehrleute aus ganz Bukarest, die dabei sein wollten. Es gibt ein Foto davon: Ecaterina mit ihrem Mann, Rosi mit ihrem Sohn an der Hand und im Vordergrund Darie mit Agape im Brautkleid. Am Ende der Zeremonie öffnete der Pope den Altarraum, sodass alle einen Blick auf den kostbarsten Schatz der Kirche erhaschen konnten: das Kreuz von Mogoş.

Zwei Meter hoch und aus Basaltgestein, stand es seit drei Jahrhunderten auf einer Ebene, wo einst dichter Eichenwald gewesen war, anfangs ohne Kirche und für alle schon von Weitem sichtbar. Die Reisenden, Bauern, Händler, Soldaten, Würdenträger, die in die Stadt wollten, knieten nieder und bekreuzigten sich, weil ihre

Reise bis dahin gut verlaufen war. Jene, deren Reise erst begann, beteten, heil an ihr Ziel zu kommen.

«Dieses Kreuz, meine Lieben», sprach Popa Andronie, «wurde von Mogoş, einem bedeutenden Mann, errichtet, um dafür zu danken, dass die Pest seine Familie verschont hatte. Der Herr und sein Kreuz sollen auch dieses junge Paar beschützen, damit es den Versuchungen des Teufels widersteht, der oft so verführerisch zu uns spricht und uns blendet. Es soll Darie beschützen, der das Feuer bekämpft, jedes Feuer ist ein Wink des Teufels, ein Hinweis auf das Höllenfeuer, abgesehen natürlich von dem, auf dem wir unsere Speisen bereiten und an dem wir uns wärmen. Aber schnell kann auch dieses seinen teuflischen Charakter zeigen, sich unaufhaltsam ausbreiten und alles vernichten. Beschützen sollen der Herr und das Kreuz auch Agape, die ihrem Mann ein Heim bereiten und gesunde Kinder gebären soll. Und …, wenn ich vielleicht noch das sagen darf: Nur das Feuer der Liebe soll in ihnen lodern, der Liebe zueinander und zu unserem Herrn. Amen.»

Draußen bildeten Daries Kameraden ein Spalier und über den Brautleuten schossen Wasserstrahlen in den Himmel, während die Alarmglocke des nahen Turms sich gegen die Kirchenglocken zu behaupten versuchte. Die Feuerwehrkutsche und ihre Pferde waren festlich geschmückt, Darie und Agape nahmen neben der großen Pumpe Platz und sollten ins Wirtshaus gebracht werden. Die ganze Festgesellschaft setzte sich in Bewegung, als Agape plötzlich die Zügel an sich nahm und die Pferde dazu brachte, um den Turm zu galoppieren, gefolgt von allen anderen Kutschen.

«Wieso sollen wir den Turm nur den Toten überlassen?», soll sie gerufen haben. Damit begründete Großmutter Agape eine weitere Tradition, die viel seltener zum Zuge kommen sollte: nämlich die, die Braut um den Turm zu führen. Manche nahmen dafür eine Kutsche, andere ein Auto, und wiederum andere trugen die Braut auf den Armen um den Turm, sooft sie es wünschte, manchmal bis zum Umfallen. Noch in meiner Kindheit, am Anfang des Zweiten Weltkrieges, kam es ein-, zweimal pro Monat vor, dass Frischvermählte in gemieteten Chryslers, Fords oder Benz' eine Runde um den Turm fuhren, meist von ihren Trauzeugen begleitet. Wenn sie sich Champagner leisten konnten – die Krise, die gleiche oder eine andere –, stießen sie vergnügt an.

Das Hochzeitsessen meiner Großeltern fand in La pisica albă statt, das sich im Kloster Zlătari befand, an der vornehmen Calea Victoriei. Das Wirtshaus war ein Relikt aus vergangenen Zeiten und deshalb von Ecaterina ausgesucht worden, weil sie den Tiefstpreis zahlen musste, nämlich gar keinen. Ihr Mann hatte bei einem Brand vor nicht einmal einem Jahr das Haus des Wirtes zwar nicht retten können, dafür aber die ganze Familie.

Kloster Zlătari war berühmt wegen seiner Reliquie, einem Handknochen des heiligen Ciprian, die einmal im Jahr im Kirchhof den Gläubigen gezeigt wurde, die lange anstanden, um das edle Gehäuse, in dem sie aufbewahrt wurde, zu küssen. Weder Ecaterina, trotz ihren Zweifeln an den Heiligen, noch Rosi noch später meine Mutter sollten das Ritual je verpassen. Nur Agape kümmerte sich nicht darum, die nicht gläubiger war als eine Taube, die einen Kirchturm nur aufsucht, um sich darauf auszuruhen.

Noch berühmter war das Kloster wegen des Delikatessenladens Păun Popescu, in dem zu jeder Tageszeit Schnaps ausgeschenkt wurde. Dort machten die Stoicas einen zweiten Halt nach dem Hochzeitsessen und waren ziemlich angeheitert, als sie sich ihrem Grundstück näherten und Rosi, die schon einige Zeit vorher mit ihrem Jungen nach Hause gegangen war, ihnen aufgeregt entgegenkam.

«Sie standen da wie ein Wunder!», rief sie aus.

«Wovon redest du?»

«Ich habe im Garten nach meinem Kleinen geschaut, als ich sie plötzlich gesehen habe.»

«Wen?»

«Die beiden Lämmer dort. Die Straße ist die ganze Zeit menschenleer gewesen», sagte sie mit zitternder Stimme. Sie brauchte mehrere Anläufe, bis sie endlich fragen konnte: «Kann es sein, dass er zurück ist?» Jeder wusste, dass Dorn gemeint war, der Vater ihres Sohnes. Die Familie bestaunte die Tiere, die am Tor angebunden waren, bis Ecaterina die Geduld verlor, in den Garten ging und rief: «Ich weiß nicht, wie diese unschuldigen Kreaturen hierhergekommen sind. Vielleicht waren es Agapes Eltern, vielleicht der liebe Gott oder tatsächlich Dorn. Aber ich weiß, dass sie an Weihnachten hervorragend schmecken werden.»

Kurz vor Weihnachten 1901 wurden nicht nur die Lämmer geschlachtet und veredelten unter anderem Ecaterinas Ciorba, sondern es kam auch Vater leise und unaufgeregt auf die Welt. «Was für ein friedliches und zufriedenes Kind», sagte Ecaterina, als Agape ihr das Kind überreichte. «Man sieht ihm an, dass er gerne auf der Welt ist und daran nichts auszusetzen hat», sagte Rosi, als sie an die Reihe kam. Vater war jünger als Rosis Sohn Stelian, aber die beiden wurden unzertrennlich.

Rosis Vorahnung sollte sich bewahrheiten, denn ein Jahr später kam Dorn zurück; allerdings nicht ganz bis zu ihrem Haus, sondern nur bis zur Tuberkuloseklinik gegenüber dem Turm. Eines Tages erhielt sie ein paar Zeilen, die ein Pfleger vorbeibrachte. Da Rosi nicht gut lesen konnte, ging sie zu Agape.

«Was will er?»

«Er sagt, dass er schwer krank ist und es nicht mehr lange macht und dass er wünscht, auch auf dem Crângaşi-Friedhof begraben zu werden.»

Agape schwieg, und Rosi schwankte kurz, wartete aber gespannt auf die Fortsetzung.

«Ist das alles? Nichts über seinen Sohn, über uns?»

«Leider nichts.»

«Dann soll er zum Teufel gehen. Hat mich und den Kleinen alleingelassen.»

Sie riss Agape das Papier aus den Händen, wollte gehen, blieb aber nach wenigen Schritten stehen: «Willst du mich begleiten?»

«Wieso ich und nicht Mutter Ecaterina?»

«Das ist etwas zwischen ihm und mir. Aber allein will ich doch nicht gehen.»

Rosi nahm ihren Sohn an die Hand und Agape ihr Kind in den Arm. Agape klopfte kräftig ans Kliniktor, im selben Augenblick öffnete der Pförtner, um zwei in Schwarz gekleidete Männer mit einem Sarg durchzulassen. Sie schoben ihn auf einen Pferdekarren. Rosi erschrak und verlangte, den Toten zu sehen, die Männer blickten sich stumm an und zögerten, doch als Agape jedem von ihnen eine Münze gab, hoben sie den Deckel.

Rosi atmete erleichtert auf, und sie kehrten zum Pförtner zurück. Er hörte ihnen zu, schloss das Tor, das einige Minuten später wieder geöffnet wurde. Diesmal tauchte ein Arzt auf, der Dorns Zeilen las, bevor er sagte: «Ich weiß nicht, ob wir hier einen mit diesem Namen haben. Warten Sie. Kann aber eine Weile dauern.»

Dann schloss sich das Tor wieder. Um die Kinder und sich vor der sengenden Sonne zu schützen, überquerten die beiden Frauen den Platz und lehnten sich auf der schattigen Seite des Turms an den kühlen Stein.

«Ich hasse diesen Turm», sagte Agape.

«Meinst du, der Arzt hält sein Versprechen?»

«Darie verbringt mehr Zeit mit ihm als mit mir.»

«Das ist so bei der Feuerwehr, zuerst kommt das Feuer, dann die Frau. Wieso klagst du? Mutter Ecaterina hat dich doch gewarnt.»

«Hat sie, aber da war die Rede vom Sterben im Feuer und nicht vom Leben damit.»

«Und Darie?»

«Du kennst ihn ja. Er redet wenig.»

«Sei doch froh, dass er nicht ständig zu Hause ist, sonst liegt er immer zwischen deinen Beinen und macht dir einen Balg nach dem anderen.»

Sie lachten.

«Meinst du, er lebt noch?»

«Das werden wir gleich sehen», sagte Agape, dann sagte sie noch einmal: «Ich hasse diesen Turm.»

«Ich mag ihn. Ich bin ein paarmal oben gewesen und konnte ganz weit sehen.»

«Na und? Was hast du schon am Horizont Interessantes gesehen? Ich sage dir, was: nichts. Wir haben unser Leben hier unten. Ich glaube nicht einmal, dass ich diese Stadt je verlassen und bis zum Horizont kommen werde.»

Rosi unterdrückte ein Lächeln.

«Was erzählst du da? Kein Mensch hat je den Horizont gesehen. Wenn du meinst, du bist dort, ist er schon wieder weiter weg. Du kannst ihm hinterherjagen, du meinst, du gehst geradeaus, und drehst dich doch nur im Kreis. Das hat mir Darie einmal erzählt.»

«Mir erzählt er nie etwas. Sitzt einfach nur da, trinkt und schweigt.»

Plötzlich tauchte der Pfleger vorm Tor auf und rief sie zu sich.

«Sie können ihn besuchen, aber halten Sie Abstand zu allen, sie sind hoch ansteckend.»

«Kennen Sie seinen wahren Namen?», fragte Agape und steckte auch dem Pfleger eine Münze zu.

«Kennen wir auch nicht. Man hat ihn vor einer Woche zu uns gebracht. Er soll Latrinen an der Calea Rahovei gesäubert haben, am Ende der Straße, weit draußen, wo die Huren und Bettler leben. Er hat sich das falsche Ende ausgesucht. Am Anfang, bei den Reichen, wäre ihm das nicht passiert. Sogar deren Verdauung riecht nach französischem Parfüm.» Er lachte, aber als er die Gesichter der beiden Frauen sah, wurde er ernst: «Tja, man sieht hier viel, ein wenig Humor hilft immer. Kommen Sie mit. Die Kinder dürfen aber nicht rein, das ist nichts für sie.»

«Das hier ist sein Sohn. Er soll seinen Vater sehen, bevor er stirbt.»

Der Pfleger wollte protestieren, aber Agape steckte ihm erneut eine Münze zu. «Meinetwegen. Aber wenn die beiden anfangen zu heulen und zu stören, müssen sie wieder raus.»

Sie fanden Dorn in einem Schlafsaal, in dem fast alle zwanzig Betten belegt waren. Die Patienten, die sich auf den Beinen halten konnten, standen am Fenster und redeten mit Besuchern, die sich jenseits der Gartenmauer befanden und den Durst der Kranken nach Neuigkeiten und Trost stillen wollten. Dorn war damit beschäftigt, sich aufzustützen und Blut in eine Schüssel zu spucken. Sie betrachteten seinen knochigen Rücken, bis er fertig war, sich umdrehte und sich wieder ins Kissen fallen ließ. Er streifte die jungen Frauen mit einem Blick und sagte gleichmütig:

«Da bist du ja.»

«Da bin ich, und das ist dein Sohn. Er versteckt sich hinter meinem Rock, aber wenn du ihn sehen willst ...»

«Es gibt einige Kinder von mir in dieser Stadt.»

«Wieso bist du einfach verschwunden? Ich habe dich doch geliebt.»

«Es gibt einige Frauen, die mich immer noch lieben.»

Rosi nahm ihren Sohn wütend in die Arme und zwang ihn, hinzuschauen.

«Schau, Stelian, das ist dein Vater. Er ist ein Sünder, aber er ist dein Vater. Bald wird er sterben, also schau ihn dir genau an. Von ihm bleibt nichts zurück, weder Liebe noch Geld. Wir werden versuchen, ihn zu vergessen.»

Dorn wurde wieder von einem heftigen Husten geschüttelt und spuckte Blut in die Schüssel.

«Der Pfleger hat uns gesagt, dass du in einer verrufenen Gegend Latrinen geputzt hast», sagte Agape.

Dorn schaute sie verständnislos an.

«Wer ist das?», fragte er Rosi, die aber nicht antwortete.

«Ich bin die Frau von Darie, und das ist mein Sohn Ionel. Du wärst besser bei Rosi geblieben, dann hättest du nicht die Scheiße anderer wegtragen müssen und würdest jetzt nicht sterben.»

«Ich? Latrinen? Der Pfleger ist ein Idiot. Wenn ich nur etwas mehr Kraft hätte, würde ich ihn auf der Stelle verprügeln.» Er hatte sich empört aufgerichtet, aber das Sprechen bereitete ihm Mühe. «Ich bin politischer Agent gewesen, mal für die einen, mal für die anderen, je nachdem, wer besser bezahlt hat … Ich habe meine Truppe gehabt, alles prima Jungs. Wir haben Liberale, Konservative, Sozialisten verprügelt, manchmal alle am selben Tag … Ich habe täglich Fleisch gegessen und auf einer weichen Matratze geschlafen.» Er begann wieder zu husten.

«Davon kriegt man das aber nicht, was du da hast.»

«Na ja, es war ein florierendes Geschäft, aber dann ist die Krise gekommen, niemand hat mehr Geld gehabt, und ich bin auf der Straße gelandet. Aber einer wie ich weiß sich immer zu helfen … Ich habe in einer Zeitung gelesen, dass man Vertreter sucht, um von Haustür zu Haustür zu gehen und den ersten Stadtführer von Bucuresci zu verkaufen. Aber das ist schwieriger gewesen, als ich es mir vorgestellt habe, wer will schon so was, in der Krise? Aber einen Ort zum Schlafen habe ich immer gehabt. Die eine oder andere Dame aus einem Café Şantant hat mich immer bei sich reingelassen. Ich habe für Bertelli, seine Reklame ist in jeder Ausgabe des Universul, Tabletten gegen Husten und Bronchitis und Pomade gegen Haarausfall verkauft, aber auch das hat nicht gut funktioniert.»

Dorn sah, dass Agape und Rosi sich entfernen wollten.

«Wartet mal! Ihr könnt über mich glauben, was ihr wollt, aber nicht, dass ich Latrinen geputzt habe. Die Pomade war ein Renner, ich war wieder gut im Geschäft … Ich hatte einfach Pech. Nichts als Pech gehabt, das ganze verdammte Leben lang.»

«Ich möchte nur noch eins wissen: Was ist dein richtiger Name? Wenn mich mein Junge irgendwann fragen wird, wie sein Vater geheißen hat, was soll ich ihm sagen?»

«Was soll man auf dein Kreuz schreiben?», fragte Agape nach.

Dorn ignorierte die Fragen und starrte auf einen Punkt im Raum. Der Pfleger tauchte auf und wollte die Frauen wegführen.

«Wartet doch!», rief Dorn plötzlich. «Ich werde hier verrecken, das ist klar. Die Ärzte haben keine Hoffnung für mich … Ja, ich will ein Kreuz. Ich will nicht in einem Massengrab landen. Wartet doch! Sagt Mutter Ecaterina, dass ich sie immer respektiert habe. Sagt ihr, ich wünsche mir, dass sie mich begräbt, wo auch …» Er spuckte Blut. «… wo auch der andere begraben liegt. Sagt ihr …» Aber inzwischen waren die Frauen zu weit weg, um ihn zu hören.

Ecaterina dachte die ganze Nacht nach, am nächsten Morgen ging sie zum Schreiner und bestellte einen einfachen Sarg. Als sie die Nachricht erhielten, dass Dorn gestorben war, bestiegen Ecaterina und die zwei Frauen mit ihren Kindern einen Pferdewagen und brachten den Sarg zur Klinik. Dort warteten sie geduldig, bis zwei Pfleger ihn wieder herausbrachten, mit Dorns Leichnam darin. Popa Andronie stieg hinzu, und sie machten sich auf den langen Weg nach Crângaşi. Aber sie führten Dorn nicht um den Turm.

Wenn Ionel, mein Vater, über seine Kindheit sprach, durften fünf Erinnerungen nicht fehlen.

Er begann seine Erzählungen meist mit der Mühle von Assan. Seit Jahrzehnten hatte sie turmlos am östlichen Stadtrand gestanden, bis Assans Söhne beschlossen, ein neues Getreidesilo mit einem Uhrturm zu bauen. Wieso ein Getreidesilo so etwas brauchte, wusste niemand, aber manche vermuteten, dass sie dem Feuerturm Konkurrenz machen wollten. Assan hatte die Dampfmaschine für die Mühle aus Wien bis nach Russe auf der Donau verfrachten lassen und für den letzten Teil der Strecke, nach Bukarest, Zugochsen benutzt und Brücken gebaut.

Obwohl Vater viel zu klein gewesen war, um sich daran zu erinnern, behauptete er immer, bei der Einweihung unter dem Turm gestanden zu haben. Auf der einen Seite hielt ihn Darie an der Hand und auf der anderen Stelian, Rosis Sohn. Es habe jede Menge Volk gegeben, es seien Reden gehalten und Bänder durchgeschnitten worden und die Blaskapelle habe die üblichen Lieder gespielt. Dann hätten alle hochgeblickt, als einer der Assan-Brüder von einer improvisierten Bühne aus nach oben gezeigt und gesagt habe: «Sagenhafte einundvierzig Meter, meine Damen und Herren! Von jetzt an ist das das höchste Gebäude der Stadt.» Die Jungen konnten sich kaum vorstellen, dass etwas höher war als ihr Feuerturm, und fragten Darie, der sich zu ihnen hinunterbeugte und flüsterte: «Unser Turm ist zweiundvierzig Meter hoch, bis zur Spitze sogar höher. Aber wir sagen es dem Mann nicht, sonst baut er noch ein Stockwerk obendrauf.»

Vater behauptete, dort sei er das erste Mal in seinem Leben neidisch und bekümmert gewesen. Bekümmert, weil sich der Feuerturm nicht mehr exklusiv über der Stadt erhob. Die Kirchtürme hatten ihm nichts anhaben können, aber der banale Turm eines Silos schon. Noch war der Augenblick nicht gekommen, in dem der Feuerturm vom Sockel gestoßen werden würde. Künftig aber würde alle paar Jahre etwas gebaut werden, das hoch hinaufwollte, höher als der Feuerturm, ihn verspottend. Der Wettlauf hatte begonnen, unaufhaltsam und unerbittlich.

In New York wetteiferten die Wolkenkratzer allerdings um Höhenrekorde, in Vaters Stadt bloß ein Getreidespeicher und ein Feuerturm, während alles andere, bis auf ein paar Prunkbauten an der Calea Victoriei, sein menschliches Maß behielt.

Neidisch wurde Vater, weil der neue Turm eine prächtige, von weitem sichtbare Uhr mit bronzenen Ziffern besaß. Sie wurde bald zum Taktgeber des Ostens von Bukarest. Oft genug riefen die Menschen unter dem Feuerturm der Wache auf der Beobachtungsplattform zu, sie solle durch ihr Fernrohr schauen und ihnen die genaue Uhrzeit sagen.

Gab man Vater zu bedenken, dass er mit drei, vier Jahren all das kaum habe denken können, wurde er, der sonst so sanftmütig und diskret war, plötzlich leidenschaftlich: «Aber wenn ich es doch sage!» Nur um kurz danach hinzuzufügen: «Na ja, vielleicht nicht ganz so. Aber so kann es gewesen sein.»

Vaters zweite Erinnerung gehörte den Besuchen im Zirkus Sidoli. Die glorreichen Zeiten waren vorbei. Es gab keinen alten Sidoli mehr, der als Zirkusdirektor das Publikum empfangen hatte, und auch keine Alda Sidoli, die mit ihren Reitnummern und ihren Beinen für Furore gesorgt hatte. Es gab den Geruch und den Lärm der Tiere nicht mehr und auch keinen Cesare Sidoli, der direkt aus der Manege auf ein Pferd springen konnte. Es gab nur noch Francesco, den geschickten Jongleur, der nun den Zirkus führte und Schaukämpfe anbot, die Darie sehr liebte.

An den Sonntagen, an denen er dienstfrei hatte, nahm er Vater und Stelian, den er wie seinen eigenen Sohn behandelte, mit, sie stiegen in die Elektrische und fuhren damit bis zum Fuß des Dealul Spirii. Die Proteste Ecaterinas und Agapes nützten nichts. «Das wird ihnen nicht schaden. So werden sie richtige Jungs», sagte er. Insgeheim aber waren sie froh, dass die Jungen ihn begleiteten, dann trank er weniger.

Stelian und Vater liebten die Kämpfer mit ihren seltsamen Namen und Masken. Zbisko Ţiganievici und Luther hießen sie, sie wurden vom Publikum enthusiastisch begrüßt, dann stellten sie ihre Muskeln zur Schau, und die Leute warfen ihnen Münzen zu. Natürlich war auch das Publikum nicht mehr dasselbe, keine Damen und Herren aus der feinen Gesellschaft, sondern Marktleute, Laufburschen, Kutscher, Ladenjungen und Arbeiter mit ihren Freundinnen.

Die Tribünen waren halb leer, außer wenn die Plakate, die auch am Turm klebten, Damenkämpfe ankündigten. Vater schwärmte für die Französin Eliza Calter, deren Spezialität die Beinschere war, Stelian hingegen hielt mit der Deutschen Dora von Guiton, die sogar Zbisko bezwingen konnte. Eine Zeit lang war Vater fest entschlossen, Schaukämpfer und nicht Feuerwehrmann zu werden.

Vater konnte sich deutlich an ein Ereignis erinnern, das ihn als Kind sehr mitgenommen hatte. Rosi hatte Stelian und ihn von der Schule abgeholt, sie waren in der Nachmittagshitze durch das ruhige, baumschattige Viertel geschlendert. Die Jungen ärgerten die Hunde, schubsten sich und lieferten sich kurze Wettrennen, als sie den Bulevardul Carol erreichten. Ihre kleine Welt war in Ordnung, die Koordinaten ihres Lebens waren immer dieselben gewesen: Großmutter Ecaterina, die sie in die Kirche schleppte und der sie als Einziger aufs Wort gehorchten. Der strenge Großvater Vasile, der aber meist abwesend war, doch immer weniger an den Einsätzen seiner Männer teilnehmen konnte, weil er, jetzt Kommandant, wie sein Vorgänger stark zugenommen hatte. Ecaterinas Essen hatte Wirkung gezeigt.

Dann gab es Darie, den Stelian inzwischen für seinen eigenen Vater hielt und auch so nannte. Seitdem Darie sich bei einigen kleinen Einsätzen ausgezeichnet hatte, war er zum Unterleutnant befördert worden. Aber es hieß, dass beim Brand des Hotels Concordia Daries Fehlentscheidungen dazu beigetragen hätten, dass dieses abgebrannt war. Seitdem beäugte ihn Vasile misstrauisch und murrte: «Du konntest nicht mal ein Hotel retten, während ich die ganze Universität und das geistige Leben des Landes …» Mehr brauchte er nicht zu sagen.

Da waren die Mütter, Rosi und Agape, die seit ihrem Besuch bei Dorn Freundinnen geworden waren. Und es gab den Turm, der für die beiden Jungen seit einer Ewigkeit dort stand und noch eine weitere Ewigkeit dort stehen würde, so wie für sie auch die Eltern zeitlos waren, niemals geboren worden waren und niemals sterben würden.

Manchmal nahm sie Darie mit auf die Plattform, und wie schon sein Vater bei ihm, erzählte er ihnen von den Ländern, die sich am Horizont befanden. Er sagte immer «am Horizont» und nicht «hinter dem Horizont», wie wenn der Horizont eine Linie, ein Grenzgebiet wäre, das man mit ein wenig Aufwand erreichen könnte. Er soll sogar behauptet haben, der Turm sei eine Art Weltachse, die die Erde durchstoße und auf der anderen Seite wieder herauskäme.

«Was ist auf der anderen Seite?»

«Ein anderer Kontinent, der Australien heißt.» Darie lächelte unter seinem Bart, und als er die Kinder staunen sah, legte er nach: «Und wollt ihr was wissen? Es gibt hier im Turm einen Geheimgang, der dorthin führt.» Fast unnötig zu erwähnen, dass Stelian und Darie einen nicht unwesentlichen Teil ihrer Kindheit damit verbrachten, im Turm nach dem Zugang zu jenem Tunnel zu suchen, der sie nach Australien bringen würde.

Rosi und die Jungen wollten gerade auf die Fahrbahn treten, als sie eine Stimme hörten, die ihnen befahl, stehen zu bleiben. Sie sahen in die Richtung, aus der die Stimme gekommen war, und erblickten zwei Reihen von Soldaten mit einem Offizier an der Spitze, die sich ihnen näherten, und dazwischen eine Kolonne von Gefangenen, die Hände auf dem Rücken gefesselt und die Füße in Ketten. Sie mussten schon so lange marschiert sein, denn sie hatten sich koordiniert. Wenn einer den Fuß hob, taten es die anderen auch. Man konnte das Ende der Kolonne nicht sehen, es mussten mehrere Hundert Männer sein, schmutzig und ausgemergelt, die zu Boden blickten, da sie offenbar wussten, dass sie auf keine Sympathien zählen konnten. Stumm zogen sie dahin und aus Kutschen und von Fenstern aus wurden sie beschimpft und verspottet. Einer rief: «Erschießt sie doch an Ort und Stelle!»

«Wer sind die?», fragte Vater.

«Das sind Bauern», antwortete Rosi.

«Und was haben die getan?»

«Die haben einfach genug davon gehabt, arm und immer hungrig zu sein.»

«Verteidigen Sie sie nicht auch noch», empörte sich eine Frau neben ihnen. «Das sind Lumpen, Plünderer; wenn man Hunger hat, muss man doch nicht gleich alles kurz und klein schlagen und an die Häuser der Landbesitzer Feuer legen. Die Stadt ist doch voll von Flüchtlingen, die ihr Land verlassen mussten, man weiß gar nicht mehr, wo man sie unterbringen soll.»

«Die Bauern hungern aber nicht erst seit gestern, Gnädigste, sondern seit Jahrzehnten, nur hat es niemanden interessiert. Geduld haben sie genug gehabt», entgegnete ein Mann.

«Ach, hungern, hungern, ich kann dieses Wort gar nicht mehr hören. Faul sind sie, und Sie sind wohl ein Sozialist.»

«Wieso müssen sie ausgerechnet auf Bukarest zumarschieren und uns bedrohen? Was haben wir ihnen denn getan? Nichts. Wenn Sie es wissen wollen, gehungert habe ich auch schon», mischte sich eine junge Frau ein.

«Herr Offizier, was tun Sie mit den armen Leuten?», fragte der Mann.

«Die meisten kommen ins Gefängnis, einige werden erschossen.»

«Herr Offizier, kriegen sie etwas zu essen, bevor man sie erschießt, oder sterben sie hungrig?»

Der Blick des Offiziers wurde stechend. «Machen Sie, dass Sie wegkommen, sonst verhafte ich Sie als Aufwiegler. Sie werden genau das kriegen, was sie verdienen.»

So war das damals. Bucuresci hatte sich dem Land entfremdet, und dieses schlug zurück. Die Stadt lebte in einer anderen Realität, laut, vergesslich, geschäftig und selbstverliebt, Richtung Westen blickend, im Rücken die Bitternis und das verzweifelte Schweigen des bäuerlichen Landes.

Vater und Stelian waren das erste Mal in ihrem jungen Leben von der Not eingeholt worden, und ihre ruhige Welt wurde davon noch nicht erschüttert, aber überschattet. Stelian behauptete später, dort habe er angefangen zu grübeln, und in ihm habe eine Unruhe und ein Fragen begonnen, die ihn zum Sozialisten hätten werden lassen.

Es dauerte eine Weile, bis die Kolonne, die einem Umzug von Gespenstern glich, vorübergezogen war. Der Chor der Entrüsteten war lauter geworden, immer mehr Menschen waren herbeigeeilt, um die Besiegten zu sehen: Barbiere und ihre Kunden, Kellner und elegante Damen, Ladenbesitzer, Schulkinder und nicht wenige jüdische Händler, die sich im Viertel hatten Häuser bauen lassen. Rosi und die Jungen folgten der Kolonne, bis sie den Feuerturm passiert hatte. Das Geräusch von Hunderten nackten Füßen in Ketten verstarb als Letztes.

Das Jahr 1909 hat sich meinem Vater eingeprägt, nicht wegen eines weiteren deutschen Kronprinzen mit kompliziertem Namen, der nach Bukarest kam und den die Stoicas am Bahnhof empfingen, und auch nicht, weil sich auf dem Balkan Kriege ankündigten: Die Zeitungen prophezeiten täglich den Kriegsausbruch, die Serben gegen die Österreicher, die Bulgaren gegen die Türken. Auch die Unruhen in der Stadt hatten zugenommen, die Sozialisten veranstalteten Umzüge, hielten Versammlungen ab, wetterten gegen König und Regierung, die ihrerseits Demonstranten auf die Straße schickte. Darie stand mit seinen Männern oft dazwischen, und auch wenn er sich nicht mehr so gerne prügelte wie früher sein Vater, musste er aufpassen, nicht selber zusammengeschlagen zu werden.

Das alles lag außerhalb des kindlichen Interesses meines erst achtjährigen Vaters. Was ihn elektrisierte, war die Ankunft des ersten Flugzeuges in der Stadt. Eines Morgens entdeckte der Sergeant die Plakate, die den berühmten Flieger Louis Blériot ankündigten. Urgroßvater Vasile entschied, dass das Plakat bleiben dürfte, weil zur Wunderlichkeit des Turms die Wunderlichkeit des Fliegens gut passte. So verbreitete sich die Nachricht auch im Osten der Stadt.

Tausende von Bukarestern machten sich am angegebenen Tag zur Pferderennbahn auf, in Kutschen, auf Fahrrädern, manche sogar in ihren Automobilen und nicht wenige zu Fuß. Von überall her kamen sie, aus den armseligen Mahalas an der Peripherie, aus den Villenvierteln der Mitte und aus den Dörfern rund um Bukarest. Wie hoch würde er fliegen? Wie lange? Und was, wenn er abstürzte?

Darie, sein Vater und einige Männer der Brigade waren seit den Morgenstunden vor Ort, um für den König und seinen Gast Spalier zu stehen und für den Fall eines Unglücks. Die Stadt hatte sich nach und nach geleert, geblieben waren nur Alte und Kranke, Frauen mit Kindern, die sich vor dem Andrang fürchteten. Ecaterina machte sich nichts aus dem Fliegen, sie meinte, man müsse nicht fliegen können, um Gott näher zu sein, sondern nur öfter in die Kirche gehen. Was sie dann, begleitet von Rosi, auch tat.

Agape zog ihren Sohn und Stelian warm an und ging kurz vor der angesagten Zeit mit ihnen auf den Turm. Es war ein kalter, spätherbstlicher Tag, die Luft und der Himmel waren glasklar. Sie suchten zunächst vergeblich den Himmel im Norden ab, bis die Wache mit ihren geübten Augen plötzlich den Arm ausstreckte und rief: «Da ist es! Es kommt direkt auf uns zu!»

Fiebrig vor Vorfreude und Anspannung schauten sie in jene Richtung, aber sie konnten zunächst nichts entdecken, dann sahen sie einen Punkt, doch bevor dieser sich in ein Flugzeug verwandelte, hörten sie zum ersten Mal in ihrem Leben dieses neue Motorengeräusch. Während der Himmel bisher stumm gewesen war und man von oben nur die Engel, die Vögel und den Donner gehört hatte, war nun etwas Neues aufgetaucht, ein Summen wie von Millionen metallischer Bienen.

Das Flugzeug schien direkt Kurs auf den Feuerturm zu nehmen; für Stelian und Vater stand außer Frage, dass der berühmte Flieger einmal, zweimal, mehrmals mit seiner fliegenden Kiste über dem Turm kreisen würde. Sie winkten schon mit ihren Schals und Mützen und streckten sich, wie um das Flugzeug zu berühren. Sie waren außer Rand und Band und von Agape nicht zu beruhigen, als plötzlich das Undenkbare geschah: Das Flugzeug änderte seine Richtung.

Es steuerte auf den Uhrturm der Mühle zu und überflog ihn mehrmals. Die schöne, große Uhr mit den in der Sonne glitzernden Ziffern hatte den Flieger überzeugt, dass es sich um den wichtigsten Turm der Stadt handeln müsste. Für meinen Vater war es der bislang traurigste Tag seines Lebens.

All das aber wurde durch die fünfte Erzählung übertroffen, die übrigen Geschichten waren eine Art Präludium, das Stunden dauern konnte. Wenn man sich langweilte, weil man sie schon so oft gehört hatte und schläfrig wurde, sorgte Vater dafür, dass man sofort wieder hellwach war, indem er das Läuten eines Telefons imitierte. Denn darum ging es ja auch.

Eines Tages im Jahr 1910 waren Techniker aufgetaucht und hatten ein Kabel vom Bulevardul Ferdinand bis zur Wachstube im ersten Stock des Turms gezogen. Dann hatten sich die Feuerwehrleute um das neue Gerät an der Wand versammelt und andächtig gewartet. Auch Vater und Stelian waren dabei, aber niemand kümmerte sich angesichts eines solchen epochalen Ereignisses um sie.

Als sie allmählich unruhig wurden und zweifelten, ob der Kontrollanruf überhaupt noch kommen würde, läutete es plötzlich so laut, dass sie erschraken. Kommandant Stoica ließ länger läuten, als notwendig gewesen wäre, und lauschte dem schrillen Geräusch andächtig nach. Erst dann nahm er den Hörer ab, und weil er wusste, wer am anderen Ende war, nahm er Habachtstellung ein, grüßte seinen Vorgesetzten und fügte hinzu: «Hier ist die Feuerwache am Feuerturm, die Mannschaft ist vollzählig. Ich kann Sie laut und deutlich verstehen.»

Der Sergeant zwirbelte seinen Bart und murrte: «Das ist der Fortschritt. Kann man nichts dagegen machen.»

Darie holte den Schlüssel der Luke, die zur Beobachtungsplattform führte, aus einem Kasten, stieg hoch und sperrte sie endgültig zu.

«Das war es, Männer. Ab heute sagt uns das Telefon, wo es brennt.»

Der Turm hatte seine Stimme verloren. Er hatte sogar viele Stimmen gehabt, ungeübte, aufgeregte, wenn man zum ersten Mal Feueralarm gab, krächzende, die rauen Stimmen der Raucher oder die belegten derjenigen, die sich dort oben regelmäßig eine Erkältung holten. Es hatte entschlossene Stimmen gegeben, die sich ihrer Sache sicher waren, und zögerliche, die Angst hatten, die Brigade grundlos loszuschicken.

Aber die eindrücklichste Stimme, die sich über das Viertel verbreitete – wie vielleicht nur die Gottes, wenn dieser sein Schweigen gebrochen hätte –, war die des Sergeanten, tief und warm, sodass man ihr gern weiter gelauscht hätte. «Er könnte Bariton sein», sagten die, die sich mit Opern auskannten. «Er könnte Kantor in der Synagoge sein», erwiderten die Juden des Viertels. «Er könnte in meinem Bett liegen», flüsterten manche Frauen.

Obwohl es also viele Stimmen gegeben hatte, war die wahre Stimme des Turms die des Sergeanten. Und von einer Minute auf die andere war sie durch die Ankunft des Fortschritts ersetzt worden. Der Turm war verstummt, seine Stimme war nur noch inwendig zu hören. Wenn das Läuten einsetzte, versetzte sie alle in Unruhe. Antwortete der Sergeant, klang er nun blechern, militärisch: «Hier ist die Feuerwache am Feuerturm, ich höre.» Dann folgten mehrere Fragen: «Seit wann? … Wie schnell? … Ist noch jemand drin? … Welche Adresse?», und dann ein trockenes «Wir sind schon unterwegs». Währenddessen machten sich die Soldaten bereit und warteten auf die Angaben ihres Vorgesetzten: «Kleiner Brandherd, wurde von den Einwohnern fast gelöscht, niemand in Gefahr, halbe Mannschaft, nur die leichte Ausrüstung.» Oder: «Das ist ein Goliath, die Flammen greifen auf das ganze Haus über, vier Stockwerke hoch, Menschen sind eingeschlossen, nehmt alles, was wir haben. Macht schon, Männer!»

In den nächsten Jahren gehörten die oberen Stockwerke und die Plattform Vater und Stelian allein, kaum ein Feuerwehrmann verirrte sich dorthin, außer um Material zu suchen oder kaputte Schläuche zu entsorgen. Wenn es regnete, zogen sie sich ins Wachhäuschen zurück, wenn nicht, saßen sie im Freien, und der Ältere, Stelian, las aus *Fantomas* oder aus einer Zeitung vor, die sie in Ecaterinas Küche gefunden hatten.

Stelian las schlecht, stammelte, kam kaum voran, aber das störte Vater nicht. Er legte sich auf den Boden, die Hände unter dem Kopf, und während Stelian im Universul die neuesten Verbrechen in der Stadt zu entziffern versuchte oder über den Untergang eines unsinkbaren Schiffes namens ‹Titanic› vorlas, schaute

Vater ins große Blau hinauf und fragte sich, wo denn dieser Gott sei, von dem Rosi, Ecaterina und Popa Andronie so vertraut sprachen, als ob sie täglich mit ihm Karten spielten.

«Nun gut, vielleicht war ich zu klein für solche großen Gedanken», sagte Vater später, «aber einen Hauch davon habe ich schon gedacht. Ich war ein aufgeweckter Junge.»

Wenn es allmählich dunkel wurde, legte Stelian die Zeitung aus der Hand, müde geworden vom Versuch, die Welt zu begreifen, und fragte: «Wer, meinst du, ist der Mörder?» oder: «Meinst du, es gibt Krieg?» Das waren aber zu schwierige Fragen für Vater, und Stelian machte sich etwas Luft: «Du hörst sowieso nicht zu. Wieso verschwende ich meine Zeit mit einem Kind?»

Aber dann legte er sich auch hin, sodass ihre Köpfe sich berührten, und betrachtete den Himmel.

«Wo ist denn Gott dort oben?», fragte Vater.

Stelian legte die Stirn in Falten.

«Das weiß nicht einmal Popa Andronie. Wenn wir ihn im Religionsunterricht danach fragen, sagt er mal, dass er oben ist, ein anderes Mal, dass er überall ist, oder sogar, dass er in uns ist, in jedem Einzelnen von uns.» Er machte eine Pause. «Ich weiß nicht, wo Gott ist, aber so etwas interessiert mich auch nicht. Wenn es ihn gibt, hat er bestimmt seine Gründe, sich zu verstecken», antwortete er.

«Aber deine Mutter redet fast so viel davon wie Großmutter.»

«Kann sein, trotzdem ist Gott nicht meine Sorge.»

«Ach nein? Was dann?»

Stelian richtete sich auf und zuckte die Achseln.

«Sag schon.»

Stelian zögerte, stand auf und blickte zum Horizont. Doch dann entschied er sich, holte tief Luft und sagte feierlich, als ob nicht mein kleiner Vater sein Zuhörer wäre, sondern irgendeine Macht dort draußen: «Ich bin Sozialist.»

Vater war sich auch nach Jahrzehnten fast sicher, dieses Wort zum ersten Mal dort bewusst gehört zu haben. Ob er zehn, elf oder zwölf Jahre alt gewesen war, konnte er nicht mehr genau sagen und ebenso wenig, ob sich die Begebenheit wirklich so zugetragen hatte. Ob eine Geschichte echt oder erfunden war, schmälerte für meinen Vater niemals ihren Wert. Wichtiger war, dass sie nicht erstarb und vergessen wurde, sondern in immer neuen Formen weiterwanderte.

In einer Variante soll er längst gewusst haben, wer die Sozialisten waren, denn sie waren immer zahlreicher geworden, und man konnte sie nicht mehr ignorieren. Die neuen Fabriken Malaxa oder Titan am nordöstlichen Rand der Stadt produzierten Arbeiter wie am Fließband, und diese fühlten sich von etwas magisch angezogen, was Urgroßvater Vasile, inzwischen Feuerwehrhauptmann Seiner Majestät, abends beim Nachtessen «eine Unverschämtheit» oder «eine Schweinerei» nannte.

Wenn Darie versuchte, die Arbeiter zu verteidigen, zumindest ein wenig, wurde er abgekanzelt. «Misch dich nicht ein!», herrschte ihn sein Vater an, und ihm blieb nichts anderes übrig, als aufzustehen und trinken zu gehen, manchmal sogar im weit entfernten Biergarten auf dem Dealul Spirii. Deshalb verwischten sich in Vaters Erinnerung die Anfänge des Wortes Sozialist in unserer Familie. Sie waren ein Gewirr aus Unverschämtheit, Schweinerei, dicker Luft beim Abendbrot und Daries Alkoholfahne, wenn er spät nach Hause kam.

In einer anderen Variante hingegen behauptete Vater, er habe das Wort, das später so sehr über unser Leben bestimmen sollte, erst aus Stelians Mund gehört. Als er angesetzt habe, um diesen zu fragen, was das denn sei, ein Sozialist, habe Rosi sie von unten zum Abendessen gerufen. Für eine gute Suppe von Ecaterina habe die Entdeckung des Sozialismus verschoben werden müssen. Es blieb für Vater in der Schwebe, ob der Sozialismus nun eine gute oder eine schlechte Sache war.

Es muss um 1912 oder 1913 gewesen sein, als Stelian plötzlich für einige Tage verschwand. Er hatte allen Überredungsversuchen von Vasile und Darie widerstanden, doch Feuerwehrmann zu werden, hatte auch Rosis Ratschlag in den Wind geschlagen, sich an die Stoicas zu halten, die «so gut zu uns sind und uns wie Familie behandeln», und eine Lehre in der Zementfabrik Titan begonnen.

«Er ist ein richtiger Ghimpe, wie sein Vater. Der hat auch nicht zur Feuerwehr gehen wollen und immer nur alles nach Lust und Laune getan. Deshalb hat er auch so schnell seinen Tod gefunden», hatte Vasile Stoica eines Tages gemeint. Darie hingegen hatte Rosi am Arm genommen und abseits geführt, wo er ihr zugeflüstert hatte: «Mach dir keine Sorgen, Rosi, bei uns werdet ihr immer willkommen sein. Wir sind ja eine Familie.»

So sollte es über die Jahrzehnte bleiben, eigentlich bis zu meiner Geburt und der von Stelians Sohn, der mein bester Freund werden sollte. Eigentlich auch darüber hinaus, bis zum Verrat.

Als Stelian nach dem Dienst nicht zu Hause erschien, fuhren Rosi und Agape mit der Kutsche zum Fabriktor und erkundigten sich beim Pförtner nach ihm.

«Er ist sicher mit den anderen losgezogen, um Rakovski an der Grenze zu empfangen.»

Die Frauen schauten sich verdutzt an.

«Wer ist dieser Rakovski?», fragte Agape.

«Wer das ist? Lest ihr keine Zeitungen?»

«Bei uns lesen nur die Männer die Zeitungen.»

«Rakovski, sagt man, ist der größte Sozialist, den wir haben. Er kehrt aus dem Exil zurück. Allein aus unserer Fabrik sind einige Hundert hingefahren. Sie waren glücklich, als wäre Unser Herr zurückgekehrt. Ich sage euch, ich mag deren Hirngespinste nicht, aber sie können sich so daran berauschen, als hätten sie einen ganzen Tag gesoffen.»

Von jenem Tag soll Ecaterinas Abneigung gegenüber dem Sozialismus herrühren. Sie soll gesagt haben: «Der größte Sozialist kann nur Gott sein.»

Zwei Tage später, in den stillen Nachmittagsstunden, hörten die diensthabenden Feuerwehrleute von allen Seiten einen undefinierbaren Lärm, der immer lauter wurde. Vasile Stoica ging ans Fenster, und auch Darie eilte herbei. Der Lärm entpuppte sich als

Jubelrufe und Gesänge einer heiteren Menge, die plötzlich aus den Gassen und vom Boulevard her auftauchte und den Platz überschwemmte, wie das sonst nur die Trauerzüge konnten.

Es waren nicht nur Männer, sondern auch Frauen dabei, die sich untergehakt hatten, sich angeregt unterhielten und revolutionäre Lieder sangen, während sie vorüberzogen. Ein Junge klebte ein Plakat an den Turm, und Darie, neugierig geworden, brauchte nicht lange, um zu verstehen, dass die Nachricht darauf für ihn und seine Männer nur Ärger bedeutete: *Rakovski ist wieder in der Stadt. Er spricht am nächsten Freitag im Dacia-Saal. Es ist die proletarische Pflicht zu erscheinen.*

Darie war noch gerade mit dem Wort ‹Proletarier› beschäftigt, als er merkte, dass jemand neben ihm stand und ihn ansah.

«Wo warst du?», fragte er Stelian. «Deine Mutter hat sich Sorgen gemacht.»

«Ich habe Rakovski an der Grenze empfangen», sagte Stelian strahlend. «Jetzt bringen wir ihn ins Hotel, aber am Freitag gehört uns die Straße.» Und weg war er.

«Was steht darauf?», fragte Vasile vom Bürofenster aus.

«Dass wir Probleme kriegen.»

In jenem Moment läutete das Telefon, einige Augenblicke später hörte Darie durch das geöffnete Fenster die laute Stimme seines Vaters: «Verstanden. Gefahr von Straßenkrawallen ... In voller Mannschaftsstärke, jawohl! ... Die großen Wasserpumpen, natürlich. In den Kampf aktiv eingreifen, nur wenn wir angegriffen werden. Ich verteile Pistolen und Gewehre an die Männer ... Übermorgen Punkt zwölf an der Universitätskreuzung.» Dann erschien er wieder am Fenster und rief einem seiner Männer zu: «Machen Sie die Schweinerei da weg!»

Am übernächsten Tag trafen die berittenen Gendarmen und die Feuerwehrsoldaten an der Universitätskreuzung auf einige Hundert Arbeiter. Sie waren in kompakten Reihen vom Dacia-Saal Richtung Universität marschiert, die Feuerwehrleute hielten sich hinter den Pferden bereit, aber die Arbeiter durchbrachen ihre

Reihen wie eine Dampfwalze, der sich nichts in den Weg stellen konnte. Ihr Gesang wurde lauter und trotziger.

In aussichtsloser Lage zog Darie die Pistole und schoss mehrmals in die Luft, die Kämpfenden hielten inne, aber die Wirkung verpuffte schnell. Dann richtete er die Waffe auf einen, der auf ihn zukam, aber noch rechtzeitig erkannte er Stelian. Der wirkte so entschlossen und verbissen wie einst sein Vater. Darie erschrak und senkte die Pistole, auch Stelian blieb wie angewurzelt stehen und ließ den Stein in seiner Hand fallen.

Als Darie am späten Abend nach Hause kam, legte er unter den aufmerksamen Blicken von Agape und Ecaterina langsam seine Uniformjacke, seine Pistole und den Säbel ab, krempelte die Ärmel hoch und ging zu Rosis Haus hinüber. Stelian war dabei, ein Buch zu lesen, sprach langsam und konzentriert den Text mit und folgte den Zeilen mit dem Finger. Er unterbrach sich nicht, als Darie eintrat, sein monotones Murmeln geriet nur kurz ins Stocken, aber er strengte sich an, ruhig zu bleiben.

«Rosi, würdest du uns bitte entschuldigen?», sagte Darie und begann, seinen Gurt aus den Laschen zu ziehen und um seine Hand zu wickeln. Rosi stand auf, sah ihn an, dann auf seine Hände, die mit dem Gurt beschäftigt waren, und dann auf ihren Jungen. Sie ging zum Spiegel, um sich zu kämmen, zog ihren Mantel an, blieb unentschlossen stehen, setzte an, etwas zu sagen, und murmelte dann: «Ich bin bei Mutter Ecaterina, falls man mich braucht.» Darie schob sie sanft hinaus und schloss hinter ihr die Tür ab. Was dann folgte, konnte Vater vom Fenster seines Zimmers aus gut verfolgen, und hören konnte man es sowieso in der ganzen Nachbarschaft.

Stelian und Vater blieben trotz des Sozialismus Freunde. Sie stiegen abends auf den Turm, um die angehenden Lichter der Stadt zu betrachten und den vielen Kirchenglocken zuzuhören. Bei schlechtem Wetter lagen sie in dem großen Becken, das einst ein Wasserreservoir hätte werden sollen. Der Regen prasselte gegen die

Fenster, sie lauschten ihm nach und stellten sich eine Herde wilder Tiere vor, die sie belagerte.

«Oder sind es vielleicht Teufel?», murmelte Stelian, der zwar mit dem Sozialismus geliebäugelt hatte, aber mit einer Mutter wie Rosi nicht gottlos geworden war. Wenn jemand Ecaterinas Gotteseifer noch übertraf, dann war das gewiss seine Mutter. Doch anders als Ecaterina, die auf die Heiligen setzte, um Leute zu bekehren, und bei jeder Gelegenheit aus deren Leben erzählte, wusste Rosi mehr über die Teufel, ihre Versuchungen, Bosheiten und Hinterhältigkeit zu berichten.

So hatte sich zwischen den beiden Frauen eine Art heilige Allianz ergeben, eine Arbeitsteilung, die unfehlbar war und Popa Andronie ständig frisch Bekehrte bescherte. War Ecaterina nicht erfolgreich, dann gewiss Rosi. Waren die Heiligen, ihr vorbildliches Leben und ihre Wundertaten nicht genug, übernahmen die Teufel. So waren die Zuhörer entweder beeindruckt oder entsetzt, oft genug beides, und beeilten sich, beim Popen vorstellig zu werden.

«Und was, wenn es Teufel sind?», fragte Stelian ein zweites Mal, ohne eine Antwort zu bekommen.

Im Turm fühlten sie sich beschützt, und doch fürchteten sie sich, obwohl sie es niemals zugegeben hätten. Sie blieben lange dort, keiner wollte seiner Angst als Erster nachgeben, aber irgendwann rannte einer einfach los, gefolgt vom anderen, die Treppe hinunter, vorbei am Wachraum, in dem ein schwaches Licht brannte, und am Mannschaftssaal, aus dem die Stimmen der diensthabenden Männer zu hören waren. «Was bist du nur für ein Angsthase», zogen sie sich gegenseitig auf, wenn sie wieder auf der Straße waren.

Stelian wurde stiller und nachdenklicher. Hatte er früher großzügig von den Theorien der Herren Marx und Engels erzählt, die auch er kaum verstand, so schwieg er nach der Begegnung mit Daries Gürtel lieber. Morgens nahm er zeitig die Elektrische, die ihn in die Fabrik brachte, abends trank er noch ein Feierabendbier, bevor er hungrig nach Hause ging, wie ein Bär aß und bald in einen tiefen Schlaf fiel. Seine Hände wurden schwieliger, aber auch sein junger Körper trug bald die Zeichen seiner schweren Arbeit.

Vater war nun dreizehn oder vierzehn Jahre alt und begann unter den aufmerksamen Blicken des Sergeanten seine Lehrzeit am Turm. Sein Weg schien vorgebahnt zu sein. Er würde Brände löschen, vielleicht auch einmal etwas Bedeutendes vor den Flammen retten und damit an den Ruhm seines Vaters, seines Großvaters oder seines Urgroßvaters anknüpfen können. Wenn er allein auf der Beobachtungsplattform stand und darauf wartete, dass Stelian von der Arbeit zurückkehrte, stellte er sich vor, wie er durch brennende Räume stürmte, nur um erst im letzten Augenblick, vor den Augen bangender Zuschauer, sich selbst in Sicherheit zu bringen.

Manchmal unterbrach ihn Stelian, der sich an ihn herangepirscht hatte: «Was bist du nur für ein verträumtes Kind, Ionel. Wenn du nicht besser aufpasst, schleicht sich jeder Brand von hinten an dich heran und erschreckt dich zu Tode.» Dann rauften sie miteinander, schlossen anschließend Frieden und aßen gemeinsam den Käse, das Brot, die Trauben, die Wurst, die Vater an Ecaterina und Agape vorbeigeschmuggelt hatte. Stelian holte eine Flasche Bier hervor, eine von Oppler natürlich, und sie teilten auch die.

Nur einmal kam es anders. Stelian hatte Vater so lange aufgezogen und ihn Kind genannt, bis dieser sich rächen wollte.

«Sag mal, Stelian, schmort dein Vater wirklich in der Hölle?»

Stelian stockte der Atem.

«Mein Vater? In der Hölle?»

«Ja. Mutter und Großmutter sagen, dass er dort unten in den ewigen Flammen schmort.»

Stelian kam ihm bedrohlich nahe.

«Was sagst du da? Mein Vater ist unten im Büro und bespricht mit dem Sergeanten den Abenddienst.»

«Das ist meiner, aber wie steht es mit deinem?»

Stelian presste Vater gegen die Wand, dann prasselten einige

Schläge auf diesen ein, bis er umfiel und nach Atem schnappen musste.

«Sag nie wieder, dass mein Vater nicht Darie ist. Darie hat mich verprügelt, er ist mein Vater. Einen anderen hätte ich umgebracht.»

Kapitel 9

*N*och vor dem Großen Krieg, der für Rumänien mit zweijähriger Verzögerung begann, setzte ein großes Sterben ein, als ob sich die Leute beeilten, die Augen zu schließen, um das kommende Gemetzel nicht erleben zu müssen.

Es starben berühmte Eisenbahnmagnaten und Parlamentspräsidenten, Flieger, die mit ihren Wunderkisten abstürzten; stadtbekannte Lebemänner starben an zu viel Schnaps und gutem Wein, an zu viel Feiern und zu vielen Frauen; Geschwindigkeitsfanatiker überschlugen sich mit ihren 90-Pferdestärken-Fiats.

Auch Carol I. starb, der allzu deutsche König, und am Feuerturm wie überall in der Stadt wurde schwarz geflaggt, alle Kirchenglocken läuteten, und von den Festungen rund um die Stadt wurden hundertundein Kanonenschüsse abgefeuert. Alle Toten, bis auf den König, erwiesen dem Feuerturm ihre Reverenz.

Aber es gab auch das kleine Sterben: Soldaten, die von der bulgarischen Front im Sarg zurückkehrten. Denn vor dem Beginn des Großen Grauens hatte es auf dem Balkan eine Art Generalprobe gegeben, zwei kleine balkanische Kriege. Es war bloß eine Ouvertüre, ein scheuer Beginn dessen, was folgen sollte, eine Einübung ins Töten, ein Warmlaufen der Kriegsmaschinerie. Es war noch nicht die ganz große Oper, doch ein Anfang war gemacht. Es reichte aus, damit rumänische Soldaten an der bulgarischen Front qualvoll starben, an Cholera oder an einer bulgarischen Kugel.

Eines Tages war an der Turmmauer ein Plakat aufgetaucht, ein einziges, dafür doppelt so groß wie alle anderen: «Generalmobilmachung!» Die Nachbarn versammelten sich davor, die meisten enthusiastisch, die Männer konnten es kaum erwarten, sich zum

Dienst zu melden, auch unter den Feuerwehrleuten herrschte Hochstimmung. Nur einige ältere Frauen weinten auf Vorrat, weil sie das kommende Leid schon ahnten.

Auch Großvater Darie stand mit den beiden Jungen vor dem Plakat und legte ihnen die Arme auf die Schultern. «Noch seid ihr nicht an der Reihe, Gott sei Dank!» Er konnte nicht ahnen, dass der nächste Krieg schon wartete und dass, weil dieser in unserem Land Verspätung haben würde, Stelian dafür genau das richtige Alter haben würde.

Einige Tage später zogen sich Ecaterina, Agape, Rosi und die Jungen festlich an und fuhren zum Nordbahnhof, um Vasile und Darie zuzuschauen, die dort mit ihrer Truppe für die Soldaten, die zur Front gebracht wurden, Spalier standen. Sie hatten noch nie einen so vollgestopften Zug gesehen. An jedem Fenster, in den Wagentüren, auf den Tritten standen vier, fünf Männer in frischen Uniformen, lachend, als ob sie zu einem Sonntagsausflug aufbrächen.

Die Frauen schoben ihnen Proviant zu, drückten sie an sich, bevor die Männer einstiegen, versuchten sich ihre Gesichter einzuprägen und hätten für immer so weitergemacht, um die Zeit anzuhalten und damit den Augenblick des Abschieds, wenn die Männer sich nicht von ihnen gelöst hätten.

«Wird schon nicht so schlimm werden, Mutter.»

«Spiel nicht den Helden, wenn es ins Feuer geht. Es ist keine Schande, Angst zu haben.»

«Mein Junge, mein Junge …»

«Pass auf dich auf, die Kinder und ich brauchen dich gesund zurück.»

Immer wieder mischten sich auch Väter oder Brüder in diesen Chor ein und dann klang es anders: «Mach uns keine Schande, sei nicht feige.»

«Zögere nicht zu schießen, der Bulgare wird es bestimmt nicht tun.»

«Wenn du zurückkommst, will ich einige Medaillen auf deiner Brust sehen.»

Vasile Stoica, der den Krieg für eine ähnliche Schweinerei hielt wie den Sozialismus, versammelte die drei Feuerwehrmänner seiner Brigade, die ebenfalls zur Front fuhren, um sich und gab ihnen letzte Anweisungen. Reden wurden gehalten, Jubelrufe ertönten, die letzten Soldaten stiegen ein, es wurden Taschentücher geschwenkt, und dann setzte sich der Zug im Rhythmus der Marschmusik in Bewegung.

«Ich habe noch nie so viele begeisterte Männer gesehen», erzählte später Großmutter Agape, «obwohl man sie zum Schlachten gebracht hat.»

«Sie haben alle gesungen und wir mit ihnen», erwiderte Ecaterina nachdenklich.

«Der Krieg ist eine Schweinerei», bemerkte ihr Mann.

«Der Krieg ist notwendig», entgegnete Darie.

«Meine ich doch, eine notwendige Schweinerei.»

Schon nach wenigen Tagen begannen die Soldaten zurückzukehren, verwundet, verstümmelt, tot. Ihre Familien trugen die Toten um den Turm, eine lange, stille Prozession von Särgen und kummervollen Gestalten, bis das Kriegsministerium das Ritual für die Dauer des Krieges verbot, weil es die Moral der Bevölkerung untergrabe. Zwei Tote, die nichts mit dem Krieg zu tun hatten, erhielten allerdings eine besondere Bewilligung.

Metzger Herz, der den Selbstmord seiner Frau nie verwunden hatte, hatte sich zurückgezogen. Frühmorgens und nüchtern brach er zum Schlachthof auf, betrunken kam er spätabends zurück. Ein letztes Mal legte er ein großes, blutiges Stück Fleisch vor die Tür der Stoicas. Weil er das schon so viele Jahre nicht mehr getan hatte, gingen Ecaterina und Agape zu ihm hinüber und fanden ihn hinter dem Haus, baumelnd an einem Strick. Er musste nicht mehr erleben, wie einige Jahre später sein vertrauter Schlachthof von Bomben zerstört wurde.

Der andere war mein Urgroßvater. Sein Herz hörte just auf den Stufen auf zu schlagen, die er tausendfach hinauf- und hinuntergelaufen war. Er sackte in sich zusammen, der dumpfe Aufprall wurde von der Wache gehört, aber es war nichts mehr zu machen. Der Soldat behauptete, das letzte Wort aus dem Munde des Feuerwehrhauptmannes Ihrer Majestät sei nicht Ecaterinas oder Daries Name, sondern der seiner kleinen Tochter gewesen, die im Jahr der Grippeepidemie gestorben war und die der heilige Stelian nicht mehr hatte retten können, weil seine Frau und er sich verspätet hatten: Violeta.

Als man es Ecaterina sagte, legte sie ihre Schürze ab, trocknete ihre Hände und eilte zum Turm. Sie setzte sich neben den Leichnam ihres Mannes, streichelte seinen Kopf, und plötzlich erklang im Turm ein lautes Schluchzen. In meiner Kindheit behauptete Vater, das Echo ihres Weinens sei noch im Turm gefangen, wie das Geräusch des Meeres in einer Muschel. Manchmal brachte er mich abends in den Turm, wenn es besonders still war, und flüsterte mir zu: «Hör genau hin. Hörst du nicht deine Urgroßmutter weinen?»

Auch diese beiden wurden auf dem Friedhof in Crângaşi begraben. Immerhin hatten die Heiligen Ecaterina doch noch erhört, denn ihr Mann war nicht durch das Feuer gestorben.

Als Stelian 1916 in den Großen Krieg zog, stiegen Darie und Rosi auf den Turm – Ecaterina hatte sich auch diesmal geweigert – und sahen ihm nach, bis er an der Calea Moşilor aus dem Blickfeld verschwand. Stelian widerstand dem Impuls zurückzublicken, fragte aber Vater:

«Sind sie noch dort?»

«Klar doch.»

«Und was tun sie?»

«Na, was schon? Sie schauen uns nach.»

«Und Mutter, was tut sie?»

«Kann ich nicht gut erkennen, aber sie wird wohl weinen.»

«Und Vater?»

«Vater ist auch da.»

«Gut.»

Bukarest sollte eine neue Erfahrung machen, eine, vor der es auch der Eichenwald, wenn es ihn noch gegeben hätte, nicht hätte schützen können. Diesmal kam die Gefahr aus der Luft, zunächst so leise, dass man sie erst bemerkte, als sie schon über dem Stadtzentrum auftauchte. Man hatte ein undefinierbares Brummen gehört, und als man den Kopf gehoben und die deutschen Zeppeline erblickt hatte, explodierten schon die ersten Bomben.

Später waren fünf Etrich-Taube-Flieger am nördlichen Himmel aufgetaucht, sie hatten die Stadt wie lärmende Raubvögel überflogen und nach ihren Zielen Ausschau gehalten. Darie und der Sergeant befürchteten, der Feuerturm könnte ein hübsches Ziel für wütende deutsche Piloten abgeben, die auf die Stadt losgelassen worden waren, weil man ein Bündnis mit den Franzosen und den Russen eingegangen war.

Fünf Minuten dauerte der Spuk, vierzig Bomben wurden abgeworfen, und Großvater Darie eilte noch während des Angriffs auf die Plattform, um zu sehen, wo die Bomben fielen und Brände verursachten. Die Deutschen zielten sehr ungenau. Niemand würde später sagen können, wieso anstatt der Kaserne auf dem Spirii-Hügel, dem Palast, den Ministerien oder dem Wasserwerk baufällige Buden im Dudeşti-Viertel – unter ihnen einige stadtbekannte Bordelle –, prächtige Villen und verstaubte Krämerläden getroffen worden waren. Darie übermittelte dem Sergeanten die Koordinaten des stärksten Brandes, und nach wenigen Minuten war die ganze Mannschaft schon auf dem Weg.

Der Krieg war kurz für Stelian, so wie vierzig Jahre früher für Grigorie. Auch für ihn gab es keine Gelegenheit, sich auszuzeichnen und ein Held zu werden. Während sich Grigorie allerdings sein Heldentum hinzugedichtet hatte, sodass fast jeder daran geglaubt hatte, war für Stelian diesbezüglich nichts zu holen.

Nachdem die rumänische Armee die Karpaten überquert und erste Geländegewinne erzielt hatte, wurde sie von den österreichischen Truppen zurückgeschlagen. Es war ein Desaster. Und als die deutsche und die österreichische Armee schon vor Bukarest standen, versuchten die Rumänen verzweifelt, die Stadt zu verteidigen.

Noch ein Desaster. Der neue rumänische König, Ferdinand, und die rumänische Armee zogen sich weit in den Norden des Landes zurück, die Stadt wurde besetzt.

Vier Tage lang marschierten die deutschen Besatzer und ihre türkischen und bulgarischen Verbündeten ein, das Geräusch der Stiefel, der rollenden Kanonen und Pferdewagen wollte nicht verstummen. Diesmal war es nicht der russische Hintern, der sich hier breitmachte. Stumm standen die Menschen am Straßenrand, so wie zu anderen Zeiten auch ihre Vorfahren, wenn eine fremde Macht die Stadt besetzt hatte, falls sie nicht ohnehin in den Wald oder gar in die Karpaten geflohen waren.

Ecaterina wollte nicht Zeugin eines solchen Schauspiels werden, also blieben die Stoicas im Osten der Stadt, wohin sich kein türkischer, bulgarischer oder deutscher Stiefel verirrte. Außerdem hatten Darie und seine Männer alle Hände voll zu tun, ein Munitionslager der Armee war in die Luft geflogen, und der Brand erhellte den Nachthimmel im Osten.

Glanzlos war Stelians Rückkehr. Ungefähr zwei Wochen nach der Besetzung der Stadt erschien er wieder auf der kleinen Straße, die den Turm mit der Calea Moşilor verband. Er hatte sich seiner Uniform entledigt, hinkte, und ein Arm war bandagiert. Er überquerte den menschenleeren Platz, würdigte den Turm keines Blickes, marschierte direkt auf das kleine Haus seiner Mutter zu und wirkte nicht anders als Dorn, als er das erste Mal hinter der Trage mit dem sterbenden Mann aufgetaucht war. Ein wilder Blick, ein zusammengekniffener Mund und, in seinem Fall, die gesunde Hand zur Faust geballt.

Das Leben in der Stadt wurde bitter, bestimmt von der Gewissheit, besiegt und ausgeliefert zu sein. Gas, Matratzen, Kutschen, Bettwäsche, Pelzmäntel, Türklinken, Lebensmittel wurden requiriert, und die Kirchen mussten ihre Glocken hergeben und verstummten. Die türkischen Soldaten holten sich die Kanonen zurück, die im Unabhängigkeitskrieg als Kriegsbeute in die Stadt gebracht worden waren, die bulgarischen beschlagnahmten alle

Klaviere. Niemand verstand, wieso sie es ausgerechnet darauf abgesehen hatten, da man die Bulgaren nie als besonders musikalisch erlebt hatte. Aber niemand regte sich deshalb auf. Die Menschen waren zu besorgt, hungern und frieren zu müssen. Man schleppte sich durchs Leben, schleppte sich in die Kirche und später ins Grab.

Die Bulgaren hatten aber etwas Abenteuerlicheres vor, als den Bukarestern ihr musikalisches Vergnügen zu verderben. Ein Soldatentrupp stahl den Schrein mit den Reliquien des heiligen Dimitrie, des Schutzpatrons der Stadt. Die Soldaten stellten den reich geschmückten Kasten auf einen Munitionskarren, bestiegen ihre Pferde und beeilten sich, unbemerkt Bucuresci in Richtung Donau zu verlassen.

Die Nachricht vom Diebstahl verbreitete sich in Windeseile, und zahllose Menschen versammelten sich betend am Fuße des Hügels. Der Heilige hatte schon so oft geholfen, Brände und Dürren beendet und Choleraepidemien eingedämmt, sodass man sich ein Leben ohne ihn nicht mehr vorstellen konnte. Doch die Diebe hatten nicht mit Dimitrie gerechnet, der keine Lust verspürte, nach Bulgarien versetzt zu werden.

Noch viele Jahre, sogar bis heute, erzählte man sich in der Stadt, dass die Bulgaren auf dem Weg zur Donau feststellten, dass der Karren, auf dem der Reliquienkasten stand, von Kilometer zu Kilometer langsamer wurde, bis ihn die Pferde gar nicht mehr ziehen konnten. Sie probierten es mit frischen Pferden, aber auch die schafften es nur mit größter Mühe bis zum Flussufer. Als es dann darum ging, den Karren auf einen Schlepper zu bringen, erwies sich das als unmöglich. Er war wie festgenagelt. Nicht zwei und nicht sechs, ja nicht einmal der ganze Trupp, zusammen mit den Pferden, konnte ihn auch nur eine Handbreit bewegen. Dann versuchten sie den Schrein zu heben, aber auch das schlug fehl.

Die Bulgaren standen ratlos herum und wussten sich nicht zu helfen, als ihr Offizier auf die Idee kam, den Karren rückwärts zu bewegen. Und siehe da, das geschah ohne Schwierigkeiten und versetzte alle in Entsetzen und Bewunderung. Nun befahl der Offizier, den Willen des Heiligen zu respektieren und ihn zurückzubringen, und der Karren wurde von Mal zu Mal leichter und schneller.

Die Rückkehr von Dimitrie wurde enthusiastisch aufgenommen, Tausende säumten die Straßen, die Musikkapellen spielten ihr Repertoire herauf und herunter, Ecaterina und Rosi, die natürlich nicht fehlen durften, vergossen Tränen, und man brachte den müden Heiligen mit viel Pomp zurück an seinen angestammten Platz. Nur die Kirchen blieben stumm, ohne ihre Glocken.

Stelian wurde noch zurückhaltender, er sprach nur selten und meistens mit Vater. Sie stiegen manchmal zusammen auf den Turm, musterten die Lichter der Stadt, sahen den Abzug der Besatzer, die Rückkehr des Königs und der rumänischen Armee – zumindest hörten sie von dort oben den Jubel der Massen –, lasen Zeitungen und wurden Zeugen einiger Trauerzüge und Hochzeitsgesellschaften, die trotz Verbots den Turm aufsuchten. Stelian hatte eine Unerbittlichkeit entwickelt, keine aggressive wie Dorn, sein Vater, sondern eine stille.

Wenn Vater ihn fragte: «Bist du eigentlich noch Sozialist?», zuckte er die Achseln, doch hakte Vater nach, erwiderte er trotzig: «Nicht nur Sozialist, sondern Kommunist.» Wenn Vater wissen wollte, wieso er denn Sozialist, Kommunist oder einfach gesagt ein Roter geworden war, antwortete er: «Als wir Kinder waren, haben wir am Straßenrand gestanden und zugeschaut, wie man die gefesselten Bauern weggebracht und erschossen hat.» Oder: «Im Krieg waren alle einfachen Soldaten Bauern und alle Offiziere Herren aus gutem Hause.»

Wenn Vater sich dann überrascht zeigte, dass Stelian so viel für die Bauern übrighabe, obwohl er selbst keiner sei, widersprach dieser: «Doch! Mutter hat erzählt, dass Dorn Bauer gewesen und von zu Hause ausgerissen ist, weil sein eigener Vater ihn geschlagen hat.» Vater murmelte: «Der hat auch nur gesagt, was ihm gerade gepasst hat.» Stelian ging nicht darauf ein: «Er ist allein wie ein Hund gestorben. Niemand hat sich um ihn gekümmert.» Wenn Vater dies bezweifeln wollte, unterbrach Stelian ihn harsch. «Niemand!»

Ende 1918 schien der Spuk vorüber zu sein, die Deutschen und ihre Alliierten waren buchstäblich über Nacht verschwunden, und Anfang Dezember vereinigte sich Transsilvanien mit dem Königreich Rumänien. Darie und die Feuerwehr waren sehr beschäftigt damit, an Prozessionen teilzunehmen, bei der Ankunft hoher Gäste am Bahnhof und beim Empfang von Ministern und Generälen am Palast strammzustehen und an jubelnden Menschenmassen vorbeizudefilieren. Natürlich wurden auch Messen zelebriert, Statuen und Büsten aufgestellt und eingeweiht, wofür man ebenfalls die Feuerwehr brauchte.

Die einzigen Spielverderber waren die Arbeiter, Buchdrucker, Schuhmacher, Verkäufer, Marktleute, Zimmerleute, kurzum die Kommunisten, wie sie sich jetzt nannten, nachdem die Bolschewiken in Russland gesiegt hatten. Mitte Dezember, während der nationale Rausch sich immer noch weiter steigerte und die verarmte, traurige Stadt gerade erst wieder erwachte, kündigte ein Plakat am Turm eine Großdemonstration an. ‹Nieder mit dem kriegstreibenden Kapital› und ‹Nieder mit dem Privatbesitz› stand in großen Lettern darauf.

Vater sah Stelian nachdenklich davorstehen.

«Gehst du hin?»

«Ich muss. Was wäre ich für ein Genosse, wenn ich mich drücken würde.»

«Es wird schlimm ausgehen.»

«Ich weiß.»

Es wurde schlimm. Demonstrierende wurden niedergeknüppelt oder erschossen, die berittene Gendarmerie und die Infanteriesoldaten schlossen sie auf dem Theaterplatz ein, jegliche Flucht durch Hausdurchgänge und Hinterhöfe war unmöglich. Dann begann man, die Eingeschlossenen abzutransportieren. Nachdem Rosi bis spät in der Nacht vergeblich auf Stelian gewartet hatte, klopfte sie weinend ans Schlafzimmerfenster der Stoicas.

«Er hat sich selber in solche Schwierigkeiten gebracht, ich werde nichts tun», sagte Darie.

«Du kannst etwas tun, und du wirst es tun», entschied Agape, und Darie musste sich ihr fügen. Er kam erst in der Morgendämmerung zurück. Als die Kutsche vor Rosis Haus hielt, eilten Agape und Rosi hinaus, öffneten die Kutschentür, und Stelian, der blutüberströmt neben Darie saß, wäre beinahe auf die Straße gefallen.

«Ist er tot?», fragte Agape.

«Ist er nicht. Aber er hat im Keller der Präfektur eine gute Tracht Prügel bekommen. Dabei hat er noch Glück gehabt, die Gendarmerie hat nicht wenige erschossen. Jetzt gehe ich mal schlafen.»

Obwohl er kaum noch darüber sprach, blieb Stelian in seinem Herzen Kommunist oder Sozialist oder «irgendetwas in dieser Richtung», wie Vater sich ausdrückte. Als Vater seine Lehrlingszeit bei der Feuerwehr beendet hatte und in die Brigade ‹Am Feuerturm› aufgenommen wurde, wobei Darie stolz eine Rede hielt, hatte Stelian seine Lehre in der Zementfabrik längst abgeschlossen und war ein guter, zuverlässiger, in sich gekehrter Arbeiter geworden, der hin und wieder, wenn er müde war, hinkte. Es war der Krieg, der ihn nicht losließ und an den er sich ungerne erinnerte. Viel lieber gab er die Schuld dafür dem Wetter.

Es waren die Jahre, in denen Bucureştii aufging wie Hefeteig im Ofen. Zehntausende von Bauern und Kleinstädtern strömten auf der Suche nach Arbeit und Einkommen in die Stadt. Die Automobile verdrängten die Kutschen, Droschken und Pferdekarren an die Peripherie oder in die Seitenstraßen, nachdem sie sich eine Zeit lang gegenseitig die Boulevards streitig gemacht hatten, und die letzten Pferdestraßenbahnen wurden aus dem Verkehr gezogen.

Auch die Kuh- und Schafherden, die oft blökend und muhend

zusammen mit Schutzhunden und ihren stoischen Treibern die Fahrbahnen blockiert hatten, verschwanden aus dem Stadtbild. Nur manchmal flutete eine Schafherde den Turmplatz wie ein großes, schäumendes Meer, und die Treiber gingen von Tür zu Tür und riefen: «Zarte Lämmer zu verkaufen! Die nächsten Ostern kommen bestimmt!»

Immer noch gingen die Scherenschleifer durch die Straßen, die Salep- und Braga-Verkäufer, die Kesselflicker, die Handleserinnen und alle anderen fliegenden Händler, aber nun hatte man im Salon ein Grammophon, ein mechanisches Klavier, und vor dem Haus stand nicht selten ein Automobil. Die Frauen kürzten ihre Röcke bis über die Knie, trugen eine Bobfrisur und lange Perlenketten, die Männer brauchten keinen Hut mehr, um respektabel zu wirken.

Ein schneller Puls, eine ziellose Eile, ein überhitzter Rhythmus übernahmen die Stadt, und eine neue Sorte Mensch und ein neues Lebensgefühl machten sich breit.

Bucureştii begann auch in die Höhe zu wachsen: Es wurden drei- oder vierstöckige Wohnhäuser gebaut, in denen mehrere Familien wohnten. Noch nie hatte man sein Leben mit so vielen Fremden geteilt, bis auf die ganz Armen, die zusammengepfercht in dreckigen Höfen wohnten.

In den Gärten, in denen die Familien früher die Sommerabende verbrachten, wurden die Bäume gefällt, die Erde wurde planiert und eine dicke Betonschicht darüber ausgegossen. Wenn Bucureştii früher großzügig, ja verschwenderisch mit dem Platz umgegangen war und deshalb wie ein großes Dorf ausgesehen hatte – nein, wie mehrere zusammengewachsene Dörfer –, so wurde es nun enger und dichter.

Anfang der Zwanzigerjahre begann Stelian die mehrstöckigen Häuser zu bauen, und als ich 1932 geboren wurde, war er damit immer noch nicht fertig. Die ersten Blöcke waren noch keine Bedrohung für den Turm, sie reichten kaum bis zu seinem zweiten oder dritten Stockwerk und konnten den Horizont nicht verdecken. Sie besaßen sogar noch einen Hof oder kleinen Garten. Im

Block zu leben war beliebt, man hatte fließend Wasser und Heizung.

Als ich auf die Welt kam, waren die neuen Häuser noch mehr in die Höhe gewachsen, richtige Hochhäuser, ohne jedoch den Ausblick vom Turm zu verdecken. Man wohnte nun amerikanisch, im neunten oder zehnten Stock, mit Living, Kühlschrank, Radio und Bedienstetenzimmer. Vater hat erlebt, wie ihre Fundamente gleich neben den prächtigen Villen der Belle Époque gegossen wurden; wie sie Schicht für Schicht errichtet wurden, als Hotels, Versicherungssitze oder luxuriöse Wohnhäuser.

So wie der Turm der Mühle von Assan überragten auch sie eines Tages die Hausdächer, aber im Gegensatz zu ersterem, der nur vorgab, der höchste zu sein, waren sie auch tatsächlich höher als der Feuerturm. Vater erinnerte sich gut daran, wie er damals in der Zeitung las, dass der Feuerturm nun nicht mehr das höchste Gebäude der Stadt sei. Für ihn ging in jenem Augenblick ein ganzes Zeitalter zu Ende, wie das Zeitalter von Grigorie zu Ende gegangen war, als der Schlachthof und das Stadtzentrum elektrisch beleuchtet wurden oder als zum ersten Mal in Bukarest ein Auto einen Menschen überfuhr, der ironischerweise ein Verkehrspolizist war.

Stelian war an all diesen Bauten beteiligt. 1932 hatte er längst geheiratet, war bei Rosi ausgezogen, wohnte aber nicht weit entfernt, im Hinterhof eines Hauses an der Calea Moşilor, und besuchte manchmal mit seiner Frau und den zwei Töchtern seinen kleinen Sohn, Tiberiu, der bei Rosi lebte. Mit Darie, Agape und Ionel tranken sie guten Wein und aßen in Erinnerung an Vasile und Ecaterina eine gute Ciorba. Der Kommunismus schien eine schon lang vergessene Geschichte zu sein, tot und begraben, zumindest für die Familie Stoica.

Meine Taufe fand in der Kirche Oborul Vechi statt. Danach ging die Gesellschaft den kurzen Weg zu unserem Haus, und ich soll die ganze Zeit geweint haben. Der inzwischen uralte Popa Andronie war dabei, mein älterer Bruder Alex, Stelian mit seiner Frau, dem zweijährigen Tiberiu und ihren beiden Mädchen und jede Menge Feuerwehrleute. Sie alle fanden Platz an einem langen Tisch im Garten, und Rosi und Agape trugen lauter Köstlichkeiten auf, dazu Wein und Schnaps.

Die Männer prosteten sich ständig auf meine Gesundheit zu, die Gesellschaft wurde heiter, und ich wurde immer wieder herumgereicht und hochgehoben, was mir offenbar nicht passte, denn ich soll noch bitterlicher geweint haben. «Der klingt ja wie die Feuerwehr», soll der Pope gesagt haben und in seinen gelblichen Bart gelacht haben. «Für einen künftigen Feuerwehrmann weint er viel zu viel», zeigte sich Vater besorgt, aber der Sergeant, der seit ein paar Wochen in Pension war, erwiderte: «Lassen Sie ihn doch weinen, dann braucht er es später nicht mehr zu tun.»

Man hatte auch einige Musikanten geholt, es wurde getanzt und gesungen, gelacht und zugeprostet, und Tablette voller Grătare, Mititei und Chiftele wurden an den Tisch getragen. Als es dämmerte, wurde die Glühbirne über der Tür eingeschaltet, und Myriaden von Stechmücken machten sich über die Menschen her. Müde und satt schwiegen die meisten und starrten erschöpft auf ihre Teller, als mit einem Mal Stelian wankend aufstand, den Stuhl wegschob, seine Frau am Arm packte und sie zwang, sich ebenfalls zu erheben.

«Siehst du, Maria, das ist meine Familie. Der dort», er zeigte auf Vater, «ist so gut wie mein Bruder. Und Großmutter Ecaterina ruht in Frieden in Crângaşi. Schau, wie gut wir es hier haben. Wir sind eine große Familie und achten aufeinander. Sie haben Mutter und mir ein Dach über dem Kopf gegeben, wir hatten immer genug zu essen, und manchmal hat mir Vater Darie eine anständige Tracht Prügel verpasst … Der kleine Scheißer, wegen dem wir hier sind, ist so gut wie mein Neffe. Aber immer nur ‹so gut wie› … Zwei Töchter hast du mir schon geboren, Maria, und einen Sohn. Vielleicht wird er dann Feuerwehrmann, und wir tilgen unsere Schuld. Und vielleicht wird auch der kleine Stoica Feuerwehrmann und riskiert täglich seinen Arsch. Die Tradition muss weitergehen, erst recht in dieser Familie. Feuerwehrmann ist eine sichere Arbeitsstelle, da wirft man dich nicht gleich raus … Als Arbeiter wirst du hinausgeworfen, aber nicht als Feuerwehrmann. Als Arbeiter lebst du so wie wir, bist du aber bei der Feuerwehr, lebst du so wie sie. Alle brauchen die Feuerwehr, und wenn die Kommunisten hoffentlich eines Tages an die Macht kommen werden, werden auch sie Leute brauchen, die ihre Haut riskieren, um Brände zu löschen … Und jetzt lasst uns das Glas heben auf den kleinen … na, wie heißt er schon wieder?»

Niemand folgte seiner Aufforderung, es herrschte betretenes Schweigen. Das war bei Weitem die längste Rede, die man aus dem Munde von Stelian gehört hatte, ob nüchtern oder betrunken. Alle schauten zu Darie rüber und warteten auf seine Reaktion. Dieser aber sagte nur: «So ist er nun mal, ganz Dorn, ganz sein Vater.»

Wir blieben eine einzige große Familie, oder so gut wie, bis 1956 und bis zu dem Verrat, der meiner Jugend ein Ende setzte.

Kapitel 10

*I*ch wetzte im Dunkeln die Messer. Je älter ich wurde, desto mehr verstärkte sich mein Wunsch nach Rache, auch wenn er bisher unerfüllbar geblieben war. Ich schärfte die Klingen, die ich nicht sehen konnte, spürte aber ihren Widerstand und hörte das leise, metallische Geräusch.

Ich war früher nach Hause gekommen, in der Fabrik gab es keine Arbeit, einige Maschinen waren kaputt, und uns fehlten die Ersatzteile. Außerdem hatte man uns schon seit einer Weile kein Schwefelpulver und Kaliumchlorat mehr geliefert. Wenn wir nicht einmal mehr Streichhölzer herstellen konnten, würde noch tiefere Dunkelheit über diesem Land herrschen. Manche wüssten aber bestimmt, wie man mit zwei Feuersteinen Funken schlug. Wir würden uns zurückentwickeln, zu einer vielleicht glücklicheren Epoche. Aber woher Feuersteine nehmen?

Wir waren fünfzig Arbeiter und taten den ganzen langen Tag nichts, so wie schon in den letzten Wochen. Manche spielten Karten oder Backgammon, andere schritten in der Halle auf und ab, rieben sich die Hände, um sie zu wärmen, während sie verzweifelt die Melodie eines Schlagers vor sich hin pfiffen. Und wiederum andere schwiegen finster und versuchten nicht über das nachzudenken, was sie am meisten beschäftigte: dass man, um hier zu überleben, eine Tauschware haben musste, etwas, das andere dringend brauchten.

Wir hatten die unterschätzteste, aber auch wichtigste Tauschware gehabt, unsere Streichhölzer. Wir ernährten die ganze Familie damit, tauschten sie gegen Kaffee, Milch oder Käse, gegen Bananen oder meinetwegen auch vietnamesische Krevetten, gegen Seife,

Deo, Zahnpasta oder Unterwäsche. Niemand kümmerte sich um Streichhölzer oder akzeptierte sie als Tauschmittel in Zeiten, in denen es sie im Überfluss gab. Aber wenn sie rar wurden und gleichzeitig Sprit für die Feuerzeuge fehlte, waren sie gesuchter als alles andere.

Ohne Whiskey oder Zigaretten aus dem Westen, ohne Butter oder neue Schuhe konnte man eine Weile auskommen, aber wo sollte man Streichhölzer hernehmen, wenn man Hunger hatte und spätnachts der Gasdruck am Kochherd stieg, man ihn aber nicht anzünden konnte? Also klingelten alle in unserem Plattenbau an unsere Tür oder klopften an, die einen verschämt und leise, die anderen fordernd.

«Nea Victor, hast du Streichhölzer?»

«Und was gibst du mir dafür?»

«Ein Ei.»

«Ist es frisch?»

«Gerade gekauft.»

«Für ein Ei gibt es eine halbe Schachtel, mehr nicht. Und auch das ist schon zu viel.»

Ich nahm alles, was man mir gab, eine Tasse Mehl und eine halbe Zitrone, zwei, drei gekeimte Kartoffeln, eine Karotte, eine Handvoll Oliven, und trug es wie Trophäen zu Magda, die mich dafür lobte und gleichzeitig auslachte:

«Du siehst aus wie ein kleiner Junge, der strahlt, weil ihm ein Streich gelungen ist.»

«Ist mir doch auch gelungen. Immerhin haben wir heute Abend etwas für den Kochtopf.»

Sie gab sich nicht zufrieden.

«Auf deine alten Tage wirkst du wie ein Dealer aus einem amerikanischen Film.»

«Bin ich doch. Sind wir alle.»

Von den fünfzig Arbeitern in der Streichholzfabrik, die sich auf dem Filaret-Hügel befand, waren drei, so wie ich, in Gefangenschaft gewesen. Obwohl der Direktor, der Parteisekretär und der

Vorarbeiter es nicht gerne sahen, taten wir uns oft zusammen, aßen gemeinsam und flüsterten uns alte Gefängniserinnerungen zu. Denn nur einem alten Kameraden aus der Gefangenschaft war überhaupt zu trauen, und nur er konnte wirklich verstehen. Mit dieser Überzeugung waren wir alle 1964 entlassen worden, und sie hatte sich bis auf den heutigen Tag nicht verändert.

Die Kameraden kannten meine Herkunft aus einer Feuerwehrfamilie, den Feuerturm und was er mir bedeutete, und nahmen mich immer wieder hoch, aber ich lachte mit ihnen, es war ihre Art, mir zu zeigen, dass sie mich mochten.

«Nea Victor, der Turm ist doch hässlich und völlig nutzlos. Er steht doch nur im Weg, man sollte ihn doch abreißen.»

«Nea Victor, wann zündest du endlich die Stadt an, wie du immer sagst? Inzwischen musst du dafür doch genug Streichhölzer beiseitegeschafft haben.»

«Nea Victor, bei euch in der Familie waren doch alle Männer bei der Feuerwehr und haben so viele Brände gelöscht. Aber gute Feuerwehrleute scheinen sie nicht gewesen zu sein. Den größten Brand haben sie nicht gelöscht, den Kommunismus.»

Wir waren bloß vier alte Männer, die nur noch darauf warteten, in Rente zu gehen. Doch woher sollten wir dann noch Streichhölzer für das tägliche Überleben besorgen? Eine Frage, deren Beantwortung viele Stunden des Nichtstuns füllte.

Am Ende der Schicht teilten wir immer kameradschaftlich die Tagesbeute – gut abgeschirmt vor den Blicken des Vorarbeiters, der sich aber ebenfalls bediente –, so wie wir im Gefängnis die Scheibe Brot oder die dünne Suppe mit einem geteilt hatten, der im Sterben lag oder blutig von einem Verhör zurückgebracht worden war.

Ich nannte sie ‹meine drei Musketiere›, weil zwei davon einen Spitzbart trugen und der dritte einen Schlapphut, genauso wie ich mir die Musketiere Seiner Majestät vorstellte. Sie hatten zusammen in einer Zelle gesessen und wie durch ein Wunder alle drei überlebt. Als wenn sie beschlossen hätten, auch ihr weiteres Leben zusammen zu verbringen, waren sie immer nur zu dritt unterwegs. Wenn wir uns zufällig trafen, in der Schlange vor einem Geschäft oder einem Marktstand, fragte ich sie: «Na, meine Musketiere, was gibt es heute nicht?» Sie antworteten: «Alles.»

Da es also keine Streichhölzer gab, verließ ich die Fabrik mit leeren Taschen und stieg vom Filaret-Hügel gemächlich in die Stadt hinab. Um zum alten Teil der Calea Moşilor zu gelangen, der mich fast bis nach Hause bringen würde, musste ich das durchqueren, was vom alten Marktplatz nach seinem Abriss vor wenigen Jahren noch übrig geblieben war: ein Loch in der Stadt, ein Loch in der Welt – so etwas wie die Schwarzen Löcher im Universum –, dem wir nicht entkommen können.

Dieses Loch hatte die ganze Gegend zwischen den gusseisernen Hallen und dem Dealul Spirii verschluckt, mit dem Haus, in dem Großvater Darie und Großmutter Agape, Vater und Mutter in ihren letzten Jahren gelebt hatten, unter dessen gastfreundlicher Eiche wir unzählige Abende verbracht und uns an jene erinnert hatten, die auf dem Crângaşi-Friedhof versammelt waren, Seite an Seite, Bekannte und Unbekannte. Dass Ecaterina auch dort das letzte Wort hätte, da waren sich Vater und Mutter ganz sicher.

Ein Loch auch in der Erinnerung, alles Alte war abgetragen worden, nichts durfte überdauern und von einer Zeit zeugen, die nicht kommunistisch gewesen war. Nicht einmal die Marktkatzen. Sie hatten sich von Resten ernährt und waren von den Marktleuten geliebt und beschützt worden. Sie waren die ständigen Bewohnerinnen des Marktes gewesen, bewegten sich mit Haltung zwischen den Marktständen, ließen sich niemals streicheln, nahmen aber aus den Händen ihrer Gönner delikat das Futter an. Oft genug auch aus meinen Händen.

Als die Hallen verschwunden waren, die Bulldozer ihre infernalische Arbeit erledigt hatten, goss man Beton über die Eingänge zu den unterirdischen Lagerräumen und Gängen. Vergeblich hatte mancher versucht, die Streifenpolizisten, die den Platz absperrten, zu erweichen, um die Katzen zu retten, die sich gern dort unten, in der Wärme, aufhielten. Das alles hatte uns Tanti Viorica, die immer so gut informiert war, unter Tränen erzählt. Jetzt standen auf allen Seiten noch unfertige Bauten, Plattenbauten für die besseren Genossen, wahre Giganten, für die der Feuerturm ein Witz sein musste, ein Gnom ohne Bedeutung.

Dort sollte in Kürze die gehobene Klasse unserer klassenlosen Gesellschaft einziehen, gänzlich neue Menschen, wahre Meister in der Kunst des Vergessens, der Huldigung an eine strahlende Zukunft ohne ein Gestern. Sie würden in Sichtweite des Spirii-Hügels wohnen, auf dem anstelle des alten Viertels – das ich gut gekannt hatte und in dessen abschüssigen, stillen Gassen ich mich gerne verloren hatte, wenn ich die Großeltern besuchte – ein Palast für unseren eigenen roten Kaiser, unseren wahnsinnigen Nero, erbaut wurde. Sie würden jeden Morgen auf die Balkone gehen und sich mit dem Gesicht zum Hügel verneigen. Auf sie würde Verlass sein, dass sie die Amnesie nicht nur predigen, sondern auch vorleben würden. Der Preis dafür wäre eine Wohnung zu Füßen des Kaisers.

Sogar ein alter Bukarester wie ich konnte sich in der Gegend, in der ich mich befand, kaum noch orientieren oder etwas Vertrautes erkennen. Wäre ich nicht mit Sicherheit überfahren worden oder in eine der Baugruben gefallen, hätte ich den Platz am liebsten mit geschlossenen Augen durchquert. Oft, wenn ich mich dort befand, versuchte ich herauszufinden, wer von den anderen Alten, die mit ausdruckslosen Mienen an mir vorbeigingen, ähnlich fühlte, ob er den gleichen Glanz in den Augen hatte, ob sie mit dem gleichen feuchten Film benetzt waren, weil das kostbare Gewebe der Stadt für immer zerrissen worden war.

Ich erinnerte mich, dass sich hinter der dünnen, frischen Zementhaut aus Plattenbauten Überreste der alten Viertel erhalten hatten, wenn auch die meisten Häuser leer standen und verfielen, weil ihre Bewohner vertrieben worden waren. Ich ging um das Schwarze Loch herum auf die andere Seite des neuen Platzes und befand mich bald neben dem Hügel, auf dem, Kommunisten hin oder her, immer noch der heilige Dimitrie residierte.

Ich hatte ihn einst besucht, als Iana krank gewesen war und ich jede erdenkliche Apotheke, jeden erdenklichen Arzt wegen eines Medikaments aufgesucht hatte, das unauffindbar war. Benommen vor Sorge, bereits auf dem Rückweg mit leeren, zittrigen Händen, erinnerte ich mich an den Heiligen und daran, wie viel Ecaterina von ihm gehalten hatte. Vorsichtig, damit mich niemand bemerkte – der Kontakt mit Heiligen war nicht gern gesehen –, schlich ich mich wie einst die bulgarischen Soldaten in die dunkle Kirche, kniete vor dem Kasten mit seiner Reliquie nieder und betete das erste Mal seit meiner Haft.

Ich zählte darauf, dass der Heilige sich an Urgroßmutters Frömmigkeit erinnern würde, und rechnete mir dadurch einen kleinen Vorteil aus. Oder dass Ecaterina selbst sich einschalten würde. Ob der Heilige oder Ecaterina am Werk gewesen war, weiß ich nicht, aber Iana wurde gesund. Das war meine Versöhnung mit den Heiligen, die so laut geschwiegen hatten, als das Land vom kommunistischen Terror erfasst worden war.

Ich versuchte den Weg zu rekonstruieren, den Darie und seine Eltern gegangen sein mussten, um zum Feuerturm zu gelangen. Wo vielleicht der Pfad gewesen war, den Ecaterina genommen hatte, um auf die Hügelspitze zu kommen; wo Vasile Stoica sich mit den Marktleuten geprügelt, wo der Zirkus Sidoli gestanden hatte. Aber viele Straßen waren ausgelöscht worden.

Die Kirche des heiligen Spiridon suchte ich nicht, ich wusste, dass es sie nicht mehr gab. Eines Tages war Nea Nelu, der täglich als Busfahrer unterwegs war, zu uns gekommen und hatte heftig an die Tür geklopft.

«Nea Nelu, brauchst du so dringend Streichhölzer?», fragte ich, als ich öffnete.

«Ach, deine Streichhölzer interessieren mich jetzt nicht. Ich muss euch etwas erzählen, das ich heute gesehen habe … oder nicht gesehen habe, wie man es nimmt.»

Er ging an mir vorbei in die Wohnung.

«Hast du getrunken?»

«Keinen Tropfen. Aber einen Augenblick lang habe ich gedacht, dass ich betrunken bin.»

Nea Nelu hatte sich bekreuzigt, bevor er zu erzählen begann. Er war am Morgen wie so oft an der Stelle vorbeigefahren, an der sich die Kirche schon immer befunden hatte. Jedes Mal konnte er in seinem Rückspiegel sehen, wie sich manche der Fahrgäste verstohlen bekreuzigten. Auch er tat es oft, aber mit der Zungenspitze im Gaumen. An jenem Morgen aber war die Kirche nicht mehr da gewesen. Es wäre ihm im dichten Verkehr beinahe nicht aufgefallen, wenn nicht einer der Fahrgäste ausgerufen hätte: «Was ist mit der Kirche passiert? Gestern stand sie noch da.» Über Nacht war sie verschwunden, wie durch einen Zauber. Nun wurde die Erde planiert und mit Wasser bespritzt, aber Weihwasser war es nicht. Die Streifenpolizisten schickten die Menschen fort, wenn sie entsetzt stehen blieben. Das letzte Bild, das Nea Nelu mitnahm, als er wieder Gas gab, war das vom benommenen Popen, der an einem Auto lehnte, die wundertätige syrische Ikone in den Armen, die Ecaterina damals aufgesucht hatte.

Ich vagabundierte anscheinend ziellos durch das amputierte Viertel, bald landete ich an der Rückseite eines der neuen, unfertigen Wohnsilos, kehrte um, folgte einer anderen Spur, die ebenfalls ins Nirgends führte, und als ich bereits aufgeben wollte, begriff ich, was ich dort eigentlich suchte: Es war die Kirche des Klosters Mihai Vodă, aus deren Glockenturm Darie am Tag seiner Abreise vom Spirii-Hügel über die Stadt geblickt und dessen Glocke er zum Läuten gebracht hatte.

Ich fand sie im Hinterhof eines der neuen Wohnblöcke, sie war hierher verpflanzt worden und wirkte irgendwie geschrumpft und verletzt, nachdem sie jahrhundertelang auf einem Vorsprung des Hügels gethront hatte. Auf einer meiner Wanderungen durch die Stadt mit meiner ewig leeren Einkaufstasche hatte ich von Weitem gesehen, wie sie verschämt auf mächtigen Schienen dahingeglitten war. Eine federleichte Kirche, die über der Erde schwebte wie ihr himmlischer Besitzer über dem Wasser. Man hatte sie in letzter Minute vor den Bulldozern in Sicherheit gebracht.

Als ich endlich zu Hause war, die Küchentür öffnete und «Da bin ich!» rief, beachtete mich zunächst einmal niemand. Ich war erstaunt, dass unsere winzige Küche so viele Menschen fassen konnte, die nun stumm den Tisch umlagerten, auf dem unser Radio stand. Ich erkannte die Stimmen der Sprecher, die jedem Rumänen bekannt waren, der kein überzeugtes Parteimitglied war und ausländische Radiosender hörte. Und auch die Überzeugten, die Speichellecker und Biegsamen, die Huldiger, die, die an Amnesie litten, die Opportunisten, die Erloschenen und Toten unter ihnen hörten bestimmt hin und wieder diese Sender und beteten, dass die Zeit der Vergeltung und des Gerichts nie kommen würde.

Manchmal, abends, ging ich auf unserem oder einem anderen Stockwerk auf und ab und lauschte an den Türen, um herauszufinden, wer sich den Westen in die Wohnung holte. Aber die Wände hielten dicht, sie verrieten die Bewohner nicht. Es weinte höchstens ein Kind, es stritt ein Paar, es ging jemand umher, sprachlos. Wenn mich jemand dabei erwischte, behauptete ich, ich sei unterwegs auf der Suche nach Eiern.

Es hatten sich in unserer Küche eingefunden: Iana mit ihrem neusten Verehrer, die drei Musketiere, die offenbar die Gegend nach Nahrungsmitteln abgesucht hatten und wie immer bei uns gelandet waren; der Junge, mein Fleischkumpel, Nea Nelu, Tanti Viorica und Magda natürlich.

«Was ist hier los?», fragte ich enttäuscht, weil ich mir eine andere Art von Empfang vorgestellt hatte, da meine Einkaufstasche fast voll war. Ich warf sie effektvoll auf eine Ablage, aber einzig Iana drehte sich um und kam mit leuchtenden Augen zu mir.

«Hast du nicht gehört, Vater? In Timişoara hat sich das Volk erhoben. Die Stadt ist abgeriegelt. Es gibt Tausende von Toten. Jetzt musst sogar du daran glauben, dass sich etwas ändern wird.»

«Wieso sollte ich so etwas glauben? Auch das wird schiefgehen. Ändern wird sich nichts. Sie finden sicher einen Weg, es scheitern zu lassen.»

«Wenn du so sauertöpfisch bist, dann verdirb wenigstens uns nicht die Laune», sagte Magda. «Geh rüber, wenn du willst, ich komme gleich nach.» Sie stand auf und begann alles auszupacken. «Ach, Kartoffeln und Fleisch … ach, Zwiebeln! Daraus kann ich etwas machen. Es wird für alle reichen.» Sie sah, dass ich noch unentschlossen herumstand, und drückte mir zwei Messer in die Hände. «Sie sind stumpf, kümmere dich darum.»

Als Magda später die Schlafzimmertür öffnete, saß ich schon eine Weile da und wetzte die Messer. Sie konnte sie mir nur mit Mühe abnehmen, so fest hielt ich die Griffe. Dann nahm sie meine Hand und hielt sie in ihrer eigenen, während sie mit der anderen meine Wange streichelte.

«Was mache ich nur mit dir, Victor Stoica? Mein Lieblingskauz.»

«Dann ist der Junge also doch gekommen. Ich habe ihn schon einige Wochen nicht mehr gesehen.»

«Er behauptet, dass er kommen darf, wenn er Hunger hat.»

«Das habe ich ihm so gesagt.»

«Wie heißt er eigentlich?»

«Keine Ahnung. Wollte er nicht verraten.»

«Die drei Musketiere waren einfach in der Gegend.»

«Wie immer.»

«Hast du dich übrigens bei Nea Nelu und Tanti Viorica für neulich entschuldigt?»

«Habe ich nicht.»

«Dann solltest du es tun. Nicht sie sind deine Feinde.»

«Ist der junge Mann mit den langen Haaren Ianas Freund?»

«Vielleicht, du kennst sie doch.»

«Solange er ihr kein Kind macht …»

«Dann haben wir halt noch einen Mund zu stopfen. Das schaffen wir auch noch.»

Ich begann plötzlich zu lachen.

«Wieso lachst du?»

«Mir ist plötzlich Ecaterina eingefallen. Sie hat die Toten eingesammelt, wir sammeln die Lebenden ein. Sie hat ihren Leuten einen Platz auf dem Friedhof überlassen, wir überlassen unseren Leuten die Küche.»

Magda lehnte sich an mich.

«Ja, Ecaterina war eine Nummer für sich.»

«Aber deine Ciorba soll mindestens so gut sein wie ihre.»

«Lügner. Woher willst du das schon wissen? Sie ist kurz vor deiner Geburt gestorben.»

«Man hat bei uns so viel über ihre Kochkünste geredet, dass ich immer wieder den Geschmack ihrer Speisen im Mund spüre.»

«Oder war das eher eine deiner seltsamen Liebeserklärungen?» Dann stand sie mit den Messern in der Hand auf. «Die nehme ich lieber wieder mit. Ich werde sie beim Kochen brauchen.» Bevor sie hinausging, drehte sie sich noch mal um: «Wohnt er immer noch da?»

«Welcher von ihnen?»

«Du weißt schon. Hast du dich in letzter Zeit, ich meine, seitdem die Rede ist von Glasnost und Perestroika und Revolution, noch vor seinem Haus herumgetrieben, so wie früher?»

«Natürlich nicht.»

«Gut so. Es könnte dich in Schwierigkeiten bringen. Und jetzt tu mir den Gefallen und komm herüber. Sag etwas Liebenswürdiges zu Iana. Sie ist jung, sie braucht Hoffnung.»

«Und wenn mir das nicht gelingt?»

«Dann sag wenigstens nichts Hoffnungsloses.»

«Dann bleibe ich lieber hier.»

Kurz danach kam Iana herein. Sie ging auf den Balkon und zündete sich eine Zigarette an. Das war sie also, meine kleine Iana, die erst gestern hier in der Wohnung und unten im Hof gespielt hatte und uns jetzt jede Woche einen anderen Mann ins Haus brachte. Ich suchte verzweifelt nach etwas Hoffnungsvollem, das ich ihr sagen konnte, aber dafür war ich leider zu unbegabt. Also räusperte ich mich so neutral wie möglich, und sie steckte den Kopf ins Zimmer und sagte:

«Ich dachte, du schläfst. Wieso sitzt du so allein im Dunkeln, Vater?»

«Aus Gewohnheit.»

«Komm doch raus. Für Dezember ist es ein angenehmer Abend. Wir haben Glück, das Wetter ist auf unserer Seite.»

«Auf unserer Seite wofür?», sagte ich und ging zu ihr.

«Stell dir vor, es würde unaufhörlich schneien und es wäre bitterkalt. Würden die Leute in Timişoara noch ins Freie gehen und demonstrieren? Das warme Wetter muss einfach noch ein wenig halten, dann passiert es auch hier bei uns. Wir bleiben nicht als Einzige in der Hölle.»

«Wieso nicht?», fragte ich und bereute meine Frage gleich wieder. «Vielleicht hast du recht. Was weiß ich schon, ich bin nur ein alter Mann, der in einer Wohnung lebt, die exakt wie Hunderttausende andere Wohnungen in diesem Land aussieht, und lebe ein Leben, das genauso grau und unbedeutend ist wie das aller anderen hier. Also, was weiß ich schon …»

«Ach, Vater, es will dir einfach nicht gelingen, dich ein wenig zu freuen und zu träumen.»

«Und dann? Was kommt nach der Freude? Ich sage dir, was dann kommt … bodenlose Verzweiflung. Im Gefängnis hat man sich gefreut, weil man in der dünnen Suppe ein wenig Fleisch gefunden hat oder weil man an einem Tag nicht verhört und verprügelt wurde. Was hat man davon gehabt? Man wurde am nächsten Tag verprügelt, und der Hunger hat dich ein paar Stunden später wahnsinnig gemacht.»

Schon wieder bereute ich, das alles gesagt zu haben. Was konnte Iana schon dafür, dass sie all das nicht kannte? Ich dachte wieder an Magda, die mich wohl streng ansehen würde.

«Aber lassen wir das … Es will mir nicht gelingen, etwas Hoffnungsvolles zu sagen. Du brauchst das.»

«Wer sagt das?»

«Deine Mutter.»

Iana lachte.

«Ich bin doch kein Kind mehr. Ihr braucht euch nicht um mich zu sorgen … Wer ist der Junge?»

«Weiß ich auch nicht. Er hilft mir manchmal, etwas Fleisch zu ergattern.»

«Hast du mit ihm auch den Feuerturm-Test gemacht?»

«Natürlich, aber er war nicht begeistert.»

«Und du hast ihn trotzdem eingeladen? Mutter hat einmal gesagt, dass du sie, wenn sie bei dem Test durchgefallen wäre, bestimmt sitzengelassen hättest. Sie hat aber genau gewusst, was du hören wolltest.»

«Das sagt sie nur so …»

«Mich hast du mit Bonbons kaufen wollen, damit ich sage, wie schön er ist …»

«Lassen wir das … Sag lieber, werden wir deinen Freund wiedersehen, oder ist das heute sein einziges Gastspiel?»

«Das hängt davon ab, wie er sich benimmt.»

«Hat er einen Namen?»

«Natürlich hat er einen …» Sie gab ihn aber nicht preis.

«Kannst du nicht etwas weiße Farbe aus deiner Werkstatt mitbringen? Ich möchte etwas anstreichen und suche seit Wochen danach.»

«Farben haben wir genug. Willst du auch Rot oder Gelb? Gerade gestern haben wir wieder welche bekommen. Wir sollen ein paar Porträts der Ceauşescus malen. Natürlich darf ich bloß an den Hintergrund ran, für ihre Gesichter sind nur bestimmte Leute zuständig.»

«Und was für ein Hintergrund soll es diesmal sein?», fragte ich.

«Vermutlich dasselbe wie immer: blühende Landschaften, Kornfelder, jubelnde Bauern und Arbeiter, lachende Kinder. Der Hintergrund ist austauschbar, ich könnte ihn im Schlaf malen. Einmal, als mir langweilig war, habe ich einem Mann im Hintergrund dein Gesicht gegeben.»

«Mein Gesicht auf einem Bild mit Ceauşescu? Und was habe ich getan?»

«Der Mann hielt einen Arm hinter seinem Rücken versteckt. Ich habe mir vorgestellt, du hältst ein Messer in der Hand.»

«Ach, sehr gut, sehr gut. Noch vor zehn, fünfzehn Jahren hättest du diese Arbeit gar nicht gekriegt, weil du die Tochter eines Volksfeindes bist.»

«Immerhin ist sie gut bezahlt. Aber sie pressen uns auch aus. Für die Spruchbänder und neue Bilder von ihnen vor dem letzten Parteikongress haben wir Tag und Nacht gearbeitet. Und am Schluss ist wie immer eine Kommission gekommen und hat die Bilder überprüft, als ob sie lauter Caravaggios oder Rembrandts wären. Wirkt er jung genug, gesund genug, entschlossen genug? Ein schiefer Mundwinkel kann schon ein Grund sein.» Sie drückte ihre Zigarette an der Balkonbrüstung aus und warf sie hinunter. «Und jetzt komm mit in die Küche. Ich kann das Essen schon riechen, es duftet wunderbar.»

Ich blieb noch eine Zeitlang allein auf dem Balkon. Iana hatte recht, das Wetter war mild, wie um uns zu trösten, dass die Heizung so oft ausfiel. Keine einzige Straßenlampe leuchtete, nur vereinzelt schimmerte Licht hinter den Vorhängen. Ich war mir sicher, dass die meisten Nachbarn dieselben Radiosender hörten; es war immerhin ein Hoffnungsschimmer, dass irgendwo in diesem Land die kompromittierende Geduld ausgedient hatte. Ich stellte mir die Menschen in Timişoara vor und wie viel Angst sie hatten überwinden müssen, um auf die Straße zu gehen. Ob sie wahnsinnig geworden waren?

Überall lagen die Leute unter dicken Decken oder saßen in der Küche, am wärmsten Ort der Wohnung, und hörten Westradio. Seit Jahrzehnten taten wir das, geändert hatte sich nichts. Und auch jetzt würde sich nichts ändern, das könnte ihnen Victor Stoica, also ich, sagen, wenn man mich nur fragen würde. So wie die Amerikaner in den Fünfzigern nicht gekommen waren, um uns zu befreien, so wie man uns hier am Rande Europas vergessen hatte und so wie die zwei, drei anderen Aufstände, die es gegeben hatte, niedergeschlagen worden waren, würde auch diesmal alles im Sand verlaufen.

Nicht Hoffnung brauchten wir, die machte nur unglücklich, sondern einen langen Atem, um ein Leben hinter uns zu bringen, das wir uns nicht aussuchen konnten. Dabei halfen Schnaps und Magdas Essen. Ich wollte alle in der Küche wachrütteln und warnen, aber keiner wollte mir zuhören, also setzte ich mich in eine Ecke neben den Jungen und harrte dort aus, bis ich einen dampfenden Teller bekam und eine wohltuende Wärme sich in mir ausbreitete.

Nichts würde sich ändern, und es genügte schon, wenn es nicht noch schlimmer würde.

Am nächsten Morgen weckte mich ein ungeduldiges Läuten an der Tür. Weil sich Nea Nelu immer so zu melden pflegte, wenn er Kaffee hatte, aber keine Streichhölzer, rief ich ihm zu, während ich den Schlüssel suchte: «Nea Nelu, wenn du Kaffee hast, musst du teilen!»

Der Securist stützte sich an den Türrahmen und schwitzte. Er war beleibt, aber für die Arbeit, für die man ihn ausgesucht hatte, brauchte er keine Kondition. Es sei denn, der Fahrstuhl war defekt und er musste viele Stockwerke rauf- und runtergehen, um jene zu erreichen, die er ausfragen, einschüchtern, anwerben sollte. Seit vielen Jahren gehörte ich ebenfalls dazu, eigentlich seit der Haftentlassung.

Er und ich waren gemeinsam alt geworden, ich immer dünner und er immer dicker, und beide hatten wir im Gleichtakt die Haare, aber niemals die Geduld verloren. Ich erzählte ihm jedes Mal irgendetwas, das mir nicht schadete, und er mir etwas, womit er glaubte, mich im Griff behalten zu können. Wir hatten uns aneinander gewöhnt, und manchmal erwartete ich ihn mit Ungeduld, wie einen wichtigen Taktgeber meines Lebens.

Am Anfang hatten wir uns wie Raubtiere aneinander herangepirscht, aber da waren wir beide jung und verbissen gewesen und darauf bedacht, unseren Rollen zu entsprechen. Er, der jederzeit den Stab über mich brechen konnte, wenn ich nicht kooperierte, und ich, immer noch Häftling im Geist, der seine Wut beherrschen musste, um ungefährlich, angepasst, domestiziert zu wirken.

Aber in den letzten Jahren waren wir beide altersmilde geworden. Wir hatten uns miteinander abgefunden, wie man sich an ein notwendiges Übel gewöhnt. Wir waren uns gegenseitig Schicksal, zwei müde Ochsen, die unter dasselbe Joch gespannt waren, nur dass er mehr und Besseres zu fressen bekam. Ich hasste ihn, ich fürchtete ihn, ich wartete auf sein Kommen wie auf ein wichtiges Ritual, und wenn er lange nicht auftauchte, fragte ich mich, ob er erkrankt war.

Wir sorgten für sein leibliches Wohl. Wenn er morgens kam – er schien immer meinen Arbeitsplan zu kennen –, bekam er Kaffee, mittags eine Suppe und abends, was wir gerade so im Kühlschrank hatten. «Wenn alle Frauen so gut kochen würden wie Sie, Frau Stoica, dann wäre ich nicht so lange unverheiratet geblieben», lobte er. Im Gegenzug brachte er uns manchmal chinesische Schokolade, ostdeutsche Deos und auch schon mal russischen Wodka mit. Schon lange verlangte er von mir nicht mehr viel: keine Aussagen, die mich kompromittiert hätten, keine Mitarbeit, kein Ausspionieren der Nachbarn. Manchmal wirkte er wie ein Verwandter auf Besuch.

An jenem Morgen aber schien alles anders zu sein, er wirkte unruhig, und sein Schwitzen schien nicht nur daher zu kommen, dass der Fahrstuhl nicht funktionierte. Er lehnte Magdas Kaffee ab und wollte schnell zum Hauptteil kommen. Er setzte sich an den Wohnzimmertisch und bedeutete mir, das Gleiche zu tun. In seinen Blicken lag etwas, das ich noch nie bei ihm gesehen hatte: eine Art von Angst oder Unruhe, die ich mir noch nicht erklären konnte.

«Genosse Stoica, Sie haben es gut hier, nicht wahr?»

«Ja … gut», sagte ich zögerlich.

«Na, sehen Sie … die Wohnung ist groß genug, zentral, hier gehen der Strom oder das Gas seltener aus als an der Peripherie.»

«Seltener?», entfuhr es mir.

«Sage ich doch. Selten. Sie hätten auch sonst wo landen können, mit Ihrer Akte und Ihrer Vergangenheit. Und wissen Sie, wieso es so gut für Sie ausgegangen ist?»

«Wieso?»

«Weil ich meine schützende Hand über euch gehalten habe. Wie oft habe ich gehört: ‹Was suchen die Stoicas in solch einer Wohnung?› Aber ich habe immer geantwortet: ‹Genossen, der Mann war im Gefängnis, er hat aus seinen Fehlern gelernt. Jetzt ist er zahm wie ein Lämmchen und kooperativ.› Ko-o-pe-ra-tiv, das habe ich gesagt.»

Ich bemerkte Magdas unruhige Blicke und zuckte leicht mit den Schultern, um ihr zu sagen, dass auch ich nicht verstand, was das alles bedeutete.

«Genosse Murgu, wollen Sie nicht doch einen Kaffee? Einen türkischen mit Satz, so wie Sie ihn mögen?», versuchte sie ihr Glück.

«Lassen Sie nur, Frau Stoica. Heute nicht, ich muss gleich weiter. Aber wenn wir schon dabei sind: Ich habe Ihnen chinesische Schokolade mitgebracht.» Er holte die Packung aus seiner Diensttasche und stellte sie auf den Tisch. «Sehen Sie, wie ich Sie verwöhne? Es gibt keinen anderen Kollegen, der seine Klienten so sehr verwöhnt wie ich. Wir sind doch auch nur Menschen, nicht wahr, Herr Stoica?»

«Ja, klar … alle … Menschen, Sie, ich …»

«Na also, sage ich doch. Wissen Sie, wie vielen Leuten ich hätte schaden können? Wie viele ich hinter Gitter hätte bringen können? Und habe ich es getan? … Nur bei den Wenigsten, Genosse Stoica. Ich schwöre, nur bei den Unverbesserlichen. Ich habe auch meine Quoten, meine Vorgesetzten. Aber wo war ich stehen geblieben?»

«Dass mein Mann zahm wie ein Lämmchen ist und kooperativ.»

«Ach ja, genau, dabei waren Sie gar nicht kooperativ. Noch nie haben Sie mir einen Hinweis gegeben, dass jemand hier im Wohnblock oder in der Fabrik uns gegenüber feindselig wäre oder etwas zu verbergen hätte. Ich hätte es Ihnen übel nehmen können, habe ich aber nicht. Ich hätte mir sagen können: ‹Genosse Stoica lässt mich viel Zeit vergeuden. Seinetwegen erfülle ich meine Quoten nicht. Seinetwegen werde ich von den Chefs gerügt.› Hätte ich, habe ich aber nicht.»

Er machte eine kurze Pause und schaute uns prüfend an, ob er uns schon dort hatte, wo er uns haben wollte. Magda und ich atmeten fast gleichzeitig kräftig durch.

«Genosse Stoica, als wir uns kennengelernt haben, waren wir beide Jungspunde, kaum dreißig Jahre alt. Ich war erst Unterleutnant und Sie erst seit einigen Wochen entlassen. Ich hätte Ihnen das Leben schwer machen können, aber ich habe es nicht. Ich habe mir gesagt: ‹Der arme Teufel hat einen Fehler gemacht, dafür hat er reichlich gebüßt.› Und was habe ich gemacht? Ich habe Sie und Ihre Familie beschützt. Jawohl, das habe ich! Wenn mich der Direktor der Streichholzfabrik gefragt hat: ‹Können wir ihm trauen? Können wir sicher sein, dass er nicht die Fabrik in die Luft sprengt und Volkseigentum vernichtet?›, habe ich geantwortet: ‹Aber klar doch. Der Mann wird keine Probleme mehr machen.› Oder als die Schuldirektorin mich gefragt hat, wie sie vorgehen soll, nachdem die Lehrerin Magda Grigoriu den Ex-Häftling Victor Stoica geheiratet hat. ‹Soll ich sie entlassen?›, wollte sie wissen. Habe ich dann gesagt: ‹Ja, entlassen Sie sie›? Nein, habe ich nicht. Oder als Ihre Tochter, wie heißt sie schon wieder … Iana …, als Sie mir erzählt haben, dass sie die Kunstschule beendet hat und Arbeit sucht, wer hat dafür gesorgt, dass sie sich an der Malwerkstatt für Spezialaufträge bewerben durfte? Das ist nicht irgendeine Arbeit, den Genossen und die Genossin Ceaușescu zu malen! Da hat man Verantwortung, ein einziger falscher Pinselstrich, und die ganze revolutionäre Wirkung ist im Eimer.»

«Sie malt nur den Hintergrund», unterbrach ich ihn.

«Hintergrund, Vordergrund, darum geht es nicht, Genosse Stoica. Glauben Sie, mir liegen nicht schon seit Langem Aussagen vor, wie Sie im privaten Rahmen über uns, über die Partei, über das Leben in unserem sozialistischen Land reden? Oder darüber, was für Radiosender Sie hören? Wobei … das habe ich auch persönlich feststellen können. Ich bin oft in Ihrer Küche gewesen und konnte sehen, auf welchen Sender Ihr Radiogerät eingestellt ist.» Er schaute auf die Uhr. «Was ich eigentlich sagen will, Genosse Stoica … Wenn es darauf ankommen sollte, vergessen Sie nicht, wer für Sie gesorgt hat. Wem Sie das alles verdanken. Man spuckt nicht auf die Hand, die einen ernährt.»

«Nein, das tut man nicht. Das wäre charakterlos.»

«Genau, sage ich doch. Und jetzt entschuldigen Sie mich, ich habe noch viele Hausbesuche zu machen.»

In seiner Tasche, das konnte ich für einen Augenblick sehen, hatte er weitere Tafeln billige Schokolade, aber auch eine Flasche Whiskey und westliche Schokolade, die ich an der schönen Verpackung erkannte. Er hatte also gewöhnliche Kunden, so wie wir, und besondere.

Ich brachte ihn zur Tür, wo Magda bereits angespannt wartete, doch bevor er hinausging, drehte er sich noch einmal um, wischte sich über die Stirn und flüsterte, als ob wir ein Geheimnis teilten oder ein Komplott vorbereiteten:

«Sagen Sie, haben Sie gehört, was draußen los ist?»

Wir gaben uns Mühe, erstaunt zu wirken.

«Was soll los sein?»

«Und in Timişoara?»

Wir verneinten entschieden.

«Banditen, Hooligans, ausländische Agenten wiegeln das Volk auf. Ich dachte, Sie hätten es gehört.» Er zwinkerte uns zu. «Alle, die ich besuche, stellen sich dumm. Als ob ich es nicht längst wüsste. Von jedem Einzelnen weiß ich es, ich habe ja meine Quellen. Noch einen schönen Tag … und vergessen Sie nicht, wer Sie …»

Seine letzten Worte verloren sich im Treppenhaus, dessen Dunkelheit ihn verschluckte. Ich lauschte seinen Schritten auf den Stufen nach, bis sie nicht mehr zu hören waren, dann schloss ich die Tür und drehte mich triumphierend zu Magda um.

«Was war das denn?», fragte sie.

«Er hat Angst. Der Securist hat Angst. Jetzt fange ich auch an, daran zu glauben.»

«Seit Jahrzehnten kommt dieser schmierige Mensch zu uns ins Haus, aber ich habe ihn noch nie so erlebt.»

«Ich konnte seine Angst buchstäblich spüren. Die Ratten würden gerne das sinkende Schiff verlassen. Irgendetwas ist im Gange, etwas, das sie nicht kontrollieren können.»

Währenddessen zog ich mich hektisch an. Magda beobachtete mich.

«Was tust du da? Heute bin ich doch an der Reihe.»

«Lass mal, ich könnte eh nicht ruhig sitzen hier drin. Aber zunächst muss ich zu Nea Nelu, er muss auch Bescheid wissen.»

«Glaubst du nicht, dass es zu früh ist, um sich zu freuen?»

«Wer ist jetzt der Spielverderber? Nein, es ist nicht zu früh, es ist beinahe zu spät. Seit Jahrzehnten habe ich auf solch ein Zeichen gewartet. Du weißt es doch am besten, ich habe gehofft, bis ich nicht mehr gehofft habe. Und heute kommt dieser Mann hier rein, der sonst wie ein Halbgott aufgetreten ist, und will sich bei uns einschmeicheln. Ich sage dir … vielleicht gibt es doch Veränderung.»

Ich stieg in Eile die paar Stockwerke zu Nea Nelus Wohnung hoch, klopfte ungeduldig an seine Tür und rief:

«Mach auf, Nea Nelu, ich habe gute Neuigkeiten!»

Er öffnete die Tür, aber er wirkte verlegen.

«Ich habe keinen Kaffee, falls du das suchst.»

«Nein, das ist es nicht», flüsterte ich und wollte an ihm vorbeigehen, in seine Wohnung, aber er stellte sich mir in den Weg. «Der Securist war bei mir, Nea Nelu, und, du wirst es mir nicht glauben, er hatte Angst.»

«Aha», antwortete er, ohne besonders überrascht zu sein.

«Lass mich doch mal rein», protestierte ich.

«Lieber nicht.»

Im Gerangel, das entstand, merkte ich, dass er mit seinem Körper etwas verdecken wollte, was auf dem Tisch im Flur stand. Es war schottischer Whiskey, die gleiche Marke, die der Securist bei sich getragen hatte, und daneben lag eine teure Schachtel Pralinen.

Ich stockte, eine Ahnung stieg in mir auf, die ich bestimmt schon viel früher hätte haben können und doch nicht gehabt hatte. Ich hatte niemals angenommen, dass die Tauschwaren, über die er verfügte und die meine Streichhölzer an Attraktivität bei Weitem übertrafen, aus der Abstellkammer des Geheimdienstes kommen könnten. Aber dann wiederum, woher sollte ein Busfahrer all die Dinge haben, die er hatte? Ich schwieg, unsere Blicke trafen sich, und er verstand. Ich schob ihn beiseite, und er ließ mich endlich durch. Ich ging zum Küchenfenster, und er kam mir nach.

«Der Turm sieht besonders aus im Morgenlicht», sagte er. Als ich nicht antwortete, fuhr er fort: «Spielen wir eine Partie Halbschach, Nea Victor? Richtigen Kaffee habe ich nicht, aber Nescafé. Halbkaffee sozusagen, passt zum Halbschach.»

In jenem Augenblick drehte ich mich um und ohrfeigte ihn.

«Es ist nicht so, wie du denkst, Nea Victor. Ich habe ihm immer nur Nichtigkeiten erzählt.»

«Er zahlt nicht mit solcher Ware für Nichtigkeiten.»

Voller Wut ging ich hinaus und stieg durch die Dunkelheit hinab. Als ich unten angekommen war, machte ich mir Vorwürfe. Als Häftling hatte ich gelernt, misstrauisch zu sein. Aber wie kann man leben, ohne zu vertrauen?

Kapitel 11

*I*ch bin ein Kind des Turms, geboren irgendwo zwischen dem Erdgeschoss und dem ersten Stock, auf den Stufen, auf denen Mutter, die Vater das Essen bringen wollte, ausgerutscht war. Meine Schreie, mein erstes Glaubensbekenntnis zu meinem Leben und zu der Freiheit, zu tun und zu lassen, was ich wollte, erklangen im ganzen Turm.

Widerspenstig weinte ich und war nicht einmal zu trösten, als die herbeigerufene Hebamme mich in mein erstes Menschenkleid einwickelte oder als die staunenden Feuerwehrmänner, die sich um uns versammelt hatten, mich zu beruhigen versuchten. Der eine pfiff leise und dicht an meinem Ohr ein Chanson, der andere gab mir seine Fingerspitze, die mit Zucker gepudert war, um daran zu lutschen, und ein Dritter nahm aus dem glühenden Ofen ein Stück Kohle, wickelte es in ein Tuch und versuchte damit meine Wange zu wärmen. Denn die Welt war am Anfang kalt, feucht und von fragenden, neugierigen Blicken erfüllt.

Auch Mutter versuchte, mich zu beruhigen, nachdem man sie auf die Liege im Wachzimmer gebettet und die Hebamme mich in ihre Arme gelegt hatte. «Der Junge will trinken», sagte sie, und Vater machte seinen Männern ein Zeichen hinauszugehen. «Ein Prachtkerl», flüsterte der Sergeant. «Er weiß, wie man sich in der Welt behaupten muss.»

«Durch Weinen?», fragte einer ungläubig.

«Nein. Durch Lautstärke.»

In der Familie kursiert die Legende, dass ich erst dann verstummte, als mich Vater an sich nahm, mit mir zur Turmspitze hochstieg und auf die Aussichtsplattform trat. Es hatte lange geschneit, danach war der Himmel aufgehellt, und von den Dächern tropfte das Tauwasser. In der kalten, klaren Luft war die Stadt besonders gut zu sehen.

Er soll mich aufrecht gehalten haben und langsam mit mir um den Turm gegangen sein. So wie man einem Gast das Haus zeigt, soll Vater immer wieder stehen geblieben sein und mir die künftige Einrichtung meines Lebens präsentiert haben. «Dort ist ein Zipfel des Dachs der Universität, die du nicht besuchen wirst, da du in die Feuerwehrschule gehen wirst. Aber es ist nützlich zu wissen, wo sie ist, vielleicht brennt sie wieder, und die Stoicas müssen sie erneut retten. Dort hinten, kaum sichtbar», fuhr er fort, «liegt der Königspalast, da residiert Carol II., sein Großvater war besser, der erste Carol, aber wie soll man schon richtig regieren, wenn ein Menschenleben lang Krise herrscht? An etwas anderes kann ich mich nicht erinnern. Da ist die Schule, die du in ein paar Jahren besuchen wirst, man sieht sie ein wenig zwischen den Bäumen, und da unser Haus mit einem hübschen Garten, wo du spielen wirst. Dort ist die Kirche Oborul Vechi, in der wir dich taufen werden. Du wirst zwei sehr gläubige Frauen um dich haben, deine Mutter und Rosi. Ich fürchte, dass du viel vor Kirchen wirst warten müssen, wie dein Großvater Darie, als er klein war. Ein guter Feuerwehrmann ist er gewesen, nicht so gut wie sein eigener Vater oder Grigorie, aber ein paar kleine Heldentaten sind auch ihm gelungen. Du hast bald Gelegenheit, ihn und Großmutter Agape persönlich kennenzulernen. Sie haben uns das Haus überlassen und wohnen jetzt auf dem Spirii-Hügel. Den siehst du, wenn du dorthin guckst, gleich hinter der Kaserne steht das Haus, und im Garten steht die letzte Eiche eines dichten Waldes, den es früher mal gegeben hat. Unter jener Eiche werden wir an unzähligen Abenden sitzen, trinken und erzählen, so wie es schon immer war und immer sein wird … Ein wenig weiter nach links siehst du den Hügel, von wo aus der heilige Dimitrie über uns wacht. Ecaterina könnte dir mehr dazu erzählen, aber sie ist letztes Jahr gestorben. Sie ist begraben, wo auch alle anderen begraben sind und wo auch du eines Tages liegen wirst. Aber was sage ich, du bist gerade erst auf die Welt gekommen, der Rest erledigt sich später von selbst ... Und das, mein Sohn», sagte er, nachdem er auf der westlichen Seite der Plattform angekommen war, «ist etwas, das du nicht weiter zu beachten hast, ja, du kannst es ruhig ignorieren. Seitdem es das gibt, blicke ich lieber Richtung Osten, Norden oder Süden, aber nicht Richtung Westen. Es ist das höchste Gebäude der Stadt, erst seit wenigen Monaten fertiggestellt. Es ist der Palast der Telefongesellschaft, ja, auch so etwas nennt sich Palast ... Er übertrifft uns nur um zwei Meter. Dafür musste das Café Oteteleşteanu weichen, wohin ich deine Mutter bei unserer ersten Verabredung geführt habe. Sie und ihre Freundin natürlich, denn nur zu zweit ging es nicht ... So sind sie, die neuen Zeiten, die Stadt beeilt sich zu wachsen, in die Breite, aber auch in die Höhe. Lässt sich nicht verhindern. Es gibt inzwischen fünf oder sechs Gebäude, die uns Konkurrenz machen. Mein Freund Stelian hat daran gearbeitet, ich wollte ihm deshalb beinahe die Freundschaft kündigen. Du wirst ihn spätestens bei deiner Taufe kennenlernen. Ich bin mit ihm zusammen aufgewachsen, so wie du vielleicht mit seinem Sohn aufwachsen wirst, der bei Rosi lebt, weil sie für ihn keinen Platz haben. Vor Rosi musst du dich ein wenig in Acht nehmen. Sie ist gutmütig, kann einen mit ihren Teufelsgeschichten auch erschrecken. Doch jetzt bringe ich dich lieber zurück zu Mutter, sie wird dich bestimmt schon vermissen.»

Vater hatte recht. Ich bin in einer Stadt geboren, die versuchte, mit anderen Metropolen Europas gleichzuziehen und die verlorene Zeit wieder wettzumachen. Onkel Stelian, wie ich ihn genannt habe, hat bei fast allen diesen Monumenten des Ehrgeizes mitgewirkt. Bukarest war sauberer und heller geworden, man hatte die gerade Linie entdeckt und breite Boulevards gezogen, über die gewundenen, lebhaften Gassen der balkanischen Stadt.

Es hatte diese Gassen bereits gegeben, als die Osmanen die Stadt angezündet haben, als Mihai Vodă sich an diesen gerächt hat und Iane, wenn es ihn jemals gegeben hat, vor einer Gefahr warnen oder doch nur Wein trinken wollte. Früher hat es kaum gerade Strecken gegeben, alles war schräg, gewunden, rund und gerade dadurch lieblich und sanft. Danach gab es nur noch gerade Winkel, wie mit dem Skalpell durch die Haut der Stadt gezogene Schnitte.

Auffallend oft schoben mich Mutter, Großmutter und Rosi durch die Adern der neuen Stadt, um sich ein wenig umzuschauen. Staunend starrte ich aus dem Kinderwagen zu den oberen Stockwerken dieser Hochhäuser hinauf, vollkommen weiße, makellose Fassaden. Wenn die drei Frauen nicht schon eine ziemlich klare Vorstellung vom Paradies gehabt hätten, hätte man es dort, an der Calea Victoriei, ansiedeln können.

Dieses urbane Paradies, so anders als die Randzonen der Stadt – wo eine andere Welt überlebt hatte, näher beim Orient –, war mit Suchard-, Ford- oder Havanna-Zigarren-Niederlassungen gespickt, mit Buchhandlungen, die Hachette, und Kaufhäusern, die Lafayette hießen.

Ich lebe nun, 1989, in einer gänzlich anderen Stadt, grau und düster, verschlossen und an tausend Stellen verwundet, Suchard und Ford sind längst ausgezogen, aber jene Häuser sind noch da, die verfaulten Zähne einer genießerischen, vorwärtsstrebenden, aber ebenso unbarmherzigen Zeit, die uns direkt in die nächste Katastrophe geführt hat.

Vorerst aber bin ich noch ein Winzling und werde spazieren geführt. Stolz werde ich an jeder Ecke einem anderen Bekannten präsentiert, und mein Appetit, meine Verdauung, mein Schlaf, mein Weinen sind wichtige Themen, worüber man stundenlang redet. Wenn ich von einem Arm zum nächsten gereicht werde, kann ich mir ein Bild, wenn auch nur bruchstückhaft, vom Universum machen, in das ich eher zufällig, aber endgültig hineingeraten bin. Vor allem aber kann ich mir nicht vorstellen, dass ich leiden und eines Tages weniger zählen werde als der Dreck an den Stiefeln meiner Wächter.

Frauen beugen sich über mich, und manchmal kitzelt mich

eine Haarsträhne. Die Frauen tragen enge Röcke mit einem Schnitt, der die bestrumpften, fleischigen Schenkel enthüllt; ihre lippenstiftroten Münder formen Luftküsse, ihr Parfüm umwölkt mich, wie wenn mein langsam sich auffächerndes Leben ein einziges Blumenmeer wäre. Ein Spaziergang durch im Wind wogende Kornfelder.

Die Männer wiederum haben sich die Bärte und Schnäuzer abrasiert, schmieren sich Brillantine in die Haare und sitzen an den Tischen vor den Kaffeehäusern wie in einer Freiluftvorstellung, von wo sie die Frauen in Augenschein nehmen.

Man dreht und begutachtet mich, so bekomme ich die Kulissen der Stadt zu sehen. Ein hinreißender Cadillac vor einer der ersten elektrischen Ampeln der Stadt; ein junger Bote mit roter Mütze, der auf amouröse Aufträge wartet: Briefe, Blumen oder Geschenke, die er liefern muss. Barfüßige Bäuerinnen, die Waren aller Art anbieten; Mädchen aus der Provinz, die erst vor wenigen Stunden am Nordbahnhof angekommen sind und auf eine Anstellung als Hausmädchen hoffen; Tänzerinnen aus dem Alhambra oder Moulin Rouge, die Arm in Arm, ihrer Wirkung sicher, die Gehsteige abschreiten; armselig gekleidete Arbeiter und Ganoven aus den Vorstädten, die sich in der Stadt nach Vergnügungen umsehen wollen; Männer, die sich vor Parkeingängen für jede Arbeit anbieten; Berühmtheiten, die erkannt zu werden wünschen; Vagabunden, Lahme, Blinde, Beinamputierte, Antiquare mit ihren Auslagen, Taschendiebe, Trickspieler, Musikanten, Zeitungsjungen.

Wenn die drei Frauen, die über mich wachen, nebeneinander dahinschreiten, öffnet sich vor uns das Menschenmeer und schließt sich wieder hinter uns, wie ein Wunder, das sich nach seiner biblischen Premiere zum zweiten Mal ereignet.

Es war eine Zeit, in der es noch gleichzeitig nach Benzin und nach Dung roch, Kinder in wenig mehr als Kleiderfetzen sich nach Essbarem umsahen, während andere in Seemannsanzügen im Cabrio zum Flughafen gebracht wurden, um eine Runde über Bukarest zu drehen. Geschwindigkeit, bedingungsloses Vergnügen, hysterisches Lachen, ein hektischer Tanz auf einem brodelnden Vulkan; die Weigerung, zu erkennen, dass man in der Krise mit leeren Taschen dastand; dass sich Mächte in Stellung brachten, die bald einen Orkan lostreten würden; dass Geister wachgeküsst wurden, die nie wieder verschwinden würden, für Jahrzehnte nicht: Das alles hatte die Stadt fest im Griff.

In den Kinos wurden amerikanische Filme gezeigt, man kam gerade aus Paris oder fuhr gleich dorthin, die Bekleidungsgeschäfte boten feine englische Stoffe an. Die ganze Stadt imitierte den Westen, aber man war nicht dort, man war im Osten, wo es nach Schießpulver roch, nach Putsch, nach Diktatur und Pogrom. Freilich, das waren keine Erfindungen des Ostens, aber bedauernswerterweise hatte sich auch mein kleines, unbedeutendes Land vorgenommen, sich dem Wahnsinn der Welt anzuschließen und alles auszuprobieren, was die Dämonen der Zeit für die Menschen vorgesehen hatten. Nichts unversucht zu lassen, um sich nicht nur die Hände blutig zu machen, sondern auch die Straßen, die Hinterhöfe, die Sprache, das Gewissen.

Aus jener Zeit meiner Geburt zieht sich eine dicke Blutspur bis in die Gegenwart, aus meiner Kindheit bis in mein jetziges Alter. Ich kenne es nicht anders: Würde man mir ein friedliches, freies Leben anbieten, so würde ich erschrecken und mich in mein altes zurückziehen. Denn ich könnte das neue nicht leben.

Tiberiu, Stelians Sohn und Rosis Enkel, trug den Spitznamen Nelinişte, Unrast. Er hatte früh auf seinen kurzen, krummen Beinen zu stehen gelernt und beschlossen, sie auch zu nutzen. Er war nicht zu bremsen, sogar im Schlaf bewegte er sie, als wanderte er fleißig durch seine Träume und schritte die Traumwelten von einer Grenze zur anderen ab.

Tiberiu watschelte vor uns her und brachte sich oft in Schwierigkeiten, bevor ihn eine der Frauen wieder einholen konnte. Er wurde beinahe von Autos überfahren, von Pferden zertrampelt und von Spaziergängern angerempelt, von Hunden gebissen oder stolperte über die Waren eines Händlers oder über Kaffeehausstühle. Hob man ihn hoch und drehte ihn um, lief er sofort in die entgegengesetzte Richtung. Er klagte nicht, weinte nicht, schrie nicht und war das genaue Gegenteil von mir, der von alldem sehr gern sehr viel tat, weshalb mein Spitzname Căcăciosul war, Hosenscheißer.

Er sprach wenig bis gar nicht, ich hingegen viel. Ich liebte es, um die Erwachsenen herum zu sein und von ihnen getröstet zu werden, wenn ich einen meiner gefürchteten Weinkrämpfe bekam. Tiberiu hingegen begnügte sich mit sich selbst, spielte allein im Haus oder in einer versteckten Ecke des Gartens und schien niemals etwas oder jemanden zu vermissen.

Ich liebte den Turm und hielt mich, sobald ich die Treppen erklimmen konnte, oft in ihm und auf seiner Plattform auf. Tiberiu stand ihm gleichgültig gegenüber, er hatte kaum das Bedürfnis, in die Ferne zu schauen. Wenn er mich in unserer Jugend suchte, blieb er breitbeinig unten stehen, hielt die Hände an den Mund, legte den Kopf in den Nacken und rief: «Căcăciosule!» Ich antwortete: «Neliniște, ich komme!» Dann wartete er, bis ich unten war und unsere Erkundungen der Stadt beginnen konnten.

Aber noch waren wir beide klein und nahmen kaum Notiz voneinander. Keiner hätte vermutet, dass wir Freunde werden würden, und noch weniger, dass er eines Tages sein zielloses Vagabundieren aufgeben und nur noch eine Leidenschaft hegen würde: den Kommunismus. Oder dass ich mutig genug wäre, um die Kommunisten zu kritisieren, eine Kleinigkeit, nichts, was sie hätte erschüttern können.

Es war sogar naiv und dumm, die Dummheit eines Vierundzwanzigjährigen, der glaubte, dass seine Jugend ihn schützte und dass niemand einem etwas anhaben könnte. Dass seine Träume heilig seien und dass das, was man in der Ferne sehe, wahr werden könnte, ja müsste. Aber immerhin hatten die Kommunisten so viel Angst vor mir, dass sie mich für Jahre wegsperrten. So gesehen, war ich sogar erfolgreich.

In den Dreißigerjahren brodelte der Westen der Stadt, aber auch im Osten blieb es nicht ruhig. Natürlich zogen auch hier unzufriedene Arbeiter der Eisenbahn, aus der Malaxa-Lokomotivenfabrik oder der Ford-Fabrik vorbei und sangen revolutionäre Lieder. Vom dürftigen Monatslohn konnten sie kaum leben. Hin und wieder sah man auch Grünhemden auf der Suche nach Juden oder Kommunisten, aber noch war ihre große, barbarische Zeit nicht gekommen.

Nachdem die Legionäre 1933 den Premierminister Duca in einem Bahnhof erschossen hatten, war ihre Bewegung vom König verboten worden, und sie selbst wurden verfolgt, gefoltert und getötet. Die Gendarmerie stürmte ihre Lokale und verwüstete sie, nicht anders als bei den Kommunisten. Also tauchten die Gendarmerie und die Geheimpolizei auch in unserem Viertel auf, brachen auf der Suche nach Grünen oder Roten in Häuser ein. In der Dämmerung liefen Gestalten am Turm vorbei, nachts hörte man Schreie und Schüsse, merkwürdige Autos fuhren umher, und Plakate tauchten auf, die entweder die Anliegen der Kommunisten, der Faschisten oder des Königs priesen:

‹Der Arbeiter lebt im Elend, der König im Prunk, nieder mit dem König›, ‹Protestversammlung gegen unerträgliche Arbeitsbedingungen›, ‹Das Geld reicht nicht zum Leben, erhebt euch gegen die Krise›, ‹Die Krise tötet›, ‹Ein reines Volk, ein reines Rumänien›, ‹Wir wollen ein heiles und heiliges Vaterland›, ‹Der König ist der Vater der Nation. Folgen wir ihm› ‹Der König lenkt uns väterlich und klug. Hoch lebe die Monarchie!›

Es war eine mörderische Kakofonie der Stimmen, jeder verfolgte jeden und wurde seinerseits verfolgt. Jeder bezichtigte jeden und wurde seinerseits bezichtigt. Die Schlägertrupps brachten sich täglich in Stellung, Brandreden wurden gehalten, die Juden blickten besorgt aus ihren Geschäften und Synagogen in Dudeşti auf das, was sich auf den Straßen tat. Sie gingen vor die Tür und lauschten, ob schon das Grölen eines aufgewühlten Mobs zu hören wäre.

Einige Jahre nach meiner Geburt wurde der Turm von der Feuerwehr aufgegeben, man hatte am Ostbahnhof eine neue, moderne Kaserne gebaut. Nachdem alles dorthin transportiert worden war und das Gebäude bis auf Lascăr leer und verlassen dastand, ließ Vater, so wurde es mir erzählt, seine Männer ein letztes Mal dort antreten und salutieren. Der Sergeant, der bereits in Pension war, wie auch Großvater Darie wollten es sich nicht nehmen lassen, dabei zu sein. Die beiden Männer trugen ihre Paradeuniformen, hatten die Säbel poliert und standen ein wenig verloren auf dem weiten Platz.

Vater näherte sich ihnen und legte Großvater die Hand auf die Schulter.

«Wird man ihn jetzt in die Luft sprengen?», fragte der Sergeant.

«Ach was, er bleibt, wo er ist», erwiderte Vater.

«Aber irgendwann wird man ihn in die Luft sprengen müssen. Wozu soll er noch gut sein, wenn ihn die Feuerwehr aufgibt?»

«Irgendwann wird man das ganze Land in die Luft sprengen müssen. Das Einzige, was hier gedeiht, ist die Krise», sagte Darie. Er bot dem Sergeanten eine Zigarette an, und sie rauchten still.

«Wie geht es Ihnen auf dem Dealul Spirii? Wie lebt es sich dort?», fragte der Sergeant.

«Beschissen. Hab den ganzen Tag nichts zu tun. Sitze unter unserer Eiche, rauche und starre auf die Straße. Wenn man so nutzlos geworden ist, stirbt man schneller», sagte Großvater.

«Da haben Sie recht. Auch ich vermisse den Dienst, die Pflicht, die Kameraden. Am meisten aber vermisse ich das verdammte Feuer, das uns alle auf Trab gehalten hat. Ich hätte niemals gedacht, dass ich eines Tages nicht eine Frau vermissen würde, sondern die Brände.»

«Ich sage Ihnen was, Sergeant», sagte Darie nach einigen Momenten der Stille. «Ich habe meinen Beruf nicht geliebt oder nicht genug. Deshalb bin ich in Rente gegangen, so schnell ich konnte. Ich habe ihn nur ausgeübt, damit mein Vater Ruhe gibt. In unserer Familie war es eine ausgemachte Sache, dass die Männer zur

Feuerwehr gehen. Was ich jetzt vermisse, ist nicht das Feuer, sondern eine gute, warme Suppe von meiner Frau.»

«Die gnädige Frau kann fast so gut kochen wie Ecaterina …»

«Niemand kann so gut kochen wie meine Mutter.»

«Ich erinnere mich, dass ich einmal bei Ihnen im Garten gesessen bin, damals, als die französische Witwe und Metzger Herz noch lebten, Gott erbarme sich ihrer Seelen, denn so soll kein Leben enden, also ich bin da ganz gemütlich gesessen, und Ihre Mutter wollte mir gerade einen Teller überreichen, als plötzlich Alarm geläutet wurde. Erinnern Sie sich?»

«Es hat viele solcher Tage gegeben, als ich wegen eines Alarms alles habe stehen und liegen lassen müssen. Aber erzählen Sie nur weiter.»

Großvater nahm den Sergeanten am Arm, und vertieft in ihre Erinnerungen, merkten sie nicht, wie sie im Gehen eine Runde um den Turm drehten und dann noch eine und noch eine, wie die Zeiger auf dem Zifferblatt, nur diesmal gegen den Uhrzeigersinn.

Manchmal blieb einer der beiden stehen, hob verblüfft die Arme und rief: «Das kann doch nicht wahr sein!» Oder der andere nickte entschieden und sagte: «Genau so war es.» Sie unternahmen eine Reise zurück in ihre Jugend, vielleicht sogar bis an die Quelle aller Dinge, bis in ihre Kindheit, als der Sergeant an der Hand seiner Eltern aus der Provinz am Nordbahnhof angekommen, auf den Platz davor getreten war, sprachlos ob des bunten, brodelnden Lebens.

Wenn er sich später daran erinnerte, behauptete Vater sogar, er habe die beiden Männer noch spätabends im Licht der Gaslampen auf dem Platz gesehen – denn Elektrizität gab es im Osten der Stadt kaum –, ihn immer noch umrundend und die unsichtbaren Zeiger der Zeit zurückdrehend.

In den kommenden Jahren stieg Darie immer wieder am Fuße des Spirii-Hügels in die Straßenbahn und fuhr zum Turm, um den Sergeanten zu treffen. An heißen Sommertagen, wenn die Luft vor

Hitze flimmerte, standen sie da, redeten im Turmschatten und folgten diesem auf seiner Wanderung über den Platz.

Später, als den Sergeanten die Kräfte verließen, holte Darie ihn zu Hause ab, und sie saßen eine halbe Ewigkeit auf einer Bank vor dem Eingang des Gebäudes. Manchmal brachten ihnen Mutter oder Rosi etwas zum Essen und dazu einen kühlen, leichten Landwein, manchmal gab Großmutter Agape ihrem Mann etwas mit. Als die Hände des Sergeanten schließlich zu zittern begannen, schälte Großvater immer ein Ei auf einem Handtuch, das er auf seinem Schoß ausgebreitet hatte, brach das Brot in mundgerechte Stücke und schnitt Wurst ab, dann fütterte er den alten Freund geduldig, als hätte er spät seine eigentliche Aufgabe gefunden.

In meiner Kindheit ging ich oft an ihnen vorbei, grüßte sie, ohne dass sie mich so recht wahrnahmen, bevor ich im Turm verschwand, dessen Schlüssel ich von Vater bekommen hatte und wie ein Heiligtum hütete. Von oben sah ich, wie Großvater aufstand und dem Sergeanten auf die Beine half, dann führte er seinen Freund, an Autos und Kutschen vorbei, zurück nach Hause.

Da Mutter kränklich war und oft kraftlos im Lehnstuhl oder auf dem Sofa saß, strickte oder las, kümmerte sich Rosi um mich und meinen Bruder – ja, einen Bruder hatte ich auch – wie um ihren Enkel.

Aber mein fünf Jahre älterer Bruder Alex, der uns Mucoşi nannte, Rotznasen, langweilte sich mit uns. Ich kann mich an keine Situation erinnern, in der er mit uns gesprochen, mich getröstet oder angelächelt hätte.

Alex wusste schon früh, was er werden wollte. Bei jedem Fest oder an Sonntagen, wenn Besuch kam, wurde er auf den Tisch gestellt, zwischen die halb leeren Schüsseln, die Schnaps- und Weingläser, und musste vorzeigen, wie er Brände bekämpfen würde. Die Erwachsenen kugelten sich vor Lachen, umso mehr, als Alex einen Sprachfehler hatte. Er rollte das ‹R› und so geriet bei ihm die Feuerwehr zur Feuerrrwehrrr. Vater war stolz auf ihn, nahm ihn in die Arme, stellte ihn wieder auf den Boden und tätschelte ihm den Kopf.

Vielleicht war das die einzige Hilfe, die mir Alex in diesem Leben geleistet hat: die Bürde des Feuerlöschens auf sich zu nehmen; die Tradition, den Ehrgeiz und das Pflichtgefühl, die bei uns so tief verankert waren, fortzusetzen und mich von alldem zu befreien.

Mit Tiberiu war es so: Da ich mich nicht erinnere, wie wir Freunde wurden, beschließe ich, dass es im Laden Salomons gewesen sein muss, der sich seit einigen Jahren in unserem Viertel niedergelassen hatte. Sein Laden lag etwas zurückversetzt, aber immer noch im Einzugsbereich des Turms, dessen Schatten die Eingangstür streifte. Im Grunde war sein Geschäft Verkaufsladen und Schlafstätte in einem, denn Salomon streckte sich zum Schlafen direkt hinter der Theke aus.

Sein Laden übte auf uns Kinder eine unwiderstehliche Anziehungskraft aus, bei ihm konnte man zwar Schulsachen kaufen, aber vor allem thronten auf seiner Theke unzählige bauchige Glasbehälter mit Süßigkeiten. Seine Augen tränten immer, als weinte er über unsere Bestellungen oder über Dinge, die für uns unsichtbar waren. Wenn wir ihn fragten, antwortete er sibyllinisch: «Im Leben schneidet man viele Zwiebeln.» Oder: «Ich weine, weil ich glücklich bin, mein Junge.»

Das alles verstanden wir nicht und hielten ihn für sonderbar. Ein hagerer Kauz mit langem grauem Bart, immer in demselben speckigen Kittel, der einst blau gewesen sein musste. Salomon war plötzlich aufgetaucht, sozusagen über Nacht, aber manche behaupteten, er habe seinen Laden ursprünglich in Dudeşti gehabt, zwischen zwei berühmten Bordellen beim steinernen Kreuz, das einst die Stadtgrenze markiert hatte, sodass die Huren sich bei Salomon die Zeit zwischen den Kunden versüßten. Weil niemand zugeben wollte, die Bordelle aus erster Hand zu kennen, sprach man nur vage darüber, wie über ein Gerücht. Eines Tages sollen Legionäre seinen Laden verwüstet und Salomon geschlagen haben. Die

Huren hatten versucht, sie davon abzuhalten, und gedroht, ihnen beim nächsten Mal ihren Dienst zu verweigern. Am nächsten Tag hatte Salomon seine Matratze, einen Koffer, seine Registrierkasse, und die vielen Gläser auf einen Lastwagen geladen und das Viertel verlassen.

Es muss vor Salomons Laden gewesen sein, als mich einige ältere Kinder bedrängten und meine Süßigkeiten haben wollten. Ich gab mein herzzerreißendstes Weinen zum Besten, als Tiberiu sich aufbaute und sagte: «Das ist mein Bruder, lasst ihn in Ruhe.» Das wirkte. Dankbar wollte ich ihm meine Tüte hinhalten, aber ohne mich weiter zu beachten, ging er weiter.

Ich heftete mich an seine Fersen, bis heute kann ich mir nicht erklären, wieso, und folgte ihm in einiger Entfernung. Letztlich folgte ich ihm durch meine ganze Kindheit und Jugend hindurch, von einer Straße zur nächsten, einem Viertel zum nächsten, und diese meine Obsession hörte erst auf, als ich zweiundzwanzig war und Tiberiu für zwei Jahre verschwand.

Wir tauchten in das Mântuleasa-Viertel ein, das gleich neben unserem lag. Es war kein Viertel, das Kindern etwas bot, zu ruhig und abgeschieden schien es. Katzen sonnten sich in den Fenstern, und Hunde bellten uns hinter gusseisernen Toren an. Die Hände tief in den Taschen, nahm Tiberiu keine Kenntnis von mir. Er wanderte ziellos von einer Straße zur anderen, blieb immer mal stehen; ein Haufen Spatzen, die sich um einige Brotkrümel stritten, war ihm Grund genug, eine längere Pause anzulegen. Es muss Frühling gewesen sein, in meiner Erinnerung atme ich immer noch den Duft blühender Bäume und Blumenbeete in den Höfen.

In den ersten Wochen unserer Wanderungen verlor ich Tiberiu manchmal aus den Augen, aber ich fand ihn jedes Mal wieder, bevor ich in Panik geriet. Doch eines Tages war ich zu abgelenkt, und als ich mich nach ihm umschaute, war er verschwunden. Schluchzend suchte ich ihn in den angrenzenden Straßen, die Menschen wurden auf mich aufmerksam und riefen nach einem Gendarmen, doch ich riss mich los und war gerade dabei, mir ein Leben ohne

Eltern vorzustellen, verloren in einem labyrinthischen Viertel, als ich plötzlich Tiberiu entdeckte.

Er stand wie angewurzelt vor der Kirche Mântuleasa, die ich zwar kannte, weil meine Schule nicht weit davon entfernt war, die aber nicht zu Mutters oder Rosis klassischen Pilgerorten gehörte. Ich stellte mich neben Tiberiu und folgte seinen Blicken, die sich nicht von der Malerei auf der Fassade lösen konnten.

Ich erblickte einen Fisch oder etwas, das einem Fisch glich, mit einem riesigen Maul, aus dem eine breite, lange Feuerzunge herausschoss. In diesem Feuer befanden sich Gestalten, oft nur schemenhaft gezeichnet, die unaufhaltsam in den Fischschlund zu stürzen schienen. Über dieser Szenerie des Terrors thronten Unser Herr und einige Gerechte.

«Was ist das?», fragte ich.

«Davon erzählt meine Großmutter doch die ganze Zeit. Das ist das Jüngste Gericht, Căcăciosule, und der rote Streifen dort ist ein Feuerfluss, der direkt in die Hölle führt.»

«Die Hölle ist ein Fisch?»

«Kein Fisch, ein Dämon.»

Am Abend fragten wir Rosi, die seit Ecaterinas Ableben die Deutungshoheit über Leben und Tod, über Paradies und Hölle hatte. Rosi, die wir innig liebten und der wir unbedingt glaubten, hatte nie verstanden, uns zu beruhigen. Sie wollte uns durch Angst zum Glauben führen, eine Angst, die sie selbst verspürte und die sie alle kirchlichen Gebote einhalten ließ. Immer war Rosi für Gott unterwegs, auf dem Friedhof, bei einer Taufe, beim Bereiten der Osterspeisen, bei der Segnung eines Hauses.

Nur Alex konnte sich entziehen, für den Vater oder der neue Sergeant sich spezielle Übungen ausdachten, um Körper und Geist zu ertüchtigen und um ihn auf die großen Aufgaben, die ihn erwarteten, vorzubereiten. Bald würde er in die Feuerwehrschule eintreten, er würde noch weniger zu Hause sein und damit meinen Glauben stärken, dass ich im Grunde genommen nur einen Bruder hatte: Tiberiu.

«Alle kommen in die Hölle», sagte Rosi, «die nicht an die heilige Kirche glauben und nicht ihre Gebote einhalten. Ihr seid noch jung, aber auch ihr habt bestimmt schon ein paar lässliche Sünden auf dem Buckel. Auch ihr müsst aufpassen, denn es gibt unzählige Sünden. Kurz vor deinem Tod siehst du die Teufel neben deinem Bett stehen, die sich freuen, bald deine Seele mitnehmen zu können. Aber auch der Schutzengel ist da und versucht dich zu beschützen. Die Teufel werfen dir alles Mögliche vor; wenn es nicht stimmt, wird dich der Schutzengel retten. Wenn doch, kann er dir nicht helfen, und die Teufel stoßen dich hinab!»

Dank Rosi kannten wir genau die Beschaffenheit des Paradieses und der Hölle, und wenn wir, inzwischen nebeneinander, durch die Viertel spazierten, fragten wir uns, welche Sünden uns die Teufel wohl vorhalten würden. Wir hatten schon geflucht, wir waren neidisch gewesen, wir hatten bei Salomon auch schon mal gestohlen. Vor der schlimmsten Sünde aber wähnte ich mich noch in Sicherheit.

Regelmäßig fanden wir uns vor der Kirche Mântuleasa wieder, unsere Beine trugen uns dorthin, als wären wir hypnotisiert worden. Wir versuchten, mehr Einzelheiten auf der verschmutzten, verblassten Darstellung des Jüngsten Gerichts zu entdecken, und mussten schlucken, weil wir fürchteten, unser eigenes Schicksal zu erblicken. Einer von uns fragte etwa: «Wo treffen wir uns?», und oft genug war es beim Jüngsten Gericht. Mit der Zeit betrachteten wir die Malerei so häufig, dass wir keine Angst mehr davor hatten. Wir hatten uns schlicht daran gewöhnt.

Zuletzt kehrten wir 1954 dorthin zurück, als ich bereits seit zwei Jahren Student der Geschichte war und Tiberiu mir mitteilte, dass er in die Geheimdienstschule eintreten wolle. Er wirkte glücklich, kam pfeifend auf mich zu und erzählte mir von seiner Entscheidung, Securist zu werden. Er warf einen verächtlichen Blick auf das Wandbild. «Mit solchem Aberglauben haben die Popen die Menschen vergiftet.» Ich schwieg überrascht, aber auch aus einer gewissen Vorsicht. Zum ersten Mal bildete sich ein Riss zwischen ihm und mir, und ich behielt meine Gedanken für mich. Zum ersten Mal wählte ich das Schweigen.

Auch wenn ich an Rosis Schauermärchen nicht mehr glaubte, eine andere Art Teufel spazierte in den Fünfzigerjahren auf den Bukarester Boulevards herum, lauerte auf Opfer, war täglich dienstlich unterwegs. Der Kommunismus war dabei, seine eigene Vorstellung der Hölle zu verwirklichen.

In meiner Kindheit gab es eine zweite Kirche in der weiteren Umgebung unseres Hauses, die meine Furcht, dass Rosi recht haben könnte, zu bestätigen schien. Während das Jüngste Gericht zwar Eindruck auf mich machte, aber nur aufgemalt war, war die Kirche des heiligen Silvestru der leibhaftige Beweis für die Existenz des Teufels. Dafür, dass ich das glaubte, war diesmal allerdings ein Bettler verantwortlich.

Wie alle Heiligen hatte auch Silvestru seine besonderen Kräfte: Er konnte Teufel austreiben und Kranke heilen. Bucuresci war eine einzige Pilgerstätte. In jeder Himmelsrichtung entdeckte man Dutzende von Kirchen mit Heiligen, die Spezialisten ihres Fachs waren. Sie schützten Kinder und Familien, heilten unheilbare Krankheiten, tilgten Sünden im Minutentakt. Sie waren die meistbeschäftigten Bewohner der Stadt, immer angefleht, immer bitter benötigt, unermüdlich da. Nachts fielen sie in den leeren Kirchen müde von ihren Sockeln, am frühen Morgen, bevor der Küster die Türen öffnete, standen sie schon wieder da.

Die Kirche des heiligen Silvestru war ein weißes, schönes Gebäude, etwas abseits von der Calea Moşilor, zu dem eine schattige Lindenallee führte. Aber etwas stimmte nicht mit ihr, fanden wir, denn zwei der Türmchen waren verdreht. Eines Tages hatten sich vor dem Eingang viele Bettler versammelt, die in der Kunst nicht der Brotvermehrung, sondern von ein paar Brotkrümeln zu leben, geübt waren. Weil wir für sie nicht interessant waren, achteten sie nicht auf uns.

Ganz Bukarest war damals voll von Bettlern: in den Parkeingängen, an den Straßenkreuzungen, vor den Cafés und den Restaurants, sie saßen aufgereiht auf dem Gehsteig und waren immer bereit, jedem zu erzählen, wie viel Pech sie im Leben gehabt hatten. Ihre Klagen, die frechen Rufe, die Verwünschungen, wenn man ihnen nichts gab, ihr leises, schamvolles Flehen, das Klimpern von ein paar Münzen, begannen frühmorgens und hörten erst in der Nacht wieder auf. Es war der Lärm der Armen, der schrille Chor der Verzweiflung.

Tiberiu fragte einen von ihnen, wieso die Türmchen verdreht seien, und der zahnlose Mann wiederholte: «Wieso sie verdreht sind?» Er kratzte sich nachdenklich an seinem Beinstumpf. «Wisst ihr das denn nicht? Nun, wenn ihr ein paar Münzen für mich habt, erzähle ich es euch.»

Wir gaben ihm, was wir bei uns hatten.

«Es ist so: Der Teufel kommt nachts, packt die Kirche bei den Turmspitzen, zieht und dreht an ihnen und versucht die Kirche herauszureißen. Ja, so ist es, so wahr ich nur ein Bein habe.»

«Und wieso schafft er das nicht?»

«Weil er nicht mit der List des Heiligen rechnet. Der macht sich darin ganz schwer, so schwer, dass es sogar für den Teufel zu viel wird. Das ist die Wahrheit. So und nicht anders.»

«Woher wollen Sie das wissen?»

«Woher? Weil ich Nacht für Nacht hier liege und zu schlafen versuche, aber vor lauter Stöhnen, Fluchen und Zähneknirschen des Teufels kein Auge zukriege.»

Ich war vielleicht sieben und Tiberiu neun Jahre alt, als wir uns nachts zur Kirche schlichen, um den Teufel auf frischer Tat zu ertappen. «Da ist er», flüsterte ich, wenn sich etwas in den Baumkronen regte. «Nein, das ist er nicht», erwiderte Tiberiu. Die Möglichkeit, den Teufel zu sehen, elektrisierte uns, aber wir schliefen jedes Mal ein und verpassten das große Ereignis. Wir bedauerten den armen Teufel wegen seiner vergeblichen Anstrengungen und bewunderten den Heiligen, der wie der Schutzpatron Dimitrie sein Gewicht nach Belieben verändern konnte.

Ende der Dreißigerjahre hatte der König die absolute Macht übernommen und die Freiheit, von der wir ein wenig gekostet hatten, ausgesetzt. Eines Tages entdeckten wir am Turm ein Plakat, das eine neue Verfassung ankündigte und uns eine glänzende Zukunft unter der Führung des Königdiktators versprach. Seine Agenten saßen in den Cafés und Kneipen und maßen dem Volk den Puls, sie lösten kommunistische Versammlungen auf und zerstörten illegale Druckereien.

Die Legionäre ihrerseits brachten einen weiteren Ministerpräsidenten um; weil wir inzwischen ein Radio hatten, brauchten wir nicht mehr die Plakate, um all das zu erfahren. Mutter, die ihre Tage im Wohnzimmer neben dem Gerät verbrachte, rief uns immer zusammen. Sie zog mich an sich, ich lehnte mich an ihren warmen Körper, dann wühlte sie nervös in meinen Haaren.

«Was wird aus uns, wenn hier das Chaos ausbricht?», fragte sie.

«Es hat doch schon viele Attentate und Morde gegeben», sagte Vater, «und du stellst jedes Mal dieselbe Frage. Es hat schon immer Aufregung und Hysterie gegeben, anscheinend können wir ohne Chaos gar nicht leben, aber alles hat sich doch wieder beruhigt. Du wirst sehen, auch diesmal wird es so kommen.»

«Und wenn es doch anders wird?»

«Feuerwehrmänner braucht es immer. Es gibt immer Brände zu löschen, ob sie von den Faschisten, den Kommunisten oder dem König gelegt werden. Uns wird schon nichts geschehen. Uns wird man immer brauchen.»

Wenn ich mich an jene Zeit erinnere, dann denke ich nicht nur an Attentate, Morde, an Krisen oder den Teufel, sondern auch an das schummrige Licht, das Schlagen der Pendeluhr, die Staubkörnchen in der Luft, wenn mich Mutter ins Wohnzimmer holte, an ihre Stimme und ihren Duft. Das Radio lief leise im Hintergrund.

Ich hatte schon immer eine kränkliche Mutter gehabt. Vater hatte uns erklärt, dass er sie bei einem Fabrikbrand kennengelernt hatte, einer Farbenfabrik in Dudeşti. Als die Feuerwehrbrigade dort ankam, war nicht mehr viel zu retten, aber dann hatte er meine zitternde, verängstigte Mutter entdeckt, die sich mit letzter Kraft ins Freie gerettet hatte, und verliebte sich gleich in sie.

«Was ist denn mit Mutter los?», fragte Alex einmal. «Wieso ist sie immer so kraftlos und krank?»

«Das kommt davon, dass sie in der Fabrik so viele Dämpfe eingeatmet hat.»

Obwohl wir immer damit rechneten, dass Mutter bald sterben würde, wurde sie sogar ein wenig älter als Vater und starb erst in den Achtzigerjahren. Sie war die Letzte, die wir in Crângaşi begraben konnten.

Vater war ein schlechter Prophet, denn die Lage beruhigte sich nicht. Ein Tag nach dem Attentat der Legionäre rief uns Mutter wieder zusammen, weil es im Radio hieß, die Mörder seien gefasst und erschossen worden. Drei Tage lang würde man ihre Leichen zur Schau stellen, am selben Ort, wo sie ihre Tat verübt hatten. Eine endlose Menschenschlange zog an den Leichnamen vorbei, verstört über die Grausamkeit des Königs und mit einigen Sympathien für die Legion. Als wären die Toten Sonntagsschüler gewesen, wurden sie von vielen in Schutz genommen, da sie die gleiche Verblendung, das Ressentiment, den völkischen Eifer mit ihnen teilten. Auch Tiberiu wurde mit seiner Schulklasse dorthin geführt, und die Kinder starrten verstört auf die Leichen. Jeder Tote trug ein Schild: ‹So wird es allen Verrätern ergehen.›

Aber die Zeit des Königdiktators lief allmählich ab. Der Krieg begann ohne uns, obwohl in Bukarest nur eine Frage diskutiert wurde: Auf wessen Seite sollten wir kämpfen? Der deutschen oder der französischen? Doch Frankreich ging ruhmlos unter, die Schockstarre griff um sich; wer Hitler mochte – und davon gab es nicht wenige –, prostete sich zu.

Der König setzte auf die Deutschen, aber die Schlinge zog sich immer enger, als 1940 die Russen den Nordosten des Landes besetzten und uns ein Ultimatum stellten. Die Ungarn begehrten

Teile Transsilvaniens und die Bulgaren den Südosten, sodass wir von allen Seiten bedrängt wurden. In dieser Situation gab der König nach. Tiberiu und ich waren auf dem Weg zu Darie und Agape, als wir die Zeitungsjungen ausrufen hörten: «Sensationsmeldung! Der König hat abgedankt, der neue Führer heißt General Antonescu! Der König verlässt das Land!» So waren wir einen Führer losgeworden, nur um einen neuen zu bekommen. Ein wahrer Stafettenlauf der Diktatoren hatte begonnen.

In den Kriegsjahren besuchte ich regelmäßig die Großeltern. Ich war Brief- und Paketbote in einem, trug in einer Umhängetasche, was Vater und Mutter mir mitgaben: ein frisches Brot, Daries Hosen, die Rosi geflickt hatte, eine gesegnete Ikone, die Mutter extra in Auftrag gegeben hatte, ein Kleid für Großmutter Agape, etwas vom Markt, was Großmutter bestellt hatte, Zeitungen – manche einige Wochen alt –, einige von Vater eilig hingekritzelte Nachrichten, eingelegte Gurken, Zigaretten für Darie.

Wenn ich den Dealul Spirii wieder verließ, war ich erneut schwer beladen: weitere Nachrichten, weitere Gläser mit Eingemachtem, mehr kaputte Kleider, Bier für Vater aus der Brauerei Oppler, Käse oder Honig, die Agape einem Händler abgekauft hatte. «Pass auf, dass der Honig nicht verschwindet, ehe du zu Hause bist», wurde ich ermahnt.

Meist begleitete mich Tiberiu, für ihn waren die beiden praktisch seine Großeltern, und auch sie machten keinen Unterschied zwischen uns beiden. «Hast du in letzter Zeit deine Eltern gesehen?», fragte ihn Darie manchmal. Tiberiu schüttelte den Kopf und blickte düster zu Boden. «Na ja, deine Mutter hat viel mit den Mädchen zu tun und dein Vater … schiebt Überstunden im Schlachthof. Die Stadt muss schließlich ernährt werden.»

Er drückte ihm zwei Geldscheine in die Hand, während ich oft nur einen erhielt. Eifersüchtig war ich nie, wir waren ja Brüder und teilten uns die Großeltern, die Eltern und das Geld. Das Geld trugen wir zu Salomon, der uns dafür aus Zeitungspapier Tüten drehte und sie mit Bonbons füllte.

Zwei Wege führten auf den Spirii-Hügel, und beide begannen nicht weit von den großen Markthallen. Niemand prügelte sich dort mehr mit der Gendarmerie oder der Feuerwehr, und doch hatte sich nichts am Lärm und am Chaos, am Gewimmel aus Menschen und Tieren, am Gewirr der Gassen, am Meer von Gerüchen geändert.

Die schönen gusseisernen Hallen erinnerten ein wenig an Paris. In der Fischhalle durchlebten Karpfen in mit Wasser gefüllten Bottichen ihre letzten Stunden. Wenn eine Käuferin auf einen bestimmten Fisch zeigte, wurde er mit einem Schlag betäubt oder gar geköpft, abhängig davon, ob er – für eine Fisch-Ciorba – mit oder ohne Kopf gekauft wurde. Die ewig hungrigen Marktkatzen schlichen den Kunden zwischen den Beinen umher und bettelten um die Köpfe, aber sie hatten Rivalen: die ebenfalls immer hungrigen und zerlumpten Straßenkinder und Bettler.

In der Fleischhalle herrschte mehr Betrieb, Kuh- und Schweinehälften hingen am Haken, Blut tropfte zu Boden, Messer wurden durch das Fleisch gezogen, während die Metzger hinter einer Frau herpfiffen. Durch die Fenster strömte Licht wie in einer Kirche auf die Fleischstücke, auf die verschwitzten Gesichter der Metzger, auf die blutigen Schürzen, auf die adretten Damen, die Kinder oder die Wangen der schlafenden Säuglinge, ihre Hände zu Fäusten geballt, als gälte es jetzt schon, sich gegen die Welt aufzulehnen. Oder auf die geschärften Messerklingen, auf denen sich das Blut vieler Tiere vermischte.

Die Hallen wurden auch ‹Der Bauch von Bukarest› genannt, aber ein einziger Bauch war zu wenig für die brodelnde Stadt. Es gab eine Menge Bäuche. Der Bauch eines Ministerialbeamten nahm die Welt anders wahr, spazierte anders durch die Stadt, war an feinere Kost gewöhnt und knurrte schneller als der eines Scherenschleifers, eines Handlangers, eines Hausmädchens ohne Anstellung. Der Bauch einer Matrone, die sich mit ihrer Dienerin nach günstiger Ware umschaute, war andere Mengen gewohnt als die Bäuche der Leute aus der Mahala, die oft nur ein Schmalzbrot hatten, um nicht hungrig einschlafen zu müssen. Es gab die gemütlichen Bäuche der Biertrinker, denn die Gegend um den Marktplatz war übersät mit Trinkhallen. Es gab die in Falten über den Hosenbund hängenden und ewig gierigen Bäuche der Spekulanten, der korrupten Gendarmen, der schläfrigen Kutscher. Es gab den Bauch des Königs und der Generäle, die sogar in der Krise an üppigen Tafeln Platz nahmen. Die Bäuche ratloser, trauriger, einfacher Leute, ohne Arbeit und Zukunft, die in den Kellerräumen an der Strada Griviţei wohnten. Den anspruchslosen Bauch des Volkes. Den Bauch der Bauern, die Tag für Tag am Nordbahnhof ankamen, weil sie davon träumten, sich in der Stadt eine Existenz aufzubauen. Den Bauch der Huren, der nur so lange gut gefüllt war, wie sie jung waren und Freier hatten. Den geschrumpften Bauch der Alten, die gar keinen Appetit mehr hatten. Jeder dieser Bäuche forderte sein Recht. Alle Bäuche gingen durch die Krise, aber nicht alle gleich.

Von den Hallen aus konnten wir für eine Weile am Fluss entlanglaufen, bis wir am Fuße des Hügels ankamen, auf dem das Mihai-Vodă-Kloster stand, dessen Glockenturm eine gewisse Rolle für unsere Familie spielte. Auch der Zirkus Sidoli stand noch, aber die Fassade bröckelte, der morsche Zaun war umgefallen, und ein kleines Plakat kündigte an, dass momentan keine Vorstellungen stattfänden.

Noch stand auch die Brotfabrik Gagel, die ihre Umgebung in unwiderstehlichen Brotduft tauchte, ebenso gab es die Militärkaserne und die Brauerei. Der wahre Grund dafür, wieso wir so oft diese Route nahmen, waren aber zwei Straßen mit sonderbaren Namen: die kurze Straße des Rhinozerosses, an der wir jedes Mal meinten, die dröhnenden Hufe einer ganzen Nashornherde zu vernehmen und ihren Schatten an den Hausmauern zu erblicken. Nachdem wir den Angriff der Dickhäuter überlebt hatten, kamen wir in die andere Straße, die uns interessierte, die lange, stille Straße ‹des Brunnens mit kaltem Wasser›, wo wir sofort einen brennenden Durst verspürten, den nur Großmutter mit einem Glas kalter Milch löschen konnte.

Die andere Route, die uns quer über den Hügel zu den Großeltern führte, hielt für uns weitere Straßen mit lustigen Namen bereit. An der Strada Ecoului riefen wir mehrmals unsere Namen, das Echo nachahmend, an der Strada Meteorilor liefen wir Gefahr, von großen Gesteinsbrocken aus dem Universum erschlagen zu werden, an der Strada Minotaurului kämpften wir gegen ein Mischwesen aus Mensch und Tier, und an der Strada Sirenelor versuchten liebliche Stimmen, uns zu verführen.

So gehörte der Dealul Spirii zu meiner Kindheit, zu meinem Leben, und als er vor wenigen Jahren geschunden, durchwühlt und abgetragen wurde, wurde auch mein Leben geschunden, durchwühlt und abgetragen. Die Rhinozerosse hatten gewonnen, der Minotaurus, die Meteore.

Kapitel 12

Eines Tages im Jahr 1940 tauchte Tiberiu vor dem Turm auf und rief nach mir:

«Căcăciosule!»

«Was willst du?», fragte ich.

«Komm runter, wir machen einen Ausflug.»

Diesmal schien er sein Ziel genau zu kennen. Er marschierte mit großen Schritten voran, sodass ich ihm kaum folgen konnte.

«Warte auf mich.»

«Wenn wir uns nicht beeilen, ist seine Schicht zu Ende.»

«Wen meinst du?»

«Meinen Vater.»

«Deinen echten Vater? Den brauchst du nicht, du hast doch uns.»

Er gab keine Antwort und beschleunigte sogar noch seine Schritte. Wir folgten ein Stück der belebten Dudeşti-Straße. Es waren traurige Jahre, viele Menschen waren verarmt, und diese Gegend bot die Möglichkeit, in den jüdischen Geschäften billig einkaufen zu können. Wir tauchten tiefer ins Viertel ein und kamen bei der Strada Văcăreşti wieder heraus, die direkt zum Schlachthof führte. Aber je mehr wir uns ihm näherten, desto unsicherer wurde Tiberiu. Wir blieben an Kreuzungen stehen und beobachteten den Verkehr, wir starrten in ein Schaufenster, und es war mir, als würden seine Beine mit jedem Schritt schwerer.

Er brauchte mehrere Anläufe, bevor er an das Schlachthoftor klopfte. Als ein bulliger Pförtner auftauchte, wichen wir einen Schritt zurück.

«Was wollt ihr? Fleischreste gibt es nur am frühen Morgen.»

«Mein Vater arbeitet hier.»

«Wie heißt er?»

«Stelian.»

«Stelian wie?»

«Stelian Ghimpe.»

«Ich wusste gar nicht, dass er einen Sohn hat. Die Töchter und die Frau holen ihn immer wieder mal ab. Aber einen Sohn? Und der Kleine dort, wer ist das?»

«Ich bin sein Bruder.»

«Das ist ja eine wundersame Vermehrung … In einer Minute gleich zwei Söhne.»

«Er ist so gut wie mein Bruder, wollte er sagen.»

Er schob sich die Mütze in den Nacken.

«Na gut, kommt mit. Ich erfahre die Wahrheit so oder so.»

Nachdem wir den Hof durchquert hatten, traten wir in einen riesigen Saal ein, der in Tageslicht getaucht war, als ob man dort, in jenem Tötungstempel, Wert darauf legte, dass das Sterben gut sichtbar bliebe. Die Schlächter standen in einer Ecke und rauchten, eine wohlverdiente Pause, während die Gehilfen die Blutlachen in den Boxen mit Wasser wegspritzten. Danach schoben sie ein Tor beiseite, und eine Rinderherde wurde hereingeführt, die uns den Weg versperrte.

Es waren alte, magere Tiere, nur noch Haut und Knochen. Durstig leckten sie sich die Schnauzen mit ihren schmalen Zungen. Sie bemerkten das Rinnsal und wollten trinken, aber die Gehilfen schlugen mit Peitschen auf sie ein, bis die Tiere in ihren Boxen waren. Die Rinder waren geduldig, viele von ihnen trugen am Hals die Spuren des Jochs. Mit ihren gutmütigen Augen beobachteten sie die letzte Szenerie ihres Lebens.

Die Schlächter nahmen ihre Positionen ein, wie auf ein Kommando zogen sie die Messer hervor und schnitten den Rindern wie in einer höllischen Choreografie die Kehlen durch. Die Tiere fielen auf der Stelle um, zuckten am Boden, während aus den offenen Halsadern das Blut in Fontänen spritzte. Ich begann zu weinen, und Tiberiu wendete sich angewidert ab.

«Jungs, ihr behindert die Arbeit! Hier durch!», rief der Pförtner.

Im nächsten Saal hingen Dutzende von toten Schweinen an Haken. In kleinen Boxen standen fünf, sechs Tiere zusammengepfercht, die Schlächter gingen zwischen den Boxen hin und her, für jede brauchten sie nicht mehr als einige Minuten.

Auch Onkel Stelian war dort. Noch bevor wir bei ihm waren, sahen wir ihn einen mächtigen Hammer über dem Kopf schwingen und ihn mit aller Kraft auf die Stirn eines Schweins niedergehen lassen. Da fasste ihn der Pförtner an der Schulter, Onkel Stelian drehte sich um, er war noch ganz bei seiner Arbeit, seine Blicke verrieten die Konzentration, die es brauchte, um punktgenau zu töten. Er erkannte uns nicht gleich. Der Pförtner musste ihn mehrmals fragen, ob Tiberiu sein Sohn sei, und es dauerte, bis er es bejahen konnte.

Er machte uns ein Zeichen, ihm zu folgen. Sein Gehilfe war damit beschäftigt, dem Schwein die Kehle zu öffnen, und es war mir, kurz bevor wir hinausgingen, als ob er vom frischen Blut trinke. Onkel Stelian führte uns durch weitere Säle, wo Schafe und Kälber das gleiche Schicksal erlitten oder wo die Tierkadaver gehäutet und die Hufe eingeschmolzen wurden, um daraus Knöpfe zu machen. In großen Kesseln wurden die Innereien für die berühmte Kuttel-Ciorba gewaschen. Dann endlich waren wir im Freien.

Onkel Stelian zündete sich eine Zigarette an.

«Was schaut ihr mich so an?», fragte er. «Arbeit ist Arbeit. Man kann heutzutage froh sein, wenn man überhaupt welche hat. Wie lange habe ich gesucht, nachdem man mich als Bauarbeiter entlassen hatte. Dafür bekommt deine Großmutter jetzt genug Fleisch von mir.»

Er verstummte und rauchte seine Zigarette zu Ende. Dann ging er auf Tiberiu zu und packte ihn am Nacken.

«Warum bist du hergekommen? Sag schon!» Er schüttelte ihn. «Was sucht ihr überhaupt hier?»

Tiberiu konnte seine Tränen kaum unterdrücken.

«Ihr kommt mich nie besuchen.»

«Ich muss Geld verdienen, mein Junge. Zu Hause warten drei hungrige Mäuler. Glaubst du, das ist einfach? Glaubst du, ich spaziere sorglos umher, verbringe meine Zeit im Kaffeehaus und an der Rennbahn und gehe zum Zeitvertreib zu den Nutten in Dudeşti? Mir fallen die Augen schon auf dem Weg nach Hause zu. Und jetzt kommst du und machst mir Vorwürfe.»

Er schüttelte ihn noch fester und ließ ihn dann unvermittelt los, sodass Tiberiu hintenüber fiel und zu weinen begann.

«Wann darf ich nach Hause kommen? Wann darf ich bei euch wohnen?»

«Ach, weine jetzt nicht wie ein Mädchen. Du hast es bei Großmutter Rosi und bei den Stoicas viel besser. Du weißt doch, wie wir wohnen, zu viert in einem Kellerraum. Überall Ratten, feucht und im Winter bitterkalt. Sei doch froh, dass für dich gesorgt ist!»

Seine Stimme klang nun wärmer, das Bedrohliche war daraus verschwunden. Er half Tiberiu wieder auf die Beine.

«Glaub mir, du willst nicht so leben müssen wie wir. Und jetzt Schluss damit, ich muss zurück an die Arbeit. Aber vorher bringe ich euch noch etwas für zu Hause.»

Nach wenigen Minuten kam Onkel Stelian wieder mit zwei Paketen Fleisch heraus.

«Das ist für deine Großmutter», sagte er und überreichte eins davon Tiberiu. Nun wandte er sich an mich: «Und das ist für deine Mutter. Wie geht es ihr? Kränkelt sie immer noch?» Er legte seinem Sohn beinahe zärtlich den Arm um die Schulter und begleitete uns zum Ausgang.

Aber bevor er wieder durch das Tor verschwand, rief ihm Tiberiu hinterher: «Wieso kommt ihr nicht zu uns wohnen? Es wäre eng, aber wir wären alle zusammen. Und Ratten haben wir keine … und im Winter machen wir ein gutes Kaminfeuer … dann wird es gemütlich bei uns.»

Onkel Stelian sah seinen Sohn lange an.

«Junge, ein Mann darf vieles verlieren, aber nicht seinen Stolz. Und jetzt macht, dass ihr wegkommt.»

Wir setzten uns ans Ufer der Dâmboviţa, die träge und schmutzig vor den Toren des Schlachthofes dahinfloss. Neben uns klaffte die Öffnung des Kanals, durch den Abfälle und Blut in den Fluss geleitet wurden. Tiberiu begann wieder, leise zu weinen, und obwohl ich der Jüngere von uns war und er bislang mich beschützt hatte, rückte ich nun näher und erklärte in feierlichem Ton, dass er eine Familie habe, unsere, und dass er, wenn eines Tages Rosi sterben würde, trotzdem nicht allein wäre. Seit jenem Tag, an dem ich Zeuge seiner Niederlage geworden war, nannte er mich nie wieder ‹Hosenscheißer›, sondern nur noch ‹Bruder›.

Natürlich konnte ich das Ganze nicht für mich behalten, und abends, als mich die Eltern ausfragten, wo ich denn gewesen sei, erzählte ich ihnen alles. Am nächsten Morgen zog Vater seine Zivilkleidung an, nahm einige Geldscheine aus seiner Geldbörse, kämmte vor dem Spiegel seinen Schnäuzer und wollte schon aufbrechen, aber er hatte nicht mit mir gerechnet. Ich blockierte den Ausgang und protestierte so lange, bis er mich mitnehmen musste.

Wir hatten Schwierigkeiten, die dunkle Gasse zu finden, die kurz vor dem Nordbahnhof die Calea Griviţei mit dem Fleischermarkt Mihalache verband. Vom Markt bis zum Bahnhof herrschte das quirlige Leben, das Kneipen, Stundenhotels, dunkle Kinosäle und versteckte Ecken braucht. Manche Provinzler, die eines Tages am Bahnhof ankamen, blieben für immer in diesem Viertel stecken. Es saugte sie auf und ließ sie nicht mehr gehen. Es machte aus ihnen Spieler, Trinker, Ganoven, Tagelöhner, Bettler, Huren. Manche stiegen auf, wurden Kellner, Kutscher, Taxifahrer, Aushilfsarbeiter. Wer sehr viel Glück hatte, kam bei der Eisenbahn unter, deren Werkhallen sich im Viertel befanden.

Die Gasse und der Markt waren übersät mit Abfällen und voller Ratten, die nach Essbarem suchten. Vor einigen Toren saßen halb nackte Kinder, abgemagert und kahl geschoren, voller Läuse, Krätze und Dreck, mit offenen Wunden und großen, fragenden Augen, die ihren Glanz noch nicht verloren hatten. Ein sauber gekleideter Mann mit perfekt gestutztem Schnurrbart wie Vater war hier eine Attraktion, also verstummten die Menschen, sahen ihn und mich prüfend an und wandten sich dann von uns ab, ohne auf Vaters Frage einzugehen und uns den Weg zu weisen.

Plötzlich hörten wir eine bekannte Stimme, Tiberius Mutter und die Mädchen kamen vom Markt zurück. Freudig reichte sie die Einkäufe ihren Töchtern, die in einem der Höfe verschwanden, dann umarmte sie uns. Ich habe keine klare Erinnerung mehr an sie, sie war immer im Hintergrund geblieben und wurde immer übersehen. Sie fragte uns über Rosi, Mutter und ihren Sohn aus. Sie wollte so viel über Tiberiu wissen, dass ich dort verstanden habe, wie sehr sie ihn liebte.

«Ich würde Tiberiu sofort zu uns nehmen, wenn ich könnte. Aber Stelian will nicht. Seitdem er die Stelle verloren hat und im Schlachthof arbeiten muss, hat er sich sehr verändert. Er war schon vorher nicht einfach, aber jetzt …»

«Der Junge leidet. Wir tun, was wir können, aber es ist nicht dasselbe», sagte Vater.

«Ich weiß», antwortete sie und senkte beschämt den Kopf. «Aber wieso stehen wir hier in der Gasse? Kommt doch rein, ich mache euch den besten türkischen Kaffee weit und breit.»

Der längliche Innenhof war so schmal, dass zwei Menschen mit ausgebreiteten Armen kaum nebeneinanderstehen konnten. Es drang wenig Sonnenlicht ein, links und rechts erhoben sich schäbige Häuser, mit bröckelndem Verputz und steilen Treppen, die in den Keller führten. Von einem Baum, der dort gestanden hatte, war nur ein schiefer, verkohlt aussehender Stamm übrig geblieben. Seine Wurzeln zeichneten sich deutlich unter der Erde ab, aber sie hatten ihn nicht schützen können.

Nun spielten Kinder zwischen den sinnlos gewordenen Wurzeln. Vor einem Eingang saß ein Mann auf einem umgedrehten Eimer, und eine Frau schnitt ihm die Haare und deckte ihn mit Flüchen ein, weil er sich keine Arbeit suchte. Zwei andere Männer spielten Karten, und über uns stritten sich zwei Nachbarinnen.

Vier Schubkarren und mehrere Besen waren im Hof abgestellt, ein Zeichen dafür, dass dort Straßenfeger, Schlepper und Gepäckträger wohnten.

Es roch nach Essen, Verschmutztem und Totem. Im Keller stand das Wasser ein paar Zentimeter über dem Boden, und wir mussten uns erst einmal an das dämmrige Licht gewöhnen, bevor wir die Mädchen erkannten, die auf dem einzigen Bett im Raum spielten. Vater trank langsam seinen Kaffee, und ich bekam ein Glas Schafsmilch.

«Er hätte auch Feuerwehrmann werden sollen, wie ich. Dann wäre es ihm besser ergangen. In der Krise zahlt die Stadt nicht immer pünktlich und schlecht, doch es reicht. Aber er ist nun mal ein Dorn, stur wie sein Vater. Wo ist er überhaupt?»

«Trinken, nehme ich an.»

Bevor wir uns verabschiedeten, zog Vater die Geldscheine aus seinem Mantel.

«Lieber gebe ich sie dir als ihm, er vertrinkt das Geld ja nur. Kauf den Mädchen etwas, bevor er es findet.»

Zögerlich näherten sich ihre Finger Vaters Hand, und ohne ihn anzusehen, nahm sie die Scheine an sich. Leise, fast unhörbar, bedankte sie sich.

Dann kam die große Stunde der Legionäre. Der Militärdiktator Antonescu zog auch das grüne Hemd an und holte die Faschisten in die Regierung, das Land wurde für kurze Zeit zu einem Legionärsstaat.

Wir haben früh gelernt, bei Carol II., bei Antonescu, vielleicht noch früher, bei den Großgrundbesitzern, den Osmanen, den Russen, den Habsburgern, den Ungarn, wie wertvoll es ist zu schweigen. Es rettet Leben, in erster Linie das eigene. Sich zu ducken, in die Wälder zu flüchten, sich unsichtbar zu machen, klagen, ohne sich aufzulehnen, sich mit teuflischen Verhältnissen zu arrangieren, das hat dafür gesorgt, dass wir zwar erobert, aber nicht ausgelöscht wurden.

Auf unseren Rücken haben wir den Diktator getragen, welcher auch immer gerade an der Reihe war, und haben ihm gehuldigt. Die kommunistischen Führer waren nicht die Ersten, sie profitierten von einer langen Tradition der Fügsamkeit. Doch es hat auch Ausnahmen gegeben.

Bevor Ende der Fünfzigerjahre endgültig Stille in meinem Land einzog, gab es ihn doch, den Aufruhr des Gewissens. Er wirkt heute, nach all diesen Jahrzehnten des Schweigens, fern, aber es hat ihn gegeben und das ist wichtig. Das Gefängnis, in dem ich meine willkürliche Strafe absitzen musste, war voller Bauern, Lehrer, Studenten, Offiziere, die sich gegen die neue, rote Tyrannei aufgelehnt hatten.

Für die Legion aber haben wir keine Entschuldigung. Sie kam nicht von außen wie die Rote Armee, die Osmanen, die ungarischen Bojaren. Mit ihr, durch sie wurden wir schuldig. Als sie im Herbst 1940 für einige Monate an die Macht kam, bevor sie sich auch gegen Antonescu auflehnte und von diesem zerschlagen wurde, geriet sie in einen Blutrausch. Ihre Polizei jagte die früheren Beamten, Offiziere, Gendarmen des Königs und tötete sie. Sie rächte sich und tötete ihre Feinde in den Verhörräumen, in den Zellen, bei ihnen zu Hause. Sie jagte gleichermaßen Kommunisten und Demokraten, aber am meisten hatte sie es auf die Juden abgesehen.

Die Strada Văcăreşti brannte, die Strada Dudeşti brannte, viele Synagogen auch, Vater hatte alle Hände voll zu tun. Abends im Salon erzählte er Mutter manchmal flüsternd, dass man ihn und seine Männer daran gehindert habe, einen Brand in einem jüdischen Geschäft zu löschen, und dass sich die Brandstifter daran berauscht hatten. Tiberiu und ich standen im Flur, bekamen aber trotzdem alles mit.

Die Legion war unermüdlich, sie hatte eine Mission, eine heilige, wie sie meinte, und dass sie tötete, stand nicht im Widerspruch dazu, oder dass sie kirchliche Zeremonien liebte oder sich der Heiligen bediente. Die Kirche des heiligen Ilie, dort, wo Ecaterina oft gebetet und von wo aus sie ihren Mann im Hof der Feuerwehrkaserne beobachtet hatte, war in die Geiselhaft der Legionäre geraten.

Ilie, der so geschickt mit dem Feuer und den Teufeln umzugehen wusste, war den Faschisten nicht gewachsen. In ihre grünen Hemden gekleidet, die Pistole gut sichtbar im Halfter, stiegen sie regelmäßig die lange Treppe hoch, um Messen abzuhalten und ihre Toten zu ehren. Weder wurden sie von den Blitzen des Heiligen getroffen noch von seiner Feuerpeitsche. Nie tauchte Ilie in seinem brennenden Karren auf und ließ Feuer über uns regnen. Er musste inzwischen zu einem zahnlosen, ohnmächtigen Heiligen geworden sein, dessen Heiligenschein voller Staub war und nur noch schwach leuchtete. Vielleicht war er müde, vielleicht zu nachsichtig, vielleicht bloß abwesend.

Es kam der Tag, an dem Salomon starb. Tiberiu und ich standen oft vor seiner offenen Tür und spekulierten auf sein gutes Herz, und tatsächlich ließ er uns nie ohne Naschereien weggehen. Er hatte immer die Taschen voller Bonbons, alle paar Minuten holte er welche heraus, die er an die Kinder verteilte. Seine Jacken- und Hosentaschen schienen bodenlos zu sein, als ob er mit seinen Händen in eine andere Welt gelangen könnte, in der er geheime Lager voller klebriger Köstlichkeiten besaß. Bis heute ist mir unerklärlich, warum seine Taschen so unerschöpflich waren. Bis heute werfe ich mir vor, ihm nicht geholfen zu haben, ja, ihn verraten zu haben.

Es war in der größten Nachmittagshitze, als wir, die vor Salomons Laden warteten, bemerkten, dass sich am Turm etwas tat. Dort, im dritten Stock, hatte sich Lascăr einquartiert, der frühere Feuerwehrmann und Legionär, den ich viele Jahre später im Gefängnis wiedertreffen sollte.

Unter seinem Fenster standen drei Legionäre, die mit ihm sprachen, und er zeigte in unsere Richtung. Sie setzten sich in Bewegung, ein dicklicher und zwei dürre, im Gleichschritt. Salomon begann hektisch, Bonbons aus den Taschen zu fischen und sie uns zu überreichen. «Nehmt, Kinder, nehmt, solange noch Zeit ist.» Die Männer näherten sich uns, seine Hände zitterten, viele Bonbons fielen auf die Erde, kleine farbige Klekse im uniformen Sonnenlicht. «Nehmt, Kinder, nehmt! Vergesst Salomon nicht, der euch das Leben versüßt hat.» Er blieb wie erstarrt stehen, die Hände in den Taschen, als die drei uns erreichten. Einer drehte sich zu uns um und nahm Maß, wie man ein Stück Fleisch prüft, das man gleich in die Pfanne geben möchte.

«Seid ihr Juden?», fragte er.

Wir beeilten uns zu verneinen.

«Wieso kauft ihr dann bei diesem Juden eure Bonbons? Sind die rumänischen Süßigkeiten weniger gut?»

«Er hat sie uns geschenkt», meinte Tiberiu.

«So, so, geschenkt also.» Er drehte sich zu seinen Kumpanen um: «Der weiß, wie man sich einschmeicheln muss.» Dann wieder zu uns: «Macht, dass ihr wegkommt!»

Aus sicherer Entfernung, die Hände und Taschen voll von Salomons süßen Geschenken, sahen wir, was wir nicht hätten sehen sollen. Die Nachricht verbreitete sich schnell im Viertel, auch Vater und Mutter kamen angelaufen und viele Kinder, die eine Schwäche für Salomons köstliche Versuchungen gehabt hatten. Ein paar Männer hoben den Leichnam hoch und legten ihn aufs Bett, und Mutter begann ihm das Blut vom Gesicht zu wischen, als Vater sie unterbrach:

«Lass das mal, bevor wir etwas Falsches machen. Weiß einer von euch, wie die Juden ihre Toten bestatten?»

Keiner wusste es.

«Wir sollten seine Leute benachrichtigen.»

«Hat er überhaupt Verwandtschaft?», fragte eine Frau.

«Woher ist er überhaupt gekommen?»

«Eines Tages war er einfach da.»

«Hat nie viel gesprochen. Wenn er keine Kunden hatte, hat er vor der Tür gesessen und gelesen, stundenlang nur gelesen.»

«Wird der Laden jetzt frei?»

«Wir könnten den Popen holen und fragen.»

«Der Pope ist selbst Legionär.»

«Kennt ihr einen Juden, der helfen könnte?»

Vater rief Tiberiu zu sich und beauftragte ihn, nach Dudeşti zu gehen und die Gegend aufzusuchen, wo Salomon früher gewohnt hatte. Er sollte an die Türen klopfen und nach Menschen suchen, die ihn gekannt hatten, und wenn gar keiner mitkommen wollte, sollte er wenigstens einen Rabbi ausfindig machen und ihn hierherbringen.

Wir warteten lange, den meisten dauerte es zu lange, sodass die Menge immer kleiner wurde, bis nur noch Mutter, einige Kinder, die sich langweilten und mit einem kaputten Reifen spielten, und ich übrig blieben. Mutter verschaffte sich mit einem Fächer aus Salomons Laden Luft, während ich überlegte, ob ich, der ihm nicht geholfen hatte, seine Bonbons essen durfte.

Der Turmschatten war schon auf die andere Seite gewandert, der Abend nahte, und ich fragte Mutter, ob es eine Sünde sei, dass ich Salomon nicht verteidigt hatte. Ob ich nun, wie Rosi sagte, schlechte Karten bei den Teufeln hätte. Ob ich für immer in der Hölle schmoren würde. Mutter lachte bitter, zog mich an sich und hielt mich fest. «Du wirst später mehr sündigen, als dir lieb ist. Für das, was heute geschieht, kannst du aber nichts. Solche Dinge passieren in letzter Zeit viel in unserer Stadt, wir sind machtlos.»

Endlich tauchte am südlichen Rand des Platzes eine kleine Gruppe auf, und wir erkannten, dass Tiberiu sie anführte. Das aber war nur die Vorhut, es erschienen immer mehr Menschen, Männer und Frauen, und einen Rabbi gab es auch, und gemeinsam mit den Juden – wir konnten unseren Augen nicht trauen – kamen stark geschminkte Huren auf uns zu, die berühmten Huren von Dudeşti, wo Tiberiu und ich eines Tages unsere Jungfräulichkeit verlieren sollten. Auf ihren Stöckelschuhen kamen sie nur langsam voran, die Handtaschen schlenkerten an ihren Armen, sie schwitzten vor Anstrengung, aber sie hatten es sich nicht nehmen lassen, den Tröster ihrer einsamen Tage ein letztes Mal zu sehen.

Der Legionär im Turm beschimpfte sie von seinem Fenster aus, drohte ihnen, aber die Juden und die Huren mit Tiberiu an ihrer

Spitze achteten nicht auf ihn. Sie nahmen uns gar nicht wahr, gingen ins Haus, nur der Rabbi blieb bei Mutter stehen: «Hat jemand seinen Leichnam berührt?» Aber bevor sie antworten konnte, war er den anderen schon gefolgt.

Der Rabbi schloss Salomon die Augen, dann wurde der Tote mit einem Tuch bedeckt. Sie legten ihn wieder auf den Fußboden, der Rabbi holte eine Kerze aus seiner Tasche und zündete sie an. «Wir müssen ihn hier waschen», sagte er. «Im Augenblick ist es zu gefährlich, dafür in die Leichenhalle zu gehen.» Einige Frauen breiteten ein weißes Totenkleid auf der Ladentheke aus. Dann trat der Rabbi wieder an Mutter heran: «Gnädige Frau, kennen Sie hier im Viertel einen Schreiner, der uns einen einfachen Sarg tischlern könnte?»

Die Huren setzten sich müde auf Salomons Stühle, einige im Laden, andere davor, manche zogen ihre Schuhe aus und massierten sich die Füße, andere konnten nicht widerstehen und naschten von den verwaisten Süßigkeiten. Als der Abend voranschritt, wurden sie immer melancholischer und begannen sich an Augenblicke mit Salomon zu erinnern, an glückliche Tage und an weniger glückliche, an denen sie seinen Laden aufgesucht hatten, um bei ihm Rahat oder Şerbet zu kaufen und Trost zu finden.

Sie hatten ihm von Kunden erzählt, die nicht bezahlen wollten oder zu wenig zahlten, von ihren Familien, die nichts mehr von ihnen wissen wollten; von Kindern, die sie hatten weggeben müssen; von Männern, die angaben, sie zu lieben, nur um sie anschaffen zu lassen, von Nächten hinter Gittern und von den verrückten Dingen, die ihre Freier von ihnen verlangten. «Dazu hat er kaum ein Wort gesagt, aber er hat zugehört. Das hat mir genügt», meinte eine von ihnen, und die anderen nickten. So war das mit Salomon.

Kurz vor Mitternacht, als der Sarg gebracht und die Leiche hineingelegt worden war, als ein Pferdekarren gefunden worden war und sich alle bereit machten, Salomon zurück in sein Viertel zu bringen, hatte ich plötzlich eine Idee und ließ nicht locker, bis mir Vater zuhörte. Er sah mich erstaunt an und leitete meinen Wunsch an den Rabbi weiter, der zu meiner Überraschung gleich zusagte.

Salomon wurde langsam um den Turm gefahren, und es war der seltsamste Trauerzug, den ich je gesehen habe: schweigsame Juden, weinende Huren und Kinder, deren Finger noch klebrig von Bonbons waren. Lascăr wollte uns erneut beschimpfen, aber diesmal bezwang Vater seine Angst – so wie er später Angst vor den Kommunisten haben würde, die er nicht bezwingen konnte – und rief: «Wenn du noch ein Wort sagst, komme ich hoch und verprügle dich höchstpersönlich!»

Salomon war der Letzte. Schon davor war die Tradition, die Toten zu uns zu bringen, allmählich in Vergessenheit geraten, wie ein altes Lied, das sich im unermesslichen Raum verliert, leiser wird, schwindet, verstummt.

An Toten sollte es in den nächsten Jahren allerdings nicht mangeln, denn Rumänien trat 1941 in den Krieg ein. Wäre unser Ritual noch lebendig gewesen, so hätten sich die Särge bis zur Universitätskreuzung gestaut. Nun aber blieb es ruhig bei uns, sogar als andere, wichtigere oder zufällig getroffene Viertel von den alliierten Bombern 1944 in Schutt und Asche gelegt wurden.

Woran erinnere ich mich noch? Ich erinnere mich, wie ein Junge starb, der kaum vierzehn oder fünfzehn Jahre alt war und ein kommunistisches Plakat an den Turm kleben wollte. Vielleicht war er gar kein Kommunist, vielleicht wusste er nicht einmal, was ‹Kommunismus› bedeutet, und hatte den Auftrag bloß angenommen, um etwas Geld zu verdienen.

Ich stand auf der Beobachtungsplattform und rief ihm zu, dass sich ihm der Legionär Lascăr zusammen mit einem zweiten Grünhemd nähere, aber der Junge war so in seine Arbeit vertieft oder wollte sie an jenem kühlen Novembermorgen nur so schnell wie möglich erledigen, dass er mich nicht hörte. Als er die Gefahr bemerkte und weglaufen wollte, war es zu spät.

Tiberiu, der mich zu einer weiteren Wanderung abholen wollte, beobachtete die Szene ebenfalls aus einiger Entfernung. Wir standen eine Weile neben der Leiche des Jungen, niemand wagte sie anzurühren oder wegzubringen, und ich wollte beten, um seine Seele den Engeln zu empfehlen und sie vor den Teufeln zu retten. Ich wollte, dass Tiberiu in mein Gebet einstimmte, aber er erwiderte barsch: «Das hilft ihm auch nicht mehr. Am besten, man rottet die Faschisten aus.»

Es war gewiss ein kleiner, unbedeutender Tod angesichts des vielen Sterbens an der Front, aber neben Salomons Tod markierte er in meinem Leben den Beginn der Einsicht in die menschliche Niedertracht. Und auch für Tiberiu muss er von Bedeutung gewesen sein, da er in den nächsten Jahren immer wieder darauf zu sprechen kam, wenn ich ihn darum bat, zu erklären, warum er sich vom Kommunismus angezogen fühlte und wieso er alles verachtete, was davor, vor der neuen Ordnung, dem neuen Menschen gewesen war.

Onkel Stelian, Tiberius Mutter und Schwestern starben bei der ersten Bombardierung Bukarests. Bislang war die Stadt verschont geblieben, der Krieg fand weit entfernt statt, in der Bukowina, auf der Krim, im Donbass, in Stalingrad. Das Leben war teuer und schmeckte nach Enttäuschung und Asche. Geld war Mangelware, die Menschen waren besorgt, bekümmert, so wie ich sie sonst nur noch in diesen letzten Jahren gesehen habe.

Die Soldaten, die im Windschatten der deutschen Wehrmacht von Sieg zu Sieg geeilt waren, die von ihren Müttern und Ehefrauen am Nordbahnhof verabschiedet worden waren oder in endlosen Kolonnen die Stadt verlassen hatten, kehrten tot oder noch lebendig, aber versehrt, zerlumpt und gebrochen zurück.

Es hatte Warnungen gegeben. Der Radiosender ‹Londra› erklärte, dass nun die Stunde der Niederlage gekommen sei, da die Russen fast an der Grenze seien. Eines Tages schneite es Flugblätter, die auf Dächern, Balkonen, Autodächern und Straßen liegen blieben wie ein giftiger Schneefall mit überdimensionierten

Schneeflocken, die nicht schmelzen würden. Darauf wurden die Bewohner aufgefordert, die Stadt zu verlassen.

Es war ein schöner, frühlingshafter Tag im April des Jahres 1944. Nach einem Probealarm schlenderten die Bukarester unbekümmert im milden Sonnenlicht dahin und dachten gar nicht daran, wieder die Schutzräume aufzusuchen, als der Alarm erneut ertönte. Zunächst hörte man in großer Höhe das Summen der metallenen Bienen, dann begann die Flugabwehr zu schießen. Dutzende von B-24- und B-17-Bombern machten sich über die Stadt her, eine Welle nach der anderen.

Die erste davon zerstörte den Bahnhof, die Eisenbahnwerke, Züge voller Munition, die lichterloh zu brennen begannen und bis tief in die Nacht explodierten. Dann breitete sich dichter, schwarzer Rauch aus, der die Sicht verschleierte und vom Wind über das ganze Bahnhofsviertel verteilt wurde. Weil man die eigentlichen Ziele nicht mehr erkennen konnte, warfen die Piloten die Bomben dort ab, wo sie sie vermuteten, und setzten ganze Viertel in Brand.

Alle Warnungen von Rosi und Mutter ignorierend, waren Tiberiu und ich sofort auf die Turmspitze geeilt. Wir sahen die zweite, dritte und vierte Welle von Fliegern, zwanzig bis dreißig auf einmal, die ihre Bomben in breiten Teppichen abwarfen, und versuchten zu erraten, was gerade getroffen worden war: die Hotels an der Calea Victoriei, eine Ölraffinerie vielleicht, eine Kirche, eine Mühle, das Wasserwerk, eine Gasleitung, der Königspalast. Wir hörten die Sirenen der Feuerwehrautos und wussten, dass sich Vater, der tagelang nicht mehr nach Hause kommen sollte, in einem von ihnen befand.

Die rumänischen und deutschen Jagdflugzeuge stiegen auf, fast zweihundert konnten wir zählen, und sie blieben nicht ganz erfolglos, mehrere amerikanische Bomber fingen Feuer, wir verfolgten ihren Absturz mit Freude, wir wussten, dass sich in ihrem Cockpit auch Menschen befanden, aber wir konnten es kaum abwarten, dass die Maschinen explodierten. Rache war süß, selten habe ich so gehasst, wie ich damals die Amerikaner gehasst habe. Später sollte ich sie mit derselben Leidenschaft herbeisehnen. Im Gefängnis hat es an den überlangen Tagen des Wartens und Hungerns nur ein Thema gegeben: Kommen sie noch, oder geben wir den letzten Traumfunken auf?

Unsere Kinos zeigten laufend amerikanische Filme, ihre Stars waren die Stars meiner Eltern, jede blonde Frau träumte davon, Mary Pickford zu sein – die zwar Kanadierin war, aber zu Amerikas Liebling geworden war –, jede Dunkelhaarige Pola Negri, die Polin, die mit Chaplin und Valentino angebändelt hatte. Die Männer kauften sich runde Brillen, um Harold Lloyd zu gleichen, und wünschten sich, die Verwegenheit eines James Cagney zu haben. Aber die Amerikaner, auf deren Ankunft wir noch Anfang der Sechzigerjahre hofften, damit sie uns von den Kommunisten befreiten, pulverisierten damals unsere Häuser, begruben uns unter rauchenden Trümmern.

Bei der letzten Angriffswelle an jenem Tag wurde auch der Matache-Markt in der Nähe des Bahnhofs getroffen, in dessen Nachbarschaft Tiberius Familie lebte. Tiberius Gesicht verdunkelte sich, er murmelte etwas, fluchte, dann sagte er: «Verdammt, sie wohnen doch da.»

Als wir dort ankamen, konnten wir nichts mehr erkennen. Alles war in die Luft gegangen, die Menschen auch, die kurze Straße, in der Onkel Stelian gewohnt hatte, war verschwunden. Das Einzige, was aus den Ruinen ragte, war jener verdorrte Baum, den ich bei meinem Besuch mit Vater gesehen hatte.

Ich stand eine Weile neben dem weinenden Tiberiu, dann wollte er mit bloßen Händen graben, er begann Ziegelsteine und Mauerteile zu entfernen, und forderte mich auf, ihm zu helfen, aber ohne Werkzeug kamen wir nicht weit und mussten uns eingestehen, dass alles vergeblich war.

«Vielleicht war er gar nicht zu Hause, vielleicht war er irgendwo trinken … Vielleicht war Mutter mit den Mädchen unterwegs, und sie kommen bald zurück.»

«Ja, das kann gut sein», sagte ich.

Wir warteten tage- und wochenlang, dass sie wieder auftauchten. Tiberiu nahm seine alte Gewohnheit wieder auf, er sagte: «Dann gehe ich mal los», und wenn Rosi ihn fragte: «Wozu musst du dauernd in Bewegung sein?», antwortete er: «Um nachzudenken.» Wenn sie wissen wollte, wann er zurück sein würde, meinte er: «Wenn ich zu Ende nachgedacht habe.» Das wiederum konnte sehr lange dauern.

Am nächsten Tag erklang erneut der Alarm, ein langer, unerträglicher Ton, und auch wenn die Menschen panisch die Schutzkeller aufsuchten, verschonten uns die Bomber diesmal. Wir verfolgten ihren Anflug aus unseren Verstecken, sammelten uns um die Radios und erfuhren, dass ihr Ziel die Ölfelder im Norden waren. Doch Mitte des Monats erinnerten sich die Flieger wieder an uns und sollten uns bis August nicht mehr vergessen.

Im April, eine Viertelstunde nach dem Alarm, wieder zu Mittag, wurde das Zentrum von Bukarest angegriffen. Es war Ostersamstag, der Beweis für Rosi und Mutter, dass die Amerikaner gottlos waren, so wie die Russen, nur eben anders. Sie waren die zwei Seiten derselben Medaille und wir ein kleines, unbedeutendes Volk, dem niemand zu Hilfe eilen würde.

Vierhundert B-24-Liberator-Bomber setzten in zwanzig Minuten so viel in Brand, dass im Westen der Stadt die ganze Nacht lang und auch den nächsten Tag über eine Feuerwand loderte und der dicke Rauch einem den Atem raubte. «Bulevardul Colţei!», rief ich Mutter zu, die unten stand und mich anflehte, herunterzukommen und den Schutzraum aufzusuchen. «Universitatea! Palatul Suţu! Strada Enei! Bulevardul Elisabeta! Palatul Regal! Pe lîngă biserica Albă.» Man hätte meinen können, dass die Amerikaner launisch oder blind wären, dass sie Katz und Maus mit uns spielten, denn einmal ging der Süden in Rauch auf, dann der Norden, dann wieder der Westen.

Ob Krankenhäuser, Garagen, Fabriken, die Häuser der Eisenbahnarbeiter, Schulen, Straßenbahnen, Museen, die jüdischen

Viertel, Kirchen, viele Kirchen, als ob die Heiligen beschlossen hätten, endlich obdachlos zu werden, so wie es einst gedacht und manchmal vorgelebt worden war, der Schlachthof, Munitionslager, Kasernen, Bordelle, weit entfernte Viertel, wo viele Weinreben wuchsen und die einzige Gefahr in schlechtem Wein bestand, Ministerien und elegante Wohnviertel: Nirgends war man sicher, und vielleicht war das die wirksamste Strategie, um eine Stadt in die Knie zu zwingen.

Die Nachtbombardements waren noch eindrücklicher, es war, als ob die Nacht plötzlich eine bedrohliche Stimme erhalten hätte; als ob sich in der Dunkelheit ein schreckliches Wesen verberge, unsichtbar und tödlich. Es regnete nicht nur Bomben, sondern auch Leuchtmunition und weitere Flugblätter, die stumm aus der Finsternis auftauchten.

Der Universitätsplatz, wo verschiedentlich Brandreden gehalten worden waren, der viele Aufmärsche erduldet hatte, auf dem Hunderte von Militärparaden stattgefunden hatten und über dem auch die Stiefel der türkischen, deutschen oder russischen Truppen marschiert waren, war vom Feuer eingekesselt. In der Mitte stand die Statue von Mihai Vodă, der dem Volk das Gefühl vermittelt hatte, ebenfalls siegreich sein zu können, wenn auch nur für kurze Zeit.

Vater kämpfte die ganze Nacht gegen die Flammen, und als er endlich nach Hause kam, von Kopf bis Fuß mit Ruß bedeckt, wärmte Mutter Wasser auf, wusch und schrubbte ihn, während er vollkommen erschöpft vor sich hin schluchzte. Es war das erste Mal, dass ich meinen Vater weinen hörte.

Die Bewohner begannen, Bukarest zu verlassen. An jeder Ecke bildeten sich Kolonnen schweigsamer Menschen, die zu Fuß, auf Fahrrädern, auf Pferdekarren und Lastwagen aus der Stadt strömten. Sie würden auf Feldern oder in den Überresten des Eichenwaldes kampieren, der hier einst gestanden hatte. Oder sie würden Unterschlupf in den Dörfern suchen, wo sie die Bauern für ein Bett und etwas zu essen mit Kleidern, Büchern oder Schmuck bezahlten.

Vater plante, uns in den Mogoşoaia-Wald zu schicken, aber Rosi und Mutter setzten sich durch, die lieber zu Großvater und Großmutter auf den Dealul Spirii wollten. Weil es kaum Benzin gab, konnten wir nur einen Pferdewagen bestellen, unser Gepäck wurde daraufgeladen, und wir traten den umgekehrten Weg an, den seinerzeit Ecaterina und die Heiligen, Vasile und Darie genommen hatten.

Männer, die man in Arbeitsbrigaden gezwungen hatte, räumten die Straßen frei und zogen die Leichen unter den Trümmern hervor, entfernten umgestürzte Telefon- und Strommasten, hielten in Hinterhöfen und zerbombten Häusern Ausschau nach Überlebenden. Manchmal mussten wir lange an einer Kreuzung warten, und dabei entdeckten wir den Rabbi, der sich um Salomon gekümmert hatte.

Wir wollten ihn begrüßen und ihm etwas Brot geben, aber Mutter zeigte auf den Offizier und die Soldaten, die die Männer, Juden, wie wir jetzt erkannten, bewachten, und hielt uns davon ab. Es waren schmächtige Männer, die solche Arbeit nicht gewohnt waren; sosehr sie sich auch anstrengten, sie kamen kaum voran, und der Offizier beschimpfte sie als Nichtsnutze und drohte ihnen, weil ihm ihre Langsamkeit wie Sabotage vorkam.

Die Sommermonate auf dem Hügel verbrachten wir zwischen Hoffen und Bangen. Wir warteten auf Vater, der uns nur selten besuchen konnte, fürchteten neue Bombardierungen, den Alarm, warteten auf die neuesten Nachrichten von der Front.

Die Russen hatten schon im Frühling den Dnister überquert und Bessarabien besetzt. Mutter fühlte sich oft schwach und zog sich ins Hinterzimmer zurück. Großmutter Agape und Rosi gingen zwischen zwei Bombenalarmen in die Stadt hinunter, um das Nötigste einzukaufen, denn Hausierer kamen kaum noch vorbei. Manchmal begleiteten wir sie, um die Sachen hochzutragen, dann sahen wir die Zerstörungen im Westen der Stadt.

Die Calea Victoriei und Bulevardul Elisabeta waren abermals von englischen Hallifax und Wellingtons getroffen worden, ein

Flammenmeer hatte sich über die stolzesten Adern Bukarests ausgebreitet, die berühmten Cafés und Hotels, Läden mit französischer und englischer Ware, die neuen Wohntürme, das Nationaltheater, alle waren wiederholt getroffen worden.

Dort im Westen kauften wir auch Zeitungen, die Großvater Darie unter dem Licht der Glühbirne in der Küche las, von Mücken umschwirrt, bei weit offenen Fenstern, denn die berühmte Bukarester Hitze war auch in jenem Jahr unerträglich. Manchmal kamen die Nachbarn vorbei, auf ein Glas Wein, einen türkischen Kaffee, einen Schwatz, aber Daries Stimmung war düster, er sagte nur: «Es brennt überall, das kann nicht einmal der beste Feuerwehrmann löschen.»

Ich habe heute noch das Heulen der Sirenen, das dumpfe Beben der Explosionen im Ohr, so wie ich immer noch den Gefängniswärter höre, wie er mit dem Stock an die Zellentüren schlägt, das einzige Zeichen dafür, dass er unterwegs war, da die Wärter immer Überschuhe aus Filz über die Stiefel zogen, um sich unhörbar unseren Zellen nähern zu können. Oder das Auf- und Zuschnappen der Klappe vor dem Guckloch, durch das sie uns beobachteten, denn der Gefängnisalltag war voller Regeln und Verbote, und eines davon lautete, sich tagsüber nicht hinzulegen, und ein anderes, nicht mit der Nachbarzelle zu kommunizieren.

Ich höre die Sirenen der Rettungswagen, die 1944 durch die Stadt rasten, so wie ich das Röcheln der Gefangenen höre, die auf der Pritsche neben mir gegen den Tod kämpften. Und über alldem höre ich die Stimme von Darie, der nicht ahnen konnte, dass seine Worte nicht nur die Kriegszeit beschreiben würden, sondern auch alles, was danach kommen sollte, bis auf den heutigen Tag. Es würde sich kein Feuerwehrmann mehr finden, der all die Feuer würde löschen können, die auf uns zurasten.

Alles war in voller Blüte, die Natur schien uns zu verhöhnen. Manchmal, wenn mehrere Tage lang keine Angriffe stattfanden, wenn Radio ‹București› oder der deutsche Soldatensender ‹Belgrad› Musik sendeten, Großmutter die Fenster öffnete und irgendein Walzer oder eine Romanţă durch den Garten wehten, schien die geruhsame Zeit, die einst in meiner Stadt geherrscht hatte, wieder da zu sein. Dann trauten sich die fliegenden Händler wieder durch die Gassen und boten ihre Waren an, eine verwirrende Vielfalt von süßen Melonen, kühler Braga und klebriger Baklava, ein Gewimmel aus Kesselflickern, Schornsteinfegern und Blumenverkäuferinnen. Dann schwärmten Tiberiu und ich aus, suchten die Gassen auf, deren Namen uns so gut gefielen, spielten Echo an der Straße des Echos und Meteore an der gleichnamigen Straße, hörten die Rufe der Sirenen und die Hufe der Rhinozerosse, und wir bekamen schrecklichen Durst an der Strada Puţul cu Apă Rece. Dort roch es auch nach frischem Brot, obwohl die Brotfabrik Gagel kein Mehl mehr hatte und geschlossen war. Aber in unserer Fantasie ging das Mehl nie zur Neige. Ebenso hatten wir noch den Malzgeruch der Brauerei in der Nase. Die Erinnerung kannte keinen Krieg.

Wir suchten Kühlung im Dachstock der Kirche Izvorul Tămăduirii, nicht ohne vorher Peter und Paulus und die Heilige Jungfrau gegrüßt zu haben, die den Eingang bewachten. Dort oben jagten wir Fledermäuse, legten uns inmitten alter, verstaubter Möbelstücke, Bücher, Ikonen und abgeblätterter Bilder auf den Boden und stellten uns eine Zukunft vor, die niemals eintreffen würde.

Abends standen alle aus der Nachbarschaft auf der Straße und zählten die Brandherde in der Stadt.

Darie, der praktisch in jeder Straße schon einmal ein Feuer gelöscht hatte, fügte die Namen hinzu. Manche Gegenden waren in unserer Nähe, die Sfinţii Apostoli, Elefterie, Rahova, andere weit entfernt, wie die Munitionsfabrik Dudeşti, die Lokomotivenfabrik Malaxa, der Victoriei-Platz, Erdölraffinerien, der Sitz von Antonescu, die Kaserne Malmaison oder das Wäldchen Mogoşoaia, wo viele Bewohner Schutz gesucht hatten.

«Kein Wald schützt dich vor Bomben», murmelte Großmutter und bekreuzigte sich.

«Wenn wir auf deinen Vater gehört hätten, wären wir jetzt Asche», sagte Mutter zu mir.

Der Himmel über der Stadt war immer voller dicken, schwarzen Rauchs, der tagelang in der Luft hing. Vielleicht trafen die Amerikaner und Engländer deshalb oft so absurde Ziele wie die Makkaronifabrik Solacolu, die Knöpfefabrik, manche Friedhöfe, die königliche Schweinefarm, die Schuhcremefabrik Bata, das Gefängnis Văcăreşti, die Zigarettenfabrik Belvedere, Altenheime und die Dörfer der Umgebung. Als sie die Brauerei Luther erwischten, sagte Darie: «Jetzt wollen sie uns noch die letzte Freude nehmen.»

Obwohl viele Viertel die Namen von Heiligen trugen, denn man wohnte ‹La Sfinţii Apostoli›, ‹Pe lîngă Antim›, ‹Nu departe de Sfânta Vineri›, hatte sie das nicht vor Bränden geschützt. Die Heiligen hatten kollektiv versagt oder sich ein weiteres Mal geweigert einzugreifen. Ihr Verhältnis zu den Menschen war schon immer ein Missverständnis gewesen.

Die letzten alliierten Bomben fielen ausgerechnet am Fuße unseres Hügels. Sie töteten niemanden, hinterließen aber riesige Krater, die von uns bestaunt wurden. Eine der Bomben war nicht explodiert, und die Leute bekreuzigten sich und dankten Gott, dass sie Glück gehabt hatten. Sie ahnten nicht, dass sie trotzdem nicht entkommen waren, für die nächsten fünfundvierzig Jahre nicht.

Am Tag, als Antonescu – der Erste, der sich «Conducător» hatte nennen lassen, so wie später Ceauşescu – verhaftet wurde, packten wir unsere Sachen zusammen und wollten den Hügel verlassen.

Wir hörten im Radio die Erklärung des jungen Königs Mihai – denn einen König hatten wir auch noch – darüber, dass wir aus dem Krieg und aus der Allianz mit den Achsenmächten ausschieden. Wir hörten, dass die Diktatur beendet sei und damit auch alle Entbehrungen. Dass ein neues Zeitalter begonnen hätte, in dem unsere Rechte und Freiheiten garantiert sein würden. Wir hörten, dass die Regierung Frieden mit den Russen schließen wolle und dass man sie vertrauensvoll empfangen solle. Wir hörten, dass wir unser Schicksal selbst bestimmen wollten und dass wir am Ende dieses Weges ein freies, starkes und glückliches Land wären. Auf die Erfüllung dieses Versprechens warte ich noch heute.

Damals umarmten wir uns und klopften uns auf die Schultern, berauscht von solchen Aussichten. Wir gratulierten uns immer noch, als die ersten russischen Panzer nach Bukarest hineinrollten und die Brigaden der rumänischen Kommunisten einmarschierten. Wir dachten, es könne schlimmer nicht mehr kommen, aber es wurde schlimmer. Eine neue Sorte Terror, die Genese einer neuen Welt, zeigte sich am Horizont. Es begann das Zeitalter der Bauerndiktatoren.

Bald ging es mit den Verhaftungen los, aber auch das hielten wir noch für verständlich. So wie der Königdiktator Jagd auf Kommunisten und Legionäre gemacht hatte, Letztere wiederum auf die Leute des Königs, auf Kommunisten und Juden, so suchten nun ihrerseits die Kommunisten ihre Feinde heim. Die Zellen füllten sich mit Politikern, Offizieren, Journalisten, Polizisten und Beamten, ein paar Hundert zunächst, bald zehn- und dann zwanzigtausend. Die Intrigen und die Hetze nahmen von Tag zu Tag zu, aber noch herrschten die Kommunisten nicht allein und konnten nicht ihren ganzen Hass entfesseln.

Noch gab es einen König und Parteien, aber täglich brachten sich die Kommunisten besser in Stellung, und ihre Zeitungen sprachen aus, was folgen sollte: Mordlust, Blutrausch, Gnadenlosigkeit. Noch hofften wir auf die Amerikaner, auf Churchill, auf die Heiligen. Der Staffellauf der Gewalt hatte schon bei Carol II., bei den Legionären und General Antonescu angefangen; vielleicht war die Fackel, die nun weitergereicht wurde, schon viel früher, vor Jahrhunderten, entzündet worden. Diese Staffel war das wahre Perpetuum mobile. Unmöglich, sie zu stoppen.

Wenn ich an jene Zeit denke, den Beginn der bleiernen Jahre, dann taucht zuerst die Erinnerung an die Angst meiner Eltern auf. Die Angst, dass plötzlich an der Tür geklopft werden würde, um Vater abzuführen, denn täglich verschwanden Leute. Wir versuchten uns einzureden, dass der Kommandant einer Feuerwehrbrigade kaum ein Feind für die neuen Herrscher sein könnte und dass die Bekämpfung von Bränden nicht parteiisch sei.

Trotzdem spitzten wir bei jedem ungewohnten Geräusch die Ohren, es konnte jeden treffen. Der Terror war nicht gerecht, er folgte einem verborgenen Drehbuch. Es konnte einen grundlos erwischen, bloß weil irgendjemand es auf ihn, sein Haus, seinen Arbeitsplatz abgesehen hatte. Weil man früher etwas getan oder auch nicht getan hatte. Die goldene Zeit der Denunzianten hatte begonnen.

Vater und Mutter, gelegentlich auch Alex und ich, saßen ganze Abende im Wohnzimmer und gingen wieder und wieder die letzten Jahre durch.

«Denk nach, hast du schon mal einen Kommunisten in der Mannschaft gehabt?», fragte Mutter.

«Einen Legionär ja, aber keinen Kommunisten.»

«Hast du mal einem eine Beförderung versagt?»

«Schon, aber der war Monarchist.»

«Hast du dich schon mal abfällig über die Kommunisten geäußert?»

«Kann sein. Aber wer kann schon sagen, was vor fünf oder zehn Jahren gewesen ist?»

«Und du?», fragte Mutter Alex, aber auch er verneinte.

«Erinnere dich!»

«Ich versuche es, aber mir fällt nichts ein.»

«Streng dich mehr an!»

So ging das tagein und tagaus, die Angst hatte sich auch in unser Haus eingeschlichen wie eine alte Frau auf der Suche nach Wärme und Nahrung. Sie hatte auch von den Häusern unserer Nachbarn Besitz ergriffen, Vater und Mutter waren sich sicher, dass es hinter den erleuchteten Fenstern genauso aussah wie bei uns. Die Selbstbezichtigung war in Mode gekommen.

Die Angst saß in einer Ecke, vielleicht neben dem Kamin, vielleicht im Schaukelstuhl, schaute wohlig und schläfrig um sich und war zufrieden, ihr Werk verrichtet zu haben. Zur Angst gesellte sich die Schuld, die hypothetische Schuld, etwas getan zu haben, woran man sich nicht mehr erinnerte, sehr wohl aber andere.

So sprach man sich vor dem inneren Gericht schuldig für eine abwesende Tat, die es aber geben musste, und wenn man sich nur genug anstrengte, würde sie einen anspringen wie ein schlechtes Gewissen. Wir suchten einen Feind außerhalb unseres Hauses, wir ahnten nicht, dass der Feind schon im Haus war, mit uns am Tisch saß und mich Bruder nannte.

Bukarest versank in jenen Nachkriegsjahren nicht nur in Angst, sondern auch in Elend und Hunger. Schon damals, wie heutzutage Magda und ich, zogen Rosi, Mutter und ich los, um etwas Essbares zu finden. Aber es gab fast nichts, und was es gab, war überteuert. Sosehr wir uns auch anstrengten und nach allen Richtungen ausschwärmten, um die Märkte von Bukarest abzuklopfen, so erfolglos waren wir.

Auch heute kann ich nicht umhin, den Hunger jener Jahre mit dem gegenwärtigen, Magdas und meine Expeditionen in die Stadt mit den damaligen zu vergleichen. Wir waren und sind Gefangene dieser Stadt, Geister in einer irrealen Welt, eingeschlossen in einem Leben, in dem nur vorgesehen ist, dass man sich im Kreise dreht. Schatten in einer ewigen Illusion.

Seitdem sind Jahrzehnte vergangen, neue Statuen haben die alten ersetzt, die Carols I. wurde eingeschmolzen und aus der Bronze wurde Lenin geformt. Plattenbauten versperren die Sicht von der Aussichtsplattform, verdecken den Horizont; von der Stadt meiner Kindheit sind nur Bruchstücke geblieben, Überreste einer hinfälligen Unschuld. Inzwischen habe ich acht Jahre in einem kleinen und die restliche Zeit in einem großen Gefängnis verbracht, aber manchmal kommt es mir so vor, als wäre die Zeit gar nicht vorangeschritten. Wie eine Turmuhr ohne Zeiger in einem Albtraum, aus dem ich nicht erwachen kann. Sosehr ich auch rufe: «Beweg dich!», so ist die einzig mögliche Wirklichkeit der Stillstand.

Damals starb auch Rosi. Die Winter waren hart, der Schnee lag monatelang aufgetürmt auf den Straßen und Gehwegen, und die Stadt wartete wie erstarrt auf das Tauwetter. Manchmal schneite es tage-, wochenlang fast ununterbrochen, und die Schneemassen verdeckten die Armseligkeit und Uniformität der Stadt. Die Häuser, Kutschen und Autos, die Marktstände, Bäume und Menschen, alles wurde verhüllt, ging in den Schneeverwehungen verloren, als ob der Schnee uns vor dem Schicksal verbergen wollte oder selbst das Schicksal war, das uns ereilte.

An einem solchen Tag verließ Rosi dick eingemummt ihr Haus, um in der Kirche zu beten und nach Lebensmitteln zu suchen. Das Erste gelang ihr, man hat sie noch vor dem Altar kniend gesehen, das Zweite aber ging über ihre Kräfte. Der starke, eisige Wind blies sie um, und sie blieb lange liegen, bis man sie fand und nach Hause brachte. Vergeblich versuchten Mutter und Tiberiu sie mit Tee und Ciorba aufzuwärmen, vergeblich massierten sie sie mit Spiritus, vergeblich wollte sie der Arzt ins Krankenhaus verlegen.

Kein Krankenwagen konnte bis zu uns durchkommen, und auch der Feuerwehrwagen, den Vater anforderte, kam nicht weiter. Wir konnten sie erst einige Wochen später begraben, als der Boden wieder getaut war. So lange wurde Rosi in einem Sarg in jenem Schuppen aufgebahrt, in dem einst Dorn geschlafen hatte. Der einzige Mann, den sie je gehabt hatte. Sie wurde in Crângaşi begraben, neben Ecaterina und all den anderen.

Tiberiu schien nun die letzte Verbindung, die letzte Brücke zu seinem alten Leben verloren zu haben. Zu einer Welt, die er mehr und mehr ablehnte und in der sich weder er noch sein Vater oder sein Großvater zurechtgefunden hatten. 1954 traf ich ihn vor der Kirche Mântuleasa, und er erzählte mir, dass er Securist werden wollte. Dann verschwand er. Erst zwei Jahre später erhielt ich einen kurzen Brief von ihm, in dem er mir ein Treffen beim Jüngsten Gericht vorschlug.

«In deinem Ledermantel siehst du aus wie ein russischer Volkskommissar», sagte ich und eilte ihm lachend entgegen.

Wir umarmten uns, er war kräftig und breit geworden, ich spürte durch den Mantel hindurch, wie gut genährt er war. Sein Gang war sicher, und sein Blick hatte die frühere Unruhe verloren. Alles an ihm war neu: die Haltung, der Mantel, die Schuhe, das Pistolenhalfter an der Hüfte.

«Wieso trägst du eine Pistole?», fragte ich. Er gab keine Antwort, sondern näherte sich der Kirchenfassade, auf der die Feuerzunge aufgemalt war. Er schwieg lange und schien alles genau zu betrachten.

«Wie rückständig.»

«Was redest du da?»

«Dieser Aberglaube, dieser Dreck.»

«Früher hast du das aber ernst genommen.»

«Ich habe es damals nur wegen Großmutter hingenommen. Aber jetzt gibt es keinen Grund mehr dazu.»

«Kein Gott?»

«Kein Gott, keine Heiligen, keine Kirche, keine Gebete, keine Rettung. Nur das, was wir hier erschaffen, zählt.»

«Und wer sagt uns, wie wir leben sollen, so ohne Gott?»

Er drehte sich um, kam näher und pflanzte sich vor mir auf.

«Was ist das für eine Frage? Die Partei natürlich. Die Sowjetunion und die Partei.»

Ich sah ihn mit aufgerissenen Augen an. Ich dachte, er würde einen Witz machen, aber dann fielen meine Blicke auf seine Pistole, und da hatte ich meine Antwort schon.

«Meinst du das wirklich, was du da sagst?»

«Glaubst du, ich spaße mit der Partei und der Sowjetunion?»

«Ich weiß es nicht. Tust du das?»

Er schwieg.

«Du bist jetzt also Kommunist.»

Er schwieg weiter.

«Und wozu die Pistole?»

«Weil ich das darf. Ich bin in die Schule gegangen, Bruder … In eine besondere Schule … die Geheimdienst-Schule vor den Toren der Stadt. Bis jetzt hatte ich keinen Ausgang und konnte dir auch nicht schreiben.» Mein ungläubiger, entsetzter Gesichtsausdruck muss ihn amüsiert haben, er lachte auf. «Du brauchst mich nicht so anzusehen, ist ja nicht das Ende der Welt. Oder … es ist das Ende einer bestimmten Welt. Wer wird sie schon vermissen? Die Profiteure natürlich, die Blutsauger des Volkes, aber für sie haben wir unsere Rezepte. Wir werden sie vernichten, die Hunde.»

Er legte mir die Hand auf die Schulter.

«Aber lass uns jetzt etwas essen, ich habe einen Bärenhunger. Ich musste heute in aller Frühe zu einer Durchsuchung ausrücken und konnte noch nichts zu mir nehmen. Es gibt in der Nähe ein gutes Restaurant für die Parteileute, sagt man, mit meinem Ausweis kommen wir dort rein.»

Während wir die Straße überquerten, fuhr er fort:

«Du kannst dir nicht vorstellen, wie schwierig es war, dir zu schreiben. Man hat mich über euch ausgefragt, und ich habe gesagt: ‹Das ist doch mein Bruder … so gut wie mein Bruder. Für ihn lege ich meine Hand ins Feuer, ohne zu zögern. Anständige Leute, Feuerwehr, keine Volksfeinde. Löschen bloß Feuer.› Jetzt aber genug von mir. Erzähl du mir, wie es Vater und Mutter geht … ich meine deinen Eltern. Was ist in all dieser Zeit bei euch passiert? Oder steigst du immer noch hoch auf den blöden Turm und rührst dich halbe Tage lang nicht von der Stelle?»

Kapitel 13

*D*as grelle Licht über der Zellentür war seit Kurzem erloschen. Wir lagen auf Matratzen aus verfaultem Stroh, die diesen Namen gar nicht mehr verdienten, und die Klappe vorm Guckloch war beiseitegeschoben worden. Der Wächter Rose – einer der schlimmsten: klein, sehnig, bösartig – hatte hindurchgeblickt und gedroht: «Falls ich noch ein Wort höre, geht's in die Isolationszelle.»

Jeder von uns hatte schon Bekanntschaft mit ihr gemacht, die meisten mehrmals, und kannte die Zustände dort. In jener Nacht aber konnte uns der Caraliu keine Angst machen. Etwas Besonderes stand bevor, durch Morsezeichen an der Wand hatten sich die Gefangenen verständigt, und so hatten wir vom Tod des Popa Manea erfahren. Nur ich, ein Neuling, kannte ihn nicht, die anderen verehrten ihn wie einen Heiligen.

Wir hatten schon beim Schichtwechsel der Wächter gehört, wie sie sich von einem Stockwerk zum anderen die Anzahl der Toten des Tages zuriefen. Mit Manea waren es vier, zu wenige, fanden manche von ihnen, und unser Wächter hatte gerufen, er kriege Lust, in eine Zelle zu gehen und jemanden zu Tode zu prügeln, damit die Zahl wieder stimme. Die anderen hatten gelacht und bedauert, dass die guten, alten Zeiten vorbei seien, als man es noch ganz nach Belieben tun konnte.

Aber auch die neuen Zeiten seien nicht so schlecht, gab einer zu bedenken: «Jetzt brauchen wir uns gar nicht mehr anzustrengen. Wir hungern sie aus, und die Diphtherie und die Tuberkulose erledigen den Rest.» Es wurde gelacht, dann kehrte nach einer Weile wieder Ruhe in unserem Zellentrakt ein.

Von einigen Zellenfenstern aus konnte man die Leichenhalle sehen, und sobald sich dort der Pferdekarren mit den acht leblosen Körpern in Bewegung setzen würde, wüssten wir es innerhalb einer Minute. In allen Zellen, so war vereinbart, würden die Gefangenen beginnen zu beten. Dort, wo auch Priester waren – und es gab sehr viele Priester in Haft –, würden sie die Leitung übernehmen, ansonsten sollten die Gefangenen allein beten.

Unter uns gab es Politiker, Generäle, Offiziere aller Grade, Studenten, Professoren, Bauern und Legionäre. Auch in unserer Zelle war ein Geistlicher, Popa Nistor, der es vorzog, neben dem Fäkalieneimer zu schlafen, wo sonst der Platz für die Neulinge war. Als ich hineingeführt worden war, hatte er mir eine andere Pritsche zugewiesen. «Mir macht es nichts aus», hatte er gesagt, «ich habe mich schon lange an den Geruch gewöhnt.»

Sobald wir die Karrenräder auf den Pflastersteinen des Hofes klappern hörten, begann Popa Nistor laut das Vaterunser zu beten, und wir sprachen ihm nach. Zu zweit auf einer Pritsche, zitternd vor Kälte unter den viel zu dünnen, zerrissenen Decken, die schon unzählige andere magere Körper bedeckt hatten, murmelten wir unsere Gebete und lauschten dem gleichgültigen, monotonen Rattern der Räder nach, bis der Karren zum Stillstand gekommen war.

Wir wussten, dass sich die Toten vor dem ersten der drei Tore befanden, die sie in die Freiheit entlassen würden, und wir wussten auch, was nun folgen würde. Der diensthabende Offizier würde im Licht des Scheinwerfers auf den Karren steigen und jedem Toten einen Metallpfahl ins Herz rammen. Nicht, dass man die Auferstehung und die Rache der Toten fürchtete, vielleicht hatte man Angst vor einem Ausbruch und wollte ganz sichergehen.

Erst als sich das letzte Tor geöffnet und sich das Rattern in die Nacht entfernt hatte, beendeten auch wir unser Gebet. Die toten Kameraden wurden auf den ‹Hügel der Leibeigenen› gebracht, wie man das abfallende Plateau am Rande der Stadt nannte und wo tagsüber Schäfer ihre Schafe weideten. Ich hatte noch keine

Vorstellung davon, wie es wäre, die toten Kameraden auf diesem letzten Weg zu begleiten, aber in den folgenden Jahren sollte ich es oft genug erfahren.

«Hoffentlich ist die Erde nicht gefroren, sonst können sie keine Grube ausheben», sagte einer, der auf der Pritsche unter mir lag, etwas zu laut, ein kräftiger Bauer, dem sie bei den Verhören die Zähne ausgeschlagen und das Trommelfell verletzt hatten, weshalb er nicht mehr gut hörte.

«Leise, mein Junge, sonst kriegen wir Schwierigkeiten», sagte der Geistliche. «Wir haben seit ein paar Tagen Tauwetter, es wird schon gehen.»

«An was ist er gestorben?», fragte ich.

«Er war sehr krank», flüsterte Popa Nistor. «Ich habe mich zum Putzdienst gemeldet und ihm durch die Tür die Beichte abgenommen. Man hat ihn allein in seiner Zelle sterben lassen. Aber jetzt ist er an einem besseren Ort, dort wird sich seine Seele ausruhen.»

«Amen!», murmelten einige.

Ich hatte erst seit wenigen Tagen meine Haft fernab von Bukarest angetreten.

Es war März 1957.

Ich war wenige Monate zuvor verhaftet worden. Eine der Putzfrauen der Universität war in den Hörsaal gekommen und hatte dem Professor etwas zugeflüstert, etwas, das ihn für einen Augenblick seine Haltung vergessen ließ. Er stützte sich aufs Pult und starrte einen Moment vor sich hin, bis sie ihn ermahnte: «Genosse Professor, ich bin eine einfache Frau, aber auch ich weiß, dass man solche Leute nicht warten lassen kann.»

Er winkte mich zu sich, schüttelte mir mit ernstem Gesicht die Hand und sagte: «Hol deine Sachen, zwei Genossen warten auf dich.» Er behielt meine Hand noch einen Augenblick in der seinen, und ich kann mich gut an seinen Gesichtsausdruck erinnern, auf dem eine Trauer lag, die ich damals nicht deuten konnte. «Seien Sie tapfer», fügte er hinzu, und er hätte es ebenso gut zu sich selber sagen können, vielleicht tat er das sogar, denn ich traf ihn Jahre später im Gefängnis wieder.

Die beiden Männer – sie trugen dieselbe Art Mantel wie Tiberiu – warteten in der großen Eingangshalle. Auf dem Weg zu ihnen war die Putzfrau kurz stehen geblieben, hatte sich umgeschaut und mir dann geraten, regelmäßig zu beten und das Kreuz mit der Zunge im Gaumen zu schlagen, wenn ich mich schwach und verzweifelt fühlte.

«Ist es so schlimm?», hatte ich gefragt.

«In letzter Zeit holen sie immer wieder Studenten und Professoren ab, und man sieht sie nie wieder. Wieso muss ausgerechnet ich solche Nachrichten überbringen? Ich bin doch bloß eine Putzfrau und nicht der Bote des Teufels.» Sie erschrak ob ihrer Worte, sah sich wieder um, dann setzte sie sich in Bewegung.

Die Männer erklärten mir, dass sie mich mit zur Zentrale nehmen müssten, wo man ein paar Fragen an mich habe. Sie hakten sich bei mir ein und führten mich zu ihrem Auto, während die anderen bemüht wegschauten. Plötzlich blieb ich stehen und verlangte, meine Eltern zu benachrichtigen, aber der Größere der beiden – mit seiner platten Nase hätte er ebenso gut Boxer sein können – kam mir bedrohlich nahe.

«Hör zu, mein Junge, unsere Zeit ist wertvoll, wir müssen heute noch viele von euch abholen, müssen kreuz und quer durch die Stadt. Ich kann dich auch einfach verprügeln oder sogar erschießen, wenn dir das lieber ist. Niemand wird dich beschützen, die Leute werden sich nicht einmal nach dir umdrehen. Also rein mit dir!»

Ich sah mich um, versuchte mir die Gesichter der anderen einzuprägen, den Himmel, die Stimmen, und auch, mir Mut zu machen. Ein paar Fragen würden nicht eine Ewigkeit dauern. Der Boxer setzte sich neben mich und hielt mir eine Art Brille aus Blech mit Augenklappen entgegen. Er gab mir zu verstehen, dass ich sie aufsetzen müsste.

Ich konnte kaum einen klaren Gedanken fassen, versuchte

mein Zittern zu verbergen, um es ihnen nicht noch leichter zu machen, als sie es ohnehin schon hatten. Durch einen Spalt nahm ich Schatten und Licht wahr, sich verflüchtigende Gestalten auf der Straße, Menschen, die noch an einen normalen Lauf der Dinge glaubten, die vielleicht zu einem Rendezvous unterwegs waren, die besorgt waren, ob sie für eine bestimmte Radiosendung rechtzeitig zu Hause wären, ob sie bald einmal befördert würden, ob die Strümpfe eine Masche hätten, die Hose einen Fleck, ob einem die paar Kilogramm zu viel anzusehen wären. Banale Dinge, würde man sagen, vor allem, wenn man so wie ich plötzlich in der Falle saß.

Ich hatte mir vorgenommen, mir die Strecke einzuprägen, um herauszufinden, wohin man mich brachte, aber dafür war der Spalt doch zu schmal. Nach wenigen Minuten verlor ich die Orientierung. Während der ganzen Fahrt konnte ich das billige Aftershave des Boxers riechen, eigentlich der letzte Geruch, den ich aus meinem bisherigen Leben mitnahm.

Das Auto hielt an, es wurde zweimal gehupt, und ein Tor öffnete sich. Ich war in einer anderen Welt angekommen. Ein Wächter nahm mich im Hof in Empfang und führte mich durch verschiedene Flure bis zu einem karg eingerichteten Raum, wo er mir die Blechbrille abnahm. Dort wartete ein Offizier, ein Leutnant, auf mich und zeigte sich unzufrieden, dass wir uns so sehr verspätet hatten.

«Was ist denn nur los? Meine Frau hat Karten für die Oper gekauft. Wenn ich nicht rechtzeitig da bin, bringt sie mich um.»

«Es ist nicht meine Schuld. Sie haben in letzter Zeit immer Verspätung, sie müssen dauernd irgendwen abholen …»

«Nicht irgendwen, Genosse, den Klassenfeind, Konterrevolutionäre.»

«Jawohl, die Konterrevolutionäre, Genosse Leutnant.» Der Wächter zögerte, ob er noch etwas hinzufügen dürfe. «Wenn ich mir noch eine Bemerkung erlauben darf … Auch der Verkehr ist in letzter Zeit schlimmer geworden. Ich schaffe es kaum noch rechtzeitig zum Schichtwechsel. Ich wurde schon gerügt, obwohl ich nichts dafür konnte.»

Der Leutnant befahl mir, mich auszuziehen und mich zu bücken, er durchsuchte auch meine Kleider, leerte meine Tasche und blätterte gleichgültig die Bücher durch.

«Schon wieder einer, der gerne liest. Die Hälfte der Kellerzellen ist voll mit denen. Die Ernte einer Woche … Sag mal, was ist das? Konterrevolutionäre Literatur? Sag schon, wir finden es sowieso heraus.»

«Es sind Geschichtsbücher. Ich studiere Geschichte.»

«Geschichte also. Na gut, wir werden ja sehen.» Er wandte sich an den Wächter: «Der Erste, der Geschichte studiert. Bisher waren alle Architektur- oder Medizinstudenten.» Dann wieder zu mir: «Zieh dich an, aber schnell.» Er überreichte mir eine abgenutzte Sträflingskleidung.

«Man hat mir gesagt, dass man mir nur ein paar Fragen stellen möchte», protestierte ich.

Die beiden begannen zu lachen, aber das Gesicht des Leutnants wurde schnell wieder ernst. Er blickte auf seine Stiefelspitzen.

«Siehst du diese Stiefelspitzen?» Ich nickte unsicher. «Sie haben Lust, dich zu verhören.»

«Aber ich habe doch nichts getan!»

«Getan oder nicht getan, das entscheiden immer noch wir. Zieh dich jetzt sofort an, oder meine Stiefelspitzen verlieren die Geduld.»

«Ich möchte zu Hause anrufen, die machen sich bestimmt alle Sorgen.»

«Anrufen? Und was noch? Glaubst du, du bist hier im Hotel? Vielleicht auch Zimmerservice und Silberbesteck?»

«Genosse Leutnant, ich bitte Sie, mir zu sagen, was man mir vorwirft. Das muss ein Missverständnis sein.»

Er pflanzte sich direkt vor mir auf, sodass ich seinen Atem riechen konnte. Er musste vor Kurzem – vielleicht am Vorabend, vielleicht an einem liebevoll gedeckten Tisch in der warmen Küche, bei Frau und Kindern – Knoblauch gegessen haben.

«Willst du etwa sagen, dass der sozialistische Staat sich irrt? Dass er Fehler macht? Merk dir eins: Bei solchen wie dir kennen wir weder Verständnis noch Missverständnis.»

Erneut blickte er nach unten und musterte genauer meine Schuhe, was augenblicklich seine Stimmung hob. Es waren winterfeste, gefütterte Schuhe, die Mutter eines Tages triumphierend mit nach Hause gebracht hatte, als Geschenk dafür, dass ich die Aufnahmeprüfung bestanden hatte. In jenen Jahren war solch ein Schuhwerk eine Rarität.

«Die lässt du hier. Sie könnten meinem Sohn passen.» Dann zum Wächter: «Bringen Sie ihn weg.»

Der Wächter gab mir erneut die Brille mit Augenklappen, wartete, bis ich sie mir aufgesetzt hatte, und führte mich hinaus. Meine Verwandlung zum Gefangenen hatte nicht mehr als zehn Minuten gedauert. Der Wächter trieb mich vor sich her und kicherte, als ob er Gefallen an einer bestimmten Idee gefunden hätte oder als ob er sich an einen guten Witz erinnerte. Den wahren Grund sollte ich bald erfahren, denn ich war seine Nachmittagsvorstellung, eine kleine Ablenkung vom monotonen Alltag. Er sagte mir, ob ich geradeaus, nach links oder nach rechts gehen müsste, und er gab die Anweisungen absichtlich verkehrt, sodass ich alle paar Schritte gegen Mauern stieß oder stolperte und hinfiel. Dann brach er in schallendes Gelächter aus.

«Du kannst es doch nicht lassen», war jetzt die Stimme wohl eines anderen Wächters zu hören.

«Es ist zum Schreien komisch. Sieht er nicht dämlich aus? Nach links, Banditule, nach links … und Pong … es ist wieder passiert. Unsere Arbeit ist hart, lachen sollte man auch mal dürfen … jetzt nach rechts, noch ein wenig, stopp, du stehst vor deinem neuen Domizil.»

Er nahm mir die Brille ab und stieß mich ins trübe Licht hinein.

Mehrere Tage ließen sie mich in Ruhe, als ob sie das Interesse an mir verloren hätten. Die Zelle war kaum großer als ein Verlies, zwei schmale Pritschen standen nebeneinander, sodass ich, wenn ich mich bewegen wollte, nur ein paar Schritte gehen konnte. Die Glühbirne brannte ohne Unterlass, und ich verlor bald jegliches Zeitempfinden.

Ich nahm an, dass es Morgen war, wenn die wässrige Brühe, die entfernt nach Kaffee schmeckte, durch die Luke gereicht wurde, und Mittag, wenn die Suppe – die ein wenig nach Kohl roch, ohne je Kohl, Fleisch oder sonst etwas Substanzielles zu enthalten – ausgeteilt wurde. Die Tür wurde nur geöffnet, um mir einen Eimer, der zu einem Viertel mit Wasser gefüllt war, zu geben, und damit ich den zweiten Eimer, für die Notdurft, leeren konnte.

Niemand gab mir eine Antwort auf meine Frage nach dem Grund meiner Verhaftung, und so hoffte ich, dass sie bald ein Einsehen haben und mich freilassen würden. In dieser Zeit glaubte ich noch an Logik und Gerechtigkeit und an ein Schicksal, das mir wohlgesinnt wäre. Sobald ich die Gelegenheit hätte, mich zu erklären, würde sich das Missverständnis im Nu auflösen. Schließlich waren wir eine Familie von Feuerwehrleuten, keine Bourgeoisie, keine Politiker, keine Agenten des Königs oder Legionäre.

Wir hatten niemanden verfolgt, wir hatten keine kritische Meinung gehegt oder jedenfalls keine, die in den Zeitungen gestanden hätte. Wir hatten seit Generationen Feuer gelöscht, die Stadt mehrfach gerettet und viele Leute aus brennenden Wohnungen gezogen, bestimmt auch einige Kommunisten. Wir besaßen kein Land, keine Aktien, hatten nicht mit einem Fuß in Paris und mit dem anderen in Berlin gelebt. Wir hatten keine Minister, Advokaten oder Zeitungsmacher unter uns.

Wir waren nur darin bewandert, unser Leben aufs Spiel zu setzen. Denn was war schließlich ein Feuerwehrmann, wenn nicht ein Arbeiter in besonderer Mission? Eine Art Bauer, der den Menschen nicht half, indem er sie ernährte, sondern indem er über sie wachte: wenn sie schliefen, wenn sie Liebe machten, wenn sie feierten, ja, sogar wenn sie nicht mehr leben wollten. Wie viele gescheiterte Selbstmörder hatte Vater aus den Flammen befreit!

Nein, es musste ein Missverständnis sein, und ich tröstete mich mit Vorstellungen von der Rückkehr nach Hause und einer heißen Suppe, die Mutter mit Tränen in den Augen kochen würde, während sie behauptete, meine Freilassung sei nur gelungen, weil sie zum heiligen Ilie, zum heiligen Stelian und zu einem halben Dutzend anderer Heiliger gebetet hätte. «Einer allein kommt gegen die nicht an», würde Vater behaupten, «es braucht eine Armee von Heiligen.» Ich würde ihnen erzählen, wie ich den Kommunisten getrotzt hätte und dass sie keine andere Wahl gehabt hätten, als mich gehen zu lassen. Mein Bruder Alex, auch er inzwischen ein gestandener Feuerwehrmann, würde mich bewundernd ansehen und Vater mich, den Tränen nahe, umarmen.

Sosehr ich mich mit solchen Vorstellungen beruhigen wollte, so wenig gelang es mir. Natürlich hatte ich mitgekriegt, dass man auch ohne besonderen Grund einfach verschwinden konnte, und kannte Vaters Angst, verhaftet zu werden, obwohl er Feuerwehrmann war. Wegen der Aufrufe in den Zeitungen, den Klassenfeind auszumerzen, hielten meine Eltern den Kommunismus für eine Art Wahnsinn.

Beunruhigt war ich auch noch aus einem anderen Grund: Ich ahnte allmählich, wieso ich mich in dieser Lage befand. Nur daran glauben wollte ich nicht.

Im Oktober, einen Monat früher, hatte sich das ungarische Volk gegen die Sowjetmacht und den Kommunismus erhoben. Zu Hause hatten wir Tag und Nacht die Nachrichten westlicher Radiosender gehört, wir verstanden nur das Wenigste, aber was wir verstanden, reichte schon aus, um enthusiastisch zu werden. Vielleicht kamen sie doch noch, die Amerikaner.

Wir zogen die Vorhänge zu und stellten das Radio leise, obwohl unsere Nachbarn ein Stück entfernt wohnten und es niemanden gab, der uns hätte ausspionieren können. Wir hörten erstaunt, dass die Budapester Studenten demonstriert und Forderungen nach mehr Rechten und nach dem Abzug der Sowjetarmee gestellt hatten. Dass die Stalin-Statue gestürzt worden und nur die Stiefel auf dem Sockel stehengeblieben waren. Dass in die Menge geschossen worden war, worauf sich die Bevölkerung bewaffnet hatte, und dass, nach der Invasion russischer Panzer, auf den Straßen Budapests der bewaffnete Widerstand begonnen hatte. Eine Woche lang gab es Hoffnung.

Auf der Straße starrte ich die Passanten an, sie starrten zurück, und ich wusste, dass sie es wussten, und sie wussten, dass ich es wusste, dass endlich jemand mutig genug war, um sich gegen die Unterdrückung aufzulehnen. Aber wir zogen vor, uns scheintot zu stellen und den Atem anzuhalten, in Schockstarre.

Sogar als in den nächsten Jahrzehnten nicht nur im Ausland, sondern auch bei uns einige aus der Schockstarre erwachten und dem Wahnsinn trotzten, reichten die paar Krümel Mut nicht aus. Die kommunistische Partei fletschte die Zähne, spie Gift, machte Versprechungen, war zwischendrin verängstigt und schlug umso härter zurück. Es dauerte jedes Mal nicht allzu lange, und die altbekannte Ruhe, die abgründig dunkle Stille, die sonst vielleicht nur auf dem Grund der Ozeane zu finden ist, stellte sich erneut ein.

Wir sind ein redseliges Volk, schweigen können wir nicht gut, doch wir haben über vierzig Jahre lang stillgehalten. Wir sind Wasserwesen, gewöhnt an die Stille des Ozeans, auf dessen Grund wir leben. Muränen mit einer romanischen Sprache, traurig, gefahrenscheu. Plattfische mit Glupschaugen, die gelernt haben, in großer Dunkelheit zu überleben, die Dunkelheit zu lieben, sie aufzusuchen und zu preisen. Erst wenn wir ganz am Ende die Augen schließen, werden wir vielleicht ins Licht treten.

An einem Novembertag war ich auf den Turm gestiegen, um zu sehen, wie die Arbeit an den Plattenbauten voranschritt, die wie ein neuer Wald aus Zementbäumen die Stadt von allen Seiten her umschlossen. Es wurden winzige, billige Wohnungen gebaut, für die Bedürfnisse eines geschrumpften Menschen; Wohnungen, die den neuen Menschen aufnehmen sollten wie die Zelle den Häftling.

Damals fand ein wahrer Überfall auf Bukarest statt. Bauern und Provinzler kamen täglich zu Hunderten am Nordbahnhof an und wurden am Fließband der Partei zu Arbeitern gemacht. Viele von ihnen bauten die Wohnzellen, so wie Onkel Stelian die ersten Wohntürme der Stadt gebaut hatte, und zogen sie den rückständigen, dörflichen Häusern, Höfen und Hütten vor. Auch manche Bukarester mochten sie, die Zelle hatte immerhin Gasofen und fließend Wasser. Die Partei war großzügig, sie gab etwas, aber sie forderte auch etwas ein: die Freiheit. Wer in solchen Zellen zu leben lernte, würde sich auch in einer Arrestzelle zurechtfinden. So war das damals, so ist es noch heute.

Plötzlich entdeckte ich unten Tiberiu, der mir Zeichen machte. Ich warf den Schlüssel hinunter, und es dauerte nicht lange, bis ich seine Stiefel auf der schmalen Wendeltreppe hörte. Er trug wieder denselben Ledermantel, darunter sein Pistolenhalfter.

«Wie geht es dir?», fragte er.

«Ich schaue zu, wie sich die Welt ändert. Sie bauen überall, bald schließt sich der Horizont.»

«Wohnraum für die Arbeiter. Das nennt man Fortschritt.»

«Glaubst du, sie werden auch hier bei uns die Häuser zerstören und so etwas bauen?»

Er zuckte die Achseln.

«Möglich.»

«Auch unser Haus, in dem wir aufgewachsen sind?»

Er lachte auf.

«Du bist in einem richtigen großen Haus aufgewachsen, ich … in einer kleinen Bude im Garten.»

«Du bist aber auch bei uns zu Hause gewesen. Du und Rosi.»

«Das stimmt. Dein Vater ist so gut wie mein Vater, deine Mutter so gut wie meine Mutter. Aber nur so gut wie. Meine leiblichen Eltern haben in einer Kloake gelebt, deshalb haben sie mich nicht zu sich nehmen können. So war das schon immer: Die einen sind oben, die anderen unten. Aber die Zeiten haben sich geändert, wer oben war, ist jetzt unten. Und er bleibt unten, dafür sorgen wir.»

Ich schwieg, zum zweiten Mal überhaupt fühlte ich mich unwohl in seiner Nähe und merkte, wie eine innere Stimme mich warnte.

«Weißt du noch, wie du früher unten gestanden und ‹Căcăciosule› gerufen hast und ich hinuntergekommen bin und wir unsere Expeditionen durch die Stadt gestartet haben?»

«Wo ich einen Schritt gemacht habe, hast du drei machen müssen, so klein bist du gewesen.»

«Und die Kirche des heiligen Silvestru? Dort ist sie», sagte ich.

«Ja, sicher. Der Teufel, der sie aus der Verankerung reißen wollte.»

«Die Nächte, in denen wir auf ihn gewartet haben.»

Uns fielen ein Dutzend weiterer Szenen aus unserer Kindheit ein: Wie wir Fledermäuse im Dachstock der Kirchen gejagt hatten. Wie wir für Stunden im bunten Universum des Großen Marktes abgetaucht waren, zwischen Händlern, Hausierern, Tagelöhnern und Kunden aus allen Schichten, in der Welt der barfüßigen Bäuerinnen, der beschürzten Wirte, der Säufer, Verrückten und Diebe, der lästigen Fliegen und der ewig hungrigen Hunde und Katzen. Wie wir in den Weinreben hinter dem Ostbahnhof nach Eidechsen gesucht und den Bäuerinnen zugeschaut hatten, wie sie ihren Säuglingen die Brust gaben. Wie wir in Dudeşti von den Huren mit Süßigkeiten beschenkt worden waren, weil sie sich ebenfalls Kinder und Familie gewünscht hätten.

Doch es kam keine Nähe auf. Sein Ledermantel, seine Pistole, seine neuen Überzeugungen standen zwischen uns. Als uns die Erinnerungen ausgingen, blickten wir schweigend in die Ferne.

«Sag mal», forderte er mich mit unbeteiligtem, beinahe gelangweiltem Ton auf, «du studierst immer noch, nicht wahr?»

«Natürlich, im letzten Jahr.»

«Sind dir bei euch an der Universität in letzter Zeit ungewöhnliche Dinge aufgefallen?»

«Mir? Aufgefallen? Was zum Beispiel?»

«Studenten, Professoren, die über die Lage in Ungarn reden? Gruppen oder Einzelne, die etwas organisieren wollen …»

«Wieso denn über Ungarn?», stellte ich mich unwissend.

«Na ja, wegen dieser Banditen und Konterrevolutionäre, die in Budapest morden und plündern. Hört ihr nicht mehr eure ausländischen Sender? Du brauchst keine Angst zu haben. Ich bin es doch, dein Bruder.»

«Hören wir hin und wieder, aber von Banditen ist keine Rede.»

«Ach nein? Natürlich werden die nicht sagen, dass es Banditen und Mörder sind. Reine Propaganda.»

«Ich weiß nicht … dafür, dass es Banditen sein sollen, sind es zu viele. Es ist ja das ganze Volk.»

«Das ganze Volk also», wiederholte er und betonte jedes Wort. Er wandte mir langsam den Kopf zu. «Und was sagen sie noch?»

«Nun, dass die Ziele der Menschen legitim sind. Sie wollen Freiheit und dass die Russen abziehen sollen.»

«Legitim, sagen sie … Und was sagst du dazu?»

Ich ereiferte mich:

«Ich? Na ja, es ist doch legitim, Freiheit zu verlangen. Das ist doch nichts Verbotenes. Ich finde, auch bei uns wäre mehr Freiheit angebracht. Der Marxismus-Leninismus, den wir in der Schule lernen, ist doch reine Gehirnwäsche.»

«Gehirnwäsche?»

«Und sie fordern auch, dass die Rote Armee aus ihrem Land verschwinden soll.»

«Und du? Willst auch du, dass sie aus unserem Land verschwindet?»

Ich vergaß jede Vorsicht. Zu meiner Verteidigung ziehe ich meine Jugend heran, meine Unerfahrenheit, was die menschliche Tücke anbelangt. Meine Unfähigkeit, jemanden zu bezichtigen, der wie mein eigener Bruder war, mit dem ich oft im selben Bett geschlafen, von demselben Teller gegessen und der mich in der Kindheit oft genug beschützt hatte.

«Natürlich bin ich für die Freiheit. Was haben die hier verloren?

Schau dich doch um, wie viel Angst überall herrscht. Wie unschuldige Menschen verschwinden. Unser Leben ist ein Trauerspiel. Solange die Russen hier sind, wird es so bleiben. Also müssen sie weg, und ihren Marxismus-Leninismus können sie auch gleich mitnehmen.»

In dem Augenblick zog Tiberiu seine Waffe und richtete sie auf mich.

«Was tust du da?», fragte ich ihn erschrocken.

«Ich komme hierher, um einen alten Freund … was sage ich Freund … um einen Bruder zu treffen, und finde einen Volksfeind. Ich komme hierher, um dir vorzuschlagen, dich für die Partei nützlich zu machen – was dir nicht schaden würde, die Partei zeigt sich immer erkenntlich – und dich an der Universität ein wenig umzuhören, aber ich muss feststellen, dass du wie die Kriminellen in Budapest redest … Eigentlich müsste ich dich auf der Stelle erschießen …»

Er verharrte lange in dieser Stellung, der Pistolenlauf war nur wenige Zentimeter von meinem Kopf entfernt, doch er schien heftig mit sich selbst zu kämpfen. Ich war nicht fähig, einen klaren Gedanken zu fassen, und starrte ihn wie gelähmt an. Eine halbe Ewigkeit später senkte er den Arm, steckte die Pistole ein und knöpfte den Mantel zu.

«Du enttäuschst mich», sagte er, drehte sich um und verließ die Plattform. Ich war überzeugt, ihn nie wiederzusehen, aber es kam anders.

Eines Tages holten sie mich doch noch zum Verhör. Der alte Wächter trieb wieder seine Späße mit mir, befahl mir, die Blechbrille aufzusetzen, und ließ mich gegen Wände laufen und die Treppen herunterfallen. Ich versuchte vorsichtig, einen Fuß vor den anderen zu setzen, aber er schubste mich und lachte, was ihm – der nicht nur viele Verbrechen gesehen, sondern bestimmt auch viele verübt hatte – etwas Unschuldiges, Naives verlieh, als ob er ein Kind wäre, das bloß spielen wollte.

Als ich die Brille wieder abnehmen durfte, standen wir in einem kargen, fensterlosen Raum, in dem sich nur ein Pult, zwei Stühle, ein Metallschrank und an der Decke ein Haken befanden. Derselbe Leutnant, der mich anfangs durchsucht hatte, saß auf der Tischkante und beobachtete mich. Er hieß Cenuşă, Asche, wie ich später erfahren sollte, und wirkte überhaupt nicht unfreundlich, was mich überraschte.

«Stoica, setz dich doch hin!» Ich verneinte und gab zu verstehen, dass ich lieber stehen wollte. Er erhob sich und kam näher. «Das war keine Frage, das war ein Befehl», sagte er nachdrücklich, ohne aber seine routinierte Freundlichkeit zu verlieren. Ich nahm Platz.

«Sag mal, Junge, wie ist das Essen so? Zufrieden? Und die Unterbringung?»

Der Wächter und er brachen in Lachen aus. Er setzte sich ans Pult und blätterte eine Weile in Papieren, unterstrich hier etwas, notierte dort etwas und schien so sehr ins Studium der Akte vertieft zu sein, dass er mich offenbar vergessen hatte.

Ohne mich anzusehen, holte er eine Zigarette aus der Packung und bot mir auch eine an, und als ich ablehnte und ihm erklärte, dass ich nicht rauche, sprach er den Wärter an: «Er ist kein Raucher. Ich dachte, diese Studenten und Neunmalklugen rauchen alle. Der hier scheint nicht zu rauchen, aber das Maul aufreißen tut er doch. Aber gut, besser so. Wie oft wollte ich schon damit aufhören. Rauchen Sie?»

«Jawohl, Genosse Leutnant, viel zu viel. Meine Frau schickt mich damit auf den Balkon, in der Wohnung darf ich nicht. Sie sagt, dass ich damit die Luft verpeste.»

«Bin ich froh, dass ich geschieden bin und tun und lassen darf, was ich will. Aber eines Tages, Genosse, sterben wir noch dran.»

«So ist es, Genosse Leutnant Cenuşă. Rauchen ist ungesund.»

«Unser Junge hier lebt dagegen gesund, da kann man regelrecht neidisch werden.» Er stand auf, legte seine Offiziersmütze ab und trat zu mir. «Sag mir, Stoica, hast du eine Idee, wieso du hier bist?»

«Nein, Genosse Leutnant, nicht die leiseste Idee.»

«Soso, nicht die leiseste Idee. Dann muss ich wohl annehmen, dass du noch mehr Zeit brauchst, um dich richtig zu erinnern. Bringen Sie ihn zurück in die Zelle.»

Auf dem Rückweg versuchte ich mich an die Abfolge von Gängen und Abzweigungen zu erinnern, und tatsächlich gelang es mir, der Gemeinheit des Wächters weniger auf den Leim zu gehen. Als wir vor meiner Zelle angekommen waren, befahl er mir mürrisch, stehen zu bleiben, nahm mir die Brille ab, ging als Erster hinein und kam mit meiner Decke wieder heraus: «Schauen wir mal, wie du ohne Decke auskommst, du Schlaumeier.»

Drinnen erwartete mich eine Überraschung: Ich war nicht mehr allein. Im Verlauf der nächsten Wochen sollte ich einige Zimmergenossen bekommen. Sie waren jung und wollten mich überreden, am besten alles zuzugeben. Fehler mache ein jeder, sagten sie, insbesondere, wenn man jung sei, und Leutnant Cenuşă sei kein Unmensch. Ich würde ein paar Jahre kriegen, die Partei würde mir verzeihen, und wenn ich im Gefängnis kooperierte, wäre ich schneller wieder draußen, als ich mich umdrehen könnte.

Sie behaupteten, auch sie seien Studenten und hätten Protestaktionen zur Unterstützung der Ungarn und zur Verurteilung der Russen geplant und Pamphlete gedruckt. Jetzt waren sie reuig, geläutert und versuchten auch mich, von den Vorteilen einer Beichte zu überzeugen.

«Was ist schon dabei?», behaupteten sie. «Jeder ändert mal seine Meinung. Du kriegst deine Decke zurück und besseres Essen. Mach es wie ich.»

Ihre Motive waren so offensichtlich, ihre Bemühungen so plump, dass sie sogar jemanden wie mich misstrauisch stimmen mussten. Aber sie stellten auch Fragen, sie wollten beiläufig wissen, zu welcher Gruppe ich gehört hätte, wo wir uns getroffen und wie die anderen geheißen hätten, ob wir von Professoren angestachelt worden wären. Meine Erklärungen, dass ich nichts damit zu tun habe, ließen sie nicht gelten. «Du musst etwas getan haben. Denk besser darüber nach.»

Wenn sie zu einem Verhör abgeholt wurden, sackten sie nicht wie ich vor Angst zusammen, und der Wächter klopfte ihnen beinahe kameradschaftlich auf die Schultern. Manche tauchten wieder auf und wurden erst später ersetzt, sie gingen aufrecht zum Verhör und kamen aufrecht zurück in die Zelle. Sie litten nicht Hunger, das war offensichtlich, während meine Gedanken sich ständig ums Essen drehten. Sie schienen nichts und niemanden zu vermissen, während mir mein früheres Leben schmerzlich fehlte. Andere kamen gar nicht mehr zurück. Ich verschloss mich und schwieg die meiste Zeit. Weil nichts geschah, suchte sich mein Verstand eine Beschäftigung und kehrte an die vertrauten Orte meines jungen Lebens zurück.

Die grauen, kalten Wände verschwanden, und ich war, wenn auch nur für Minuten, wieder zu Hause, im Dämmer unseres Wohnzimmers, hörte mit Vater und Mutter Radio, und Alex kam aus der Feuerwehrkaserne, stolz auf seine neue Uniform. Ich sah Rosi, die Tiberiu und mich ermahnte, nicht zu sündigen, spürte die Nachtkühle, als wir beide bei der Kirche des heiligen Silvestru auf den Teufel warteten. Ich verlor mich auf den Straßen von Dealul Spirii, verweilte unter der Eiche bei Darie und Agape, harrte brav vor einem Bordell im Dudeşti-Viertel aus, bis Tiberiu benommen wieder herauskam, ohne mir erzählen zu wollen, was sich drinnen abgespielt hatte.

Ich ging mit ihm in den Schlachthof, um seinen Vater zu besuchen, und legte ihm nachher tröstend die Hand auf die Schulter. Ich besuchte mit Vater Tiberius Mutter und Schwestern in ihrem Keller, ich jagte Eidechsen zwischen den Weinreben am Stadtrand, ich saß auf der Schulbank, starrte aus dem Fenster und hoffte, dass Tiberiu mich bald abholen würde, damit wir, zwei ungleiche Brüder, herumstreunen konnten. Wir musterten die Alten, die vor den Gartentoren standen und die Straße hinunterblickten, als käme von dort der Tod, auf den sie nicht unvorbereitet sein wollten; die Frauen, die energisch Teppiche klopften und Fenster putzten, als ob ihr ganzes Seelenheil davon abhinge. Wir sahen durch die Fenster, wie Menschen beteten, Karten spielten, zappelnde Kleinkinder herumgetragen wurden, wie man sich gründlich stritt und sich ebenso gründlich küsste.

In meiner Fantasie versuchte ich Salomon zu retten und ihn dazu zu bewegen, sich zu verstecken. Manchmal gelang es mir sogar, ich führte ihn über Umwege aus der Stadt heraus, und er entkam. Wir umarmten uns, er steckte seine Hand in die Tasche und holte lauter Bonbons wieder heraus, die er mir gab, bevor er zwischen den ausladenden Bäumen eines Waldes verschwand, den ich nach Belieben wachsen und wuchern lassen konnte.

Auch den Jungen, der selbstvergessen Plakate an die Turmmauer geklebt hatte, gelang es mir zu warnen. Diesmal hörte er rechtzeitig meine Rufe, drehte sich um und lief davon. Lascăr, der ihn verfolgen wollte, ließ ich so dick und schwer werden, dass er kaum noch vom Fleck kam, und ich war mir sicher, dass der heilige Dimitrie, der dieses Kunststück wirklich beherrschte, es mir verzeihen würde.

Ich begleitete Vater bei seinen Einsätzen, half ihm, Menschen aus brennenden Häusern zu retten, half ihm selbst, sich vor herabstürzenden Dächern und Mauern in Sicherheit zu bringen. Ich stieß Selbstmörder weg, die vor eine Kutsche oder ein Auto sprangen, rettete Rosi vor dem Erfrieren und Onkel Stelian und die Seinen vor den Bomben. Manchmal dachte ich sogar an meinen Ururgroßvater Grigorie, der von einer irrlichternden osmanischen Kanonenkugel getroffen worden war, und ich verschob deren Flugbahn, sodass sie im Niemandsland aufschlug und nur ein wenig Staub aufwirbelte.

Am häufigsten aber stand ich oben auf der Plattform und schaute mir meine Stadt an. Ich sah, wie die alliierten Flugzeuge sie in Brand setzten, und bildete mir ein, die Explosionen zu hören. Ich ließ in Gedanken die neuen Plattenbauten Stockwerk für Stockwerk wieder abbauen, sah die schlanken, weißen Silhouetten der Hochhäuser, die Onkel Stelian in den Dreißigerjahren gebaut hatte, die Kuppeln der Paläste und dutzendfach Kirchentürme.

Ich sah, wie die letzten Toten mit immer kleinerem Anhang um den Turm gefahren wurden. Wie Mutter unten stand, mich zum Abendbrot rief, ich sah den Platz belebt und erstarrt in der Nachmittagshitze, die Bukarest im Sommer fast unbewohnbar machte. Dann verdunkelte sich der Himmel, und tausendfach verästelte Blitze leuchteten die Stadt aus. Ich hörte dem Turm beim Atmen zu, wenn unten die Tür und oben die Luke offen waren und ein schwacher Luftzug durchs Gebäude wehte.

Ich blickte mit den Augen von Vater und Darie auf die Stadt, als Bucuresci noch viel ländlicher gewesen war, die Häuser von üppigen Gärten umgeben, und nur das Blöken der Schafherden, die Rufe der Hausierer, die ihre Waren, und die Glocken, die Gott priesen, zu hören gewesen waren. Ich stand mit Vater als Ehrenwache vor manch einer Statue eines berühmten Mannes und rettete mit Urgroßvater Vasile den Zirkus und die Universität.

Wie Vater und Großvater konnte ich hinter dem offenen Horizont den schiefen Turm von Pisa und den Eiffelturm sehen und mir dort hinten eine andere Welt vorstellen. Ich war mein Vater und mein Großvater und tausend andere, die schuldlos an diesem Ort geboren worden waren, die ihn im gleichen Atemzug verfluchten und liebten.

Ich sah den Eichenwald um Bukarest wieder wachsen, unermesslich weit und dicht werden und das Städtchen verstecken und beschützen. Auf der Schützenmauer des Fürstenhofes stand ein Verrückter, dem niemand mehr glaubte, und rief: «Vin!» Es war der Rufer im Wald und nicht der in der Wüste, und weil ich diesen Kauz mochte, ließ ich ihn lieber den Flammen des osmanischen Feuersturms entkommen als in ihnen untergehen.

Ich war ein junger Mann, ich war halbwüchsig, ich war ein Kind, das sich auf die Zehenspitzen stellen musste, um etwas zu sehen. Ich war ein Säugling in den Armen meines Vaters, der mir die Stadt vorstellte oder mich der Stadt.

Das erste Mal zeigte Leutnant Cenuşă zwei Wochen nach meiner Einweisung in die Untersuchungshaft sein wahres Gesicht. Bislang hatte er mich jedes Mal nach wenigen Minuten in die Zelle zurückgeschickt. Ich konnte nicht glauben, dass das seine einzige Methode war, und erwartete einen Wechsel seiner Strategie, denn ich hörte zu oft Schreie und Stöhnen aus den Nachbarzellen, um nicht ahnen zu können, was auch mir bevorstand. Und doch erwischte mich sein Fußtritt unvorbereitet. Sein Stiefel traf meinen Magen mit voller Wucht, sodass ich stürzte und nach Luft schnappen musste. Damit war ein Anfang gemacht.

«Glaubst du, du kannst mich noch lange hinhalten? Glaubst du, ich weiß nicht, wie Banditen wie du denken? Ich habe Geduld mit dir, niemand krümmt dir ein Haar, ich biete dir sogar die beste Zigarettenmarke an, die man finden kann, und was tust du? Du schweigst dich aus. Du ziehst es vor, hier auf Kosten des Staates zu logieren. Vielleicht sollte ich dir mal die richtig schlimmen Zellen zeigen.» Er zog seine Uniformjacke aus, legte seine Mütze ab und krempelte die Ärmel hoch. «Steh auf, du Schwächling, ich habe dich doch kaum berührt.»

Der Wächter zwang mich, mich zu erheben.

«Also, so sieht die Sache aus: Wir wissen, dass es in verschiedenen Fakultäten Nester von Umstürzlern und Volksfeinden gibt. Wir wissen, dass du Sympathien für sie hegst oder sogar dazugehörst …»

«Aber ich …»

«Halt den Mund! Der Unterschied ist nur, ob du jetzt kooperierst und mir alles ganz genau von Anfang an erzählst, mit Namen und Adressen, oder ob ich es mit anderen Mitteln aus dir herauskriegen muss. Das wird dem Staatsanwalt und dem Richter allerdings gar nicht gefallen, und dann musst du mit zwanzig Jahren rechnen. Was würden Sie ihm raten, Genosse?»

«Natürlich zu reden, Genosse Leutnant. Es ist schade um seine Jugend. Wenn er herauskommt, falls er herauskommt, wird er ein Wrack sein. Keine Frau, keine Familie, die eigenen Eltern vielleicht schon tot, die Freunde wollen nichts mehr mit dir zu tun haben, niemand gibt dir Arbeit. Du bist froh, wenn du die Straßen fegen kannst. Ein paar Jahre noch, und dann gibt auch er den Löffel ab, man holt sich ja allerlei Krankheiten im Gefängnis. Schade um so ein Leben, man bekommt es nie wieder zurück.»

«Hörst du, Stoica? Ziemlich düster, was?»

«Ich kenne keinen der Studenten, von denen Sie reden, und ich habe nichts geplant.»

«Ich sage es mal so: Wir entscheiden, was du getan hast oder was nicht.»

Er ging zum Schrank und winkte mich zu sich, dann schloss er ihn auf.

«In diesem Schrank ist ein Schatz, Stoica. Für mich ist es … wie für dich die Bücher. Verstehst du? Mach ihn mal auf … Gut so, was siehst du da? … Na, sag schon.»

Mit zittriger Stimme zählte ich auf: «Stöcke, Zangen …»

«Nein, nein, präziser.»

«Stöcke aus Metall, aus Holz und aus Gummi, Zangen und Messer verschiedener Größen, Seile, die unterschiedlich dick sind, Elektroden, glaube ich, und einiges Zeug, das ich nicht kenne.»

«Ja, und das ist nur ein Teil meiner Sammlung. Du würdest dich wundern, wie groß sie ist. Aber ich möchte dir nicht wehtun, ich bin kein Unmensch. Wenn du mir aber keine andere Wahl lässt …» Er schloss den Schrank zu und kehrte zum Tisch zurück. Er hob einen Stapel Papiere. «Das ist deine Akte. Darin steht, dass du dich dem Kommunismus, unserem Arbeiterstaat und der Sowjetunion gegenüber feindselig geäußert hast. Dass du dich mit den ungarischen Banditen solidarisierst. Ganz starker Tobak. Es könnte sogar sein, dass auch deine Eltern und dein Bruder dafür zur Rechenschaft gezogen werden … Da! Schau her! Ich habe hier einen Haftbefehl, ich muss nur noch ihre Namen eintragen. Soll ich das?»

Ich brach zusammen und begann zu schluchzen.

«Ich gebe dir ein paar Minuten Zeit.»

Er öffnete eine Tür, die so gut getarnt war, dass ich sie vorher gar nicht bemerkt hatte. Als er hindurchging, versuchte ich einen Blick in den anderen Raum zu erhaschen. Ich erkannte Tiberiu, der vor dem Leutnant salutierte.

Der Prozess fand im Frühling 1957 statt. Ich war nicht der Einzige, man holte ein Dutzend Häftlinge aus den Zellen und gab uns für einen Tag unsere Kleider zurück – auf mich warteten sogar ein paar Schuhe. Man trieb uns zu einem Lastwagen, der im Hof wartete, und befahl uns, auf die Ladefläche zu klettern. Dann mussten wir uns hinlegen, und man breitete eine Abdeckplane über uns. Der Lastwagen setzte sich in Bewegung.

Ich schaffte es, unbemerkt eine Ecke der Plane beiseitezuschieben und darunter hervorzuspähen. Ich stellte verwundert fest, dass sich unser Untersuchungsgefängnis am Fuße des Spirii-Hügels befand, nur einen Katzensprung entfernt von den Straßen, auf denen ich in meiner Kindheit gespielt hatte. Ich sah die Silhouette des Mihai-Vodă-Klosters, dann erreichten wir das Ufer der Dâmboviţa, wir überquerten den Fluss, der Fahrer gab Gas, und in wenigen Minuten erreichten wir das Militärtribunal.

Dort fuhr der Lastwagen erneut in einen Innenhof, wir wurden in das Gebäude und durch eine Reihe von Korridoren gehetzt, und als wir in einem kleinen Warteraum gleich neben dem Gerichtssaal ankamen, nahm man uns die Fußketten ab und befahl uns, uns hinzusetzen.

Ich entnahm dem Geflüster meiner Kameraden, dass sie die Studenten waren, um die sich meine Verhöre gedreht hatten. Sie waren einst gewiss voller Ideale gewesen, sie hatten etwas bewirken wollen und darauf vertraut, dass sie dank ihrer Jugend unangreifbar wären. Jetzt aber waren sie ausgemergelt, aschfahl, erloschen, so wie ich. Drei Monate in der harten Schule von Leutnant Cenuşă hatten gereicht.

Einer nach dem anderen wurden sie abgeholt und in den Gerichtssaal gebracht. Dann hörten wir die Stimme des Pflichtverteidigers, der, anstatt sie zu verteidigen, ihre Schuld einräumte, aber um Nachsicht bat wegen der Verführbarkeit, der Naivität der Jugend. Verführbar wegen eines Vaters, der im alten Regime Legionär, Bourgeois oder königstreu gewesen war, oder wegen eines reaktionären Professors, der sein Gift tückisch und feige an seine beeinflussbaren Studenten weitergegeben hatte.

Das Vokabular des Staatsanwaltes schien unerschöpflich, wenn es darum ging, die Feinde des Volkes zu beschreiben. Er besaß eine grenzenlose Fantasie darin, Menschen zu töten, ohne sie wirklich zu töten. Sie zu erledigen, ohne sie anzufassen. Die Freunde und Nachbarn, die Arbeitskollegen, die nach vorne gerufen wurden, sagten sich fast ausnahmslos vom jeweiligen Angeklagten los. Manche verstiegen sich sogar dazu, eine noch höhere Strafe zu verlangen, andere schienen bloß schamvoll zu wiederholen, was man von ihnen erwartete. Wenige, schmerzhaft wenige, wagten zögerlich zu widersprechen.

Dann sollten sich die Angeklagten äußern. Einige – das hatten sie beim Warten flüsternd erzählt – hatten sich auf diesen Augenblick minutiös vorbereitet, hatten ihre Sätze geübt, sie geschliffen, wollten ihrerseits anklagen, die Dinge richtigstellen und dabei dem Richter und dem Staatsanwalt direkt in die Augen blicken. Kaum hatten sie allerdings einige Sätze gesprochen, wurden sie vom Richter harsch unterbrochen. Dieser war in der Kunst der Beschimpfung nicht minder begabt.

Manch einer kam entsetzt und kopfschüttelnd zurück, andere aber bebten innerlich, sie hatten im Publikum ihre Eltern entdeckt, ihre Frau, ihre Geliebte. Ein Trost, der sie durch die nächsten Jahre tragen musste.

Mir erging es nicht besser. Ich hatte mir vorgenommen, nicht zu weinen, nicht einmal feuchte Augen zu bekommen, nicht zu seufzen, um nicht als gebrochener Mann dazustehen. Auch ich hatte meine Sätze geübt und sogar auf ihre Macht gehofft. In den vielen einsamen Stunden hatte ich mich an ihnen aufgerichtet, sie geprüft und wieder verworfen oder aufpoliert, bis sie mir gewichtig genug erschienen. Nichts davon sollte ich tatsächlich sagen können, denn die Überraschung, die mir der Staatsanwalt bereitete, wühlte mich so auf, dass ich alles vergaß.

Ich saß schon eine Weile auf der Anklagebank, hörte denjenigen abwesend zu, die mich an den Pranger stellten, und machte mich auf meinen finalen, furiosen Auftritt bereit. Wenn ich doch nur einige Minuten, ja, eine einzige Minute bekäme! Doch dann hörte ich plötzlich einen mir vertrauten Namen, den Namen meines Bruders. Steif ging er an mir vorbei, ohne mich zu beachten, und klagte mich an, schlimmer als alle anderen. Er fand die passenden Worte, auch er hatte an ihnen gefeilt, und sie schienen dem Richter und dem Staatsanwalt zu gefallen, sie nickten zufrieden.

Alex machte, was er als Feuerwehrmann unbedingt vermeiden musste: Er goss Öl ins Feuer; so viel Öl, dass es gereicht hätte, die ganze Stadt niederzubrennen. Vor lauter Beflissenheit wollte er gar nicht mehr aufhören, sodass ihn der Staatsanwalt unterbrechen musste. Ich hatte mit Alex, der einiges älter war als ich, wenig zu tun gehabt, aber so fremd, so unaussprechlich befremdet war ich ihm noch nie gegenübergestanden.

Wollte man ihm glauben, so war ich praktisch der Anführer der Bande, der Verführer jugendlicher Herzen und Hirne. Wenn ich Pech hätte, würde mir der Richter zwanzig und mehr Jahre aufbrummen. Aber ich hatte Glück, ich sollte es einige Wochen später in meiner Zelle erfahren. Ich bekam nur zehn Jahre.

Als ich dann aufgefordert wurde, mich zu erheben und zu sprechen, als der Richter sich in Stellung brachte, um mich zu maßregeln, musste er feststellen, dass er nicht mehr gebraucht wurde. Ich stammelte nur und überzeugte nicht einmal mich selbst.

Aber ich fand an jenem Tag auch etwas Trost, da Vater und Mutter unter den Zuschauern waren. Mutter konnte kaum stillsitzen und versuchte mich auf sich aufmerksam zu machen. Ihre Lippen bewegten sich, sie sagte etwas, aber ich konnte nichts hören. Dafür aber sprach Vaters Gesichtsausdruck Bände. Bis zu meiner Entlassung acht Jahre später sollte es das letzte Bild von ihnen bleiben: zwei vorzeitig Gealterte, die sich gegenseitig stützen mussten. Ich bildete mir ein, dass auch Tiberiu im Saal gewesen sei: ein flüchtiger Blick, ein Gesicht, ein Ledermantel.

Ich verbrachte die ersten Jahre in Haft damit, mich an ihm, an Alex und an Leutnant Cenuşă zu rächen. Es gab tausend Arten, wie ich das anstellen wollte, aber ich kehrte immer wieder zu einer bestimmten Methode zurück: sie vom Feuerturm herunterzustoßen. Eine unschuldige Übung für die Fantasie in den langen Nächten und Tagen, an denen ich mich zwischen den unbarmherzigen Zellenmauern lebendig begraben fühlte.

Noch etwas gab mir die ganze Zeit Rätsel auf: Was hatte Mutter mir sagen wollen?

Kapitel 14

*N*ach mehreren Tagen Fahrt in einem Gefängniszug – eine enge Zelle mit einem Loch im Boden, ein salziges Stück Speck, eine Scheibe Brot und eine Blechkanne mit warmem Wasser pro Tag – waren wir endlich angekommen. Am Abend wurden wir wieder unter Planen gesteckt und mit mehreren Lastwagen ins Gefängnis gebracht. Die drei Tore öffneten sich und schlossen sich wieder hinter uns, wir sprangen von den Ladeflächen hinunter und wurden von den Wächtern und ihren Hunden empfangen. Die Carali trieben uns fluchend zusammen und ermahnten uns zur Eile. Eingeschüchtert und frierend standen wir, etwa fünfzig Häftlinge, im Scheinwerferlicht und konnten nur wenig von dem erkennen, was sich außerhalb des Lichtkreises zutrug.

Dann kehrte Stille ein, und der Gefängniskommandant Kohler trat hervor. An seine Rede erinnere ich mich nicht, so sehr hatte ich mich an Beschimpfungen gewöhnt, dass ich gar nicht mehr zuhörte. Ich war zu oft Wurm, Bandit, Kakerlake oder menschlicher Abschaum genannt worden. Einige Sätze bleiben mir jedoch bis heute in Erinnerung, denn sie halfen mir zu überleben.

Nachdem Genosse Kohler seine Inspektion beendet und sich angewidert über unseren Geruch und unser Erscheinungsbild gezeigt hatte, begann er seine kleine Rede, die er offenbar auswendig konnte und wohl bei jeder neuen Häftlingsgruppe wiederholte. «Wisst ihr, wieso ihr hier seid?» Er machte eine Pause, um die dramatische Wirkung zu steigern. «Ihr seid hier, um zu sterben. Also, je schneller ihr das tut, umso besser. Wir werden euch gerne dabei helfen.» Danach reifte in mir über Wochen und Monate der Plan, Kommandant Kohler zu enttäuschen.

Die einen hatten im Gefängnis Gott, beteten fleißig Tag und Nacht und hielten damit ihren Geist beschäftigt. Andere gaben in allen erdenklichen Fächern Unterricht, lehrten Sprachen, Geschichte, Mathematik, gaben Kurse in Philosophie und bereiteten sich so gewissenhaft darauf vor, wie wenn sie in einem Hörsaal und nicht in einer armseligen Zelle wären und ein paar ausgehungerte, kranke, verlauste Menschen unterrichteten. Wiederum andere hatten zu Hause jemanden, für den es sich zu überleben lohnte, und einige schließlich spielten, um nicht den Verstand zu verlieren, unentwegt Schach mit Figuren, die sie aus Brot geformt hatten. Die Hälfte der Spielfiguren wurde mit Ruß aus den kleinen Öfen geschwärzt, die vor wenigen Jahren in den Zellen installiert worden waren. Diese Gefangenen spielten gegen sich selbst und gegen jeden, den sie finden konnten; nachts auf der Pritsche planten sie ihre nächsten Züge und gingen die Partien des Tages in Gedanken noch einmal durch. Und dann gab es solche wie mich, denen der Trotz weiterhalf. Ein Trotz, der mit jedem Schlag, jedem Aufenthalt in der Isolierzelle, jedem Tod eines Kameraden nur noch größer wurde.

Einige von uns, die auf einer besonderen Liste standen und als gefährlich galten, wurden gleich nach der Ankunft in die Zarca gebracht, dem alten Trakt aus der Zeit von Maria Theresia mit seinen feuchten Zellen, aus dem man manchmal gar nicht mehr herauskam. Ich teilte meine Zelle im regulären Trakt mit Popa Nistor, dem Bauern Andrei und einem Altbekannten aus meiner Kindheit, dem Legionär Lascăr, der einen Sohn hatte, Nea Nelu, den ich erst einige Jahrzehnte später kennenlernen sollte. Ich erkannte den abgemagerten Lascăr nicht gleich, er aber horchte auf, als er meinen Namen hörte: «Stoica? Nicht etwa der Sohn des Feuerwehrkommandanten Stoica? Ich kenne deinen Vater, er war mein Vorgesetzter, bevor ich der Legion beigetreten bin.»

Der Legionär saß im Gefängnis, seitdem er unter Antonescu verhaftet worden war, seit siebzehn Jahren, seine schlimmsten Haftjahre hatte er unmittelbar nach der Machtergreifung der

Kommunisten erlebt. Ja, es ging noch schlimmer als das, was wir gerade erlebten. Er konnte nicht aufhören, davon zu erzählen, vom Hunger, von der Kälte, den Krankheiten jener Jahre, dem Sterben. Er machte uns wahnsinnig damit, und oft mussten wir ihn zum Schweigen bringen.

Obwohl er seit Langem mit Popa Nistor in einer Zelle lebte, der täglich die Liturgie feierte und aus dem Leben der Heiligen erzählte, hatte er nichts dazugelernt. Er war genauso judenfeindlich geblieben wie zuvor. Auch er betete viel, wie die meisten Legionäre im Gefängnis, mehrmals am Tag hatte er sein privates Treffen mit Gott, sein zahnloser Mund murmelte die ewigen Anrufungen. Es waren die wenigen Augenblicke des Tages, in denen er nichts verabscheute.

Eines Tages konnte ich mich nicht mehr beherrschen, drückte ihn an die Wand und sagte: «Erinnerst du dich an Salomon, den Süßigkeitenverkäufer?»

Er wirkte verwirrt.

«Wieso soll ich mich an einen Juden erinnern?»

Seine Antwort verblüffte mich, und ich trat einen Schritt zurück, genau in dem Augenblick, als der Caraliu durch das Guckloch schaute. Wir erstarrten und rechneten mit einer Strafe, aber das Guckloch schloss sich wieder, und als ich wieder an ihn herantreten wollte, hielt mich der Pope zurück.

«Wir müssen auch ihn lieben, mein Junge. Seine Fehler sind auch unsere Fehler.»

«Nicht meine, Hochwürden.»

Wenn aber Lascăr über seinen Sohn sprach, den er sich als erwachsenen Mann vorzustellen versuchte, wurden seine Augen wässrig. «Ich wünsche mir so, ihn noch einmal zu sehen.» Er ahnte wohl, dass sein Wunsch nicht in Erfüllung gehen würde.

Von morgens bis abends waren wir mit unserem Hunger beschäftigt. Nach dem Aufwachen begann das Warten auf den dünnen Kaffee und die Scheibe Schwarzbrot, danach das auf die dünne

Suppe und abends das auf ein paar Bohnen oder Hirsebrei. Lange bevor die Zeit gekommen war, spitzten wir schon die Ohren, um das Quietschen der Räder des Wägelchens zu hören, auf dem das Essen gebracht wurde. Aufmerksam verfolgten wir seinen Weg über den Korridor, quälend langsam näherte es sich unserer Zelle, während das Hungergefühl mit jedem seiner Stopps größer wurde.

Kurz bevor die Tür aufgeschlossen wurde, stellten wir uns in einer Reihe auf mit der Blechkanne in der Hand, dann schob der Koch den Trog mit dem Fuß hinein und übergab dem Ersten in der Reihe den Laib Brot. Es musste unbedingte Gerechtigkeit herrschen, darauf achteten wir immer. Der Schöpflöffel hatte bei jedem gleich voll zu sein. Wer an einem Tag als Erster schöpfen durfte, stellte sich am nächsten Tag ans Ende der Reihe.

Um zu essen, zog sich jeder in seine Ecke zurück, dann herrschte Stille in unserer Zelle. Jeder hatte seine Gewohnheiten. Der eine verschlang das Essen, als ob er fürchtete, dass man es ihm stehle. Andere aßen langsam, damit sich diese wenigen kostbaren Minuten des Tages in die Länge zogen. Andrei aß im Stehen, wie er es auch schon auf seinem Feld immer getan hatte, um seine Herde im Blick zu behalten. Er kaute bedächtig und blickte stets geradeaus, als ob er weiterhin seine Tiere bewachte und sehen wollte, wie es ihnen ging.

Lascăr wandte uns den Rücken zu, zerkleinerte das Brot, damit es nach mehr aussah, und brauchte einen halben Nachmittag, bis er damit fertig war. Am Schluss schmatzte er immer, wie nach einem prächtigen Mahl. Popa Nistor hingegen aß ohne jede Leidenschaft, ja, als ob es ihm zuwider wäre. Er wollte den Körper nicht zu sehr daran gewöhnen, seine Lieblingsnahrung war sowieso eine andere. Oft verschenkte er sogar einen Teil seiner Portion, und es schien, als ob es ihm Freude bereitete, wenn ein anderer an seiner Stelle satt wurde.

Es gab die, die erst aßen, nachdem alle anderen fertig geworden waren. Sie konnten lange warten, obwohl man ihnen ansah, wie schwer es ihnen fiel. Sie schmatzten und rülpsten, als hätten sie an einem reich gedeckten Tisch gesessen, und brachten uns damit fast um den Verstand. Sie brauchten das Gefühl der Selbstbeherrschung, um sich zu beweisen, dass sie noch einen freien Willen hatten. Oder sie genossen es, später als Einzige noch so etwas Kostbares tun zu können wie essen.

Ich wiederum habe meinen Tick bis heute nicht aufgegeben, ich sammele die Brotkrümel bis auf den letzten Rest vom Tisch, mache daraus einen kleinen Haufen und esse ihn langsam auf. «Es ist doch nur Brot», hatte Magda lachend gesagt, als wir uns kennengelernt und ich sie das erste Mal ausgeführt hatte. Sie hatte sogar noch mehr beobachten können: dass ich den Teller mit dem Brot abwischte, bis er blitzblank war, oder das Messer mit großer Sorgfalt ableckte. Als sie aber meinen verwirrten Gesichtsausdruck bemerkt hatte, hatte sie verstanden. Sie hatte ihre Hand auf meine Hand gelegt und mir zugenickt, so wie sie es seitdem immer tut, wenn sie mir zeigen will, dass ich mich nicht zu genieren brauche.

Für einige Monate hatten wir einen Koch in der Zelle, der in einem der vornehmsten Restaurants von Bukarest gearbeitet hatte. Wieso er in Ungnade gefallen war, weiß ich nicht mehr. Er hatte für Carol II., für Minister und Industrielle, für Generäle und, als das Regime gewechselt hatte, für den Diktator Antonescu und die Legionäre gekocht, und als im Land erneut die Herren wechselten, auch für russische Volkskommissare und rumänische Parteisekretäre. «Essen ist unpolitisch», pflegte er zu sagen, «obwohl ich den einen oder anderen, der bei uns verkehrte, gern vergiftet hätte. Übergewichtige, schwitzende Kommunisten haben von meinen Gerichten ebenso gekostet wie fette Faschisten. Beschwert hat sich keiner.»

Dieser Mann – klein, dürr und fern jedem Klischee eines gemütlichen Kochs – unterhielt und quälte uns ganze Tage mit den köstlichsten Rezepten. Wir saßen auf dem Pritschenrand oder gingen die wenigen Meter zwischen Tür und Fenster auf und ab und hingen ihm an den Lippen. Unsere Zelle war vom Geruch warmen

Brotes, feinsten Bratens, deftiger Saucen erfüllt, und im Gaumen explodierte der fruchtige Geschmack eines guten französischen Weins.

Wir öffneten mit ihm den Ofen und rochen das Soufflé, wir löffelten die Gulaschsuppe, wir bereiteten gemeinsam ein Sauté de Boêuf Stroganoff, ein Côte de veau à la Pœle aux morilles oder ein Chateaubriand avec sauce béarnaise zu und fragten uns, ob genug gewürzt worden war. Und wenn wir Pfannkuchen machten, unsere Lieblingssonntagsfantasie, überlegten wir, ob wir mehr Eier, Milch oder Mehl brauchten.

Er war ein Meister der habsburgischen Küche, servierte uns Knödel und Kaiserschmarrn, nahm einen Umweg über typische russische Gerichte, Pelmeni, Borschtsch, Soljanka, Blini, mit denen er die Mägen überspannter, hungriger Weltrevolutionäre verwöhnt hatte, und landete bei unserer eigenen Hausmannskost, die uns doch am meisten am Herzen lag. Um uns zufriedenzustellen, waren seine Schnitzel und gebratenen Fleischstücke riesig und wurden nie kleiner; die Sarmale waren prall gefüllt mit Hackfleisch und die Töpfe, in denen die Ciorba köchelte, bodenlos.

Im Dunkel unserer Zelle erhob sich manchmal eine schläfrige Stimme mit der Frage: «Wie viele Eier sind dafür nötig?» oder: «Wie lange muss das Fleisch köcheln?» oder: «Morgen habe ich Geburtstag. Kannst du eine Torte backen?» Es gab Missmut, wenn sich einige von uns ein anderes Menü wünschten als andere. Meist aber lauschten wir andächtig den Ausführungen des Kochs. Er schaffte es, unsere magere Suppe in ein kräftigendes Consommé zu verwandeln.

So verdiente er sich sein Essen, denn jeder überließ ihm gern einen Löffel seiner eigenen Portion. Das eingebildete Essen schmeckte uns unendlich besser. Er hielt unsere Fantasie etwa ein halbes Jahr lang wach, bis er eines Tages erkrankte. Eines Morgens fanden wir ihn zusammengerollt unter der unteren Pritsche, von furchtbaren Bauchkrämpfen gequält. Er lag in seinem eigenen blutigen Kot. «Die Ruhr!», wurde gerufen. Ängstlich traten wir einen

Schritt zurück und trommelten an die Zellentür, bis sich das Guckloch öffnete.

«Was wollt ihr, Banditen?» Wir erklärten dem Caraliu die Lage, aber er sagte bloß: «Na und? Dann soll er doch krepieren, dann habt ihr mehr Platz in der Zelle.» Wir rechneten nicht damit, dass er seine Meinung noch ändern würde, als wir ihm sagten, dass wir alle daran krepieren könnten, wenn er nicht den Arzt und einige Scheuerlappen holte.

Die Scheuerlappen brachte er uns, den Arzt nicht, und so starb am nächsten Tag der beste Koch für Fantasiegerichte, den wir je gekannt hatten, in den Armen von Popa Nistor. Andrei und er hatten den Koch die ganze Nacht gehalten und wiederholt gesäubert, sie, die am wenigsten durchs eingebildete Essen verführbar gewesen waren: der Pope, weil er täglich vom Glauben satt wurde, und der Bauer, weil er lieber selbst gemachten Speck und Käse aß.

Noch Tage und Wochen danach schien uns, als hinge der Duft der Mahlzeiten, die wir dank des Kochs eingenommen hatten, in der Luft und mische sich mit dem Gestank des Schweißes, des Urins, des Kotes und der Verzweiflung. «Könnt ihr es noch riechen?», fragte dann und wann der Legionär, und wir nickten in Gedanken versunken. Der Tag, an dem niemand mehr nickte, war ein trauriger Tag. Wir waren wieder in der Kloake gelandet, die uns so vertraut war.

Vom Gesicht dieses Mannes, an den wir uns noch lange erinnerten und den wir nur den ‹Koch› oder den ‹Magier› nannten, habe ich kein klares Bild mehr. Was ich aber deutlich vor mir sehe, sind seine Hände – geschmeidige, kräftige Hände –, die ständig in Bewegung waren, wenn er ein Rezept erklärte. Es war wie ein Händeballett oder als dirigierte er ein Konzert der besonderen Art und als wären die Lammstücke, Eier, Auberginen und Kartoffeln Mitglieder eines exklusiven Orchesters, das nur ihm allein gehorchte.

Als sein Leichnam durch den Gefängnishof gefahren wurde und ihm der Dienstoffizier einen Pfahl durch sein Herz rammte, beteten wir innig um sein Seelenheil und um eine gute Aufnahme bei Gott. «Und mögest du Gott so gut bekochen wie uns», murmelte Lascăr. Amen.

Der nächste Sommer kam und erlegte mit seiner Hitze die bereits Geschwächten unter uns. Täglich wurden die Toten aus den Zellen getragen, ein makabres Morgenritual, und abends hörten wir den Pferdekarren über den Hof ziehen. «Immerhin sind sie jetzt an der frischen Luft», sagte Andrei. Wir hingegen, die neidisch auf die Toten waren, erstickten beinahe an der schwülen Luft in der Zelle. Um atmen zu können, legten wir uns nahe an den Türspalt, durch den manchmal ein kühles Lüftchen zog.

Vom verriegelten Fenster aus, durch den schmalen Spalt zwischen den Holzlatten, die montiert worden waren, um uns am Ausblick zu hindern, sahen wir den Teil eines Baches, in dem manchmal Frauen Kleider wuschen, wobei sie sich angeregt unterhielten, während Kinder spielten und fischten. Das erinnerte uns schmerzhaft an die Welt, die wir ungewollt verlassen hatten. Wer Kinder hatte, dachte immer an sie; wer eine Frau gehabt hatte, begann stockend zu erzählen. Manche hatten seit Jahren nichts mehr von ihnen gehört, manche im Gefängnis ein Scheidungsurteil erhalten. Ständig wurden die gleichen Geschichten erzählt, als ob man sich vergewissern wollte, dass man einst ein anderes Leben gehabt hatte.

Eines Tages landete mein Geschichtsprofessor in der Nachbarzelle. Ich weiß nicht mehr, wie er erfahren hat, dass ich nebenan war, aber nach einiger Zeit hörten wir ein leises Klopfen an der Wand, und man verlangte nach mir. Zu meiner Überraschung stellte er mir als Erstes eine Frage: «Sind Sie tapfer geblieben?»

«Ich bin noch nicht vor Angst gestorben», antwortete ich.

«Ich beinahe schon. Sie würden mich nicht wiedererkennen.»

Es gab zwei Methoden, um sich von Zelle zu Zelle zu verständigen, entweder durch Morsezeichen oder indem man eine Blechkanne mit dem Boden an die Wand hielt und in die Kanne sprach.

Der Professor hatte keine Neuigkeiten für uns, er war kurz nach mir verhaftet worden, konnte aber unseren Hunger nach Wissen, nach Überwindung des Stillstands in der Haft befriedigen. Er lehrte uns Geschichte durch Morsezeichen, manchmal auch mithilfe der Kanne, wir nannten das den ‹Abendkurs›.

Zur vereinbarten Zeit legten wir uns hin und warteten auf sein Zeichen. Entweder stellten wir ihm Fragen, auf die wir uns mit Mühe geeinigt hatten, oder er schlug ein bestimmtes Ereignis, eine bestimmte Epoche vor: die Zeit von Mihai Vodă, das Mittelalter, die Pest, Byzanz, die Osmanen, der Erste Weltkrieg und ein halbes Dutzend anderer Kriege. Sogar Exkurse zur Französischen Revolution, zum Hofleben des Sonnenkönigs und zu Napoleon, ja, zu Bismarck und der russischen Oktoberrevolution konnte er uns anbieten und redete, bis uns der Zusammenhang entglitt und wir einschliefen, während sein Klopfen einsam weiterklang.

Am Anfang waren seine Sätze zu kompliziert, sodass wir sie kaum verstehen konnten, aber mit der Zeit hatte er gelernt, kurze, einprägsame Formulierungen zu wählen. Trotzdem dauerte die Übersetzung der Morsezeichen quälend lange, und selten waren wir uns einig über das, was genau er gesagt hatte. So entstanden wahre Deutungskämpfe, die wir damit beendeten, dass wir ihn einluden, in die Blechkanne zu sprechen. Aber auch das genügte manchmal nicht, seine Stimme war so schwach und brüchig, dass man erneut in Streit über seine Aussagen geriet. So war das damals.

Ich erinnere mich an den Abend, an dem ich das erste Mal in die Isolationszelle gesteckt wurde. Ich hatte ihn gerade gefragt, ob er glaube, dass es Iane wirklich gegeben hätte. Er konnte gerade noch W – A – R – U klopfen, dann verstummte er. Ich wiederholte meine Frage, doch zu meiner Überraschung wurde von nebenan gefragt:

«Wer bist du?»

«Stoica, Ihr Student», antwortete ich, ohne misstrauisch zu werden.

Es dauerte nur wenige Sekunden, bis unsere Tür aufgesperrt wurde und mehrere Carali mit Schlagstöcken eindrangen, mich schlugen, packten und herauszerrten. Ich verbrachte zehn Tage im Kerker, in dem ich weder stehen noch mich ausstrecken konnte. Jeden Morgen wurde der Zellenboden mit eiskaltem Wasser geflutet, und ich musste die Matratze, die schon zu faulen begann, bis zum Abend abgeben.

In der Nacht erschienen mir Darie und Agape, Rosi und Mutter, Vater und Ecaterina und trösteten mich. Mit Großvater und Großmutter verbrachte ich unzählige Stunden unter der Eiche in ihrem Garten, Rosi erzählte mir über die Teufel, Vater von der Tücke des Feuers, Ecaterina führte mich zu unseren Toten in Crângaşi, und Mutter strich mir über die Haare. Sie bewegte die Lippen so wie damals im Gerichtssaal, aber ich verstand nicht, was sie mir sagen wollte.

Vom Feuerturm aus blickte ich bis in die hintersten Winkel der Welt. Ich konnte mir vorstellen, was immer ich wollte. Ich ließ mir von Vater und Darie erklären, was jenseits des Horizonts lag, die Ozeane und Städte, die Wolkenkratzer und Türme, Orte voller Schönheit, wenn man sich wie ich in der Kloake der Welt befand.

Es war ein Delirium, dem ich mich gerne überließ, wie ein Medikament, eine Heilkraft, ein geheimes Fenster, das mir kein Caraliu wegnehmen konnte. Und manchmal, ich gebe es gern zu, war mein Herz eine Mördergrube. Genüsslich stieß ich Alex, Tiberiu und Leutnant Cenuşă vom Turm hinunter, nicht ohne sie vorher um ihr Leben betteln gelassen zu haben, mich um Verzeihung anflehend. Als ich wieder in die Zelle getragen wurde, hatte ich hohes Fieber und eine Lungenentzündung. Der Pope und der Bauer hatten Mühe, mich wieder aufzupäppeln, der Pope nahm mir sogar die Beichte ab, aber ich überlebte. Vom Professor hörten wir nie wieder etwas.

Nicht ich war jedoch der Lieblingsfeind der Carali, sondern der Legionär und der Bauer. Der eine, weil er so gläubig, und der andere, weil er so stolz war. Lascăr betete am meisten von uns allen,

Popa Nistor ausgenommen. Kaum hörte er mit einem Gebet auf, fing er schon mit dem nächsten an. Gelegentlich ließen ihn die Wächter mehrere Tage lang hungern und passten auf, dass er nichts von uns bekam, indem sie warteten, bis wir alles aufgegessen hatten. Sie kannten seine Schwäche fürs Essen, er hätte alles für eine zusätzliche Portion gegeben und versuchte immer wieder, uns zu hintergehen und sich einen Löffel oder eine Brotscheibe mehr zu verschaffen.

Sie holten ihn heraus, wenn er sich elend fühlte, hielten ihm einen vollen Blechnapf vor die Nase und forderten ihn auf: «Wenn du sagst, dass es keinen Gott gibt, kriegst du das.» Der Legionär sagte es einmal, zehnmal, so oft wie nötig, er sagte sich von Gott los, betete danach in der Zelle noch eifriger, um seine Sünde zu tilgen. Die Carali leerten den Napf auf den Boden und ließen ihn alles aufessen. «Ein Bandit und ein Opportunist», sagten sie angewidert. «Der würde sich für einen Teller Scheiße von der eigenen Mutter lossagen.»

Noch schlimmer traf es Andrei, vor dem sie sich fürchteten, weil er trotz der Jahre im Gefängnis immer noch stark genug war, um zwei von ihnen auf einmal zu verprügeln. Sie hassten ihn, weil sie ihn nicht brechen konnten. Wir wussten, dass er jedem von ihnen, auch dem Offizier, der ihn verhört hatte, gedroht hatte, sie aufzusuchen und umzubringen, wenn er irgendwann einmal freigelassen werden sollte. «Entweder bringt ihr mich um, oder ich breche euch alle Knochen.» Also sorgten sie auf ihre Art für das Erstere.

Sie drangen zu fünft in die Zelle, packten ihn und lasen ihm aus einem Dokument vor, das ein Gerichtsurteil sein sollte und ihn zum Tod durch Erschießen verurteilte. Da er noch nie ein offizielles Urteil erhalten hatte und es im Gefängnis oft genug zu Exekutionen kam, glaubten wir die ersten paar Male daran und verabschiedeten uns von ihm, während der Pope ihm in Eile die Beichte abnahm und ihn segnete. Später hörten wir die Schüsse im Hof und bekreuzigten uns, doch jedes Mal, während der Pope schon dabei war, ein Gebet für sein Seelenheil zu sprechen, wurde die Tür entriegelt und Andrei hineingestoßen. Zittrig, schweißgebadet, aber triumphierend rief er dann: «Sie haben es wieder nicht gewagt und danebengeschossen!»

Später haben wir uns an die Überfälle und die Scheinerschießungen gewöhnt. Weil wir aber nicht sicher waren, ob es nicht doch einmal ernst würde, blieben wir bei unseren Ritualen: die Beichte, die Segnung, der Abschied, das Gebet. Bis er eines Tages nicht mehr zurückkam.

Die Winter waren hart und rafften jene Kranken und Schwachen hinweg, die den Sommer überlebt hatten. Erst vor Weihnachten erhielten wir dickere Kleidung, und trotz des Frostes, der schon im November begann, gab man uns kaum mehr als zwei, drei Holzscheite und ein einziges Streichholz pro Tag für unseren kleinen Ofen.

An einem solchen Wintertag – der Bach war zugefroren, und an unserem Fenster hingen dicke Eiszapfen – erhielt ich die Nachricht, dass ich Besuch hätte. Ich freute mich, Vater und Mutter wiederzusehen, einige Jahre waren vergangen ohne eine einzige Nachricht, ein Lebensmittelpaket von ihnen. Aber im Büro des Kommandanten wartete nur ein Mann auf mich. Ich erkannte Tiberiu nicht sofort, er stand mit dem Rücken zu mir und wärmte sich die Hände an einem heißen Ofen.

«Komm näher und wärm dich», sagte der Mann, «ich wette, bei euch in der Zelle ist es ziemlich kalt.» Jetzt drehte er sich um und sah mich von oben bis unten prüfend an. Ich rührte mich nicht von der Stelle. Tiberiu trug eine Kapitänsuniform, er war in der Hierarchie des Grauens aufgestiegen. «Was ist? Willst du nicht? Dann setz dich hin und iss. Ich habe für dich etwas auftischen lassen.»

Erst jetzt fielen mir der gedeckte Tisch und die Teller auf, auf die Gerichte gehäuft waren, wie ich sie seit Langem nicht mehr gesehen oder gerochen hatte. Ich musste mich stützen, um nicht umzufallen vor Hunger, aber ich rührte mich nicht von der Stelle.

«So ist das also, der Herr redet nicht mit mir, und das Essen will er auch nicht. Ich dachte, ich komme mal vorbei, und wir können die Angelegenheit aus der Welt schaffen.» Ich schwieg. «Ich hatte keine Wahl. Ich war dazu verpflichtet. Ob du Teil dieser Gruppe von Umstürzlern warst oder nicht, das war gar nicht wichtig … Es gibt Menschen, die für viel weniger einsitzen, sogar in diesem Gefängnis … Jetzt sag doch mal was!» Aber ich schwieg weiter. «Immerhin habe ich deine Eltern nicht verraten. Ich habe der Versuchung widerstanden, als mich der Führungsoffizier gefragt hat, woher du überhaupt gewusst hast, was in Ungarn passiert. Ich hätte sie problemlos hinter Gitter bringen können, aber ich habe es nicht getan. Ich habe sogar Cenuşă gebremst, als er nach ihnen schicken wollte. Meinst du, ich wusste nicht, dass ihr feindliche Radiosender hört? Aber ich habe das für mich behalten und mich selbst in Gefahr gebracht … man hat ihnen das Haus weggenommen, falls du es wissen willst, aber ich habe dafür gesorgt, dass sie oben auf dem Dealul Spirii wohnen können. Ich habe sie beschützt … Übrigens, deine Großeltern sind gestorben. Letztes Jahr, zuerst Agape, ein paar Wochen später auch Darie. So ist das mit Menschen, die ein Leben lang zusammen waren, sie sterben auch zusammen. Man hat sie am selben Ort begraben wie alle anderen … Jetzt sag endlich was!»

«Ich träume oft davon, dich umzubringen», sagte ich leise.

Er zuckte zusammen. «Das ist dein gutes Recht.»

Ich erinnere mich.

Zu fünft standen wir an einem verregneten Tag am verfallenen Provinzbahnhof, vom Dach stürzte das Wasser in breiten Schwaden hinab, und durch die Rinne strömte ein kleiner Bach zur Erde. Eine Frau mit ihrem Kind, einige Arbeiter, ein Soldat und der Bahnhofsvorsteher beäugten uns. Sie waren gewohnt, Gestalten wie uns zu sehen, und wussten genau, woher wir mit unseren kahl geschorenen Köpfen und unseren übergroßen Kleidern kamen.

Wir flüsterten verlegen und gingen auf und ab wie in der Zelle. Bis heute beunruhigen mich laute Stimmen, als riskierte ich ihretwegen immer noch die Isolierzelle. Wenn ich irgendwo zu warten habe, vor dem Theater, an der Bushaltestelle, beim Arzt, gehe ich im Maßstab der Gefängniszelle auf und ab.

Die Zelle steckt in uns allen, die den Gulag überlebt haben. Und nach dem, was ich heute weiß, kann ich behaupten, dass sie auch ein wenig in jenen steckt, die noch nie in Haft gewesen sind. Sie hat sich unmerklich in alle eingeschlichen.

Ein Kompromiss hier, das Schweigen dort, Wegducken als Methode, immer den eigenen Vorteil vor Augen, geschwätzig, um sich nicht das Grauen vorstellen zu müssen, immer besorgt, bloß nichts Kompromittierendes zu sagen und auch nichts, was einen dazu verpflichten würde, Stellung zu beziehen und zu handeln. Sich meinetwegen auch die Pistole an den Kopf zu halten und sich zu erschießen. Aber woher eine Pistole nehmen? Oder von einem Turm herunterzuspringen, um, während man fällt, zu rufen: «Ihr kriegt mich nicht!» Wir sind Leute, die gern und hysterisch lachen, um nicht kollektiven Selbstmord zu begehen.

Als Popa Nistors Zug in den Bahnhof einfuhr, umarmten wir uns fest.

«Jetzt kenne ich das Leben der Heiligen besser, als wenn ich mein ganzes Leben in den Kirchen Bukarests verbracht hätte», sagte ich.

«Und ich den Feuerturm. Du kannst dir nicht vorstellen, wie oft ich von ihm geträumt habe, nach all deinen Erzählungen. Ich komme mir vor, als wäre ich bei seiner Einweihung dabei gewesen oder auch, als das erste Flugzeug über die Stadt geflogen ist. Oder als du auf der Treppe des Turms geboren wurdest. Ich bin oft mit dir dort oben gewesen und habe gelesen oder in die Ferne geschaut. Und manchmal habe ich mir eingebildet, die Stimme des Herrn zu hören, der zu mir sagte: ‹Lieber Nistor, du brauchst keine Angst zu haben.› … Was wirst du jetzt tun? Gehst du gleich zu deinen Eltern?»

«Nein, ich will zuerst meine Toten besuchen.»

In Bukarest angekommen, trat ich aus dem Bahnhof und sah

mich um. Die Gepäckträger und Taxifahrer ließen mich in Ruhe, mit ihren geübten Blicken hatten sie erkannt, dass bei mir nichts zu holen war. Damals, nachdem sich überall im Land die Gefängnistore geöffnet hatten, waren Unzählige wie ich am Nordbahnhof angekommen, hatten sich auf den Vorplatz begeben und sich mit dem gleichen fragenden, verlorenen Blick umgesehen, den wohl auch ich hatte.

Ich machte mich zu Fuß auf den Weg nach Crângaşi, die Stadt hatte sich verändert und war mir doch noch vertraut. Überall entstanden Plattenbauten, Fabriken, Geschäfte, alles in einem nüchternen Baustil, glatt und kantig, der ohne Geschichte war, kalt, unbarmherzig. Übereinandergestapelte Särge, eingemauerte Existenzen, erbärmliche Monumente der Verachtung, ausgestattet mit Kühlschrank, Heizung und Strom für Scheintote. Pyramiden als Grabstätte nicht für einen Pharao, sondern für das gewöhnliche, verlassene, verdorrte Volk.

Meine Füße kannten diesen Weg sehr gut. Ich war ein Sohn dieser Stadt, war oft mit den Eltern zum Friedhof hinausgefahren, um «für unsere Toten zu sorgen», wie Mutter immer sagte. Grau und arm wirkten die Menschen; ihre Mienen und ihre Freudlosigkeit kontrastierten mit der Verve, die in der Stadt herrschte, als ob man versuchte, einen Toten zu reanimieren. Vielleicht lag es auch daran, dass es die ganze Zeit regnete und der Himmel verhangen war und die Fußgänger deshalb mit gesenkten Köpfen gingen, wie durchnässte Engel. Vielleicht war ihre Traurigkeit bloß meine eigene, und ich konnte nur noch mit solchen Augen die Welt sehen.

Monate vor der Entlassung hatten uns die Gefängnisoffiziere eingebläut, dass der Sozialismus dem Land einen riesigen Sprung nach vorne ermöglicht hätte. Wir, die für die Welt draußen keine Bilder mehr hatten, versuchten uns diesen Sprung vorzustellen, aber es gelang uns nicht. «Springen kann man immer, aber es kommt darauf an, wie man landet», hatte Lascăr, nur wenige Tage bevor er starb, gesagt.

Ich ging mehrere Stunden lang, ich musste mich oft ausruhen, mich hinsetzen und kräftig durchatmen. Ich hatte in der Haft ein paarmal die Ruhr und eine Lungenentzündung gehabt, meine Augen waren immer noch entzündet, ich humpelte, und meine Gelenke schmerzten.

«Was stimmt mit Ihnen nicht?», fragte ein Kellner, den ich um ein Glas Wasser bat. Er fuhr fort, ohne meine Antwort abzuwarten: «Sie brauchen mir nichts zu erzählen. Mein Schwager ist vor wenigen Tagen ebenfalls entlassen worden. Auch er sieht wie ein Gespenst aus.»

Ich begann zu lachen.

«Wieso lachen Sie?»

«Ich bin auf dem Weg zum Friedhof. Als Gespenst passe ich doch wunderbar dorthin.»

Ich durfte an einem gedeckten Tisch Platz nehmen, und er servierte mir meine erste Ciorba der Freiheit, die bei Weitem nicht so gut wie die Ecaterinas, Agapes oder Mutters schmeckte, aber für mich war sie das reinste Festmahl. Darin schwammen sogar ein paar Fleisch- und Kartoffelstücke, die ich herausfischte und andächtig musterte, wie Goldklumpen. Er hatte mir die Suppe in einer Schüssel gebracht, zusammen mit ein paar Scheiben Brot, Sahne und einer scharfen Paprika.

«Aber ich kann nicht zahlen», flüsterte ich.

«Das geht aufs Haus. Aber weinen Sie nicht mehr, Sie vertreiben mir die Kunden.»

Erst da wurde ich gewahr, dass mir Tränen über die Wangen liefen, vom Duft, der Wärme und dem Anblick eines Menschen, der mich bediente, als ob ich etwas Wertvolles wäre; jemand, der Aufmerksamkeit verdiente. Als ich aus der Kneipe trat, klarte der Himmel auf. Ich hatte noch mindestens eine Stunde Wegs vor mir.

Der Friedhof befand sich am Rande des Dorfes, einige Pappeln, Nussbäume, Krähen und lärmende Spatzen bewohnten ihn. Unweit davon entfernt, durch die feuchte, weite Ebene, floss träge die Dâmboviţa. Pferde grasten gleich neben dem Friedhofszaun, und eine Bäuerin trieb ihre Hühner und Enten aus dem Hof auf die Gasse. Es war früher Abend, alles lag so ruhig und friedlich da, als ob kein Unheil geschehen könnte.

Ich fand die Parzelle schnell wieder, sah die Namen Violetas, Ecaterinas, Rosis, Metzger Herz', der Madame, des Sergeanten, von Dorn, Vasile und Grigorie und einigen anderen. Ich entdeckte auch das Grab meiner Großeltern, verweilte lange bei ihnen und erzählte ihnen, was mir zugestoßen war. Sie hörten aufmerksam zu und schwiegen weise.

Die Gräber waren in schlechtem Zustand, Unkraut wuchs zwischen den Steinen, und die Blumen waren ausgetrocknet. Ich riss das Unkraut weg, so gut es ging, richtete die Kreuze auf und versprach den Toten, wiederzukommen und mich um sie zu kümmern. Als ich den Friedhof verlassen wollte, tauchte die Bäuerin von vorhin wieder auf.

«Ich war mir nicht sicher, ob hier wirklich einer ist. Sind Sie einer der Stoicas?» Ich nickte. «Es hat sich schon lange keiner mehr hier gezeigt. Ich habe angenommen, die Alten seien tot.» Ich zuckte zusammen, denn an diese Möglichkeit hatte ich nicht gedacht. «Aber wenn sie das wären, hätte ich es doch mitgekriegt. Ich verpasse kein Begräbnis. Mein Haus steht in der ersten Reihe … Vielleicht sind sie einfach nur alt und können sich nicht mehr hierherschleppen.»

Auch daran hatte ich nicht gedacht.

«Kennen Sie jemanden, der ein Auto hat und mich in die Stadt fahren kann?»

«Na klar, wir haben eins. Ich muss nur nachsehen, ob mein Mann nüchtern ist. Das Benzin müssen Sie aber selber zahlen.»

«Ich habe kein Geld, aber meine Eltern bestimmt.»

Wir fuhren durch die abendliche Stadt. Es war noch nicht spät, und das Schimmern des letzten Lichts verlieh ihr etwas Geheimnisvolles, wie in einer Stadt, in der sich das Grauen allmählich, aber unbeirrt ausbreitet. Der Fahrer roch nach Fusel, mehrfach wären wir fast im Straßengraben gelandet oder hätten beinahe jemand überfahren, sodass ich mich darum sorgte, diese Autofahrt nicht zu überleben, nachdem mich das Gefängnis nicht hatte umbringen können.

Ich fürchtete, dass ich den Dealul Spirii nicht wiedererkennen würde, weil alles planiert und mit Wohnsilos bepflanzt worden wäre. Ich wusste damals nicht, dass ich mit meiner Furcht bloß zwanzig Jahre zu früh war. Als der Anstieg begann, beruhigte ich mich, denn alles war noch an seinem Platz, die alten Gassen und Häuser, die mir so vertraut waren. Ich erkannte die Kirche, das Tor zu unserem Garten und, im Scheinwerferlicht, die Krone unserer Eiche. Ich erkannte die Eltern, als sie zögerlich und ängstlich herauskamen, nachdem ich sie mehrmals gerufen hatte, und sie erkannten mich. Nach acht Jahren hatten wir uns wieder.

Die ersten Tage verließ ich das Haus überhaupt nicht. Eine große Müdigkeit hatte mich ergriffen, als ob mich, da ich nun endlich wieder zu Hause war, meine Kräfte verlassen hätten. Wenn ich nicht von den übervollen Tellern aß, die Mutter mir hinstellte, wenn ich nicht still unter der Eiche saß, vergraben in meinen Erinnerungen, dann schlief ich.

Ein eigenes Bett zu besitzen, eine weiche Matratze, mich waschen und frei bewegen zu können, einen Raum für mich ganz allein zu haben, überhaupt allein sein zu können, kein Guckloch mehr, kein Gestank, kein Quietschen von Karrenrädern mehr, keine Krankheit und kein Tod im Nebenbett, das alles war fast zu viel für mich und doch so wenig.

Hin und wieder, wenn ich kurz aufwachte, sah ich Vater und Mutter neben mir stehen, mich besorgt ansehen, ich roch den starken Kaffee, die dampfende Suppe, die sie auf dem Stuhl neben dem Bett deponierten, dann fiel ich erneut in tiefen Schlaf. Manchmal schreckte ich auf und wähnte mich wieder im Gefängnis, vielleicht hatte mich ein Geräusch geweckt, wie wenn die Zellentür entriegelt worden wäre oder jemand vor Schmerz aufgestöhnt hätte, und es brauchte Zeit, bis ich mich wieder beruhigen konnte.

Dann kam der Tag, an dem ich endlich aufstand, mich rasierte, einen meiner alten Anzüge, die Mutter mir hingehängt hatte, anzog und mich auf den Weg zur Universität machen wollte. Aber bevor ich aus dem Haus ging, suchte ich Mutter auf und fragte sie, was sie mir denn an jenem Tag im Gerichtssaal habe sagen wollen. Sie nahm meine Hand in ihre Hände und räusperte sich mehrmals. Sie brauchte mehrere Anläufe, bis sie reden konnte.

«Ich wollte dir sagen, dass du ihnen verzeihen sollst.»

«Das kann ich nicht.»

Als ich auf den Fluren der Universität unterwegs zum Dekanat war, kreuzte die Putzfrau, die mich damals aus dem Hörsaal abgeholt hatte, meinen Weg. Sie erkannte mich, zog mich beiseite und flüsterte:

«Sie haben also überlebt.»

«Ich denke schon.»

Sie bekreuzigte sich verstohlen.

Im Sekretariat wollte man mich nicht empfangen, drohte mir, doch nach einigen beharrlichen Versuchen kam der Dekan heraus und zog mich in eine Ecke.

«Hören Sie, Stoica, ich habe nichts gegen Sie persönlich. Ich würde Sie gern wieder zum Unterricht zulassen, aber ich darf nicht. Ich bekomme Schwierigkeiten, wenn ich es tue. Seien Sie vernünftig, kommen Sie in einigen Jahren wieder, wenn Gras über die Sache gewachsen ist.»

Ich wurde ein ausdauernder Wanderer durch die Stadt, von Westen nach Osten, von einer Fabrik zur nächsten, von welchen, die Röhren, Kabel, Motoren produzierten, zu solchen, die für Seife, Speiseöl, Socken, Gurte zuständig waren. Vom Dudeşti-Viertel, wo die vielen kleinen, privaten Betriebe von früher nun dem Staat gehörten, bis hinter Titan und Balta-Albă oder ins Griviţei-Viertel, dort, wo nach dem Nordbahnhof die Werkstätten der Eisenbahn waren. Die Fabriken hatten ihre Namen geändert, Malaxa hieß nun 23. August, Lemaitre war zu Timpuri Noi geworden und die Brauerei Luther zu Griviţa.

Meist wurde ich schon vom Pförtner wieder weggeschickt, der sich wohl sagte, dass er sich einen Konkurrenten einhandeln würde, denn was sonst hätte ein Ungelernter wie ich tun können? Wenn er sich trotzdem meiner annahm und mich durch viele Höfe und Gänge zum Personaldienst führte, jagte mich irgendeine Sekretärin wieder davon. Hatte ich aber auch diese Hürde genommen und wurde vorgelassen, war jemand bereit, mir zuzuhören, dauerte es nur wenige Minuten, und ich fand mich auf der Straße wieder. Sie riefen mir hinterher:

«Individuen wie Sie wollen wir hier nicht.»

«Jeden Tag stehen Leute wie Sie am Tor. Nur Abschaum.»

«Gehen Sie mir aus den Augen. Sie haben hier nichts verloren.»

«Wer weiß, ob Sie nicht ein Saboteur sind.»

Ich drehte meine einsamen Runden durch eine feindselige Stadt, sogar die Gebäude und die Fußgänger schienen sich von mir abzuwenden. Die Stadt entzog sich mir, als ob ich nicht mehr ihr Sohn wäre, der hier gespielt, gehofft, geträumt hatte und, wenn man mich gelassen hätte, auch gewirkt, gelebt, geliebt.

Ich klopfte jede Baustelle ab, und es gab viele, denn damals wurde der Zementring aus Plattenbauten um Bukarest eifrig vorangebracht. Bis weit in die Siebzigerjahre hinein wurden vielstöckige Ungeheuer aufgestellt, um den Horizont zu schließen; um das Gefängnis, das eines Tages die ganze Stadt umfassen würde, zu vollenden.

Manchmal nahm man mich auf, doch nach wenigen Wochen wurde ich wieder entlassen. Ich verbrauchte in jener Zeit mehrere Paar Schuhe und verdiente nicht einmal das Geld für die Schnürsenkel. Ich war ein Gespenst für die Stadt, und sie war mir gespenstisch geworden. Manchmal sah ich Bekannte, Nachbarn, Freunde auf der Straße, doch sie drehten sich um, flohen in Panik, wechselten die Straßenseite. Einer, an dessen Wohnungstür ich geläutet hatte, schaute sich ängstlich auf dem Stockwerk um und zog mich in seinen Flur. «Brauchst du Geld? Ich kann dir Geld geben, aber komm nie wieder hierher.»

Und ein anderer, der nicht hatte fliehen können, weil ich ihm den Weg versperrte, sagte: «Du hättest es dir vorher überlegen sollen. Wenn du einen Rat willst, stell dich dumm, leb dein kleines Leben, so wie ich. Übrigens, ich bin Vater geworden, und eine Plattenbauwohnung ist vorreserviert. Es war nicht einfach, wir mussten ein paar Leute schmieren, aber es hat dann doch noch geklappt.»

Ich lief mir die Füße wund in einer Stadt, die mich ignorierte und gleichgültig war gegenüber meiner Not. Beim flüchtigsten Blick, beim leisesten Gemurmel hatte ich das Gefühl, dass man erkannt hatte, wo ich gewesen war, und ich beschleunigte meinen Schritt. Das ist im Grunde genommen bis heute so geblieben.

Damals traf ich einen Haftkameraden in einem Biergarten, in dem ich mich bloß ausruhen wollte. Ich hatte die Schuhe ausgezogen, denn ich war stundenlang ohne Erfolg unterwegs gewesen, die Sonne hatte unbarmherzig geschienen, und ich hatte erfreut festgestellt, dass die Scheine, die mir Mutter gegeben hatte, für ein paar Biere reichen würden. In der Zeitung, die auf dem Tisch lag, wurde betrübt darüber berichtet, dass unser zweiter Bauerndiktator, Gheorghiu-Dej, gestorben sei und dass die ganze Welt das Ableben dieses großen Staatsmannes betrauere. Man präsentierte den neuen, den dritten Bauerndiktator, einen gewissen Ceauşescu, von dem ich noch nie etwas gehört hatte. Er blickte mich so scheu, ja furchtsam auf dem abgedruckten Foto an, dass man ihm den Barbaren, als der er sich später entpuppte, gar nicht ansehen konnte.

Ich erkannte den Mann zunächst nicht, der sich zögernd meinem Tisch näherte, aber er hatte etwas an sich, das viele von uns haben, die im Gefängnis gewesen sind, eine Art geduckter Unscheinbarkeit. Wir alle hatten in der Haft darauf geachtet, so wenig wie möglich aufzufallen, um die Carali nicht zu reizen. Nur Andrei hatte stramm und stolz dagestanden, wenn die Knüppel auf ihn niederprasselten. Ich hatte es vorgezogen, im Hintergrund zu bleiben, unsichtbar, ein Schatten zu werden, und so ist es bis heute geblieben.

Vielleicht hatte ich auch deshalb keinen Ehrgeiz mehr, etwas oder jemand zu werden, zu studieren und den Kampf um Anerkennung wiederaufzunehmen, als es wieder möglich wurde. Ich war zufrieden, ein zweitklassiger Schneider zu sein und anschließend Streichhölzer zu produzieren, Magda zu haben und später Iana zu bekommen. Den Kopf nur zu heben, um in die Auslagen der Geschäfte zu blicken. Nachdem mich mein Ehrgeiz, den Gefängniskommandanten Lügen zu strafen und am Leben zu bleiben, durch die Haftjahre getragen hatte, hatte ich ihn abgestreift wie die Schlange ihre alte Haut. Genau das sollte Magda, die ich 1967 kennengelernt habe, so anziehend an mir finden: meine Reserviertheit, die sie zunächst als vornehme Zurückhaltung missverstand.

Ich erinnere mich nicht mehr an den Namen des Mannes und auch nicht an sein Gesicht – bestimmt ein Allerweltsgesicht, so wie mein eigenes –, aber sobald ich in ihm einen ehemaligen Kameraden erkannt hatte, der in der Zelle nebenan eingesperrt gewesen war und mit dem ich mich manchmal per Morsezeichen verständigt hatte, fühlte ich mich in seiner Gegenwart wie zu Hause.

Wir unterhielten uns bis zur Schließung des Biergartens, wir gaben unser letztes Geld für ein drittes und viertes Maß aus. Auch er war auf der Suche nach Arbeit, auch ihn hatte man oft auf die Straße gesetzt. Wir hatten uns unendlich viel zu sagen, erinnerten uns an so vieles, und plötzlich bekam ich Sehnsucht nach der Zeit im Gefängnis. Nicht nach der Zelle, nach den Schlägen, den Mauern, sondern nach denen, die mich gepflegt hatten, als ich krank gewesen war. Die mir Brotstücke in die Tasche gesteckt hatten, wenn ich in den Isolierraum musste. Die meinen Geschichten vom Feuerturm gelauscht hatten, so wie ich ihren Geschichten.

Dieser fremde Mann, der mir gegenübersaß, war mir für Stunden der nächste und liebste Mensch. Wir begannen uns auch an unsere Toten zu erinnern, wir stellten eine lange Liste zusammen, bis die Stimmung kippte und wir schwermütig wurden. Wir vermissten unsere Toten, so wie wir im Gefängnis die Lebenden vermisst hatten. Heute noch befällt mich manchmal eine seltsame Melancholie, und verwundert muss ich feststellen, dass sogar jene Zeit meines Lebens mich lockt.

Ich ging damals auch zum Haus meines Bruders und blieb so lange davor stehen, bis sie herauskamen, er, seine Frau und seine Kinder. Er, der viel stärker war und mich nicht zu fürchten brauchte, kam ans Tor.

«Bist du hier, um mir Vorwürfe zu machen? Du kannst sie dir sparen.»

Ich schwieg.

«Sag doch was.»

Ich schwieg weiter. Er öffnete das Tor und kam heraus.

«Du musst verstehen, sie haben mir gedroht, mich aus der Feuerwehr zu entlassen. Meine Frau war schwanger … verstehst du? Es ging nicht anders.»

«Für so wenig warst du bereit, deinen eigenen Bruder zu verraten?»

«Sie haben gedroht, auch mich einzubuchten, und unsere Eltern auch. Ja, das haben sie. Was willst du denn? Dich rächen?»

«Im Gefängnis habe ich oft davon geträumt.»

«Ach ja? Versuch's nur.» Er bückte sich und griff nach einem Stein. «Du gehst schneller zurück ins Gefängnis, als dir lieb ist. Die Jahre dort haben dir nicht gutgetan, du siehst miserabel aus … Denk mal in Ruhe darüber nach. Was hätte ich denn tun sollen? Lass uns den Streit begraben und von vorn anfangen … Wir haben gerade beim Essen gesessen, komm doch rein und iss mit. Aber da fällt mir ein, du kennst meine Frau gar nicht. Komm her, Doina, damit du meinen Bruder kennenlernst. Jungs, das ist euer Onkel, der Einzige in der Familie, der nicht Feuerwehrmann geworden ist. Na, kommt doch her, er beißt ja nicht.»

Er ließ den Stein fallen und machte mit dem Arm eine einladende Bewegung. Ich war so verblüfft über die Kehrtwende, dass ich beinahe nachgegeben hätte. Ich konnte mich nur lösen, indem ich mich umdrehte und weglief. Ich hörte ihn hinter mir herrufen: «Vergessen wir alles, Bruder. Unser Haus bleibt offen für dich!»

So war das damals. So ist es heute noch.

Kapitel 15

Dann wurde ich Schneiderlehrling.

Ich befand mich genau hier, wo heute unser Plattenbau steht, nur dass damals die Gegend völlig anders aussah. Eine Ansammlung niedriger, länglicher Häuser entlang der ungepflasterten Calea Moşilor, in den Innenhöfen befanden sich unendlich viele Läden und Werkstätten – Überbleibsel aus einer anderen Zeit –, manchmal nur eine Kammer. Man hielt im Hof Hühner, Hunde bellten ununterbrochen, und wenn es regnete, musste man bis zum Schuhmacher, Friseur oder Hutmacher regelrecht durch Schlamm waten. Es war ein Universum für sich, eins nach menschlichem Maß; eine Menschheit, die so anders war als ein paar Straßenzüge weiter.

Vor einem der Innenhöfe stand ein Schild: *Gesucht wird eine Schneideraushilfe. Talent nicht nötig.* Ich betrat den Hof, eine Frau, die gerade Wäsche aufhängte, zeigte mir den Weg, und so landete ich in einem kleinen, dunklen Atelier, das schon bessere Tage gesehen hatte, nur spärlich beleuchtet von einer Glühbirne und einer Lampe. Im Fenster lagen einige alte deutsche und französische Modekataloge, und auf einer Schaufensterpuppe, die wahrscheinlich schon zu Zeiten des Königs dort gestanden hatte, wurde ein Zweiteiler präsentiert. Das Geschäft war voller Regale, auf denen sich Unmengen von Stoffen, Scheren, Kisten mit Nadeln und Fäden, Knöpfen und weiteren Katalogen befanden, und über allem hing ein imposanter Spiegel. Auf einer elektrischen Kochplatte kochte türkischer Kaffee in einem Ibric, der feine Geruch breitete sich verlockend im ganzen Raum aus.

Ein wahrer Blickfang, ein Luxusobjekt in jenen Jahren, war eine prächtige Nähmaschine Marke Singer; auch Rosi hatte solch eine gehabt. Die Lettern und Gravuren schimmerten golden im schwachen Licht. Hinter einem Vorhang versteckt lag der Durchgang zu einem weiteren Raum, wo der Schneider – den Geräuschen nach zu urteilen – in Kästen nach irgendetwas stöberte. Er war in ein Selbstgespräch vertieft: «Wo könnte er nur sein? Wo habe ich ihn abgestellt?», und gab sich selbst auch gleich die Antwort: «Du bist vergesslich geworden, Simon. Vergesslich und blind.» «Aber wo kann er nur sein?» «Denk nach, wo hast du noch nicht gesucht?» «Ach, endlich!», erklang es erleichtert. Er schob den Vorhang beiseite und trippelte mit kleinen Schritten heraus, mit weißem Garn in der Hand.

Er erblickte mich, ging zur Kochplatte und fragte: «Möchten Sie auch eine Tasse? Schwarz, ohne Zucker?» Er lachte. «Ich mag den türkischen Kaffee mit ein paar Tropfen Milch, sonst ist dieses osmanische Gebräu ungenießbar. Aber ich habe weder Milch noch Zucker … Wenn Sie ein paar Schritte gehen wollen, ein Laden ist gleich rechts neben dem Hofeingang. Währenddessen suche ich nach den Tassen.» Er verschwand wieder nach hinten, und das Selbstgespräch begann von Neuem. Ich hatte noch kein einziges Wort gesagt.

Nachdem ich mit Milch und Zucker zurückgekehrt war – damals war es noch möglich, solche Köstlichkeiten tatsächlich spontan zu kaufen – und er einen Faden aufgespult hatte, hob er den Blick und musterte mich durch seine dicken Brillengläser von Kopf bis Fuß.

«Ich nehme an, Sie sind wegen der Stelle hier.»

«Woher wissen Sie das?»

«Was sollten Sie sonst bei mir wollen? Der Anzug, den Sie tragen, ist nicht mehr ganz neu, aber passabel, und Sie sehen nicht aus wie jemand, der zwei Anzüge im Schrank hat. Zu mir kommen nur noch Frauen aus dem Viertel, alte Kundinnen, die nicht wollen, dass ich verhungere.»

Ich öffnete den Mund, um mich zu erklären und um ihm zu erzählen, wer ich war, aber er ließ mir keine Zeit.

«Sie haben die Stelle … Wissen Sie, wie lange das Plakat schon draußen steht? Ein Jahr. Sie sind der erste Bewerber, also können wir den offiziellen Teil überspringen. Wenn Sie also weiterhin interessiert sind, setzen Sie sich auf den Hocker dort, wir trinken eine Tasse Kaffee, und danach stelle ich Ihnen eine Diva vor: meine Singer-Nähmaschine Nummer 88 aus dem Jahr 1894, eine alte Dame, die noch funktioniert wie am ersten Tag. Hätte ich die Wahl zwischen einer Frau und meiner Singer, würde ich immer die Singer wählen. Sie ernährt mich, so gut es geht, sie leistet mir auch Gesellschaft.» Er lachte wieder.

Das war meine erste Begegnung mit Simon Stern, meinem künftigen Arbeitgeber und Meister, bei dem ich bis zu seinem Tod nur ein paar Jahre später bleiben und dessen nicht gerade florierendes Geschäft ich übernehmen sollte.

Simon trug einen langen Bart, den er oft kämmte und beiseiteschieben musste, um nähen zu können. Auch seine dicken Augenbrauen waren beeindruckend, wie zwei Gebirgszüge über zwei trüben Seen, seinen schwachen Augen. Ich saß jeden Tag bei ihm, kochte Kaffee, räumte auf, und er gab sich keine große Mühe, mir etwas beizubringen. Manchmal sah er zu mir hoch, und sein Blick ruhte auf mir, ohne dass ich hätte sagen können, woran er dachte. Manchmal herrschte für Stunden Stille, nur das monotone Rattern der Nähmaschine war zu hören, und es war mir recht so. Die abgesonderte Welt des Innenhofs forderte nichts, wertete nicht und ließ mich derjenige sein, der ich war.

Täglich schauten Nachbarinnen vorbei, Frauen, die Simon seit Jahrzehnten kannten und kleine Aufträge für ihn hatten. «Er ist ein so schlechter Schneider, der Arme», flüsterte mir eine von ihnen zu. «Vielleicht liegt es an seinen schwachen Augen. Alles, was er macht, muss ich ausbessern. Aber schon meine Mutter und meine Großmutter haben ihre Sachen bei ihm nähen lassen. Also gehört er zur Familie.»

Es gab aber auch Momente, in denen Simon der Wunsch überkam zu erzählen. Dann legte er alles weg, kochte Kaffee, stellte seinen Stuhl in den Hof – während ich auf der Türschwelle saß –, und ohne sich darum zu kümmern, ob ich ihm auch zuhörte, begann er seinen Monolog. Es war, als ob er zu allen Zeiten und in allen Ländern gelebt hätte.

Er konnte sich in einem Augenblick in Spanien aufhalten und von der Verfolgung der Juden dort berichten, und im nächsten Moment war er schon im habsburgischen Galizien und beschrieb das Leben im Schtetl. Dann, zum Schluss, erlebten wir ein Pogrom in Iaşi oder befanden uns in einem Getto in Lemberg. Oder er begann bei einem jüdischen Bankier in Frankfurt, wechselte zu seiner eigenen Bar-Mizwa-Feier, machte kurz halt bei den Juden in Marokko und landete bei den verlorenen zehn Stämmen Israels. So oder ganz anders wanderte ich mit ihm und den Seinen durch die Welt und die Zeiten.

«Woher wissen Sie das alles?», fragte ich ihn einmal.

«Woher schon? Von klügeren Köpfen als ich. Wir Juden sind ein weit verzweigtes Volk. Ich habe überall Vettern, und jeder hat mir etwas anderes beigebracht.»

Eines Tages horchte ich auf, als er den Namen eines Süßigkeitenverkäufers, eines weiteren Vetters, nannte, der in Dudeşti gelebt habe und dort, so Simon, von den Legionären getötet worden sei. Erst zögerte ich, aber dann unterbrach ich ihn.

«Er ist nicht in Dudeşti ermordet worden, sondern ganz in der Nähe, beim Feuerturm.»

«Woher willst du das wissen?»

«Weil ich dabei gewesen bin.»

Endlich konnte auch ich ihm etwas erzählen. Am Ende schloss er den Laden ab, und wir spazierten stumm zum Feuerturm, den ich, seitdem ich wieder zu Hause war, nur von Weitem gesehen hatte. Ich hatte meinen Besuch immer aufgeschoben, weil ich mir meinen alten Freund nicht als Museum vorstellen konnte, vollgestopft mit Vitrinen, Wasserpumpen, Uniformen und Erklärungstafeln.

Aber genau das war der Turm geworden, das Museum der Feuerwehr. Davor standen historische Kutschen, sogar die, auf die sich Darie und Vasile einst im Falle eines Feueralarms geschwungen hatten; Wasserpumpen, mit denen sogar ich in meiner Kindheit noch herumhantiert hatte, und der erste Feuerwehrwagen Marke Magirus, den Großvater Darie aus dem Ausland mitgebracht und den sogar Vater noch benutzt hatte.

Ich zeigte Simon, wo der Laden seines Vetters gewesen war, von welchem Turmfenster aus Lascăr mit einer Handbewegung Salomons Schicksal besiegelt hatte und wo Tiberiu und ich mit den Taschen voller Bonbons gestanden und die Blicke nicht vom sterbenden Salomon hatten abwenden können. Lange saßen wir noch auf der Bank, auf der Darie und der Sergeant einst gesessen hatten.

Dann machte ich Simon den Vorschlag, gemeinsam auf die Aussichtsplattform zu steigen. «Wieso soll ich so etwas Törichtes tun, mein Junge? Wenn ich etwas sehen möchte, das weit entfernt ist, gehe ich lieber gleich dorthin und schaue es mir genau an.» Aber er ließ sich umstimmen, womöglich weil er bemerkt hatte, wie sehr ich es mir wünschte. Also liefen wir an den alten, ausrangierten Utensilien vorbei, öffneten die Tür und betraten den Turm.

Nea Gheorghe, der als Feuerwehrmann selbst ausrangiert worden war, saß hinter einem Tresen und verkaufte Eintrittskarten. Noch 1989 würde er dort sitzen, längst zum Ausstellungsobjekt seines eigenen Museums geworden.

«Wir schließen gleich», sagte er.

«Nea Gheorghe, erkennst du mich nicht? Ich bin's, Victor, Ionel Stoicas Sohn!»

«Jetzt, wo du es sagst … Du hast dich aber sehr verändert.» Er nahm Habachtstellung an, als würde er vor meinem Vater stehen. «Dann geht ruhig hoch. Ich warte so lange.»

Man hatte den Turm ausgeweidet, das Wasserreservoir entfernt, und die alte Beobachtungsplattform war verschwunden. Nun trat man auf der Höhe des vierten Stockwerks ins Freie und gelangte so auf eine sich um den Turm windende Aussichtsplattform, einige Meter tiefer als früher. Dort angekommen, entfuhr uns beiden ein «Ach!», mir, weil man nicht mehr dasselbe Gefühl wie früher unter freiem Himmel hatte, und Simon etwas später, nachdem er einmal rundherum gegangen war.

«Ach, ein wenig hatte ich gehofft, dass man von hier aus Jerusalem sehen kann», sagte er und kicherte.

Auf dem Weg nach unten, während einer der Pausen, die er sich nahm, um durchzuatmen, fragte ich ihn: «Herr Stern, wozu brauchen Sie mich? Wozu brauchen Sie überhaupt einen Angestellten? Sie haben nur wenige Aufträge und kaum genug für sich selbst. Sie bringen mir kaum etwas bei, und wenn ich Ihnen bei der Arbeit über die Schultern schauen möchte, ärgern Sie sich.»

«Um ehrlich zu sein, mein Junge, ein paar Interessenten für die Stelle hatten sich schon gemeldet. Manche hatten sogar Talent und haben Druck gemacht, um schnell das Handwerk zu erlernen. Manche redeten mir zu viel. Ich aber habe jemand gesucht, der still ist und einfach nur da. Mehr brauche ich nicht. Wenn ich sterbe, soll jemand da sein.»

Simon änderte seine Meinung erst einige Monate vor seinem Tod. Als wenn er ihn vorausgeahnt hätte, hob er eines Tages den Fuß vom Pedal, legte den Stoff weg, nahm die Brille ab und sah mir in die Augen.

«Manchmal kommt hier ein Mann vorbei und erkundigt sich nach dir. Ein Securist, nicht wahr?»

«Ja, er besucht uns auch zu Hause … Soll ich jetzt gehen?»

«Sie lassen dich auch jetzt nicht in Ruhe», sagte er und ignorierte meine Frage.

«Das werden sie niemals tun.»

Er nahm seine Arbeit wieder auf, aber nach kurzer Zeit legte er alles wieder ab.

«Du wirst niemals eine richtige Arbeit finden. Alle haben Angst, niemand wird dich anstellen. Sie werden dich dein ganzes Leben lang bezahlen lassen …» Und dann leise, nur für sich selbst: «Ich muss nachdenken.»

Am nächsten Tag erwartete er mich ungeduldig.

«Junge, setz dich hin. Trink Kaffee. Hör zu.» Er nannte mich immer ‹Junge›, ich bin mir nicht einmal sicher, ob er sich meinen Vornamen gemerkt hat. «Ich habe nachgedacht. Wenn du diesen Laden übernehmen sollst, musst du auch schneidern können. Ich habe noch nie einen Lehrling gehabt, aber bei dir mache ich eine Ausnahme. Mir bleibt nicht mehr viel Zeit, also müssen wir sofort loslegen. Zuerst erkläre ich dir, wie die Diva funktioniert, und danach nehmen wir uns einfache Schnittmuster vor. In einem Monat kannst du vielleicht schon eine Hose ändern.»

So kam es auch. Nach einem Monat konnte ich eine Hose ändern, nach drei Monaten ein Kleid, nach fünf ein Jackett. Ich war nicht gut, aber ich war fleißig, denn ich hatte verstanden, was für eine Chance sich mir hier bot. Die Chance, mir meine kleine Welt aufzubauen, ohne Betriebssekretäre und betriebliche Parteisitzungen, ohne Selbstkritik, Huldigungen und Parolen und den unerträglichen Gestank der Lüge.

Ich würde ein kleiner Schneider werden, in einem gottvergessenen Innenhof, in einer gottvergessenen Stadt in einem von Gott vergessenen Land. Vom Weltall aus gesehen nicht einmal ein Staubkorn. Ein winziges Licht hinter einem Fenster in einem unbeleuchteten Hof. Auch wenn ich wusste, dass jener Securist mich nie vergessen würde, gefiel mir die Idee unterzutauchen. Ein U-Boot auf lebenslangem Tauchgang.

Leider konnte ich ihm den Wunsch nicht erfüllen, da zu sein, als er starb. Es scheint, als wäre er länger wach geblieben, um ein bestelltes Kleid fertig zu machen. Als ich am nächsten Morgen die Tür aufsperrte, erblickte ich ihn sofort. Sein Kopf ruhte auf dem Tisch neben seiner geliebten Singer. Ich wollte auch ihn, der niemanden hatte, in Crângaşi begraben, hatte aber Zweifel, ob das richtig wäre. Und so machte ich mich auf den Weg nach Dudeşti, um einen Rabbi zu finden und für Simons Beisetzung zu sorgen.

Magda kam einige Monate nach dem Tod des Schneiders Stern in mein Geschäft. Es hatte stark geschneit, und ich hatte am Vorabend darauf verzichtet, durch die Schneemassen nach Hause zu laufen.

Stattdessen hatte ich mich in Simons Bett gelegt. Ich muss lange geschlafen haben, denn mich weckte erst ein unruhiges Klopfen am Fenster. Als ich zitternd vor Kälte und verschlafen den Vorhang zum Verkaufsraum beiseiteschob, sah ich, wie eine junge Frau durchs Fenster hineinzuspähen versuchte.

Ich sperrte die Tür auf und wollte sie hereinlassen, doch sie machte zwei Schritte rückwärts.

«Ist das hier nicht Simons Atelier?»

«Doch.»

«Wenn Sie Simon sind, dann würden Sie bestimmt viel mehr Geld damit verdienen, das Geheimnis Ihrer Verjüngung zu verkaufen.»

Wir lachten.

«Simon ist tot ... Aber kommen Sie nur rein, es ist nicht wesentlich wärmer als draußen, aber es gibt einen guten Kaffee.»

Nach kurzem Zögern tat sie das. Sie war eine schlaksige junge Frau, die einen Mantel mit falschem Pelzkragen trug, aber dafür eine echte russische Astrahanmütze. Sie zog ihre Handschuhe aus und betrachtete mich amüsiert, während ich Kaffee aufsetzte und den kleinen Ofen anzufeuern versuchte.

«Ich habe leider keinen Zucker hier. Wenn Sie welchen brauchen, muss ich zum Laden gehen. Dauert nur eine Minute.»

«Den habe ich mitgebracht.»

«Wie denn das?»

«Meine Mutter hat mir eine kleine Packung mitgegeben. Sie hat gesagt, das sei Sterns Trick. Er schickt die Leute, um Zucker zu kaufen, danach bleibt die Packung bei ihm.»

«Ihre Mutter muss ihn gut gekannt haben.»

«Sie hat ihm schon als kleines Mädchen Kleider zur Reparatur gebracht und Großmutter auch. Unter uns gesagt, er war ein miserabler Schneider.»

«Das sagen alle. Ich muss Sie übrigens warnen, ich bin nicht besser. Vielleicht suchen Sie sich einen anderen.»

Wir lachten wieder. Sie setzte sich auf einen Stuhl, nachdem sie den Stapel Kataloge auf den Boden gelegt hatte. Sie streckte den Arm aus, um ihren Kaffee einzufordern, und wir vergaßen den Zucker. Sie suchte keinen anderen Schneider mehr. Schon an diesem Tag, nachdem wir für Stunden geredet hatten und sie die Wahrheit erfahren hatte, ohne aufzustehen und zu gehen, brachte ich sie zum Turm, und wir stiegen hinauf. Auch sie sagte «Ach!», aber vor Begeisterung. Am Tag, als wir heirateten, zog sie bei mir ein, in die höhlenartige Wohnung, die ich von Simon übernommen hatte und in der Iana zur Welt kam. Magda ist bis auf den heutigen Tag bei mir geblieben, obwohl ich sie als Schneider anfangs nicht überzeugen konnte.

Hier könnte meine Geschichte, die Geschichte meiner Leute und meiner Stadt, zu Ende sein. Nach so viel Pech kann mir niemand mehr das bisschen Glück übel nehmen. Aber die Geschichte wäre unvollständig ohne zwei weitere Episoden, die alles auf den Kopf stellen und sie fortschreiben. Denn zu Ende ist überhaupt nichts. Kaum hat man sich in Sicherheit gebracht, fliegt schon der nächste Stein, schaut schon der Securist vorbei, muss man mit eingezogenem Kopf losziehen, um Fleisch oder wenigstens verwelktes Gemüse und chinesische Konserven zu finden, während man die Erniedrigung, die einem täglich zugefügt wird, zu vergessen versucht.

Dann hat man am Abend etwas zu essen, vorausgesetzt, es gibt genug Gasdruck in der Leitung. Wir sind müde Hüter der Gasflamme, der zittrigen Sparflamme. Jeden Abend stellen wir ihr nach, und wenn sie endlich da ist, fürchten wir uns, dass sie wieder erlischt. Wir stehlen nicht das Feuer aus dem Olymp, so tollkühn sind wir nicht; wir geben uns nur dann und wann mit einer Gasflasche zufrieden, und trotzdem fressen Raubvögel unsere Leber auf. Gnade gibt es nicht.

Im Frühjahr 1986 erhielten wir einen seltsamen Brief. Wir sollten uns einige Tage später auf den Crângași-Friedhof einfinden und unsere Toten identifizieren, die exhumiert werden sollten. Der ganze Friedhof sollte verlegt werden, um Platz für einen See zu machen, der nach der Stauung der Dâmbovița dort entstehen sollte.

Wir lebten damals schon seit Jahren im Plattenbau, der auf dem Areal errichtet worden war, in dem sich meine Schneiderei befunden hatte. Tanti Viorica, Nea Nelu und die drei Musketiere versammelten sich am Abend in unserer Küche und kommentierten den Brief.

«Die Toten sind ihnen im Weg.»

«Zuerst die Lebenden, dann die Toten. Viel bleibt dann nicht mehr übrig.»

«Die Stadt braucht diesen See.»

«Es wird nicht nur beim Friedhof bleiben, sie werden das ganze Dorf abreißen, dann gießen sie Beton drüber. Auf die gleiche Art und Weise zerstören sie doch schon die ganze Stadt.»

In den Tagen vor dem Umzug der Toten fragte Iana viel und wollte wissen, wer von den ‹Unseren›, so nannten wir sie, sich auf dem Friedhof befinde und was sie für Geschichten hätten. Ich erzählte damals stundenlang, bis tief in die Nacht. Manchmal gesellte sich Magda dazu, manchmal auch andere. Ich erzählte alles, was ich wusste, und noch viel mehr, und die leuchtenden Augen meiner Tochter ermutigten mich, nicht aufzuhören; denn das war das Einzige, was uns geblieben war. Etwas, das uns niemand nehmen konnte, auch wenn es kein Gas, keinen Strom, keine Heizung gab und wir uns wie enttäuschte Neugeborene vorkommen mussten, die frierend und hungrig feststellten, dass sie sich in der Welt geirrt hatten, in die sie hineingerutscht waren; dass sie den falschen Eingang erwischt hatten und lieber alles rückgängig machen wollten.

Ich erzählte von Grigorie und Darie, vom Zirkus Sidoli und davon, wie Bucuresci ausgesehen hatte, als Ecaterina, von ihren Heiligen begleitet, zum Feuerturm gezogen war. Ich erzählte von Dorn und Rosi und wie Tiberiu und ich eines Tages dem Teufel bei der Arbeit zuschauen wollten. Vom großen Wald, der hier einst gestanden hatte, von Iane und entschied, um mir keinen Ärger mit

Magda einzuhandeln, die unsere Tochter hoffen lassen wollte, dass er das Flammenmeer überlebt hatte. Ich erzählte Iana und allen, die mir zuhören wollten, die Geschichte von uns allen, die zwar nicht vergeblich, aber verstört gelebt haben und verraten worden sind.

In den Nächten träumte ich, dass ich dem Pferdekarren mit den toten Gefangenen durch eine tote Stadt folgte, eine verlassene Stadt, und dass, als wir an unserem Ziel ankamen und ich mit dem Graben beginnen wollte, die Toten vom Karren sprangen und meine Arbeit übernahmen. «Für dich!», sagten sie freundlich.

Als der Friedhofstag kam, standen wir still auf, aßen wortlos, zogen uns schweigend an und machten uns auf den Weg. Magda und Iana hakten sich bei mir unter und stützten mich. Wir stiegen in die Straßenbahn, gingen lange zu Fuß und kamen noch rechtzeitig für das makabre Spektakel an. Hunderte von Menschen hatten sich versammelt, die ihre Toten in Empfang nehmen sollten. Eine Reihe Nussbäume und eine Pappelreihe standen für uns Spalier, und die Hähne krähten zur falschen Zeit. Auf einem kleinen Teich trieben friedlich Enten und Gänse, sie ahnten nicht, dass auch sie – wie die Toten – in wenigen Wochen umziehen müssten. Hinter den Häusern, auf dem weiten Feld voller Dornen und Gestrüpp, hatten sich stählerne Raubtiere versammelt, riesige Bagger, die auf ihre Chance lauerten. Ein Mann von der Bezirksverwaltung, wohlgenährt und von seinem wichtigen Auftrag eingenommen, stieg auf eine umgedrehte Bierkiste und brachte uns zum Schweigen.

«Genossen, die Partei und unser geliebter Führer haben entschieden, genau hier den Fluss zu stauen. Das ist notwendig und zum Wohle unserer Stadt. Dafür muss zunächst der Friedhof verschwinden, danach das ganze Dorf. Jeder muss ein Opfer bringen, für den Fortschritt in unserem Land, auch die Toten.» Er lachte über seinen eigenen Witz. «Die Bauern werden Wohnungen in den neuen Plattenbauten bekommen, die man gleich hinter dem Deich bauen wird. Ihr Leben wird einfacher sein, mit allen Annehmlichkeiten. Für die Toten hat die Partei natürlich auch schon gesorgt.

Sie werden alle umgebettet, draußen vor der Stadt. Die Partei lässt einen neuen Friedhof aus dem Boden stampfen. Wir werden die Toten in den nächsten Wochen ausgraben, dafür sind die starken Männer dort mit ihren Spaten zuständig. Wir haben alle Totengräber von Bukarest hier versammelt, alle erfahren und motiviert. Wir haben viel zu tun, elftausend Tote, Genossen, wir müssen diszipliniert und effektiv arbeiten … Es werden täglich einige Dutzend Lastwagen mit Särgen kommen. Nachdem Sie uns bestätigt haben, dass es sich um Ihre Toten handelt, werden diese in die Särge gelegt und auf den Lastwagen geladen. Wenn ein Lastwagen voll ist, fährt er zur neuen Adresse, wie bei einem richtigen Umzug.»

Er lachte wieder, während wir uns entsetzt anblickten. Als Magda und Iana mein Zittern bemerkten, hielten sie mich erneut fest.

«Jetzt gehe ich die Namensliste durch. Wer seinen Namen hört, kommt nach vorn und geht mit einem meiner Mitarbeiter zu seiner Parzelle.»

Weil unser Name erst nach einer Weile genannt wurde, dauerte es, bis wir endlich auf dem Weg waren zu jenem Stück Land, wo sich die Unseren befanden, gefolgt von einem kleinen, fülligen Mann, der Mühe hatte, mit uns Schritt zu halten. Die Totengräber lehnten an den Kreuzen oder stützten sich auf ihren Spaten und folgten uns aufmerksam mit den Blicken. Manche Kreuze versanken fast vollständig in der Erde, andere waren von Efeu überwuchert. Obwohl ich meinen Eltern versprochen hatte, mich um sie zu kümmern, war ich nach ihrem Tod nur selten hier gewesen. Ich schämte mich vor ihnen.

Der Mann konsultierte seine Unterlagen.

«Es sind dreißig Namen hier, die unter ‹Stoica› vermerkt sind. Sind die wirklich alle von euch? Auf den Kreuzen sehe ich auch andere Namen.»

Weil ich nicht antworten konnte, tat es Magda.

«Sie sind alle Familie, Genosse. Tragen andere Namen, aber sie gehören alle zu uns. Alles Vettern, Brüder, Schwestern, Cousins, Cousinen, Schwager und Schwägerinnen, adoptierte und angeheiratete …»

«Auch der da?», fragte er und zeigte auf das Kreuz vom alten Dorn, auf dem immer noch ‹Ghimpe Lamm Gottes› zu sehen war.

«Natürlich, auch er. Da haben sich im Laufe der Jahre viele versammelt, denn wir waren schon immer eine großzügige Familie.»

«Ich verstehe», sagte er in Gedanken versunken und machte bei allen Namen einen Haken. «Kann mir gleich sein, aber für Sie wird es anstrengender werden. Sie müssen so oft hierherkommen, bis auch der Letzte ausgegraben ist. Dann müssen Sie unterschreiben, dass es der richtige Tote ist, und mit ihm zum neuen Friedhof fahren und dort noch mal unterschreiben, wenn er erneut beigesetzt worden ist. Wir wollen die Arbeit schließlich richtig machen, Genossen.»

«Aber wie sollen wir erkennen, um wen es sich handelt?»

«Das ist tatsächlich ein Problem. Manche sind erst vor Kurzem beerdigt worden, da kann man durchaus noch etwas erkennen. Aber eure Toten sind uralt. Unterschreibt einfach, sie werden sich schon nicht wehren.» Wie sein Chef liebte auch er seine eigenen Witze und lachte herzlich.

In den nächsten Wochen wurden die Toten wieder geweckt, zwischen acht Uhr und siebzehn Uhr, zu den normalen Arbeitszeiten. Die große Schar von Menschen, die sich jeden Morgen vor dem Friedhofstor einfand, während die Totengräber wie sinistre Statuen neben den Gräbern bereitstanden, wurde von Mal zu Mal kleiner, denn manche hatten nur einen oder zwei Menschen zu beklagen und waren schnell wieder weg.

Andere hingegen hatten dort mehrere Generationen ihrer Familie liegen, sie machten sich gegenseitig Mut und drückten sich parfümierte Taschentücher an die Nasen, um den Gestank auszuhalten. Die Totengräber hingegen benutzten ein anderes Mittel: Neben den meisten Gräbern stand eine Flasche Schnaps, und immer wieder langten Hände aus den Gruben und dann verschwand die Flasche für eine Weile.

Es standen aber auch viele Kreuze da schief und schäbig, die zu niemandem mehr gehörten und von niemandem beachtet wurden. Verblichene Fotos klebten an ihnen, auf denen ihre ernsten Besitzer in ihrer besten Kleidung zu sehen waren. Sie waren staunende Zuschauer bei dieser großen, illusionistischen Zirkusnummer, die darin bestand, einen ganzen Friedhof zum Verschwinden zu bringen.

Viele von uns übergaben sich, wimmerten, wollten weglaufen und wurden wieder zurückgebracht. Es war eine Woge des Sichbekreuzigens, die über den Friedhof schwappte; eine unaufhörliche Stafette gemurmelter Gebete. Der Pope der Friedhofskirche eilte zwischen den Gräbern hin und her, segnete die menschlichen Überreste und besprühte sie mit Weihrauch, bevor sie in neue Särge gelegt wurden. Manchmal fanden sich nur noch verblichene Knochen und Haarreste, dann wiederum halbe Leichen, die noch keine Zeit gehabt hatten, gründlich zu verwesen.

Iana war die Nervenstärkste von uns dreien. Sie brachte uns Wasser, kaufte im Dorf Schnaps und schenkte ihn den Totengräbern. Sie zwang uns, die Sandwiches zu essen, die wir von zu Hause mitgebracht hatten. Und sie begleitete jeden von uns beiden, wenn wir oben auf der Ladefläche, zwischen den Särgen, zum neuen Bestattungsort fuhren. Dort wurden die Särge eilig von einem zweiten Popen gesegnet und mit Weihrauch besprüht, anschließend wurden sie in die Erde herabgelassen.

Ich merkte schnell, dass die Männer, die die Gruben ausgehoben hatten, nicht nur gelernte Totengräber waren, sondern auch Häftlinge, die von Soldaten bewacht wurden. Erst als Iana mich wegzog, konnte ich mich von ihrem Anblick losreißen, ich stand neben der Grube, und zur gleichen Zeit stand ich auch in ihr und schaufelte selbst Erde heraus.

Vater und Mutter waren als Erste drangekommen, dann Darie und Agape, schließlich alle anderen, ohne eine bestimmte Reihenfolge, bis zu Grigorie, Ecaterina und ihrer kleinen Tochter. Wir reisten durch die Zeit zurück bis zum Tuberkulosekranken und zu

Dorn, zu Tiberius Mutter und ihren beiden Töchtern, zu Madame, die ihrem schönen Offizier hatte treu bleiben wollen, und zu Metzger Herz, dem seine Liebe zu ihr kein Glück gebracht hatte.

Man erzählte uns, dass, wenige Tage nachdem die Räumung des Friedhofs beendet worden war, auch die Friedhofskirche abgerissen wurde. Nicht lange danach war der Ort, an dem einst der Friedhof gestanden hatte, kaum noch wiederzuerkennen. Später begannen die Bagger mit der Zerstörung des Dorfes, Haus für Haus, Hof für Hof fraßen sie sich satt. Nussbäume und Pappeln, Obstbäume, die Weinreben, alles wurde herausgerissen, und über alles wurde Beton gegossen. Man befestigte die Ufer und leitete das Flusswasser in das neue riesige Staubecken ein. Wasser, das nichts reinigen konnte.

Kapitel 16

Ich glaubte nicht an die Wende. Ich glaubte, dass alles so bliebe, wie es war, oder dass es womöglich noch schlimmer werden würde. Früher, wenn es draußen, in der Welt, Entspannung gegeben hatte, hatten auch wir es im Gefängnis gespürt. Wir bekamen besseres Essen, wir wurden weniger geschlagen, die Sprache der Carali änderte sich, sie wurde nicht menschlicher, aber erträglicher. Nach einiger Zeit kehrte man aber immer wieder zu den uns vertrauten Verhältnissen zurück. So war es schon immer gewesen, hatten mir die erfahreneren Gefangenen erzählt.

Alles bewegt sich im Kreis, ist ein Kreislauf, wie die Strecke zwischen Bett und Zellentür, wie der kurze Spaziergang im Gefängnishof. Ich erinnerte mich an eine Blume, einen leuchtenden Farbfleck, die aus einer Ritze wuchs. Popa Nistor sah sie und versuchte sich, jedes Mal wenn er neben ihr stand, zu bücken und sie herauszureißen, ohne dass die Wache ihn dabei erwischte. Es gelang ihm nicht, denn wir durften beim Hofgang nie stehen bleiben.

So schmiedete er täglich Pläne, wie er an die Blume – eine blasse, reizlose Pflanze, an der wir unter anderen Umständen achtlos vorbeigegangen wären – herankommen könnte. Als er endlich glaubte, einen raffinierten Plan zu haben, war sie verschwunden. An jenem Abend weinte er bitterlich, beinahe so, als ob sein Herr Jesus zum zweiten Mal gekreuzigt worden wäre.

Iana hingegen glaubte an die Wende, und ich versuchte ihr, seit mich Magda wieder einmal ermahnt hatte, den Glauben zu lassen. Ob sie blind war oder doch eher ich, das würde sich bald entscheiden. Doch was hat es für einen Sinn, ein Kind in die Welt zu setzen, nur um ihm dann seine Hoffnung zu nehmen?

Als sie klein war, nahm ich Iana oft mit auf die Turmplattform und hob sie hoch, sodass sie gerade über die Brüstung schauen konnte. Ich tat so, als ob sie äußerst schwer wäre und es mich viel Kraft kostete, sie hochzuheben. Ich erklärte ihr den Osten, den Süden, den Norden und den Westen, erfand Geschichten darüber, was sich hinter dem Horizont befand, doch sie wollte immer nur eines: sich versichern, dass ich sie nicht losließ. Natürlich hielt ich sie ganz fest.

Ihre größte Sorge war die Schwerkraft, obwohl ihre Füße nur wenige Zentimeter über dem Boden schwebten. Enttäuscht darüber, dass ich mit meinen hehren Absichten so wenig Erfolg hatte, ließ ich sie wieder herunter. Aber kaum war sie auf festem Grund, wollte sie wieder hochgehoben werden. Heute haben sich die Rollen verkehrt, sie will mir etwas sagen, aber die Schwerkraft hält mich zurück.

Iana und ihr Freund, Magda und die Musketiere saßen ein weiteres Mal in unserer Küche zusammen, um ausländische Sender zu hören. Sogar Nea Nelu war wieder dabei. Er hatte am Vortag reuig und mit einer Flasche Whiskey in der Hand vor unserer Tür gestanden und geflüstert: «Nea Victor, keine Halbwahrheiten, ich habe dem Securisten nie etwas von Bedeutung erzählt, sondern nur hinzugedichtet. Wie könnte ich Sie verraten, nachdem Sie mit meinem Vater in einer Zelle waren?»

«Ihr Vater war ein Schweinehund. Das ist vielleicht vererbbar.»

«Ich will tot umfallen, wenn ich lüge.»

Wir rührten uns nicht von der Stelle, und weil er nicht tot umfiel, ließ ich ihn herein.

Sogar der Junge tauchte Tag für Tag pünktlich zur Essenszeit auf und wusste Bescheid über unsere antikommunistischen Umtriebe. Magda und ich waren besorgt, da wir uns nie hätten vorstellen können, dass der gravierende Tatbestand des Hörens westlicher, imperialistischer Propaganda – etwas, das wir bisher nur zu dritt verübt hatten – zu einer Gruppenbeschäftigung in unserer

Küche werden könnte. Bisher hatten wir alle dieselben Sender gehört, aber jeder nur für sich allein, in seiner eigenen Wohnzelle.

Außer Ianas Begeisterung gab es noch etwas anderes, das mich ein wenig an meiner Einschätzung zweifeln ließ. Es war das Verhalten des Securisten, dieses alten, dicklichen Mannes, der vor Kurzem bei uns erschienen und so verstört gewesen war, dass ich mir zum ersten Mal eine echte Veränderung hatte vorstellen können. Ich spürte einen Hauch von Hoffnung.

Ich saß wieder allein im Dunkeln und wetzte die Messer. Ich hörte, wie sie nebenan die Nachrichten und Magdas vorzügliches Essen kommentierten. Der Junge hatte Fleisch gebracht und ich Sauerkraut und Sahne. «Ein Festessen koche ich euch!», hatte Magda ausgerufen. Hin und wieder versuchten sie ihr Entsetzen und ihren Enthusiasmus zu zügeln. Schockiert waren sie, als berichtet wurde, dass es in Timişoara Tausende von Toten gegeben hatte, dass die Stadt von der Armee abgeriegelt worden war, dass die Landesgrenzen geschlossen würden und weil sie die zitternde Stimme einer Frau hörten, die von einem Gemetzel sprach. Ich konnte mich nicht beherrschen, legte meine Messer ab und öffnete die Tür einen Spaltbreit. Man hörte Pfiffe und Schreie im Hintergrund, doch plötzlich brach die Übertragung ab.

«Musst du nicht nach Hause?», flüsterte ich dem Jungen zu, der auf einem Hocker am Fenster saß, mit dem leeren Teller auf den Knien. «Dein Vater wird dich sicher suchen. Das ist keine Zeit, um unterwegs zu sein.»

«Vater trinkt sicher Bier und hört dieselben Nachrichten. Ihm fällt bestimmt nicht einmal auf, dass ich nicht da bin.»

Die anderen lauschten dem Rauschen und Knacken im Radio so konzentriert, als wäre darin eine geheime, verschlüsselte Botschaft für uns versteckt. Als wollten Aliens uns etwas mitteilen. Ich sah sie an, diese Menschen, mit denen ich meine kurze Lebenszeit verbringe.

Ich war vor einer Stunde nach Hause gekommen und hatte wieder eine Bruchlandung erlitten. Strahlend hatte ich die Einkaufstasche mit dem Sauerkraut hochgehalten, überzeugt, dass zumindest Magda das zu schätzen wisse, doch sie hatten mich wieder nicht beachtet. In Timişoara hatte man die Fensterscheiben von Buchhandlungen eingeschlagen und die Bücher von Ceauşescu, dem dritten Bauerndiktator, verbrannt.

«Zum ersten Mal brennen Bücher zu Recht!», hatte Iana ausgerufen.

Die Armee habe geschossen, hieß es im Radio, das Volk habe gerufen: ‹Wir sind das Volk, wen verteidigt ihr?› Oder: ‹Wir wollen Brot!›

«Brot habe ich keins gefunden», versuchte ich es erneut, «aber wundersamerweise gab es Sauerkraut.» Sie blickten mich vorwurfsvoll an, weil ich sie beim Träumen gestört hatte.

«Vater, wenn du nichts zu sagen hast, dann schweig lieber.»

«Aber … Sauerkraut …» Niemand hörte mir zu.

Sie wirkten wie eine Bande von Verschwörern, die große Dinge planten. Eine seltsame Form von Übermut, die bei uns in den Jahrzehnten nach dem Krieg selten gedieh, aber nicht unmöglich gewesen war. Ich erinnerte mich, wie Magda und ich in unserem kleinen Zimmer hinter dem Schneideratelier vor Jahren den gleichen westlichen Sender gehört und staunend erfahren hatten, dass sich die Arbeiter aus Braşov und die Bergbauarbeiter aus Tîrgu Jiu gegen die Diktatur erhoben hatten.

Magda war tagelang aufgewühlt und optimistisch gewesen, doch ich behielt auch damals recht. Denn der Teufel hatte doch Wege gefunden, um die Kirche aus ihren Fundamenten herauszureißen und die Menschen dorthin zurückzubefördern, wo ihr Platz war: in der Hölle. Man musste keine Ecaterina oder Rosi sein, um sich vor solchen Teufeln zu fürchten.

Mein armes, gequältes Volk, vereint im Schmerz, hoffnungslos bis aufs Blut, lustig und bitter zugleich, es hatte doch etwas gewagt und war danach in eine noch größere Amnesie, einen noch tieferen Schlaf gefallen, ohne Aussicht darauf, wach geküsst zu werden.

Es läutete an der Tür, und alle verstummten, Iana stellte das Radio noch leiser.

«Mach doch endlich auf», flüsterte Magda. «Vielleicht ist es der Securist, und er wird misstrauisch.»

«Meinst du, er denkt, dass wir hier Karten spielen, wenn er uns alle so sieht?», entgegnete ich und machte auf.

Tanti Viorica wirkte verstört, und man musste sie erst mal beruhigen, bis sie erzählen konnte, dass überall in der Stadt die Miliz patrouillierte und dass sie mehrmals auf dem Weg nach Hause aufgehalten worden wäre.

«Eine alte Frau wie mich für eine Umstürzlerin zu halten …», sagte sie.

«Dabei hätten Sie allen Grund dazu, Tanti Viorica. Die Kommunisten haben doch Ihren Vater umgebracht», antwortete Iana.

«Mein Kind, ich weiß, was die Kommunisten getan haben. Aber, wie der Pope unserer Kirche sagt, man muss verzeihen können. Ohne Verzeihen keine Erlösung.»

«So denken nur Sklaven!», rief Ianas Freund aus.

«Das habe ich schon mal gehört, aus dem Mund eines guten Freundes», sagte ich.

«Was ist aus ihm geworden?», fragte einer der Musketiere.

«Ein strammer Kommunist ist er geworden, und heute ist er bestimmt ein hohes Tier beim Geheimdienst.» Dann drehte ich mich wieder zu Tanti Viorica um: «Willkommen unter den Umstürzlern … wir haben Fleisch und wir haben Sauerkraut, und bald sind Magdas Sarmale fertig.» Ich schob der alten Frau einen Stuhl unter den Hintern, und sie ließ sich entkräftet darauf fallen. «Wir haben auch ein Radio, wir haben alles, was wir brauchen, und können die Revolution mit vollen Bäuchen verfolgen, ohne uns die Finger zu verbrennen.»

«Sie sollten nicht so reden. In Timişoara riskieren die Menschen ihr Leben!», rief der junge Mann aus.

«Ich habe meins schon riskiert. Ich weiß, wozu sie fähig sind. Was weißt denn du schon darüber?»

«Ja», sagte Iana. «Du bist im Gefängnis gewesen, du wärst beinahe draufgegangen. Ja, du hast furchtbar gelitten, und mir tut es furchtbar leid. Aber sogar bei uns stehen die Zeiten nicht still, obwohl es danach aussehen mag.»

«Doch, das tun sie.»

«Tun sie nicht. In Ungarn nicht, in der Tschechoslowakei nicht und bei uns auch nicht», sagte sie trotzig.

Ich sah Magdas flehende Blicke und gab klein bei. «Meinetwegen. Dann bin ich nur ein alter Esel, der sich mal wieder täuscht.»

Ich ging zurück ins Schlafzimmer, griff nach den Messern und schleifte sie weiter, aber ohne Überzeugung. Magda kam herein und zog sie mir aus meinen verkrampften Fäusten, dann strich sie mir mit dem Handrücken über die Wange.

«Lass das, ich bin kein kleiner Junge.»

«Doch, das bist du. Ein wütender, trauriger Junge, der auf Rache sinnt.»

«Ich und Rache …»

«Wie oft bist du schon dem Verhöroffizier nach Hause gefolgt?»

«Oft, aber das will nichts heißen.»

«Und wie oft bist du vor dem Haus deines Bruders auf und ab gegangen? Sogar mich hast du einmal dorthin geführt …»

«Genug jetzt.»

«Sag, dass es nicht wahr ist, dass du sie nicht am liebsten erstechen würdest.»

«Das wäre auch eine Möglichkeit. Am liebsten würde ich sie allerdings vom Turm hinunterstoßen.»

«Siehst du?»

«Ich habe ein Recht dazu.»

Wir saßen noch bis zum späten Abend zusammen. Die Nachrichten bestätigten unsere schlimmsten Befürchtungen. Es schien, als wären die Heiligen aus diesem Land ausgezogen, als stünden ihre Kirchen leer und als hätten wir es nicht einmal gemerkt. Es gab keinen Eichenwald mehr, der uns beschützen könnte, wir standen da, verwundbar durch jeden Teufel, der sich über uns hermachen wollte. Aber allmählich, fast unbemerkt, begannen sich auch in mir tektonische Platten zu verschieben, und es bildete sich ein winziger Riss.

Ich sah die drei Musketiere, so alt wie ich, so traurig wie ich, die sich aufgeregt wie Halbwüchsige bei jeder neuen Nachricht zunickten. Die von ihrer langen gemeinsamen Haft zusammengeschweißt worden waren, als ob sie Drillinge wären. Die so sehr aneinander hingen, dass sie verfügt hatten, nebeneinander begraben zu werden.

Ich sah Tanti Viorica, die ihren Vater, der ihr schon als kleines Mädchen genommen worden war, über alles geliebt hatte und die danach mit ihrer Mutter aus dem Haus gejagt worden war und die Jahre ihrer Kindheit in einer Lehmhütte auf struppigem, staubigem Feld verbracht hatte.

Ich sah Nea Nelu, der hin und wieder die Whiskeyflasche zum Mund führte und der, als Sohn eines Legionärs gebrandmarkt, zusammen mit seinen Geschwistern irgendwo am Stadtrand, in einer Baugrube, auf einem illegalen Markt, nach und nach alles verkauft hatte, was sie besaßen, um sich etwas zu essen leisten zu können. Und so wie er Tausende anderer aus dem alten Regime. Sie hatten von der Hand in den Mund gelebt und auf Tüchern ausgebreitet all das feilgeboten, was ihr früheres Leben hergab. In den Fünfzigern bin ich oft mit Mutter auf jenem improvisierten Flohmarkt gewesen.

Ich blickte auch den Jungen an, in dem ich mich wiedererkannte, so wie ich in meiner Jugend gewesen war, als ich noch ungebrochen war und an den klaren Sommertagen früh aufwachte und als Erstes zum Turm lief, um die Stadt von oben zu betrachten. Als ich von meinen Expeditionen mit Tiberiu hungrig nach Hause gekommen und über Mutters Töpfe hergefallen war.

Ich sah auch Magda, meine mutige, geduldige Magda, die mich so oft aus Angstträumen geweckt hatte. Die mich, wenn ich beim Anblick eines Streifenpolizisten zu zittern begann, an der Hand nahm wie ein Kind und mich wegführte. Und ich sah Iana mit ihren glühenden Wangen, und mir war unklar, ob die Liebe, die Revolution oder beides schuld an diesem Glühen war.

Iana, die früher die Stadt hatte anzünden wollen. Sie hatte aufgeschnappt, wie ich den Musketieren einmal erzählt hatte, dass ich Bukarest, so verstümmelt und grau, wie es inzwischen war, am liebsten in Flammen aufgehen lassen wollte. Sie hatte dann begonnen, unsere wertvollen Streichholzschachteln zu stehlen, durch die Stadt zu streifen und immer dort brennende Streichhölzer fallen zu lassen oder Papier und Abfälle anzuzünden, wo sich schnell ein Feuer hätte entwickeln können.

Tagelang war sie verschwunden gewesen, meine trotzige Tochter mit den Taschen voller Streichhölzer; sie ging in Innenhöfe, suchte sich Hauseingänge aus, sammelte alles, was brennen konnte, auf einen Haufen und zündete ihn an. Nea Nelu hatte sie eines Tages aus dem Führerstand seines Busses erblickt, war ausgestiegen, hatte das Feuer gelöscht, Iana am Arm gepackt und mitgenommen. Auch deshalb hatte ich ihm verziehen.

Wenn schon nicht für mich, aber für sie alle musste ich glauben.

Später löste sich unsere kleine Versammlung auf, Nea Nelu nahm die Musketiere zu sich, die sich nicht trauten, zu später Stunde noch draußen unterwegs zu sein. Ianas Freund hingegen, wohl um sich vor ihr mutig zu zeigen, beschloss, sein Glück zu versuchen und sich über Umwege nach Hause durchzuschlagen, und nahm auch den Jungen mit. Magda begleitete Tanti Viorica bis zu ihrer Wohnung.

Wir stocherten schweigend in den kalten Essensresten herum. Wir, eine kleine, verschworene Gemeinschaft von drei Menschen, die bisher ein unscheinbares Dasein geteilt hatten. Wir würden in diesem Leben keine Spur hinterlassen; wenn unsere Zeit gekommen war, würden wir auf irgendeinem Friedhof landen, und nach einigen Jahren würden unsere gebleichten Knochen der Erde wieder entnommen werden, um Platz für einen See, einen Palast, eine Statue, einen Parkplatz, einen Plattenbau zu machen.

Aus solchen Gedanken, die ich natürlich nicht preisgab, um Magda nicht zu verärgern, wurde ich durch das Läuten des Telefons gerissen. Iana, die den Anruf entgegengenommen hatte, hörte aufmerksam zu, ihr Gesichtsausdruck verwandelte sich von irritiert zu verwundert, dann zu verständnislos und schließlich zu verärgert. Sie fragte: «Wieso?», und antwortete kurz darauf: «Ich komme», dann hängte sie wieder auf.

«Wir müssen alle in die Werkstatt», sagte sie nachdenklich.

«Mitten in der Nacht?»

«Morgen findet etwas Großes statt, und wir müssen etwas vorbereiten. Mehr wollte man mir nicht sagen.»

Heute Morgen in aller Frühe rief uns Iana an.

«Wir haben die ganze Nacht Spruchbänder gemalt. Dass man die Verräter aus Timişoara verurteilt, dass wir den Sozialismus, den Frieden und den Fortschritt wollen …» Sie lachte hysterisch. «‹Die glorreiche Zukunft lebe hoch› musste ich schreiben. Oder: ‹Wir fordern, dass sich die imperialistischen, chauvinistischen Mächte aus dem Ausland nicht in unsere inneren Angelegenheiten einmischen.› ‹Dem großen Helden Ceauşescu zeigen wir unsere Liebe und Hingabe.› Ich habe mich noch mehr geschämt als sonst, so etwas zu schreiben. Ich war angewidert. Ich mache mich schuldig, wenn ich all diese Lügen aufschreibe.»

«Red nicht so, man könnte dich hören», sagte ich.

«Ich habe keine Angst mehr. Wenn jetzt nichts geschieht, verdienen wir es nicht anders.»

«Was meinst du, was geschehen soll?»

«Für zwölf Uhr hat die Regierung eine Demonstration mit Hunderttausenden angesetzt. Wir müssen alle hinfahren. Die Leute werden unsere Spruchbänder hochhalten. Das ist unerträglich.»

«Niemand glaubt diesen Sprüchen.»

Sie schwieg.

«Bist du noch da?»

«Weißt du noch, wie ich als kleines Mädchen die Stadt anzünden wollte?»

«Natürlich.»

«Letzte Nacht hätte ich am liebsten uns alle mitsamt den Spruchbändern verbrannt. Ich hätte gerne alle Türen zugesperrt und ein großes, reinigendes Feuer gelegt. Wir haben viel Material, das gut brennt, in unseren Depots. All die Spruchbänder, das Material, die Farben und die Bilder von Ceauşescu. Ich stelle mir schon ihre dämlichen Gesichter vor, wenn alles verbrannt wäre. Wenn alle Lügen zu Asche geworden wären.»

Sie lachte wieder nervös.

«Wer bin ich schon? Was tue ich schon in diesem Leben? Ich helfe bei einer monströsen, mörderischen Lüge mit. Ich helfe ihnen, mich zu betrügen. Euch haben sie schon gefügig gemacht, aber mich? Ich schätze, auch.»

Dann legte sie auf.

Seit Stunden warten wir auf ihre Rückkehr. Wir haben den Fernseher eingeschaltet und erlebt, wie der Bauerndiktator nach wenigen Minuten ausgepfiffen wurde und wie die Woge aus Abertausenden menschlichen Körpern zu vibrieren begann. Wie er immer unsicherer und sein Gesicht zu einer Fratze wurde in jenem Augenblick, als er vage begriff, dass ihm die Situation entglitt. Dann habe ich mich zu Magda gewandt und gesagt: «Vielleicht sind die Heiligen zurück.»

Zweimal ist der Junge seither bei uns aufgetaucht. Das erste Mal wollte er nur essen und hatte wenig Neuigkeiten. Man habe Ceauşescu ausgebuht, sagte er euphorisch, aber das wussten wir schon. Wir schickten den Jungen fort, um Iana zu suchen. Als er wieder zurückkam, hatte er sie zwar nicht gefunden, aber er berichtete, dass die Menschen am Universitätsplatz Barrikaden errichtet hätten, junge Leute vor allem, und dass vor ihnen Reihen von Spezialeinheiten und Soldaten aufmarschiert wären. Wir schickten ihn wieder weg, um unser Kind zu suchen, und wieder kam er nach zwei, drei Stunden hungrig zurück. Er aß in Eile und würgte alles runter.

«Ich habe gesehen, wie eine junge Frau erschossen wurde. Sie saß auf den Schultern eines Mannes und dann …»

«Iana?», rief Magda.

«Nein, nicht Iana», beeilte er sich hinzuzufügen, als er unsere entsetzten Gesichter sah. «Aber ich werde Iana finden.»

«Warte», sagte ich, «ich komme mit.»

Es ist früher Abend und ungewöhnlich mild für diese Jahreszeit. Vielleicht sind die Heiligen zurückgekehrt und geben uns eine Chance. Vielleicht geschehen Wunder, und der Eichenwald wächst wieder, in Windeseile, um sich zwischen Iana und die Gewehrkugeln zu stellen. Um Holz zu spenden für viele, sehr viele und sehr hohe Barrikaden.

In der Ferne hören wir Schüsse. Ich ziehe mich an, der Junge wartet schon im Flur, aber Magda stellt sich uns in den Weg und will uns nicht rauslassen.

«Ich werde das nicht überleben, wenn ich euch beide verliere.»

«Ich gehe sie suchen.»

Der Junge nimmt sie bei der Hand und zieht sie sanft beiseite.

«Machen Sie sich keine Sorgen, Tanti Magda, ich bin ja bei ihm. Ich passe auf.»

Wir schauen uns verblüfft an und beginnen zu lachen.

«Gut, dann bring sie mir beide heil zurück, hörst du?»

An der Calea Moşilor, vor den Plattenbauten, stehen kleine Gruppen von Bewohnern, besorgt und ängstlich, und versuchen zu verstehen. Panzer rasseln vorbei, und Lastwagen voller Soldaten passieren uns, unschuldige Kinder auch sie auf dem Weg, sich schuldig zu machen. Um einer Milizpatrouille zu entgehen, verlassen wir die Hauptstraße und tauchen tiefer ins Viertel ein.

Wir laufen an Häusern und Gärten vorbei, werden von einigen Bewohnern gefragt, ob wir wüssten, was da vorne geschehe, einige raten uns, nicht weiterzugehen und zurückzukehren, aber ich antworte, dass dort wohl mein Kind ist, und das versteht jeder. Wir gehen auch an der Kirche des heiligen Silvestru vorbei, der Teufel ist noch nicht da, er ist im Augenblick anderswo sehr beschäftigt. Ich bekreuzige mich und der Junge macht es mir nach.

Meine Beine tragen mich zur Calea Moşilor zurück, und ich merke, dass dies der Weg zum Turm ist. Wir müssten nur die Straße überqueren und die kurze Verbindungsstraße nehmen, die direkt dorthin führt, dann wären wir nach wenigen Schritten da. Ich kann ihn sogar zwischen den Wohnblocks erkennen.

Der Junge protestiert und macht mich darauf aufmerksam, dass das Stadtzentrum und die Kreuzung bei der Universität, wo Demonstranten und Soldaten sich gegenüberstehen, in der anderen Richtung liegen und dass wir uns beeilen sollten. Wir hören Maschinengewehrfeuer, es ist beinahe dunkel, fast gebe ich nach und lasse mich vom Jungen ins Zentrum führen.

Aber meine Füße scheinen ein Eigenleben, einen eigenen Willen zu haben. Sie folgen den Spuren meiner Kindheit und Jugend. Ich trete in die eigenen Fußstapfen. Meine Füße kennen meine Geschichte gut, tausend Mal haben sie mich auf den Turm und tausend Mal über den Gefängnishof getragen. Sie haben mir geholfen, Magda über die Türschwelle zu tragen, und haben mich gestützt, als ich auf dem Friedhof meinen Toten wiederbegegnet bin. Nun wollen sie mich zum Turm führen, aber der Junge nimmt mich bei der Hand und zieht mich in die andere Richtung.

«Nenea, ich habe Tanti Magda etwas versprochen. Dort geht es lang.»

Ich spüre die Anziehungskraft des Turms, als würde er mich rufen. Würde ich jenen kurzen Weg gehen und auf den Turm steigen, so würde ich sie alle dort oben treffen, die Geister meiner Vergangenheit; die Toten und die, die nicht tot zu kriegen sind. Sie würden mich in ihren Kreis aufnehmen, mich, für Ianas Generation nur ein weiterer Geist. Wir würden von oben die Rauchsäulen der Revolution betrachten, die roten Leuchtspuren der Maschinengewehrsalven am Himmel verfolgen, und ihre gespenstischen Reihen würden sich langsam um mich schließen. Ich würde bei ihnen bleiben, um Platz zu machen für ein neues Zeitalter.

Gerade als ich dem Jungen nachgeben will, diesem Menschen, dessen Namen ich immer noch nicht kenne, taucht aus einer der Seitenstraßen eine verängstigte kleine Gruppe auf, die einen verletzten, blutenden Mann stützt. Die Leute helfen ihm, sich zu setzen, und schauen verwirrt um sich. Sie winken uns herbei, und als wir bei ihnen sind, fragen sie mich, ob ich weiß, wo sie sich verstecken können.

«Ist es schlimm?», frage ich.

«Er kommt schon durch», wird mir geantwortet.

«Ich meine, dort vorne.»

Einer nickt.

«Ich möchte gleich zurück», sagt ein anderer.

«Ich auch. Ich war zu lange tot», erwidert ein Zweiter.

«Kennt ihr eine gewisse Iana?», frage ich. «Ist mein Kind.»

Sie schauen mich verwirrt an. «Kommt mit, es gibt einen Ort, wo ich euch hinbringen kann.»

«Aber Nenea, wir haben einen Auftrag», protestiert der Junge.

«Gleich.»

In diesem Augenblick sind wieder Maschinengewehrsalven zu hören, und wir ducken uns unwillkürlich. Zwei Leute trennen sich von der Gruppe, obwohl man sie zurückhalten will, und verschwinden im Gewirr der Gassen. Die anderen helfen dem Verletzten auf die Beine und folgen mir vorsichtig über die Straße. Diesmal bin ich froh, dass die Kommunisten Strom sparen und dass es nur eine schwache Beleuchtung gibt.

In wenigen Minuten kommen wir beim Turm an, und ich klopfe an die Tür in der Hoffnung, dass Nea Gheorghe noch dort ist. Zuerst geschieht gar nichts, ich klopfe ein zweites und ein drittes Mal, doch gerade als ich mich enttäuscht abwenden möchte, höre ich von drinnen die unsichere Stimme des Turmwächters, der fragt, was wir wollen.

«Nea Gheorghe, ich bin es, Victor Stoica, mach auf, wir haben hier einen Verletzten und ein paar Leute, die sich verstecken müssen.»

Der Schlüssel wird im Schloss gedreht, und Nea Gheorghe macht die Tür einen Spaltbreit auf.

«Wenn ich sie reinlasse, kriege ich Schwierigkeiten.»

«Wenn du sie nicht reinlässt, wirst du es für immer bereuen.»

Er denkt nach, kämpft mit sich selbst, dann öffnet er die Tür ganz und lässt uns durch. Danach schließt er die Tür wieder.

Wir stehen im trüben Licht des Turmeingangs, fahle Gesichter, mehrere Männer, zwei Frauen und ein Junge. Bis vor Kurzem hätten wir uns voreinander gefürchtet, wir wären durch eine unsichtbare Wand voneinander getrennt gewesen, Konkurrenten bei der Beschaffung von Fleisch, erschöpft vom Schweigen und Trauern, vom kreisförmigen Leben, vom Verschwinden der Farben im Schlund eines Teufels wie bei den Gestalten auf den Kirchenmauern, vom Warten auf Gas, vom uneingestandenen Wunsch, alles möge in die Luft fliegen.

Jetzt fliegt alles in die Luft, aber anders, als wir es uns je hätten träumen lassen.

Der Junge klagt bei Nea Gheorghe, dass ich unseren Auftrag vernachlässige, und der alte Feuerwehrmann nimmt mich am Arm, führt mich zur Tür, öffnet sie wieder und lässt als Ersten den Jungen durch. Er nickt mir ermutigend zu und klopft mir auf die Schulter.

«Wenn du jetzt nicht rausgehst, wirst du es für immer bereuen. Mach dir keine Sorgen um uns …»

Und dann fällt noch ein Satz, bevor sich die Tür in meinem Rücken schließt.

Der Turm schützt uns.

* * *

Glossar

(Das Glossar enthält nur Begriffe, deren Bedeutung sich nicht ohnehin aus dem Kontext ergibt.)

Voievod: Fürst
Janitscharen, Kapikulu, Spahi: verschiedene Waffengattungen in der osmanischen Armee
Capigi: osmanische Verwaltungsbeamte
Măria ta: Eure Hoheit
Safawiden: persische Herrscherdynastie
Vişini, Meri, Cireşi, Gutui: Sauerkirschbäume, Apfelbäume, Kirschbäume, Quittenbäume
«În numele Tatălui, al Fiului şi al Sfântului Duh, Amin!»: «Im Namen des Vaters, des Sohnes und des Heiligen Geistes, Amen!»
«Regele este o cătană nemţească! Ruşinea tronului României! Să te fereşti de străin»: «Der König steht in deutschen Diensten! Eine Schande für den Thron Rumäniens! Man hüte sich vor Fremden!»
Braga: türkisches Erfrischungsgetränk, süßsauer
Şalvari: türkische Pluderhosen
Mititei: gegrillte Hackfleischröllchen
Ciorbă: saure Suppe, rumänisches Nationalgericht
Tanti: umgangssprachlich für Frau
Nea (Kurzform von Nenea): umgangssprachlich für Herr
Tata: Vater
Burtă: Bauch (in diesem Zusammenhang aber: Kutteln)
Picioare de porc: Schweinefüße
Aripi de pui: Hähnchenflügel
Grătare: gegrillte Fleischstücke

Chiftele: Fleischbällchen
Securist: Mitarbeiter des kommunistischen Geheimdienstes Rumäniens ‹Securitate›
Romanţă: sentimentales Lied, oft gespielt in Kaffeehäusern und Wirtshäusern
La Sfinţii Apostoli, pe lîngă Antim, nu departe de Sfânta Vineri: Bei den Heiligen Aposteln, neben Antim, unweit der Heiligen Vineri
Conducător: Führer
Şerbet: süßlicher, dickflüssiger Sorbett, ursprünglich aus Persien
Ibric: Kaffeekanne, in der man türkischen Kaffee kocht

Danksagung

Der Autor möchte sich bei der Kulturabteilung der Stadt Zürich und bei der Fondation Jan Michalski für die finanzielle Unterstützung herzlich bedanken. Außerdem beim Team des Sogar Theaters aus Zürich, das ihm in schwierigen Zeiten beigestanden hat. Schließlich bei Vasile Spiridon, der eine wichtige Inspirationsquelle für dieses Buch war. Einige der schriftlichen Zeugnisse über die kommunistischen Gefängnisse und Arbeitslager Rumäniens waren eine wertvolle Quelle für diesen Roman. Auch ihren Verfassern gebührt die Dankbarkeit des Autors. Meinem Lektor Martin Hielscher danke ich für die einfühlsame und kritische Begleitung und die stets bereichernden Textgespräche.

Dieses Buch hat einige Patinnen und Paten. Ihnen, die da waren in einem entscheidenden Augenblick, gebührt ein großes Dankeschön!

Beatrice Ackermann; Constanza Arvani-Cotta; Imelda und Peter Binz; Peter Doppelfeld; Silvana Ferrari; Andrea und Ralf Funke; Elisabeth und Rolf Gerlach; Martine Grosjean Greiner; Katalin und Alfred Gschwend-Banki; Christine und Beat Haenni; August Hager; Daniel Heinrich; Daniel Hilaire; Petra und Dominik Imseng; Monika und Walter Lichtensteiger; Ute und Markus Linzmair; Kaspar Ludi; Maria Marquardt; Kornelia und Gerd Maschmann; Joseph Matye; Flurina und Markus Menzli; Tanja Messerli; Yeboaa Ofosu; Raul Radnai; Karen und Daniel Roth; Trudi Smahel; Verena Sperisen; Hans Spuhler und Familie; Christina Steybe; Beatrice Stoll; Mechtild und Dirk Temming; Christian Weidkuhn; Willi Wottreng; Barbara Wüest-Baur; Elisabeth Zimmermann; Renate und Wilhelm Zörgiebel

Aus dem Verlagsprogramm

CATALIN DORIAN FLORESCU
BEI C.H.BECK

ZAIRA
Roman

478 Seiten. 2008
ISBN 978 3 406 57029 2

JACOB BESCHLIESST ZU LIEBEN
Roman

404 Seiten. 2011
ISBN 978 3 406 61267 1

DER MANN, DER DAS GLÜCK BRINGT
Roman

327 Seiten. 2016
ISBN 978 3 406 69112 6

DER NABEL DER WELT
Erzählungen

235 Seiten. 2017
ISBN 978 3 406 71251 7

LITERATUR BEI C.H.BECK

Dantiel W. Moniz
MILCH BLUT HITZE
Storys
Aus dem Englischen von Claudia Arlinghaus
und Anke Caroline Burger
232 Seiten. 2022
ISBN 978 3 406 78157 5

Markus Gasser
DIE VERSCHWÖRUNG DER KRÄHEN
Roman
240 Seiten. 2022
ISBN 978 3 406 78150 6

Annika Domainko
UNGEFÄHRE TAGE
Roman
224 Seiten. 2022
ISBN 978 3 406 78155 1

SAID
EIN VIBRIERENDES KIND
Roman
268 Seiten. 2022
ISBN 978 3 406 78159 9

«ICH HABE KEINEN EINZIGEN TRAUM AUFGEGEBEN».
ERNST AUGUSTIN ZUM GEDÄCHTNIS
Herausgegeben von Lutz Hagestedt
320 Seiten. 2022
ISBN 978 3 406 78407 1